U0732750

GREEN
TRAIN

齐栋 | 著

绿皮火车

去乡野中国

广东旅游出版社
GUANGDONG TRAVEL & TOURISM PRESS
悦读书 · 悦旅行 · 悦享人生

中国 · 广州

图书在版编目（CIP）数据

绿皮火车，去乡野中国 / 齐栋著 . -- 广州 : 广东
旅游出版社 , 2024. 12. -- ISBN 978-7-5570-3349-1

Ⅰ. U292.9-64

中国国家版本馆 CIP 数据核字第 2024FG7622 号

出　版　人：刘志松
策划编辑：龚文豪　龙鸿波
责任编辑：龙鸿波
装帧设计：童天真
内文排版：童天真　叶倩茹
责任校对：李瑞苑
责任技编：冼志良

绿皮火车，去乡野中国
LÜPIHUOCHE, QU XIANGYE ZHONGGUO

广东旅游出版社出版发行

（广东省广州市荔湾区沙面北街 71 号首、二层）

邮编：510130

电话：020-87347732（总编室）　020-87348887（销售热线）

投稿邮箱：2026542779@qq.com

印刷：广州市岭美文化科技有限公司

地址：广州市荔湾区花地大道南海南工商贸易区 A 幢

开本：787×1092mm　　16 开

字数：463 千字

印张：23.5

版次：2024 年 12 月第 1 版

印次：2024 年 12 月第 1 次

定价：88.00 元

[版权所有　侵权必究]

本书如有错页倒装等质量问题，请直接与印刷厂联系换书。

沿铁道而行

去寻找一个你从未见过的中国

前言Preface

请勿向窗外扔东西
No Littering Outside the Window

　　《绿皮火车：去乡野中国》是一本记录中国内地铁道旅行的图文册子。它以我的旅行随笔，和穿插其中的 200 多张摄影照片的方式呈现。乍看上去，和一般的传统游记类书籍无二，都以观察和描述沿途见闻的方式为主线，但这本书新奇有趣的地方在于，它把火车和铁道当成瞭望镜——通过两条长长的铁轨和机械怪兽的轰鸣声，来窥探一个不一样的中国。

　　多年以来，我始终钟情于中国境内的老火车，尤其可以开窗的、无空调的传统绿皮火车。在高铁强大的冲击力面前，这些老火车可谓如履薄冰，几乎每隔一段时间就能传来 XXXX 次列车停运或升级成空调车的消息。而当它们摇身一变为新空调列车后，在中国铁路现有的划分下，往往依旧保持了一袭墨绿色的涂装。这就对大多数乘客造成了一种视觉困惑，使他们无法分辨出两种绿皮车之间的本质区别。更何况，现存的传统绿皮火车少之又少，如果事先不经过一番考察调研，普通人甚至很难发掘出它的踪迹。

　　所以这是我创作本书的缘由之一：一方面，用文字记录和这些老家伙相处的最后时光；另一方面，对随时有可能走进历史的传统绿皮火车，来进行某种意义上的"抢救性拍摄"。种种迹象表明，在未来绝大多数普速列车统一被刷成绿色的现实面前，那些坚持认为"只有传统绿皮火车才叫绿皮车"的铁道迷们，也必须慢慢接受绿皮车这一概念的"世俗化"。在《人民日报》发表的一则《为什么不取消绿皮火车》的科普视频中，这种绿色的新空调列车被定义为"新绿皮车"。

　　一个稍显"残酷"的事实就此铺开：随着越来越多的高铁客运专线开工建设，那些设计时速较慢的老铁路，便逐渐消失在人们的视野里。它们当中不乏赫赫有名的经典线路，曾经为祖国的建设立下过赫赫战功，如今却面临无车可跑的尴尬境地。比如川黔铁路和成渝铁路，都已仅剩一对传统绿皮火车开行，且都不能跑完全程。所以无论新绿皮车还是老绿皮车，其实都已经走上了一个逐渐衰亡的历史进程中。

铁路的命运，往往和沿途城镇的命运绑定在一起。火车不仅仅能拉来一座大城市，也能为很多不起眼的中小城镇注入经济活力。本书记录了一些因为铁路线路的重新规划而没落的小镇，它们当中有曾经的三线建设厂区，有亟待转型的资源枯竭型城市，还有曾经在地图上找不到的隐秘地区……作者沿着老铁路，探访时代之殇，在废弃的工厂和荒凉的家属院里，追寻逝去的记忆。

这些老铁路串联起的工业小镇，都不是常规意义上的景点。我逗留于此的时候，也常常感受到当地人灼热的目光。他们并不明白一个奇怪的外乡人在这里做什么，有时候甚至就连我自己也不明白。有一些不期而遇的邂逅和波澜不惊的撞击，甚至在一个叫金口河的地方，还差点被当成间谍，尽管事实证明这只是一个误会……我似乎有意和这些发生地保持了某种程度的疏离，没有刻意为之去采访某些人，且更愿意将自己视为一个置身事外的冷眼旁观者。

二连浩特是一座中蒙边境的安宁小城。当北京—乌兰巴托—莫斯科的 K3 次国际列车驶来时，除了中国的边检人员会上车检查乘客护照外，还要在这里更换上一对庞大的车轮转向架，以适应蒙古和俄罗斯铁路 1520 毫米的轨距。2019 年 8 月，我结束了对蒙古国一次短暂的铁道旅行，从乌兰巴托坐了一夜火车，来到了扎门乌德。在这座和二连浩特遥遥相对的边境城市，和几个蒙古国人挤在一辆吉普车上，从陆路口岸回到了中国。

于是这座火车拉来的边境小城，便成为全书的开篇发生地。我从这里辗转锡二铁路和锡乌铁路，穿越了锡林郭勒大草原。又从阿尔山搭乘只有两节车厢的绿皮火车，沿着两伊铁路去往海拉尔……彼时疫情尚未爆发，在大兴安岭的密林深处遇见鄂温克人的时候，我做梦也料想不到这个和我们土地连接在一起被唤为蒙古国的国度，竟然变成了三年疫情生活最后一个出境的目的地。

那段时间，在贵州、重庆、四川和云南等地的绿皮火车上，口罩、健康码和行程码成为与我同行的亲密伴侣。我为了保险起见，甚至还在包里放了一把额温枪，以便在身体不适时掌控体温状况。类似这样的疫情期间的小插曲在书里屡见不鲜，无论我的初衷是如何挖空心思去寻找那些被时光遗弃的老铁路，但首先必须遵守一个地方最基本的防疫规定。这也使得这本书多了一丝社会学和历史学的意义：

看似寻找过去，实则记录当下。

　　为了方便大家阅读，全书在章节设置上采用了线性顺序，在文章排序上大致按照旅行时间的先后。偶尔有个别例外，但基本不会影响阅读体验。无论如何，每个现代人都应该意识到，中国不仅仅有高速铁路和快捷便利的高科技生活，更有很多被有意无意遮挡在主流视线之外的事物。希望大家跟随我的脚步，沿铁道而行，去寻找一个你从未见过的中国。

目录Contents

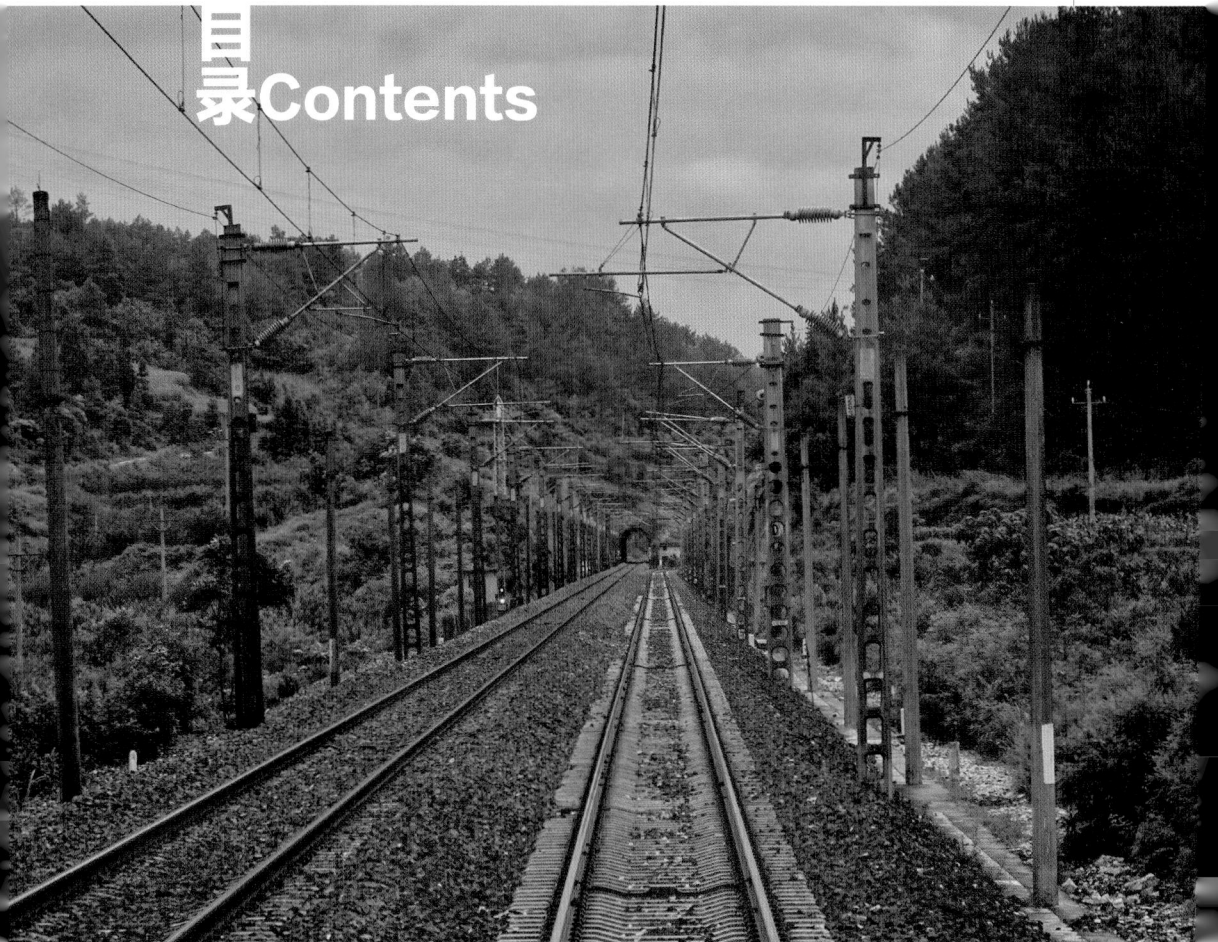

前言

内
蒙
古

Nei
meng
gu

锡二
铁路

Xi er
Tielu

骑铁马的同学少年

　　从任何意义上讲，二连浩特都是我的救命恩人。从扎门乌德①搭乘像贩卖牲口一样的面包车抵达二连浩特时，虽谈不上灰头土脸，但也被口腔溃疡折磨得一点食欲都没有了。偏偏酒店前台是个性子如爪哇懒猴那般迟缓的中年大妈，足足折腾了半小时还没拿到房卡。于是当那座忘了名字的超市出现在眼前时，我仿佛看见一座水电站正在开闸：那些如滔滔洪水一般倾泻而出的，全是心中的委屈。

　　购物袋里塞满了不搭调却实用的商品：漱口水是对付恼人的口腔溃疡的，尽管买不到我常用的牌子；指甲刀可以将一个游客迅速拉回文明社会，降低了约会时踩雷的几率；纸巾虽然不够环保，但对于一个慢性鼻炎患者来说，它的重要性不亚于空气。我必须感谢二连浩特，它就像 RPG（角色

---

①蒙古国东南部与中华人民共和国二连浩特市交界处的一座边境城市，是中蒙铁路自中国进入蒙古国后的第一站。

⚠ 二连浩特站的墙面

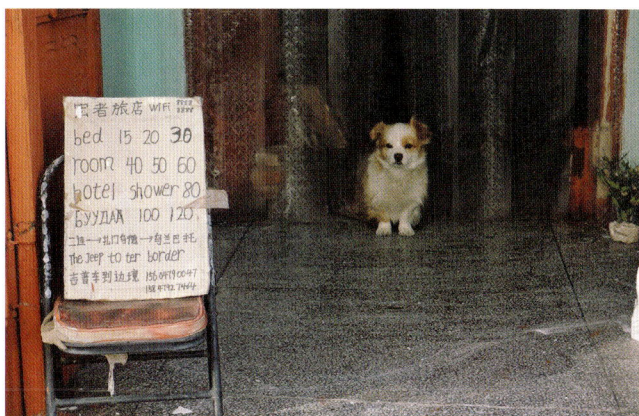

⚠ 随处可见去内蒙古的吉普车服务

扮演游戏）中的存档屋，每当主角快要被干掉时，只要朝里面一钻，便能瞬间恢复体力。同样恢复的还有胃口，我们如愿以偿地吃上了驼肉馅饼：优质的骆驼精肉，夹在白花花的馅饼中，口感香嫩，瘦而不柴。

翌日，赶火车去锡林浩特。解决早餐的那家饭店，名字有几分喜庆，叫"吉祥三宝"。虽是大清早，大厅已经聚集了多位中老年人。他们喝着蒙式早茶，聊着不咸不淡的国事家事。

我的羊肉沙葱包子都快吃完了，和我同时点单的一位"大金链子"的脸色却越来越难看。"我的羊杂汤你下单了吗？"这已是十几分钟以来耳畔响起的第三声炸雷了，我真替那个动作迟缓的女服务员捏一把汗。因为"大金链子"看她的眼神，就像看一位杀父仇人。一条手指头粗细的大金链子，卡在他后脑勺下面的槽头肉沟渠中，锃亮的大光头比扎门乌德的草原还要顺滑平坦，仿佛被压路机碾过一般。在T4202次列车（已停运）铁面无私的发车时间前，我已经没机会听到第四声"雷暴"了。

尽管蒙古国纵贯铁路早已将一车车蒙古国、俄罗斯甚至全世界的乘客带到了北京，但直到2015年底，隶属于锡林郭勒盟的二连浩特，才终于修通一条连接中心城市锡林浩特的铁路。锡二铁路全长375公里，它深入锡林郭勒盟西北部的草原腹地，使二连浩特和苏尼特左旗的孩子们能以几十元的票价来到锡林浩特，接受更好的教育。这些中学生模样的孩子，先是挤爆了二连浩特站候车室，又瞬间塞满了T4202次列车使用的25Z型车厢。今儿正逢周日，这些学生迎来了返校日。就像大兴安岭和大凉山的绿皮火车那样，T4202次列车也无法改变化身一趟临时校车的命运。

临开车前，一个女生突然急吼吼地冲了进来，脸上的表情惊魂未定。一看旁边有熟悉的同学，便开启了吐槽模式："有辆车停在我家车前面了，我妈怎么倒也倒不出来，差点没赶上。"她坐在我斜对面，坐在我正对面的女生，对旁边这

⚠ 拥挤的列车

▲ T4202 是从包头开往锡林浩特的特快列车

位的遭遇浑然不知，一只红色的 Beats 降噪耳机，切断了她和周围世界的一切联系。几分钟前，我主动帮她把 24 寸的拉杆箱放到行李架上。她轻描淡写的"谢谢"从嘴里吐出来时，都不带抬头看我一眼，就把耳机往脑袋上一扣，足够潇洒，也足够冷漠。

我是昨天中午从 12306 上购买这张车票的，彼时还剩余不少坐票。然而 T4202 次列车离开二连浩特时，无座乘客还是多得超出想象。他们可能凭借之前的经验，选择临时去窗口买票，结果却被周末返校大军杀了一个下马威。我在大兴安岭林区的绿皮火车上，就屡屡听到有人谈起他们在海拉尔或牙克石上学的孩子。林区和草原，皆为地广人稀之处。一个林区工人的子弟是不可能叫"滴滴"去学校的，正如一个牧民的孩子也不可能骑马去上学。你在林区或草原跋涉几十公里，也许只能看见一座孤零零的蒙古包，或铁路旁的无名小站，一种描写不出来的杳无人烟。这些小城镇也不例外，加之人才外流，先是中学招不到人，后来小学也慢慢招不到人了。于是，孩子只能离乡背井，去遥远的大城市读书学习。而家长要么承受和孩子两地分居，要么干脆辞职走上陪读生涯，在"望子成龙"教育现状面前，呈现出一种破釜沉舟式的悲壮。

"趴在手机上的女人"　　二连浩特站外观

我所在的这节车厢，是中国铁路现存不多的 25Z 型客车[①]。它曾有一袭漂亮的蓝白色涂装，可惜由于不可违背的规定，只能乖乖穿上一件墨绿色新衣，去迷惑那些不明真相的群众。他们以为这是绿皮车，却不知晓这节车厢曾经是如假包换的"二等座车"。如今型号早已改变，但车内格局仍然沿用每排 2+2 式的座椅，而不是硬座车上通常使用的 2+3 式。因为这样的设置，车内过道显得要更加宽敞一些，让那些无座的乘客，得以轻松又稀疏地站成一列纵队。但无论坐着还是站着，他们都紧紧捧着那台五六寸大小的手机显示屏，时而严肃时而爆笑，除了一个穿运动衣的微胖男生。他的发型酷似赤木刚宪，眼镜却像木暮公延那样斯文。左臂支撑在淡紫色的座椅上，右手捧着一本纸质书，封面的黑色书名大得惊人。无论有心还是无意，你都能清楚地看到"一生气你就输了"这七个字。怀着好奇的心情扫了一眼豆瓣页面，只有 22 个评价和 5.5 的评分。

从二连浩特到锡林浩特，列车要走行四个半小时，沿途停靠三个站点：苏尼特左旗、阿巴嘎旗和终点站锡林浩特。景色和几天前走过的蒙古国纵贯铁路差异不大，仍旧由一望无际的草原、海市蜃楼的工厂、突如其来的城镇以及孤独远行的卡车等组合而成。牛羊的规模也很壮阔，到处遍布着内蒙古特有的细毛羊，它们大多

---

① 25Z 型客车，是中国铁路客车车型之一，属于 160km/h 级别的客车（后最大运行速度改为 140km/h），主要用于中、短途城际特快列车。25Z 型客车是中国铁路的第一代准高速客车，2015 年 1 月 1 日，根据中国铁路总公司规定，原厂制造 25Z 列车刷橄榄绿。

身形肥硕，既能提供羊毛，亦能成为烧烤摊上的羊肉串。也有人一眼看出这里与蒙古国不同的地方：基础设施和工厂都比较新，草场上安装了金属隔离网……

隔壁座有一对年轻情侣，从他们的聊天判断，两人应该都是蒙古族乘客。尴尬的是，他们只买到一张坐票。一开始，两个人轮流坐；后来，他们不可思议地坐在了一个座位上。这一度蒙蔽了我，误以为女生坐在男孩腿上。仔细一看才发现，是女生的脑袋枕在男孩的肚子上，男孩则双手搭成一个环，轻轻搂着她的脖子。而女孩屁股下垫着的铝制行李箱，是完成这一高难度动作的关键。此刻，它正以固若金汤的身躯，促成一次如同雕塑般美妙的定格。两个人都已沉沉睡去，只留下一种叫爱情的东西。有的时候，它可以表现为一帧静态画面。

锡林浩特的登场，有几分乌兰巴托从蒙古国纵贯铁路的大弯道中若隐若现的意思。相比乌兰巴托这头吞噬草原的怪兽，锡林浩特更像一把躲藏在地图中的匕首。没有嬴政，只有一台东风 4D 型柴油机车，像勇往直前的荆轲那样牵着 T4202 次

⚠ 草原上的公路

🔺 草原上的公路

🔺 工业文明和畜牧文明的交锋

列车狂奔。锡二铁路则是卷成轴的地图，它一点一滴地展开，足足耗时四个半小时，才迎来"图穷匕见"的时刻。锡林浩特的刀锋，斩断了锡二铁路的延伸，火车哼哧一声地停下，旅途戛然而止。

我故意没有第一时间帮戴耳机的女生拿箱子，无非是想等待一句温暖的敬语传入耳畔。但事实证明，指望一个不善社交的中学生撕下脸皮，无异于天方夜谭。我摇了摇头，在她一筹莫展的眼神面前，将那只 24 寸的行李箱举了下来，就像几个小时前我把它举上去那样。这次她的一声谢谢说得比先前稍稍有力了一些，却

▲ 肥美的羊儿

还是耷拉着脸，一副生无可恋的样子。我可不想以地图炮的方式去剖析 00 后的精神状态，他们还是一群成长中的孩子。就像我在锡林浩特面前，也只是个啥也不懂的菜鸟一样。那就干脆把姿态放得更低一些，毕竟这里的羊肉沙葱包子，可比二连浩特的要好吃得多。

⚠ 锡林浩特站

锡乌 Xiwu
铁路 Tielu

穿越锡林郭勒

　　我从锡林浩特站登上这趟列车，手里攥着两张车票：一张为锡林浩特—霍林郭勒的 K2011 次上铺，一张为霍林郭勒—乌兰浩特的 K2014 次硬座。不明就里的人，会以为这是两趟列车。然而，待 K2011 次抵达霍林郭勒后，我会持 K2014 次的车票前往硬座车厢，继续剩余的旅程。猜猜看，这是怎么一回事？

　　很简单，它们就是一趟车。之所以车次有差别，皆因锡林浩特站和霍林郭勒站所属不同的铁路公司而已。从锡林浩特上车时，列车还处于内蒙古集通铁路的"势力范围"内；到了霍林郭勒，已经变成沈阳铁路局的地盘了。

　　既然如此，为什么不直接买一张从锡林浩特—乌兰浩特的车票呢？这是因为，计划不如变化。原本打算去霍林郭勒看看 50 米高的成吉思汗和忽必烈巨型雕像，或者去乌拉盖探寻下电影《狼图腾》的拍摄地，于是便购入一张锡林浩特—霍林郭勒的 K2011 次车票。但受制于行程的紧迫，终归还是改变了主意，打算直接坐火车前往乌兰浩特。由于这

⚠ 像蘑菇一样的工厂

趟 K2011 次列车的终点站正是乌兰浩特，所以不用退票，补买一张霍林郭勒到乌兰浩特的车票，便万事大吉。

凌晨三点的卧铺车厢，死寂一如太空旅行中的飞船休眠舱。偶有鼾声划破沉静，带来一丝鲜活的生命迹象。那些辗转未眠的人，会通过手机传达信号，暗淡的液晶屏遭遇遇比液晶屏还要暗淡的黑夜，微弱的光亮便仿佛一根根燃起的火柴，这是他们从疲惫不堪和无所事事的夹缝中捕捉而来的一种诗意。我爬上铺位，车厢很快开始摇晃起来。这种恰到好处的节奏使人宽慰，也许我很快就要遗忘这俗世的纷扰，和这几百个休眠舱一起遁入虚空，并于翌日一处找不到 3G 信号的荒郊野岭蓦然醒来。

但惊扰我的并非光亮，而是碎语。此时已然白昼，车窗却模糊如水帘洞。雨水是何时降临人间，窗外的世界又呈现出什么景象呢？带着一种好奇心，我从上铺爬了下来。天空有些阴沉，是一种掺杂了水汽后的幽蓝色。山丘随着车窗的移动不断起伏，大自然将它的线条勾勒得无比清晰。列车驶入一座雄壮的钢架桥，使我得以惊诧于脚下的草原有多么辽阔。那绿草如茵，如毡，向着远方一路席卷，势如破竹，仿佛地平线都要一口吞下。中学地理课本上告诉我的"锡林郭勒大草原"，正像一场突如其来的梦境，在我眼前徐徐铺开。

而雨水，是它最好的调色盘。雨水不仅赋予它浪漫气息，更使其呈现出的色彩充满质感。想象一下，倘若遇上一个枯燥的艳阳天，整个观感必将趋向于一种炽热、浓烈的情绪，而不像今朝这般蕴含悲情。悲情虽然是我们在日常生活中需要驱除的，但偶尔也可以让它任性一回。譬如此刻，

▲ 锡林郭勒的清晨

它已在不知不觉中稀释掉令人厌倦的曝光过度，转而为这些画面渲染上适度的阴暗氛围，让窗外景象由暖色调变为冷色调。雨水滋润万物，更维系着万物的美学设计。即便无尽如锡林郭勒大草原，在雨水的浇灌下，也转瞬即逝为安哲罗普洛斯 (Theo Ange lopoulos) 镜头下"哭泣的草原"。

　　勾引我视线的，却不全然是星星点点的牛羊，或者精壮的马儿。至于空旷寂寥的红房子，更要乖乖排在队伍的后面。我更为窗外悄然出现的一条铁路而好奇，它真正做到让我对其"聚精会神"。锡乌铁路是一条非电气化的单线铁路，全程除了车站和编组站，一个乘客鲜有机会看见第二条铁路。所以这条来历不明的铁路，让我感到新鲜的同时，也为它的沉默而沮丧。毕竟，它有时会紧紧地靠在车窗外，有时又会调皮地躲到远远一旁。假如此时有一列火车，神不知鬼不觉地浮现在这条铁路上，那将是多么完美的一幅构图。后来我才得知，这条铁路是以运煤为主的一条货运专用线铁路，被称为霍白铁路。它的起始站霍林河站，已近在咫尺。

　　"你在拍啥呀？"一个皮肤黝黑的小男孩，不知何时站在我身后。"我在拍那座工厂啊，你看见一条长长的传送带了吗？"我指给他看。"这有啥好拍的呀？"他摇摇头，一脸迷惑。这个家伙长得并不讨人喜欢，还穿着一件米老鼠的小伙伴——米妮的 T 恤。我朝他微微一笑，继续把目光瞄向窗外。他把脑袋一歪，盯着我的眼睛，试图找到我目光的聚焦处，可那里除了空旷的草原和长满绿草的山丘，别无他物。就在我以为他已经走了的时候，他突然发出一声惊叫："哇，好多电风扇啊！"

他激动地伸手指向远处的山丘，灯塔一般的白色建筑漫山遍野地铺开，每座均装有三枚巨大的叶片，在雨中轻轻摇曳着。显然，他所指的"电风扇"，正是这一座座风力发电机。我要感谢一下这些"电风扇"，它们至少为我转移了将近七八分钟的注意力。待到"米妮"男孩再度将脑袋瞄准我，丢下的问题却更加棘手——"你胡子这么长，干吗不剪了啊？"

我只好撒了个谎。我说我是一个拍电影的。我说拍电影的都要留一个大胡子。因为片场的人太多了，只有留了大胡子，别人才能一眼找到你。结果这小子眼珠子骨碌一转，这回面对他的发问，我真的不知道该说什么了。"留了大胡子的拍电影的，是不是更容易吸引女演员啊？"

▲ 悲情的草原

"有上厕所的抓紧啊，一会儿霍林郭勒站和珠斯站花要锁半小时厕所！"女列车员的喊叫声就像锡林郭勒大草原的风，呼啦一下掠过整节车厢，将我拯救于失语之中。

霍林郭勒站到了。按照第二张车票的指示，该去硬座车厢了。我却按兵不动，因为心中早就打好了如意算盘。"你要补一张霍林郭勒到乌兰浩特的卧铺吗？"斜挎小包的列车员问道。"那就给你补一张上铺吧，便宜点。"用手机支付完车票，我对他说了一声谢谢。下铺的乘客早就走了，车厢里空荡荡的，连先前喊话的女列车员，也来到边座上，和一位乘客朋友聊天。她心情很好，偶尔和她目光撞在一起，都能看见她在咧嘴微笑。不经意间，我听到一句话，或许能够解释她为何如此愉悦——"他们刚刚给我对象加了工资"，她说。多么可爱的一位女孩子啊。她这样一开心，就连"对象"这个词，也变得俏皮不少。

⚠ 奔马

⚠ 悄然出现的一条铁路

△ 与锡乌铁路一度并行的霍白铁路

　　就在此时，手机上突然出现一条 12306 发来的短信。打开一看，我气得拍大腿。说阿尔山—海拉尔的 4179 次列车停运，让我办理退票手续。"阿尔山那边遭遇水害了，可能要停运两天呢。"女列车员转过身来，为我排解忧愁。文章开头便说，我为了赶时间，放弃了霍林郭勒。这下好了，要被困在阿尔山了（下一段行程是从乌兰浩特去阿尔山），真是人算不如天算。我无奈地摇了摇头，女列车员也无奈地摇了摇头。"这趟车咋不停运啊。"她笑着说。我俩的忧愁无人知晓，只有窗外的雨仍旧不停歇，从锡盟一直追到兴安盟。列车宛若一条蜿蜒在草原上的蛇，幸亏身披一副全金属的外壳，才免遭雨箭穿心。

　　乌兰浩特已近在眼前，车厢里骚动起来。一个 50 岁上下的大叔，和一个只有他 1/10 人生经历的小女孩，开起了玩笑。"一会儿到了乌兰浩特，让你爸爸接我去你家吃饭呗，我和他是朋友。""想得美，我怕我爸爸会揍你哦。"小女孩瞪了她一眼。列车稳当当地停在乌兰浩特的高站台，下铺一位大姐还在目不转睛地盯着她的快手视频，并发出阵阵"魔鬼般的狂笑"。我跟随你推我搡的人群走到出站口，才发现雨已经停了。

　　仅需 10 元钱，便可将行李寄存在火车站中。这是一座头顶"蒙古包"的巨大建筑，稍晚一会儿，我要从这里坐火车去阿尔山。但那是几小时以后的事情，我还有机会对乌兰浩特匆匆瞥上两眼。在成吉思汗公园的广场上，一群身穿校服的中学生在军训。他们围拢在成吉思汗的雕像旁，一圈又一圈地奔跑。"大汗"庄严地骑在一匹黑色骏马上，目光如炬，凝视前方。稍不留神，还以为他在检阅军队。

在他身后的罕山山顶，坐落着全国唯一的成吉思汗庙。这座始建于民国时期的庙宇，曾在"文革"期间惨遭损毁，又在 1987 年得以重建。寺庙设有一座正殿、两座偏殿和两座长廊，除了两米高的成吉思汗塑像，里面还陈列着一些蒙古骑兵的铠甲什么的。无需刻意去请导游，他们会一拨一拨地出现在你身旁，只要竖起耳朵就行。

身处山顶，自然能够俯瞰城市。可惜雨后的天空，一片灰蒙蒙。远处火电厂的巨型冷却塔，不断向天空发射白烟。耳畔依稀传来策马扬鞭的声音，仿佛有人正在唤醒那沉睡中的金戈铁马。但鞭子是真，马儿却不知身在何处。只有那不知疲倦的陀螺，在老汉挥动的长鞭之下，转来转去。

▲ 乌兰浩特火车站

两伊
铁路

Liangyi
Tielu

只有两节车厢的绿皮火车

故地重游的阿尔山

"不要轻易故地重游，这很可能将毁掉它留在你心中的美好形象。"重返阿尔山的第二日，我就忍不住在社交软件上抱怨了起来。是我遇到什么糟心事吗？非也，一切都是"不可抗力"在作祟。其一，要埋怨一下老天爷，这雨连绵着下，一刻不得停，好好一座阿尔山，变成了《百年孤独》里的马贡多；其二，要怪罪于市政公司，啥时候修路不成，偏偏挑我来的那三天，通往南兴安碉堡的公路就这样被压路机和挖掘机占领了。虽然有司机愿意带我去遥远的五岔沟寻找过去侵华日军的军用机场，但不能将阿尔山要塞"一网打尽"的苦恼，始终像紧箍咒一般挤压脑髓，令我只能跪地求饶。反正，还是会回来的吧。既然包车的 500 元一分都少不了，下次说什么也得租辆车。

　　"雨只要不停，小城就跟电影《撒旦探戈》(Sátántangó) 里阴郁的匈牙利农庄没啥两样了。打着旅店老板娘的雨伞，硬生生往前冲，"冷冷的冰雨在脸上胡乱地拍"，连过路的中年人都忍不住哼哼着。温度骤降，他已将天蓝色的"北脸"牌（NorthFace）薄羽绒服披在了身上，仅此一个照面，看不出这件衣服究竟是正品还是山寨货。走进一家饭馆，操上海口音的游客正试图"贿赂"老板："给我们把菜烧好一点呀，我们今天刚来，如果满意就天天在这里吃了呀。"老板似乎并不领情，以一种无可奈何的口吻回复说："你们哪怕只吃这一顿，我也得好好烧啊。"这时不远处的铁路道口，传来一阵火车风笛的声音。老板的女儿，一个只有四五岁的小女孩，拖着她的奶奶冲了出去。"快来看啊，火车冒出大黑烟了！"小女孩激动得直拍手。她一直目送着火车缓缓驶入阿尔山站，才依依不舍地回到饭店。

　　由于连接小城中心区域和火车站，这座道口承担着巨大的人车流量。这也使得看守道口的铁路工作人员，每天都忙得焦头烂额。他们最害怕的，便是有火车的时候。阿尔山是季节性旅游城市，过去侵华日军在当地建造的东洋风情砖木结

⚠ 阿尔山的雨季

构车站，现在成了游客们竞相踩点的必去之处。因此这些举着相机的家伙，便当仁不让地成为他们眼中的头号防范对象。你在道口之外的地方随便怎么拍，他们置之不理，但如果你敢侵入铁道线一毫米，他们绝不姑息。有意思的是，这些人"驱逐"游客的手段，也在与时俱进。你再也不必害怕被高音喇叭大吼时的颜面无光了，

⚠ 经典的中国铁路小站——阿尔山站

也不必安插一颗担心他们嗓子坏掉的同理心。你只会听到一阵叮咚叮咚的手摇铃声，足够有效，也足够照顾游客面子。但夜幕降临之后，一切又会重归于简单粗暴：那是一束手电筒聚来的光，让你在黑漆漆的铁轨上享受一回当明星的错觉。别问我是怎么知道这些的。

此外，引发我"不要故地重游"这种想法的，还有一些目睹的现象。众所周知，阿尔山在旅游资源方面有两块"金字招牌"：一为国家森林公园，一为日式火车站。这些年来，火车站的名声越来越大，来一窥其貌的游客越来越多。好消息是，你终于不必担心它像德国人修建的老济南站那样被无情拆除了。可坏消息呢，你会莫名其妙地发现整个兴安盟到处都是"阿尔山站"。

该怎么解释这句话呢？还是用一个具体的例子说明吧。我从乌兰浩特转车时，在火车站附近闲逛，突然看到不远处有一座缩小版的阿尔山站。开始我以为，这只是一座精心打造的模型。毕竟乌兰浩特作为兴安盟的行政中心，宣传一下境内的阿尔山站合情合理。但之后的两小时内，我在城里接连邂逅完全一模一样的"模型"。糟糕的是，它们的门头上全都写着四个大字：公共厕所。想象一下，这里的孩子有天坐火车去阿尔山时的场景。我和你赌一百块，他们下车后一定会问："妈妈，这不是咱那里的公共厕所吗？"

啥也没有的阿尔山北站

打车前往阿尔山北站。某网约车 App 显示，该司机只做了七单生意。小城的出租车业务基本被昂贵的包车垄断，网约车的发展举步维艰。阿尔山北站位于阿尔山市最北部的伊尔施镇，距离城区约 17 公里。在行政范围上，它隶属于阿尔山市管辖，但在铁路领域，阿尔山北站刚好纳入哈尔滨铁路局海拉尔车务段的管辖范围。而城区的阿尔山老站，仍由沈阳铁路局负责管理。

伊尔施镇不大，却拥有一座国家二类口岸，这便是中蒙边界努尔根河右岸的阿尔山口岸，与蒙古国东方省的松贝尔口岸遥遥相对。从地图上看，阿尔山市的位置极其特殊。如

果把中国地形想象成一只大公鸡，它刚好处于鸡头后面靠近脖颈的地方。在这里，蒙古国的东方省刚好嵌入进来，形成一个巨大的凸出部，阿尔山就在这个突出部的尽头。毫无疑问，这是一座美妙的边境城市，更绝的是，它东侧毗邻脊柱一般的大兴安岭，北面连接着广袤的呼伦贝尔大草原，蕴藏着无穷尽的资源。

　　"既然阿尔山站被誉为'中国最美的火车小站'，那么阿尔山北站是不是也仪表堂堂呢？"我必须告诉你，这种想法太危险了，一旦抱有，失望会比你掉的头发还要多。但这还不是最绝望的，等你钻进阿尔山北站那张毫无特色的枣红脸中，就该明白没吃午饭的决定是多么糟糕。我去过几百座火车站了，这种"啥也没有"还是第一次遇着——没有水，没有电，没有小卖部，没有厕所（关闭使用）。甚至就连 X 射线安检仪和核查身份证的电脑，也成了一桩摆设。"那我的车票咋取啊？"几乎每个进站的旅客都要问上一句。"不用取啦，你们直接上车给乘务员看购票信息就行。"我想车站值班人员一定很懊丧，为什么身边没有携带一台简易的复读机。

　　如此这般，偌大的候车厅里，塞满了不知所措的人群。车站里啥也没有，车站外亦然。只有那雨下个不停，它不知道我的饥饿能吃掉一只羊。铁路警察打起瞌睡，安检妹妹来回踱步，明明好像已经濒临崩溃，实际上却还是一副秩序井然的样子，宛若日本灾难片《生存家族》（*Survival Family*）里的场景重现。但这个想法刚一出现，便被不知哪里传来的手机外放声败了兴。在人人兜（在东北地区开始不知不觉使用这个词）里装着一只充电宝的今天，想营造一种电影中虚假的灾难氛围也变得很难。这种连挣扎都算不上的场面持续了没多久，4179 次列车便开始放人了。只见大门一敞，人们开始朝绿色的车厢处蜂拥。这是一种遍布着希望的绿，车厢不仅仅是带他们离家或返乡的交通工具，更是一座移动的小饭馆、公共厕所和棋牌室。

两节车厢的两伊铁路绿皮车

　　你有 1000 种方式去海拉尔，可以是飞机，曾经的海拉尔东山机场，如今已更名为呼伦贝尔东山国际机场；可以是火车，中东铁路沿线每天有数对从哈尔滨或满洲里方向驶来的列车。当然还可以自驾，此处就不赘述了。

以上林林总总之外，还有一种更冷门的方式：搭乘两伊铁路上的绿皮火车。两伊铁路，与伊拉克和伊朗没有任何关系，它是连接伊敏和伊尔施的一条铁路。由于铺设在高寒地带，冬天要经历严重的冻害考验，铁路直到 2009 年底才全线贯通。2016 年 7 月，第一趟客运列车终于将铁轨摩擦得炙热起来。新巴尔虎左旗的牧民，总算能够一睹"铁马"的风采了。

我对两伊铁路的憧憬，打从知道这条铁路存在起，就没消停过。鄂温克旗的伊敏，多么美妙的名字。伊敏河流经她的身体，和铁路一起向海拉尔延伸。更不用说铁路贯穿呼伦贝尔大草原的南部，闭上眼睛都能想象的一种"风吹草低见牛羊"情形。因此在我心中，这条铁路只有一个颜色，那就是绿色。当然，要验证自己的想象力，就必须将这次铁道旅行放在夏天。而选择一趟能够开窗的绿皮火车，即便起点站位于远离市区的阿尔山北站，也在所不惜。一想到阿尔山的雨，将被草原上的风吹走，我这个原本有些疲惫的旅人，便浑身舒畅起来。

阿尔山北站开往海拉尔的 4179 次列车，是两伊铁路上唯一的绿皮火车。它由

▲ 阿尔山北站站台

▲ 雨中的白阿铁路

经典的东风 11 型柴油机车 ① 牵引，铁道迷将其唤作"狮子"。有趣的是，"狮子头"后面，仅仅加挂了两节 25B 型客车车厢，像拖着一条乖巧的小尾巴，莫名其妙的可爱。乘客们刚好不多不少，人人都能独霸一张两人座或三人座。在这般美妙的氛围下，我们这趟只有两节车厢的绿皮火车，开始了穿越大草原的旅行。

一条改变人类历史的河流

刚出站没多久，列车便蹚过一条水势湍急的大河。这是哈拉哈河，它从阿尔山中部大兴安岭南麓的吉里革先山流下来，在阿尔山和新巴尔虎左旗两次成为中蒙界河。80 年前，一场震惊世界的武装冲突，几乎改变了历史进程。1939 年 5 月 4 日，几名蒙古国骑兵越过哈拉哈河，前往诺门罕地区放牧。此举引来日军和

---

① 东风 11 型内燃机车（DF11）是中国铁路使用的柴油机车车型之一，是中国第八个五年计划期间的国家重点科技攻关项目之一，是为广深准高速铁路开行时速 160 公里级别准高速旅客列车而研制的新型准高速干线客运内燃机车，并成为中国铁路前四次大提速的主力机车。其最高运行速度为 170 公里 / 小时，首台机车于 1992 年研制成功，至 2005 年停产，共计生产了 459 台。

伪满洲国军队的反击，并将蒙古人驱逐到河西岸，后蒙古国骑兵带着援兵报复，双方的摩擦逐渐升级，最终演变成为苏联和日本之间的一场大战，史称"哈拉哈河战役"。

这是继日俄战争之后，两国陆军间又一次大规模作战。战争持续了三个月之久，经过初期战斗的不利，苏军逐渐掌握了局势。他们不但调来了朱可夫，还利用西伯利亚铁路强大的输送能力，在共计征用了 2600 多列火车的情况下，将 60000 名士兵和 500 辆坦克运到了哈拉哈河西岸。此战让朱可夫扬威天下，也使得日本人开始重新审视苏联军队的战斗力。以至于 1941 年 6 月"巴巴罗萨行动"开始后，日军未能如希特勒盼望的那样从远东夹攻苏联。

1994 年，一个日本人从大连出发，在接连换了三趟绿皮火车和若干汽车后，辗转来到中蒙边境。他在诺门罕度过了漫长的一夜，被蚊子咬得差点没命，黑漆漆的夜幕中，星星多得劈头盖脑。"尽管如此，我无论如何也无法从我们至今仍在许多社会层面上作为无名消耗品被和平地悄然抹杀这一疑问中彻底挣脱出来。我

▲ 孤独的房舍

们相信自己作为人的基本权利在日本这个和平的'民主国家'中得到了保证。但果真如此吗？剥去一层表皮，其中一脉相承地呼吸和跳动着的难道不仍是和过去相同的那个封闭的国家组织或其理念吗？我在阅读许多关于诺门罕战役的书的过程中，持续感觉到的或许就是这种恐惧——五十五年前那场小战争距我们不是并没有多远吗？我们怀抱着的某种令人窒息的封闭性总有一天会以不可遏止的强大势头将其过剩的压力朝某处喷发出去，不是吗？"这个日本人感到困惑，便写了《边境近境》一书，记录下这段不寻常的旅途。他就是村上春树，这是他第一次也是唯一一次来到中国的土地上。

和牛羊为伍的列车

谁能猜得出，在这趟只有两节车厢的列车上，最受欢迎的一个人，居然是卖方便面的大哥。他一现身，就被众人团团围住，像草原上落单的小羊，遇到了一群饿狼。我也是其中一头，方便面就是我的小羊羔。若非万不得已，我才没胃口吃它。一个年轻的列车员走过来，开始查票。我朝他出示 12306 订单，他很认真地把订单号抄下来。这时我注意到他胳膊上的臂章，写着"列车长"三个字。

隔壁有一个大叔，从上车起就没安分过。我只瞥了他一眼，从此过目不忘，他长得实在太像某位中国足球协会前专职副主席了。这位大叔在火车上四处串门，逢人便唠嗑。不是人缘好，而是"犯了病"。这是一种现代人都无法摆脱的病魔：一旦手机没电，就会六神无主，坐立不安，到处寻找一个叫充电宝的家伙。

拯救大叔的男孩，操一口浓郁的天津口音。他说自己在海拉尔出差，便利用空闲时间去阿尔山转了转，现在又坐火车回海拉尔。大叔问他结婚了没，他说结了，但他老婆不爱旅行，所以都是一个人出来玩。聊了一会儿，大叔把皮鞋一脱，往硬座上一横，打起瞌睡来。外面的雨停了，我把车窗打开，新巴尔虎左旗的草原一览无余。雨后的空气不断往肺里钻，绿草柔和又富有生命的张力，如果你问我全世界最清澈透明的地方在哪里，我会回答："这里。"天的那边，一道美妙绝伦的彩虹桥直挂云上，生平第一次，我开始羡慕那些正在吃草的牛羊。

这些时日，不断地坐火车驶过草原。从乌兰巴托的夜空，到锡林郭勒的晨曦，再到呼伦贝尔的午后，如果说大地是客厅，那草原就是一张绿色地毯。原以为的审美疲劳并没有出现，在光影的组合变化下，每张

▲ 牛群

▲ 穿越呼伦贝尔大草原的两伊铁路

地毯都呈现出独一无二的魅力，令人啧啧称奇。按这种逻辑的延伸，那些牛羊和骏马，便是家里的宠物了。火车呢？这还用问，当然是我最喜欢的超大型玩具了。

当火车遇上牛羊，会产生怎样的反应呢？在四川大凉山的绿皮火车上，他们把羊和狗装在一节行李车厢中，使我经历了一次"火车上放羊"的神奇体验。而在这里，不会有牧民抱着牛羊上车的。草原就是牛羊的家园，它们才不稀罕坐火车呢。于是，它们就爬到铁轨上，有些胆子大的，还赖着不走。火车远远地开过来，司机不断鸣笛，吓得这群牲口到处乱窜。偶尔火车一记急刹车，不用猜也知道，前方一定有"碰瓷"分子。不过，它们也有"胜利"的时候。忘了哪里看到的，一列货车被"卧轨者"逼停了，司机和工作人员费了九牛二虎之力，才将一头在铁轨上"思考人生"的骆驼抬了出去。如果没记错，这故事也发生在内蒙古。

巴日图上车的蒙古族牧民

"哥们儿，窗户关上吧，这风噌噌地。"这不是隔壁大叔第一次向我抱怨了，他早看我不顺眼了。我已按照他指示，仅在拍照时打开车窗，可老忘记关。你说外面风景这么美，能怪我吗？况且，坐绿皮车不开窗户，这不等于烧菜不放盐吗？但本着照顾他老人家的情绪，我关上了窗户。于是五分钟不到，震耳欲聋的呼噜声，又一次掩盖了铁轨的哐哐声。

如果没有巴日图上车的那几个牧民，火车应该会风平浪静地开到海拉尔。隔壁大叔的呼噜声，会一直从草原延续到伊敏河畔。而我，一边对着窗外发呆，一边犹豫要不要按下快门。在我看来，就算挡风玻璃一清二楚，那也是一种隔靴搔痒。所以，我必须感谢巴日图上车的那几个牧民，正是他们的出现，打破了剧本走向，击碎了大叔的美梦。

这些人自上车起，便径直坐在大叔的侧前方。他们的话我一句都听不懂，毫无疑问，这是一群蒙古族同胞。他们一边划拳，一边喝酒。很快有个男人，脸红得能和关公一较高下了。他似乎有几分俄罗斯血统，和我在西伯利亚遇到的那些酒气熏天的农民没啥区别。他站起身，将车窗朝上一抬，草原上的风，大口大口地灌进车厢，比他们的酒还要猛烈。

从这一刻起，我就一直盯着大叔，看他何时醒来，会有何种反应。很快，他

▲ 草原上的牧民

打了个冷战，直起身子，朝我瞥了两眼。我摇了摇头，冲他微微一笑，手指蒙古族牧民的方向。他立即站起来，刚要发火，一看对方是一群酒徒，就把口水咽了回去。他默默地躺下，又默默地起身，把原本当作枕头的外套，悄悄穿在身上。天边的夕阳开始浮现在车窗一侧，伊敏站到了。我的相机终于又可以伸出窗外，肆无忌惮地取景了。

尾声

　　火车继续往北开，往海拉尔开。火烧云在左边，伊敏河在右边。不必交代后面的事情了，一切都像预料中那般美好。牧民们大口喝酒，隔壁大叔玩起手机，天津男孩盯着笔记本电脑，只有年轻的列车长，仍在查票。两伊铁路的绿，比想象中还要动人。

⚠ 花丛中的男人

▲ 雨后的两伊铁路

　　18 点 50 分，4179 次列车准点驶入海拉尔站。五个多小时的旅途过后，人们早已一脸疲惫。他们大步迈向出站口，迈向这座城市的灯红酒绿之中。我背起行囊，缓缓走出车厢，在"阿尔山北—海拉尔"的水牌前，告别我的玩具。它一节车头，两节车厢。大地是它的客厅，草原是它的地毯。

　　我想起海子的《九月》，"我要把这远方的远归还草原"。在这一刻，我感同身受。终究，这趟列车是属于草原和蒙古族牧民，甚至属于隔壁大叔的。即便对这些司空见惯的风景熟视无睹，他们的血和温度却深深埋藏在土壤里。我感到有几分悲哀，我爱上了一匹野马，可我的家里只有木地板。

牙林铁路 （一） 图里河的奇遇

Yalin Tielu

"把咱家的百年老建筑拍下来啊！"一声豪迈的东北式问候，炸裂了耳畔宁静的清晨。一名头发花白的老警察，笑容中夹带着一丝骄傲。我点点头，他明白我想要的，哪怕没有多余的交流，这匆匆的一个照面也令彼此心领神会。牙克石火车站的右手边，矗立着一座 100 多年历史的俄式老水塔。谢尔盖·维特把东省铁路（又名"中东铁路"）从满洲里铺到哈尔滨后，这座黄色水塔就变成了一位慈祥的母亲：蒸汽机车是嗷嗷待哺的孩子，而水鹤 ① 就是她的乳头。

和东省铁路的缘分点到即止。我要从牙克石坐火车一路北上，穿越草原和湿地，迷失在大兴安岭的深秋之中。在这条被称为牙林线的铁路上，有一趟海拉尔开往满归的 4181 次绿皮火车。它正快马加鞭地赶来，而等待它的人越来越

---

①铁路上给蒸汽机车加水的装置。上部伸出横向的输水管，能左右旋转，管的前端弯下来的部分像鹤的头部。

▲ 铁道边成排的落叶松

多——昨夜让我恐慌的人头，今天仍旧密密麻麻。但这一次，我却由一个"受害者"变成一个"施暴者"。

这些人——跳上火车，顷刻间便把所有剩余的空间填满了，连车厢过道处都塞满了人。我只好对号入座，被夹在三人座的中间，委实有些令人沮丧。好在火车这座流动的大戏班子，永远不乏业余演员。东北人把调换位子称之为"串"，他们总是不断地"串一下"，以方便和熟人坐在一起。两个到库都尔的大姐，为了唠嗑串一块儿，像冰糖葫芦上的两颗果子。一个夸耀对方买的衣服好看，另一个说 800 多块打折到 680 块；一个又说为啥不去牙克石买呢还能便宜点，另一个说这衣服只有海拉尔才买得到……

也有拒绝"串位"的，一个年轻的短发女孩，身材异常强壮。她坐在我右手边，一个靠窗的位子，说那边太晒了，不想串。得知我是一名游客，她好奇地问我为啥不去满洲里。我说八年前去过了，这次不顺路。她要去一个叫作金河的林区小镇，探望远嫁大兴安岭的阿姨。当我说想去看看森林里的铁路时，她顿时脸色大变，提醒我一定要小心大黑瞎子。

"我姨夫是个森林警察，每天的任务就是巡山。"女孩说，"他们每次进山，都会带炮。""带什么炮？自制的山炮吗？"谁料这一发问，却害对方捂着嘴大笑起来。"你想多啦，炮仗而已，二踢脚，吓唬野兽用的。"

女孩说，那会儿在山里，他们老看见狼啊，野猪啊什么的，甚至还有大黑瞎子。有次骑着摩托，忽然遇到一群狼，赶紧跳车，哧溜一下上树了。他姨夫是个 200 斤的胖子，可爬起树来比 20 多岁的小伙子还麻溜。不过常在河边走，哪有不湿鞋的。有一回他没躲过去，被大黑瞎子抓掉了半张脸。好在大难不死，手术及时。医生割下他肚子上一块皮，完美移植到脸上。

故事太刺激了，我得缓缓神。从包里拿出一瓶车站买的山丁子饮料，喝两口压压惊。"你咋喝这玩意儿啊？一点也不好喝！"女孩说，"花那钱干吗，直接采野果子吃不就行了？"这句话听得我一阵羞愧，又着实无言以对。

库都尔一过，人走了一大半。一个老头高亢的声音，隔着几个座椅传了过来。就像街上那些爱来爱去的口水歌，无需竖起耳朵，听觉系统便会莫名其妙地照单全收。当这样的干扰越来越严重时，你也就自然而然沦为其中的一份子了。

"大爷，您到哪儿下车呢？"我索性主动出击，用尬聊去杀死尬聊。

"我到图里河，你呢？"

"这么巧，我也到图里河呢。"

"听你口音，不是本地人吧？搁哪儿来的啊？"

⚠ 秋天的牙林铁路

当我说出上海两个字时，他突然像打了鸡血一般，嗨了起来。

"上海有个人民公园是不是？听说很多父母都在那儿给孩子相亲？我女儿快40了，一个人在北京买了套100多平的房子。啥都很好，就是不肯处对象！"

"我说大爷，现在的年轻人，都愿意一个人待着呢。"我安慰他说，"更何况，一个女孩能在北京买那么大的房子，也太棒了吧！"

"是吧！孩子在外企做高级管理人员呢，没事就去美国欧洲出个差。那么贵的房子，天天空着呢！"埋怨归埋怨，大爷脸上的表情倒也还算诚实，一丝难以掩藏的浅笑出卖了他。

"既然这样，您两口子为啥不去北京帮她看房子啊？"我有些不解。

"有啊，我们曾经去北京和她住过啊。但不怕你笑话，我俩都受不了啊！"他显得十分无奈。

"大爷，我太明白了。我和我爸妈也一样，天天吵架呢！"

"不是说这个，我说空气质量呢！你现在看看外面，你看这天，确实是蓝的；你看这云，确实是白的；你看这水，确实是清的。你再看看北京，人贼多，楼贼高，车贼堵，你的心不难受吗？我就不明白了，人为啥都往北京扎堆呢？"

大爷没说错，在蓝天白云之下，火车好像驶入了一座童话王国。举目望去，遍地金黄，一派梦中难觅的场景。牙林线，是一条铺设在森林中的铁道，是大兴安岭的钢铁大动脉。你甚至无法得出一个清晰的结论，究竟是枕木下的碎石更多，还是铁道旁的落叶松更密。在拓荒时代，举国的木材几乎都靠牙林线运送出黑土地，让"火车一响黄金万两"的传说不胫而走。然而成也木头，败也木头。人类贪婪地索取，引发了大自然的无情报复。"为子孙后代留下一片蓝天碧水绿地"的呼喊，取代了先前的无休止砍伐，封山育林的时代到来了。这条曾因木材的兴盛而热络的牙林铁路，渐渐归于冷寂。运送木头的大型货运列车，几乎销声匿迹。只有像4181/4182和6268/6270这样为数不多的客运列车，每天按部就班地在广袤的森林中穿梭。

而实属小确幸的是，从海拉尔开往满归的4181次绿皮火车，早已由过去的"木材收割机"，变成这一刻的"美景收割机"。从牙克石到图里河，列车穿过草原湿地，落叶松已经"黄袍加身"，摆下迷魂阵坐等它自投罗网。不管你是什么派画家，在秋天的牙林铁道面前，都像陨落的星辰般黯然失色。而坐拥这片梦幻的代价，可以是眼睛，也可以是身体的任何部位。可别忘记，4181次是一趟能够开窗的绿皮火车。当金黄色的树叶透过车窗，缓缓摇曳进车厢里的那一刻，请千万不要辜负了大自然最深情的表白。

抵达图里河时，绿皮火车给下车的乘客出了一道难题。它没有停靠在仅有的一座站台旁，而是停在远离站台的轨道上。人们必须踏着铁梯，小心翼翼地跳到布满碎石的地面上，还要跨越三层铁道线，才能抵达出站口。这使得腿脚不便的

列车停靠在没有站台的地方，幸运的是还有列车员的帮忙

乘客捉襟见肘，也教铁路工作人员担惊受怕。哈尔滨到海拉尔的快车就要开来了，他们只能举起高音喇叭，再三敦促乘客尽快出站。但混乱中还是夹杂着一丝美好，一位身强力壮的年轻列车员，以半公主抱的姿势将一名女乘客抬了上去。这是属于绿皮火车的温情，它活在一个没有高站台的世界中。

图里河的出站口，停着一辆白色出租车。司机是个大姐，在驾驶座上玩手机。我问她能不能带我到镇上，她问我有没有找好住处。"没有的话，来我家呗。我有一套二居室的房子，旺季时做民宿，现在空着呢。"她一脸真诚，绝不像一个拉客拿提成的"业务员"。多次出入林区的经验及直觉告诉我，这位大姐值得信赖。出租车在林中穿梭，一座干净整洁的林业小镇很快浮现在眼前。她把车停在一幢粉红色的公寓楼前，打开了二楼东户的房门。一切都在预料之中，甚至超乎想象：房间干净得一尘不染，电视机电冰箱洗衣机和厨卫一应俱全，卧室敞亮，卧具整洁。至于费用，更是合理到完全没必要讨价还价。

一桩生意，如果双方都持有怀疑，势必磕磕绊绊。相反，倘若相互给予信任，那就顺畅如网购：买家拍下付款，卖家打包发货。在这样一个寒冷的季节，我以我的信任，换来了她的投桃报李：她没有收我一分钱押金，也没有登记我的身份信息。当钥匙塞在我手中时，她郑重地说出一句颇有幽默感的话："从现在开始，这间房子就是你的了。"

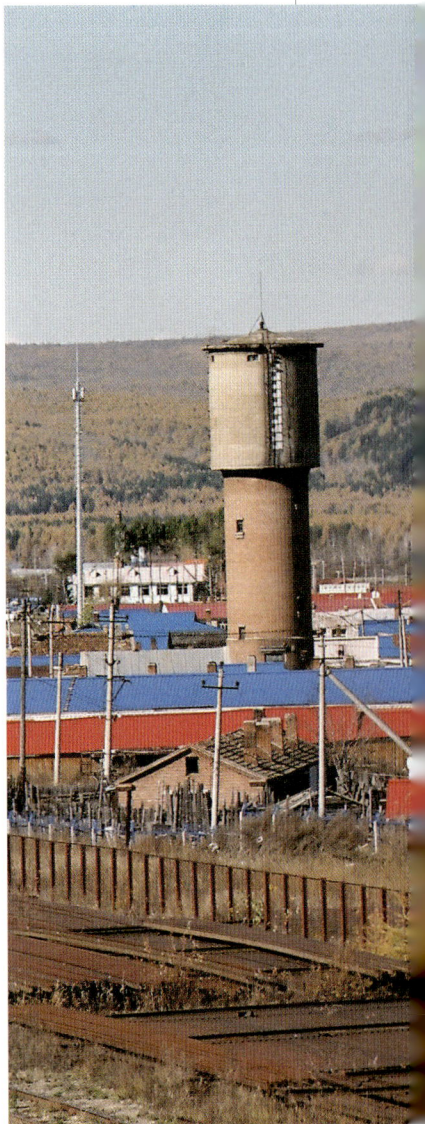

图里河镇，顾名思义，因河得名。一条长长的图里河，自东向西，汩汩流淌。一条弯弯的 302 县道公路，由南向北，穿城而过。这一条河，一条路，勾勒出小镇的基本格局。镇上最高的建筑，大概便是那幢林业局大楼，它比红砖厂废弃的大烟囱和铁路旁的老水塔还要高出一头。牙林铁路从镇子左手边笔直地划过，并

⚠ 大兴安岭深处的林区小镇——图里河

在伊图里河镇分成两股岔道：一股继续沿着牙林线，通向根河市；一股以伊加线 ①
的名称，连接加格达奇。尽管木材采伐量在逐年减少直至停采，铁路仍旧为这座
小镇注入了烟火味：人们以 302 县道为中心，沿着马路两旁开放商铺，摆摊设点。
你能看到卖山货的小贩，刚刚吃完铁锅炖的红脸大汉和围拢成无数个方阵的玩棋
牌的老人。

　　我在一家兽药店门口，遇到那位在图里河站下车的大爷，他正抱着一只可怜
兮兮的小狗，和兽医聊着什么。我们几乎同时看到了对方，像个熟人一样打起了
招呼。为了给心爱的小狗买药，他坐绿皮火车去了一趟海拉尔，来回颠簸也就算了，
还得住上一宿。但没有什么比小狗的健康更让他安心，女儿不在身边，狗就是寄托。
在任何一座城市，你都难以想象和一个火车上仅仅聊过两句的陌生人，能够再次
重逢。可在小小的图里河，人们必须安于一种"抬头不见低头见"的现状。对于
社交恐惧症患者来说，这显然不是一种友好的生存模式。

　　一位骑摩托的大哥，横在我面前。"你是不是从上海来的游客？"我一脸茫然，
难不成自己被跟踪了？"你住在我姐姐家里，我是他弟弟。刚刚还听她说起你，
所以我猜测应该就是你。"能拥有这般敏锐观察力的，恐怕非民警同志莫属了。
这位"不速之客"，是一名森林系统的公安干警，只是在图里河这样安逸的地方，
他并不需把"二踢脚"绑在裤腰带上。我们闲聊了起来，话题却是一台 OPPO 拍
照手机。

　　之前在他姐姐的出租车上，便聊起了照相。大姐说，她喜欢照相，尤其给大
自然照。她喜欢夏天，喜欢夏天的花花草草。她翻开手机，给我看她的作品。这
是我第一次见到传说中的 OPPO 拍照手机，照片使人惊讶：当然不能算大师级作
品，不过倘若将全国的出租车司机集中在一起 PK，她一定名列前茅。大姐不会用
任何 P 图软件，也永远不会把拍照说成摄影，但她 OPPO 拍照手机里直出的相片，
却让我 iPhone X 里各种 ins 风滤镜照，显得有些滑稽可笑。

　　这时，弟弟也掏出了手机，一台和姐姐同款的 OPPO 拍照手机。他娴熟地翻
开相册，让我欣赏他的作品。似曾相识的境遇中，没人敢怀疑他们不是一对亲姐弟。
临了，他加了我微信，说以后多多交流摄影心得。不过将心比心，我还是更喜欢
他姐姐的照片。

　　他执意把我带到一座跨越图里河的铁路大桥上，说这里有他的童年回忆。我

---

①伊加铁路，又称牙林铁路东线，建于 1957—1965 年，线路自牙林铁路伊图里河站东又出横穿大兴安
岭岭脊，沿伊图里河北岸、克一河北岸、甘河北岸铺设铁路，中途经克一河、甘河、吉文、阿里河、齐奇
岭至加格达奇与嫩林铁路接轨，为森林铁路支线。伊加铁路是我国唯一横穿大兴安岭北段主脉的铁路，与
牙林铁路、嫩林铁路一起构成大兴安岭林区铁路网，对开发森林资源起到了重要的作用。

必须要好好感谢他的热心肠，这让我意外发现了一处建筑废墟。破旧的大理石门柱上，"海拉尔分局图里河电务分段"的字样清晰可辨，一张写着"售楼"的A4纸，像粘在伤口上的创可贴。苏联式建筑风格的大楼，仍在风中佝偻着，门厅却已摇身一变，变成中国移动的营业点。不幸的是，它似乎已经关停了。

院子里杂草丛生，找不到任何人留下的痕迹。除了一座有些"抽象"的大型石雕：三个不知所云的"半人半马"少女，赤身裸体，昂首挺胸。她们背靠着背，以一种耐人寻味的姿势，托起了一座圆盘。两个竖起的大号英文字母"TD"，如帝王那般立于圆盘之上，昭示出至高无上的尊享地位。这是一出没有谜底的解谜游戏，但我相信答案应该并不难猜测。"TD"可以是"铁道"的缩写，更能够与"图里河电务段"的"图电"完全吻合。

这是一群死去的建筑。尽管，它们矗立不倒，还在努力维系最后的尊严。但内部，早已千疮百孔，人去楼空。废墟是带不走的证据，是暴露在阳光下的干尸，五脏六腑都被掏得一干二净，只剩一副枯槁的躯壳。即便如此，仍有一些丧心病狂的商家，还在最后榨取其价值。"看男科到博大"的彩色广告，在斑驳的墙壁上飘摇着，像一部光天化日之下的惊悚片。生活总是无情地嘲弄那些从未嘲弄生活的人，他们不断受伤，又不断结痂。最后连回忆也变得举重若轻，埋葬在一个时代的坟冢之下。

▲ 废弃机务段里的雕塑

正在跳舞的"空心"男女

图里河

　　电务段的左手边，是一座废弃的歌舞厅。巨大的白色马赛克墙上，镶嵌着两个空心的大字——舞厅，和一对正在跳舞的"空心"男女。曾几何时，这里也许是小镇的中心。没有霓虹，只有如繁星般闪烁的空心灯。时髦的林区工人男女，把热血献给了森林，把荷尔蒙留在了这里。那是一个跳"交谊舞"的年代，黑漆漆的世界里，总有一个能扫射出五颜六色灯光的大圆球，和女孩子一声娇嗔的"你又踩我脚啦"。它们在时间的涡旋之中，变成腰乐队的一首情歌，又或者《地球最后的夜晚》里的一场梦……灯光亮起，舞会散场。现实的齿轮却只能狠狠地咬住离别，任那些撒了一地的玻璃碎片，折射出青春逝去后的哀愁。他们都已经老了，舞池早已换成了广场。我想，是该把舞厅还给双卡录音机的时代了，至少那里有逝去的荣耀，和从 A 面到 B 面的优雅。

牙林
铁路（二）

我步入丛林

包子铺

我在图里河，睡了一个还算安稳的觉。夜半时分，被水暖气的热辐射烤醒，只好踢掉被子，从衣柜中翻出一条薄毯子。外面的世界，已经降到零摄氏度以下，窗户上凝起了冰花。人类发明了暖气片，从此不再畏惧寒冬，却也使得一部分怕热之人，每天生活在梦魇中。好在之后睡得踏踏实实，直到醉人的光线透过浅色窗帘，将清晨彻底点亮。这是一个令人饱满的时刻，连空气中都弥漫着包子铺的飘香。

在东北的小镇行走，最怵头的一桩事，便是每日的"一人食"。倒也不是饭店难觅，而是绝大多数的小饭店，都将喝酒点菜的客人作为主要服务对象。一言蔽之，一个行走江湖的人，在东北的小酒馆面前，他要担心的绝非盘缠，而是有没有一个大胃。实诚的东北人，可不像精明的南方人，把菜的分量也做得精致小巧。他们的锅包肉又大又厚实，把又大又厚实的盘子塞得满满当当。就在昨夜，我点了一盘青椒炒肉片，可吃着吃着发现，肉居然越吃越多。这让我感到沮丧，甚至演变成一种尴尬。自然，连一盘炒菜都吃不掉的男人，是不好意思抬头去看老板娘的，只好抢在她收拾饭桌之前，像做贼一样扫码付款，然后仓皇逃窜。

小饭馆不适合独行者，包子铺却足以拯救他们脆弱的自尊。毕竟，包子面前人人平等，没人在意你到底吃 10 个还是 2 个。拿几个热腾腾的猪肉包子，配上一碗小米粥，一顿经济实惠的东北式早餐，就此呈现。包子铺还是离别的场所，歌词中两个朋友在雨天杭州的一家包子铺门口分手，匆匆赶往远处的站台。现实里我在图里河一家包子铺的门口，钻进了大姐的白色出租车。

南方的冬天

和小镇就此别过，和大姐还要继续相处一段时光。我要她拉我到岭北站附近，去拍摄一段经典的铁路大弯道。再次和她碰头，已如多年的老友一般，聊起和她弟弟的偶遇，以及图里河的一些见闻。她看上去心情颇好，主动提起了她那广州工作的儿子。

"你说一个从中国最冷的小镇走出去的孩子，每年冬天都在广州冻得嗷嗷叫，我就不懂了。"

"大姐，我猜你冬天的时候没去过南方，对吗？"

"还真是，你怎么看出来的？"

"大姐，我给你讲一个故事吧。在上海，我们不是从天气预报中判断冬天是否到来的。"

"那咋整啊？"

"看看北方人啥时候冻得嗷嗷叫啊。"

大姐沉默了两秒，继而咯咯咯地笑了起来。"你肯定以为我在开玩笑吧，还真不是。"我说。

"在秦岭—淮河以南，没有集中供暖的设备。冬天到来时，虽然温度远远不及北方，动辄零下 20 摄氏度。但南方气候潮湿，就连冷空气也湿答答的，是一种令人十分难受的阴冷。最可怕的，室内温度几乎接近室外。"

"哎妈呀，听上去好像是挺吓人的。"大姐有些惊讶。

"据我观察，有很多北方人，由于常年在有暖气的房间过冬，在抗寒方面的能力反而急剧退化了，变成温室里的花朵。与之相反，南方人在年复一年的锻炼中，早就习惯了冬天的阴冷。"

"听你这么一说，好像很有道理啊。"大姐叹了口气，"这样一来，我又有点担心我儿子了。"

　　我望了大姐一眼，在她的脸上，并未流露出任何哀愁。但谁也不敢保证，接完我这一单活后，她会不会在微信里用语音提醒儿子，要注意防寒多穿衣服啥的。我开始想象她的儿子，此时此刻，他应该正在广州某幢高高的写字楼上，一边喝着刚煮好的咖啡，一边在电脑前写方案或报表吧。看到大姐发来的语音，他会眉头一皱，继续工作，然后数小时之后，给他妈妈回复一句冰冷的文字："不是说过了上班期间不要发语音给我吗？"

　　我又想起了火车上的大爷，他的狗有没有活蹦乱跳？她在北京工作的闺女，知不知道爸爸的狗病了？我曾和这些年轻人在北上广的每一条街道擦肩而过，现在又和他们父母在一座凋敝的林区小镇聊起他们。这是一个信息如光波般通畅的时代，人们发明了最快捷便利的聊天工具。然而，沟通的效率并没有与飞速的技术保持同步，取而代之的，人们正变得越来越缺乏耐性。

　　绿皮火车，是撞入彼此生活的一种巧合。即便双方抱持的目的不尽相同：于我是一种热爱，于他们是一种依赖，但这并不能改变结果。我们得以相遇，一起分享生命中简单的快乐和隐秘的哀愁。绿皮火车，能够撞破次元壁，撞破巴别塔，把一堆风马牛不相及的人物，撞到一个奇异的时空之中。我热爱这样的巧合，它让生活更富有戏剧性。而在戏剧性的冲突中，我得以在他人的生活中重拾一种命运的张力。这让我感到幸运，也感到悲哀。我注定只是一个冷眼旁观的看客，我所有的理智，都包裹在一个置身事外的预设之中。

我步入丛林

　　出租车停在距离岭北站两公里不到的路边。绕过"严禁山火"的警示牌处，我步入丛林。此时正值防火期，除了要警惕迷路和野兽外，还不能被守林人员发现。不过，翻了翻衣服口袋，并没有携带打火机之类任何危险品，这让我心怀坦荡。我沿着小径，缓缓前行，不消多时，便钻进了大兴安岭的密林深处。森林真是一种奇怪的存在，它让人敬畏，又使人平静。这里遍布着无尽的兴安落叶松，以及白桦林，它们明明是这个王国的主宰者，却又沉默得像一群无所事事的局外人，只有松鼠和野兔胡乱地窜，把草丛当成自家的客厅，虽然调皮，却也不失友善。与之相比，长翅膀的小家伙们可是毫不客气，它们铆足了劲，不断向我发动一次次的自杀性袭击。

　　森林里遍布着一些幽深小径，四处通达。它们的缔造者很可能就是住在森林里的少数民族，比如鄂温克人或鄂伦春人。这些小径的存在，让一头扎进来的冒失鬼们不至于迷路，也给了他们走出去的勇气。当年的鄂温克猎人行走森林，总会把"靠老宝"挂在树上——这是一种木制的简易仓库，里面存放着猎枪、弓箭、

海拉尔—满归的 4181 次列车驶入岭北站附近的铁路弯道

滑雪板等狩猎物资，以方便后来人。在森林这种严酷的自然法则面前，人们普遍要具备一种朴素的"共产主义"精神，互帮互助，成为一种最基本的诚信。我只在森林的边缘晃荡了两步，已然对这种独特的价值观感同身受。

沿着小径一路向前，翻越铁路路基，一座长满落叶松的小山头便会浮现在眼前。迷人的岭北大弯道，就在这座小山头的脚下转了一个大圈。我一鼓作气爬上山头，看牙林铁路在脚下一览无余。不幸的是，我却要面临一个几乎正面的大逆光。牙林铁路便是领头的挑衅者，它像一条弯弯曲曲的银河，流淌在金黄色的森林中，刺痛着我的双眼。我在半山腰找到一块突出部，席地而坐，等待着即将驶来的 4181 次列车。昨日，正是它搭载我来到图里河。今天，它必须要成为相机镜头里最夺目的男主角。

但凡铁路摄影爱好者，都要面对一个等火车的漫长过程。这期间或许平静，或许焦灼，或许发呆，或许无所事事，他终究要独自一人杀死时光。音乐，永远是破除无聊的一大利器。但在等火车之时，却万万不可享用。你必须要将听觉系统提升至一级戒备状态，这样才会捕捉到火车的风笛声。至于降噪耳机，还是留在地铁上对付那些外放视频的家伙吧。

在森林里，总有一些分辨不清来源的奇怪声音，突如其来地闯入耳畔。它出现在我身后 100 米左右的一片密林中，像某种动物的嘶叫声，肉眼观测不到。首先排除林业工人的机械操作，因为目前处于育林期。肯定也不是鸟类，鸟的声场

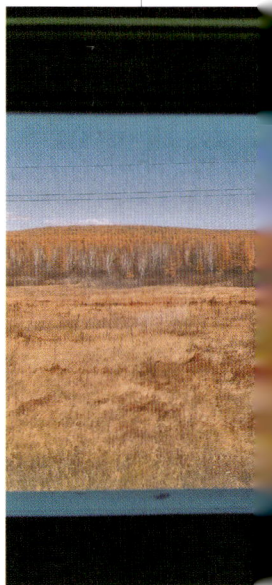

没有如此雄厚。那会是野兽吗？显然，这是我最为担忧的。我并未携带任何防身类器具，一旦遭遇，也只能听天由命。好在，这个声音始终保持在 100 米开外，并未有接近的迹象。而当真正的铁皮野兽——东风 11 型内燃机车拖着 6 节绿色车厢由远及近时，哪里还顾得上什么奇怪的声音，噼里啪啦一阵快门，把火车和秋天锁在了一起。

　　和大姐分别之前，出租车在公路上瞎转悠，却愣是找不到一座叫岭北的小站。我朝远处的山岭上使劲儿看，终于发现车站的红顶，从无数棵松林中探出了头。既然无路可去，那就翻山越岭吧。"再来玩呀！"大姐说。好像眼前站着的，是一个来她家串门的老朋友。她打开后备箱，非要塞给我两个大红柿子，说自己种的，无公害。我把两个大柿子揣在身上，在长满林木的小山坡上，一路穿行。这是一座没有"入口"的车站，它孤单又神秘，躲藏在森林深处。平时鲜有乘客上下车，又谈何设置出入口。这里没有网络，没有手机信号，像是一个被纷繁尘世遗弃的无人之地。它有多寂寞啊，大黑狗老远就冲着我一阵狂吠。第一个见到我的工作人员，脸上挂着一副难以置信的表情，"你是来玩无人机的吗？"我连忙摇头。岭北站的站长，邀请我去他的办公室休息，以一种令人盛情难却的热忱。这边人嗓门虽大，心却像白桦林一样敞亮。他们 24 小时与森林为伍，或许早就在日复一日的平静生活中，变得像植物那般简单而纯粹。

▲ 窗外的风景

▲ 寂寞长天的林中小站——岭北

夜车

"啥，岭北还有人上车？"

"有啊，最后面，那个戴眼镜的男的。"

年轻的列车员从我身旁一阵风般掠过，他刚刚用对讲机通知了他的同事。国外有只为一个女生停车的小站，中国也有这样一座秘境车站，使我意外地享受了同样的殊荣。4182 次列车从岭北站缓缓驶出，只带走了我一名乘客。

火车票上这个叫作"乌尔旗汗"的地方，通常又被书写为乌尔其汗。它是蒙语"乌日其善"的音译，意为"黎明"。从岭北到乌尔其汗，列车要沿着牙林线往南开。也就是说，我原路返回了。之所以作出这样一个奇怪的决定，理由多少有些荒谬：镇上有一座彩虹色的水塔，它像吸铁石一样将我从图里河拽了回来。

1914 年，来自俄国的沃伦措夫兄弟，将贪婪的魔爪伸向了大兴安岭。在乌尔其汗，他们大肆开辟林场，疯狂掠夺森林资源。十月革命爆发后，苏联红军收复了西伯利亚铁路，并解放了后贝加尔和远东地区。一些战败的白俄官兵，被迫逃难到满洲里和海拉尔等地。狡猾的沃伦措夫兄弟，趁机雇佣这些人为伐木工人，变本加厉对大兴安岭的粗暴砍伐。

讽刺的是，乌尔其汗与牙林铁路的命运，却因此绑定在一起。1928 年 5 月，铁路开始从牙克石往北铺设。1935 年，铁路延伸至乌尔其汗。1945 年日本投降，铁路修到了距离牙克石 144 千米的地方。不过正如"满铁"时代的铁路建设，为中国东北留下了如脑神经般错综复杂的铁路网络那般，这条 144 千米的铁道线，成为中华人民共和国成立后修建的牙林铁路的前身。

拍摄完水塔，我从乌尔其汗的主街道上迂回，来到了位于火车站外不远的黎明宾馆。它一袭翡翠绿般的涂装，在高纬度日光的斜射下，显得格外清新脱俗。我幻想能在这里美美睡上一觉，想必这里的夜晚一定很温柔。然而现实却无比残忍，"我们不对外营业"，穿制服的前台女孩丢下一句冷冰冰的回答。和乌尔其汗的缘分，只能点到即止。我必须立即徒步到火车站，海拉尔开往根河的快车，马上就要来了。

买了一张 K7167 次列车（已停运）的卧铺票，车厢里没几个人。一个胖子睡在我的对面，从我上车起就不断打鼾，声如巨雷，一直没消停过。到了库都尔，他突然一个鲤鱼打挺，拎包下车了。既然下铺空出了，我就把登山包从行李架挪到了

4182 次列车驶入岭北站

乌尔其汗的彩虹水塔

乌尔其汗废弃的铁路招待所

4182 次列车水牌

对面，并抽出一本罗杰·克劳利（Roger Crowley）的《1453》[1]，以此消磨时间。不知何时，一个与我年龄相仿的男人走了过来，"这是你的兜儿吗？"登山包就这样被他挪到了中铺。刚一坐下，他便低下头歪着脑袋偷看我书的封面，我只好装作毫不知情，把书朝他目光方向悄悄抬高了一寸。

夜幕降临。开往根河的列车，仍旧不知疲倦地奔走在大兴安岭的莽林中。耳机里传来了新裤子乐队伤感的声音："依偎在安静的车厢里，越过夜幕下的森林。"尽管一个人旅行，这歌声仍令我沉醉，只因我并非全然意义上的"形影相吊"——一只不甘平庸的七星瓢虫，从岭北抑或大弯道起，便吸附在我的湖蓝色Haglofs登山包上，成为这个世上最温顺的旅友，一路伴我同行。

①罗杰·克劳利所著的"地中海史诗三部曲"之一，其他两本为《海洋帝国》和《财富之城》。

一场游戏一场梦

　　光头列车员来换票的时候，火车刚刚驶离牙克石车站。硬卧车厢的照明灯还亮着，人们暂时只能从车窗中一瞥自己的影子，丝毫看不清外面的世界到底是草原还是森林。光头列车员身着白色的短袖工作衫，手捧一本厚厚的票夹，步履沉重，掷地有声，一副 80 年代的铁路职工做派，就像牙林线①那些酣睡的小站，将颇有年代感的美术字镶悬在门头那样。

　　他走过我身旁，在两个私下换铺的林区大汉面前，像块石头一样僵住了。"那你让我咋叫醒啊？"他喊道。这两人一个到得耳布尔，一个到伊图里河。此番一折腾，光头列车

---

① 一般指牙林铁路。从内蒙古自治区呼伦贝尔市牙克石经库都尔、伊图里河到满归，长 441 千米。库都尔至伊图里河段于 1952—1954 年筑成，后又展筑至满归；库都尔以南段，利用原有线路改筑，1961 年完成。南接滨洲铁路，在伊图里河与伊加铁路相交，对运输大兴安岭林区木材起重要作用。

▲ 抽烟的旅客

员得拿着到得耳布尔的票去叫到伊图里河的人，再拿着到伊图里河的票去叫到得耳布尔的人。"给我整蒙了。"他摇摇头，却还是一把接过他们递来的车票，"我尽量想着啊，万一忘了的话，可别怪我叫错人啊。"

这是海拉尔开往莫尔道嘎的 4167 次绿皮火车。我从牙克石上车时，距离凌晨只剩几十分钟了。翌日清晨的 6 点 50 分，列车从朝中站发出后，将驶离牙林线，投身于朝乌线 ① 的怀抱。这便意味着，火车在牙林线穿行的七个多小时，只有黑漆漆的夜色，和这节沉睡的硬卧车厢了。在夏天行将结束的日子，他们再也看不到从呼伦贝尔草原到大兴安岭莽林的植被渐变了。

"关灯了啊！"光头列车员一声大喝，世界顿时一片黑暗。此时如果你还在边座上，会被冒冒失失往厕所里跑的人撞到腿脚。但朝窗外一看，离离原上有农庄的依稀灯火，头顶上的夜幕如此通透，通透到苍穹这个词重出江湖。星星不断地闪，充电一样地闪，自带催泪的光环，让你忘掉城市夜空那些黯淡的星，以及混淆视听的红眼航班。那些林子死一般寂静，偶有野兽风一般掠过，它们吐出獠牙，发出阵阵低嗷，不知疲倦地搜寻猎物。工业的统治消逝了，林子又会重归于古老的旧秩序。

---

①朝乌铁路又称朝莫铁路，亦称牙林西线。线路自牙林线朝中站岔出，向偏西北行，止于莫尔道嘎站。全长 75 千米，共有车站 7 个（含乘降所）。铁路线路多次翻越分水岭，工程建设难度较大，是森林铁路支线。

⚠ 奇怪又可爱的轨道车

　　25B 型车厢①的上铺，比 25G 型新空调客车②的上铺还要友好一些。连我这等体形的乘客，都能在铺位上打坐了。当然，它还要拿出更有说服力的东西，来证明自己传统绿皮火车的血统。现在该祭出一件古老的法宝——电风扇了，作为绿皮火车的标配，它摇头晃脑，不停转悠，为沉闷的车厢注入阵阵来自林区的凉风。但从实际效果来看，中铺乘客也许才是最大的受益者。因为我所在的上铺，用户体验实在有些怪异。每次它的脑袋朝这边歪过来时，左胳膊和左腿就给吹得冷飕飕的。可右胳膊和右腿呢，却什么也得不到。于是一边冷一边热，被子也只能裹半边。偏偏下铺一位大哥，呼噜打得像狗熊喘气。如果没猜错，他就是去得耳布尔和伊图里河的其中一人。我由衷地羡慕他，哪怕睡得再死，那个光头还是会过来叫起的。想着想着，不觉乐了。绿皮车晃晃悠悠，从草原开进森林。我躺在被遗弃的摇篮上，听大地母亲哼起了童谣。

---

① 25B（25 标）型客车（长 25.5 米的标准型列车），是中国铁路的客车车型之一，分单层和双层两种，其中单层 25B 型客车以非空调客车为主，也是较为常见的非空调客车型号之一。
② 25G 型客车，是中国铁路的空调铁路客车型号之一，最大运行速度是 120 公里每小时。

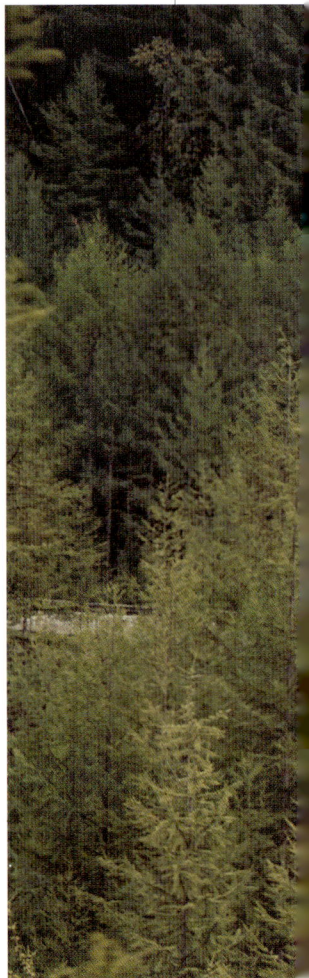

迷迷糊糊醒来，列车正从根河站缓缓驶出。记不得何时睡着的，但这一觉竟然带来了光明。不，说光明还有些为时尚早。雾霭封锁了森林，那些绿色的落叶松和开始发黄的青杨树，被密不透风的灰暗结界笼罩着，空气中弥漫着挥之不去的阴郁气息。有人拎着洗漱用品，跌跌撞撞地朝车厢一头的盥洗室走去。一旦睁开眼睛，就再难以合上了。况且，朝中站一过，列车就要驶入朝乌线了。我曾三次涉足大兴安岭地区，但从未踏上朝乌线一厘米。2018 年秋天，我在古莲开往漠河的 6246 次列车上，遇到一位喜欢摄影的列车员。他是齐齐哈尔人，让我夏天坐火车去莫尔道嘎。你看，我真的在第二年的夏天，搭上了一趟去莫尔道嘎的列车。伊图里河早就过了，下铺大哥的呼噜声还像山丘一样起伏。答案就此揭晓，他才是那个到得耳布尔的人。

朝乌线又称"牙林西线"，1966 年通车。在这条不足 100 千米的支线铁路旁，覆盖着内蒙古最为密集的泰加林带，是一条真正意义上的"森林铁路"。铁路起点为牙林线的朝中站，原计划修到中俄边境的乌玛村，故得名"朝乌线"。因地形过于复杂，铁路只修到了莫尔道嘎，但名字一直沿用至今。乌玛村位于额尔古纳河右岸，比奇乾村还要靠北，是一个彻底与世隔绝的地方。乌玛村虽然成立了林业局，却一直未对这片森林进行任何开发。所以，乌玛和奇乾、永安山一带的泰加林，算得上我国保存最为完好的原始森林，称其为"大兴安岭最后的莽林"，并不为过。

在鄂温克语中，乌玛意为"野兽肥美的地方"。由此推断，

⚠ 两个世界的分割

▲ 朝乌铁路，就是火车不断往林子里钻

给这块宝地命名的，可能是一位骁勇善战的猎人。只可惜，此地对普通游客来说，还是难以企及。一方面，你都找不到一条通向村子的公路；另一方面，就算侥幸进来了，也只能在森林边缘浅尝辄止，这里的野兽或许都没品尝过人类的味道呢。好在，朝乌线实际的尽头——莫尔道嘎，那里的林子同样有灵且美。

不想给现实冠以神奇或巧合这类字眼，我将其视为森林里每一天的寻常发生。自列车卷入朝乌线后，阳光就变成了鬼马精灵，它从森林的细缝中挤出来，调皮地钻进车厢，尽情捉弄那些还在做梦的人们。灰暗的雾霭烟消云散，万物如朝露般苏醒在长满林木的山岭。朝乌线从第一棵树起，就再也没有离开绿。如果你热爱这种颜色，从这现在起，你将愉快地迎来两个半小时的刷屏，直到铁道线的尽头。

屏当然不是手机屏或电脑屏，在这里它们早就无服务了。屏是能敞开的火车

⚠ 莫尔道嘎镇

车窗，尽管限位器使其无法全然开启，可仍有一道狭长的通道，去拥抱大自然。你可以伸出一只胳膊，看看能否摘下一片树叶？算了，放弃这样愚蠢的念头，用眼睛去享受，用相机去记录吧。这是没有贴膜，甚至没有遮拦的屏，奔跑的机车赋予它放映机般的本领，连绵的森林为它提供最动人的影像。火车的机械工业，和森林的自然灵性，从未如此和谐相生。我纵情趴在车窗前，哪怕头发被风吹乱也在所不惜。而绿皮火车，总不厌其烦地包容我的贪婪。当我打开车窗时，我甚至能感觉到它在悸动。

"老头子，快起来啦，人家都照了老半天啦。你看窗外，原始森林呐！"隔壁下铺的一位老太太，招呼还在睡觉的老伴说。"这有啥好照的，我看啥都没有。"老爷子挺起身，丢下一句不屑，又继续埋头大睡。阳光不断穿过时而密集时而稀疏的林子，打在对面边座的人身上，他的脸顿时忽明忽暗，像八十年代舞厅的镭射灯光。再看那倔强的老爷子，也扒住车窗，开始用手机录制视频了。"从来没见过这么多林子啊。"他感叹道。

他们是东北人，但一直在常州生活。老太太的东北话还挺明显，老爷子的发音已经有点江南味儿了。"你们到了莫尔道嘎，随便找个旅店，一看周围都是山，林子随便去。"两人想看森林，就和旁边一位大姐唠了起来。开始还是一些本地旅游注意事项，后来不知怎的，演变成老爷子的西藏旅行分享会。"你以后去西藏，千万不要穿那个背靠背的牌子。因为在西藏人看来，它的商标就像在背死人。只有死人，才会用这种姿势背上天葬台……"老爷子侃侃而谈，大姐听得一愣一愣的。"你说那背靠背，是啥牌子啊？"大姐发问。"具体叫啥名我真记不得了，好像是一个英国牌子吧，就俩小人背靠背坐在一起。"他越说越起劲，把西藏导游那里听来的段子，像复读机一样对着大姐播放。老爷子主讲，老太太补刀，大姐的眼睛都听圆了，却一句话也插不进。拯救她的是得耳布尔车站，列车一记哐当停了下来。"哎妈呀，我得回家了。"她匆匆和他们道了个别，拎着自己的兜跳下了火车。

去得耳布尔的大哥也下车了，车厢顿时空荡荡的。在朝乌线上，得耳布尔要算一个"大城市"了。它像教科书般的林区小城，有郁郁葱葱的山岭，奔流不息的得耳布尔河，红花绿毛的房子，和计划经济时代的建筑。当然，也有少量超过20层的"摩天大楼"。相对而言，小镇并未像曾去访过的图里河、乌尔其汗那般萧条，它甚至还能出现在当地人的炫耀中。我们在莫尔道嘎遇到一位操山东口音的老人，她是上世纪60年代的图里河林业工人。寒暄一番后，她说她儿子在得耳布尔林业局当会计，和矿上联合的项目，一个月拿一万多，言语中充满了自豪。

火车离开得耳布尔。望着渐行渐远的小镇，我突然很想在这里买一套房子。人有时候容易恍惚，假如听不见自带喜剧效果的东北话，那不就是北欧吗？

小河在一首民谣中唱道："森林里的一棵树，不需要知道自己是一棵树。"火车重归山林，没人记得一棵树的样子，也不需要记得。因为连在一起，它们就是森林。火车风笛鸣响，惊得鸟儿飞起，落叶像繁花般飘零。从得耳布尔到莫尔道嘎，铁道线会围着山林转几个圈。火车开始像青蛇一样摇摆，那绿色躯体时而被森林吞噬，时而裸露在低矮的灌木丛中，就像和森林玩一场躲猫猫游戏。在这场游戏中，那铺天盖地的绿色席卷一切，连火车的涂装都完美融入山林中，天地间只剩一抹绿色，仿佛一场唯美的绿色幻梦。在这一场游戏一场梦的转换中，朝乌线延伸着。

"夏天快要结束了，游客们也不来了啊。"像寻常一样，本地人走下列车，一边念叨着，一边迈向温暖的家。站前广场上，几十辆出租车整装待发，试图将这些乘客"一网打尽"。这是小站每天最热闹的时候，虽然，这种热闹不会超过15分钟。走得最快的那些人，一定是游客，他们大步流星地涌向出站口，与渴望和恭候多时的包车司机尽快接头。在这群仓促的背影中，我看见了去西藏的老爷子和老太太。和他俩相比，一个慢吞吞的我，反而更像老人了。当然不能怪罪于登山包太过沉重，我只想多吸几口朝乌线的空气而已。这是额尔古纳地区唯一通火车的小站，莫尔道嘎四个黑色的大字，高悬在它洁白的站牌上。千万要看一眼上面的蒙文，那才是它原本的名字：骏马出征。

莫尔
道嘎

森林里的小火车

森林分享会

　　我从朝乌线的梦境中醒来，在莫尔道嘎的清晨，策马扬鞭，迈向新的一天。出租车司机是个瘦瘦高高的男孩，他的任务简单明了：将我们拉到森林公园的小火车站，待我们体验完窄轨火车的旅程后，再将我们拉回镇上。

　　路途并不漫长，景致却一点都不含糊。这些树都憋足了劲儿，要把一袭绿色的靓影，定格在夏日最后的时光中。不断有机车擦肩而过，还是罕见的三轮摩托，上面塞满行囊，驾驶员和乘客都裹得严严实实，戴着皮帽子和风镜，一种蒸汽朋克般的复古。再定睛一看，他们并非周游全国的摩托车骑士，而是一群实打实的本地人。

　　"都是上山采蘑菇的。"出租车司机给出答案，"啥蘑菇都采。哪里有白蘑，哪里有鹿筋蘑，还有大腿蘑和香菇，

森林公园　SEN LIN GONG YUAN　森林牧场　SEN LIN MU CHANG

⚠ 小火车亦有"水牌"

都在不同的山上。"我问这是不是一年一度的"采秋",他点点头。"还有挖鹿蹄草的呢,一种很珍贵的药材。"他说,"啥都挖,但还是采蘑菇的多。想想小鸡炖蘑菇,我都流口水了。"

和很多林区孩子一样,他也是一个林业局子弟,当了很多年林业工人。育林期来了,他没活干,就出来跑跑车。"今年生意没去年好,游客少了好多。"他有些落寞。但提到往日的峥嵘岁月,还是双眼发光。"1986 年,我家就有了 14寸彩电,当时 1000 多呢!"那是属于林业工人的黄金年代,没有人意识到,有一天森林也会被砍光,他们光顾着羡慕这些在林业局上班的了。直到林区衰败,森林又重新统治了大地,那些逃到蒙古国和俄罗斯的野兽,也都荣归故里了。

"有一天回来得晚,野猪都上道了,黑压压的一群,跟着我的车跑呢。"他说得越稀松平常,我们听着越来劲。可莫尔道嘎国家森林公园的大门,已经浮现在头顶上了,他只好把车一停,结束了这场森林分享会。

森林小火车

谁也想象不到，从卖山货的摊位上买到的"猪肉芹菜饺子"，竟是这几天吃过最好吃的一顿饺子。摊主是个大姐，她养了一只灰松鼠，在笼子里活蹦乱跳的。"标价300多，可我一直舍不得卖。"说老实话，这只灰松鼠可能再没办法回到森林里了，但从一件商品变成一只宠物，勉强算个好归宿吧。

距离小火车的起点站，仅一步之遥。2014年9月，第一列载客的小火车，围着森林公园的林子转起了圈。小火车使用轨距为762毫米的窄轨铁道，和曾经的森林铁路系统别无二致。但把小火车挤得满满当当的不再是木头，而是人类了。小火车项目的开设，无疑能让森林公园吸纳更多非自驾的游客。毕竟，森林公园漫无边际，要驱车100千米，才能抵达激流河畔的白鹿岛，若非自驾或包车，显然难以完成。

相形之下，小火车就友好多了。从森林公园站出发，经过沿途的四个站点，最终还是回到森林公园站。虽然无法确定这个圆圈是否规整，但铁轨到底还是把首尾连接了起来。全长大概20千米，算上中途停靠的时间，小火车需要运行2个多小时。因为这样的环形设计，小火车采用了独立售票的方式。也就是说，你可以花100块单独体验一次小火车的旅程，而不必再掏160

▲ 小火车头

▲ 沿途景观

元购买森林公园的门票。

　　森林公园站位于一幢还算漂亮的砖木建筑中。检票口在二楼，出去便是站台。小火车拖着三节深蓝色的木质车厢，静候各路来宾。我们朝最后一节车厢走去，却吃了工作人员当头一棒。他们硬要让我们去前两节车厢，语气相当蛮横，一点商量的余地都没有。

　　车厢里塞满了人，以三口之家和情侣为主。小桌板和座椅都是木头的，谈不上舒适，视野却很好。无论成年男性还是孩子，都可以靠在窗边看风景。遗憾的是，车厢内部采用了全封闭设计，一个人开窗的权利和乐趣，就这样悄然被剥夺了。这可不是一件好事，人们大老远跑到这里，不就是为了和森林来一次零距离接触吗？身在一趟被森林紧紧裹住的小火车上，感受不到微风拂面的柔软，就好像拒绝了大自然的一份示爱。即便空调吹得再舒爽，玻璃擦得再锃亮，都无法弥补这一缺憾了。

　　作为一趟观光火车，景区没有使用森铁时期的蒸汽机车，而选择了一款拥有蒸汽机车外表的"电瓶车"。它一袭浮夸的外表，就像一件大号的卡通玩具，显得有些幼稚。它们本该属于迪斯尼这样有旋转木马和摩天轮的地方，不该和这些

▲ 沿途景观

▲ 森林小火车外部

与世隔绝的森林发生关系的。倒也不是说非得使用原汁原味的蒸汽机车，毕竟林区存在严重的火灾隐患，但既然修了这样一流的森林窄轨铁路，怎么也该选择一台更具"火车气质"的机头。倘若平时以柴油机车为主，节假日和非防火期祭出"蒸汽机车"，势必更加吸引游客，就像贝加尔湖观光列车和塞尔维亚的 Sargan8 铁路那样。

另外，每节车厢均配备一位讲解员，他们主要有三个作用：讲解、卖货、"吵架"。"我们现在看到的森林，已经不是最初的原始森林了，而是经过砍伐之后，再次培育的原始次生林，主要以兴安落叶松为主。"女讲解员操着不咸不淡的声音，例行公事一般介绍。不一会儿，她又取出一瓶蓝莓汁，开始进入第二个环节：卖货。显然，她在这个环节上的积极性，要大大强于第一个环节。可惜无论怎么努力，都没人买账。猜测可能与之前一次"吵架"脱不开关系：一个广东游客不知因为什么原因，和她产生了口角。于是一番东北话和广东话的"鸡同鸭讲"式争执，弥漫在车厢中。

抱怨归抱怨，在"木已成舟"的现实面前，还是要接受。这时我发现，只要火车朝森林里前进一米，心中的忧愁就会消解一寸。何须杜康，这些林子，就是最好的解药。而小火车，像一座行走的解忧杂货店。先前吵吵嚷嚷的孩子，也都在森林的宁静面前，默默发起呆。他们的父母一边吃着零食，一边用手机不断自拍。偶尔报以一两声感慨，其内容不外乎"这不和我们路上看到的风景一样吗"。

一样吗？如果你觉得一样，那就一样吧。但在整个森林里，你根本找不到两棵一模一样的树。森林是一种极其复杂的存在，在想象力的世界里，你时常会觉得它并不陌生。可真正来到跟前，才发现它是如此神秘莫测。几万棵大小不一的树木挤在一起，却呈现出一派无以复加的孤绝和寂寞气质。林中那些鄂温克人辟出的小径，充满诱惑，引人遐思，却又危机四伏，各种看不见的未知恐惧，比克苏鲁（Cthulhu）小说[①]还要更甚。

如此境遇中，脚下这些延伸着的小铁道，便成为一种另类的景致。它们直抵密林深处，神秘依旧，危险早已荡然无存。沿途的四座站点，又给予乘客一次短暂的"步入丛林"体验。由此看来，小火车的走马观花，是一种略带小聪明的捷径。但至少，它比浮躁的现代人更沉得住气。以一种看雪山或看大海的方式去看森林，多半是要失望的。

①克苏鲁小说是一系列以克苏鲁神话为背景的恐怖小说，由美国作家霍华德·菲利普·洛夫克拉夫特（H.P. Lovecraft）创作。这些小说描绘了克苏鲁神话中的神祇、怪物和超自然实体，以及与它们相关的恐怖故事。

⚠ 回莫尔道嘎镇的路上

森林小镇

结束小火车的旅程后，司机带我们去林业工人的帐篷转了一圈。那里有两台废弃的"爬山虎"——J50 型林业用拖拉机，又粗又长的木头挂在后面，仿佛可见当年叱咤风云的模样。帐篷里生着炉子，灯罩是用脸盆做的，大通铺像火烧赤壁中的浮桥。衣服和熏肉都挂在绳子上，怕被虫子吃了。"这可是电影《莫尔道嘎》的拍摄地呢！"他有几分得意。这是一部讲述林业工人保护森林的故事，王传君和齐溪都是很好的演员，但同行的朋友吉青子坚持认为，这些不过出于司机的信口雌黄。"我做旅游的一个体会就是，千万不要相信包车司机。"她信誓旦旦地说。

我们来到莫尔道嘎城区，一座森林覆盖中的小镇。因为旅游业的关系，它并未像其他林区小镇那样，少有人烟。相反，你能看到黄焖鸡米饭和重庆小面，色彩异常浓艳的酒店大楼，甚至还有咖啡厅（厅显得比馆更有时代特色）。在重庆小面馆，吉青子突然发出一声尖叫，肇事者是一只黑色的天牛，此刻正在她登山包上悠然地闲逛。几个一直在畅谈国事的大爷，对此万分不解。其中一位感慨道："中国人连美国人都不怕，怕啥那玩意儿啊！"

坐火车去根河，结束这寻常的一天。但在酒店办理入住时，还是经历了些许魔幻。"我们这里的电视信号被雷劈了，你们要住的话，就不能看电视了。"前台小姐一脸无奈。可这怎能叫个事儿呢，电视机可是闲置率最高的家居摆件。我想起那个瘦高的出租车司机，1986 年的他坐在家里看《黑猫警长》和《射雕英雄传》时，该是何等意气风发。但我还是相信他生于 1979 年的事实，毕竟男人，谁会在自己年龄上信口雌黄呢。

⚠ 林业工人用脸盆做的灯罩

⚠ 林海雪原上的"坦克"——绰号"爬山虎"的运送木材拖拉机

他们不愿睡在看不见
星星的屋子里

火车开往满归①

大雨如注。窗外的世界，一辆载重卡车，蹲在路边奄奄一息。雨水洗刷着暗红色的躯体，泛起阵阵金属般色泽。一个男人趴在底盘下，只剩下半截身子，一条洁白的秋裤，从他屁股和上衣的夹缝中挤了出来。屋内的世界，我倒在酒店的躺椅上，一边听雨，一边看巴别尔的《骑兵军》，攻占了别列斯捷奇科。

雨总是让人又爱又恨，它打消了我将根河市一探究竟的

---

① 满归镇，内蒙古自治区呼伦贝尔市根河市下辖镇，是国家大型二档森工企业满归林业局驻地，地处根河市北部，大兴安岭北部西坡，东、东北与黑龙江塔河县、漠河市接壤，南与阿龙山镇隔山相望，西与额尔古纳市毗邻，行政区域面积 3902.95 平方千米。

▲ 开往满归的绿皮火车

欲望，但在绿皮火车不可动摇的发车时间面前，我又必须和它一较高下。让人泄气的是，火车站一到，雨就被云赶跑了。这种胜利的果实，尝起来毫无滋味。往前一瞧，一幢棕黑色的木头建筑，像鄂温克人的撮罗子①，上面还画着驯鹿头。等等，司机是不是把我们带到鄂温克博物馆了？

　　然而"根河站"三个大字，还是一眼辨识得出。2018 年九月到访此地时，车站仍是 20 世纪 60 年代牙林线刚刚通车的样子。一年未满，新的鄂温克式车站拔地而起，令人惊叹的效率。走进大厅，仍是那扇小小的售票窗口，墙壁也还是被

①亦作"斜仁柱""仙人柱"。鄂伦春语音译，意为"遮阳光的住所"。旧时游猎的鄂伦春族和鄂温克族的一种游动性住所。形状呈圆锥形，一般用 30 ～ 40 根 5 米长的木杆搭架，夏覆白桦树皮，挂柳条门帘，以遮雨纳凉。冬盖兽皮，挂狍皮门帘，以防寒保暖。顶开烟孔，内三面设铺席，中燃篝火，用以取暖与烤制熟食。中华人民共和国成立后，随着定居点的建立，逐渐为新房所代替。

▲ 沿途遇到一辆掉了轮子的卡车

白色和青绿色的颜料一分为二，像过去医院和政府机关的常见配色。所以就车站本身而言，并不算"旧貌换新颜"，而应视为"新瓶装旧酒"。

东风11型柴油机车拖曳着七八节绿皮车厢，准点驶入一站台。人们有条不紊地朝车厢里钻，我故意挑了一节22B型硬座车 [①]。它比25B型客车更苍老，更符合人们记忆中绿皮车原来的样子。如果说根河站粉饰了门面，内部还停留在上世纪60年代，这节22B车厢则沿袭过去的模样，却在室内搞了一次"软装"。原本粗糙但不乏质感的硬座座椅上，被强行穿上了一件淡蓝色的新衣。先不说设计者的审美水准究竟如何，待这些可怜的座椅套被千百万只屁股蹂躏过后，还是要增加反复清洗的工序。想再看一眼那些"皮开肉绽"的原生态硬座，没有可能喽。

与一年前相同，我又要坐火车去满归了。彼时，牙林线的秋天正在盛极而衰；此刻，牙林线的夏天也岌岌可危。根河以北的金林林场，是中国冬天最冷的地方。它在8月底，就酝酿着整点事儿。落叶松仍旧绿得感人肺腑，青杨树和白桦林身上，却出现些许黄斑。不过，这仍是一个美妙的夏末。火车驶入大兴安岭，便化身为一辆景区观光车，穿行在这座没有边际的森林公园中。根河、满归、莫尔道嘎一

---

① 22型客车是中国铁路第二代主型铁路客车，曾经在中国铁路客运中长期占据着主导地位，于1956年开始设计、试制，1959年生产，1994年停止生产。

带的森林，全都连成片，难以形容的壮观。从飞机上看，黑压压的根本没有尽头。想一口气穿过这样的森林，却又不至于迷路，唯有坐火车。和林子里跑着的野兽相比，火车才是最可怕的一种野兽。它曾经给当地人带来了黄金万两，也差点让这片森林遭遇灭顶之灾。多年以后，这头钢铁怪兽仍然在林子里不知疲倦地奔跑，却再也不会危害林子了。

我趴在车窗前，把窗户打开一道缝，确保能够将小巧的黑卡6相机伸出去。一年后，金林林场的冷极村好像更热闹了。2018年一整个冬天，不知有多少广东人给他们贡献了GDP？驶入金河站前，我在小镇的草地上看见三匹马，瞬时好像有种回到乌兰巴托郊外的感觉。三台废弃的J50型林业用拖拉机，它们被农民锁在自家院子里，一种无所事事的孤独。这家伙亲历了大开采时代的辉煌，又在林区没落后变成一堆无人问津的废铁。阿龙山的黄昏仍旧美妙，还有人记得那篇《大兴安岭杀人事件》[1]吗？在阿乌尼林场，废弃的赫鲁晓夫楼如僵尸一般掠过车窗。想看第二眼时，它已被列车远远甩在视线范围之外。要记得激流河在车窗的左边，奥科里堆山在右边。但遗憾的是，你只能在前者的暮色中不断流连，而无缘一瞥大兴安岭地区最高的死火山。

快到终点站满归前，列车员拎着袋子来清理垃圾。走到跟前时，问我桌上的矿泉水瓶子还要吗？我摇摇头，说这是之前客人留下的。见车窗开着，他突然把矿泉水瓶子嗖地一下扔了出来。这一举动让我瞠目结舌，怎么也猜不到剧本还能这样写。可怜的矿泉水瓶子，就这样落到了激流河畔，在被降解之前，它可能会在这里生活很久很久。不过，这一小插曲并未影响当时的心情。隔壁一个小女孩，一直缠着她叔叔玩游戏，结果她叔叔说累了想睡一会儿。小女孩有些不太开心，一边嘟嘟嘴，一边揶揄他说："你明明是个人，但你的生活习性咋那么像——pig？"

雨夜小镇

满归到了。出站口的大喇叭，正在卖力地吆喝。不是提醒乘客尽快出站，而是给漠河的班车打广告。2018年此时，我便被这辆班车给截了胡，星夜直奔漠河而去。但满归这座一直在记忆中抹不掉的小镇，我知道一定还会回来看她。这次我们不但要住上一晚，还要去寻找鄂温克人的猎民点，看看那些真正在山林里生活的使鹿部落。

---

[1]魏玲：《大兴安岭杀人事件》，北京：《时尚先生》，2015年6月。

⚠ 满归的黄昏

⚠ 满归到漠河的公路旁，能看到激流河

　　我和朋友上了一辆"黑车"，10块钱就送到山脚下的旅馆。林区里的小旅馆，条件虽然算不上多好，却大都干净整洁，这家店便是如此。卸下行装，出门觅食，一看整个小镇都被烧红了。别紧张，这可不是什么地狱般的山火，而是雨后的火烧云。我们朝尖顶房子旁的公路小跑而去，抢在这抹火红被幽蓝色的天空收复失地之前。

　　我想起2018年秋天在乌苏里斯克的那个夜晚，同样是突然邂逅的火烧云，几个人大步流星地冲上跨越西伯利亚铁路的天桥，在俄罗斯人略显惊诧的眼神中不

⚠ 画面右下角可以看见一架白色直升机不知道是哪个部门的

断按动快门。但此时的满归，宁静得有些不够真实，连狗都不睬我们，唯有那红色的天空，在瞬息万变中赋予世人永恒的定格，以照片或回忆的方式。很多木头房子里空无一人，堆满废弃的工业零部件，门前的鲜花却还在怒放。漫步在这样的黄昏，随便往哪走，烦恼忧愁都好像顺着裤子口袋往外掉，越走越轻松。直到撞上一家东北菜馆，推开厚重的大门，听到里面划拳的声音传来，遇到一个像电影《后来的我们》里田壮壮式的老板，才得以重返人世间。

回到山脚下的小旅馆，把窗户推开，眼前浮现出一块青草地，和几棵懒散的树。雨滴再次袭来，原本清新的小镇被冲刷得更加透彻，像个每天至少洗两次澡的洁癖之人。雨水总是令人爱恨交加，尤其在旅行中。根河的雨关了我一上午禁闭，但满归的雨使我温柔。我愿意沉溺在它淅淅沥沥的节奏声中，把自己毫无保留地交给这个雨夜。就像一个疲惫到虚脱的人，整个身体陷在一张柔软的沙发床上那样。灯必须要关掉，这是对雨夜的一种尊重。在黑暗的世界里，我们坦诚相见。雨像个顽皮的孩子，每次我把手伸出去，都感觉它更加用力，仿佛使不完的劲。我迫不及待地想见鄂温克人了，他们应该不会被雨淋到吧？毕竟，撮罗子早已是传奇了。

他们不愿睡在看不见星星的屋子里

说来有些惭愧，这条满归到漠河的路，我走过好几回了，却从未意识到，鄂温克人生活的敖鲁古雅乡，其实就在公路旁。

司机是个中年人，打扮得一丝不苟，像北上广的私营企业里那些混日子的部门经理。一大早，他就把一辆新买的福特锐界停在旅馆前。这雨下下停停，大起来时相当骇人。我们沿着 324 县道往漠河方向开，经过一座激流河畔的观景台时，几个游客正举着长枪短炮，摆出一副老法师的架势，对他们汽车停在行驶车道的行为毫无愧疚。"多危险啊，前面刚好一个弯道。"司机埋怨说。路况还是一如既往的糟糕，但对于这辆车子来说显然不在话下。没过多久，道路两侧开始出现"小心驯鹿出没"的警示牌，距离敖鲁古雅人的猎民点越来越近了。

敖鲁古雅鄂温克，是中国境内鄂温克族分支中最古老，也是最神秘的一支。三百多年前，他们生活在西伯利亚地区勒拿河上游的森林里，经过漫长的迁徙，来到中国东北边境。在额尔古纳河右岸，他们找到一片长满苔藓和蘑菇的沃土，非常适合饲养驯鹿，就待着不走了。1957 年，党和人民政府经过调查了解，根据其意愿将索伦、通古斯和雅库特三个部落，统一合并为一个民族——鄂温克族。与大多从事农业和牧业的鄂温克不同，这支以狩猎和饲养驯鹿为生的"雅库特人"，不但人口稀少，生活方式也更加"传统"。用官方的话来说，是一种"处于原始社会末期的父系氏族社会"。

在迟子建的小说《额尔古纳河右岸》中，女主角开头便自述道："我不愿意睡在看不到星星的屋子里，我这辈子是伴着星星度过黑夜的。"她的主要原型，正是敖鲁古雅使鹿部落的最后一位女酋长——玛利亚·索。这位年逾九旬的鄂温克老奶奶，至今仍住在山上饲养驯鹿。只是，像她这样完全恪守古老生活习俗的鄂温克人，也已屈指可数。2003 年，政府为了改善敖鲁古雅的鄂温克人的生活条件进行了第三次大规模搬迁。这一次，他们把家搬到距离根河市中心只有 5 公里的西郊。他们和城市的距离越来越近了，可他们离驯鹿和森林却越来越远了。由于山上的猎民点远且艰苦，年轻的猎民许多不愿再回到山上。

使鹿人

我们要寻找的多妮娅·布使鹿部落，便是其中一个距离满归不远的猎民点。多妮娅·布今年已经 70 多岁了，她是女酋长玛利亚·索的养女，一直生活在森林里，以饲养驯鹿为生。可惜我们到访之时，她刚好去了根河，就这样遗憾地错过了。好在，她儿子石头留着看家。我们把福特锐界停在部落门口，只见帐篷里走出一个抱着孩子的瘦小女子，她是石头的媳妇。我们说明来意，打算先去看一眼驯鹿。瘦小女子手往森林一指："往里走吧，随便看就行，这鹿温顺得很，不咬人。"

走进雨后的森林，嗅觉好像变得敏感起来，青草和苔藓的味道，伴随着一种无法形容的舒爽，渐渐操控了身体。除了刚出生的鹿崽子，其他不管公鹿母鹿，全部维持一种散养状态。有三头体形较大的母鹿，在不远处的林子里瞎晃荡，其中一头有着漂亮的鹿茸，对人类的侵入毫无惧色。

"这鹿比根河敖鲁古雅景区的鲜活多了，那边的鹿看上去有些死气沉沉。"朋友感慨道。"如果你是一头鹿，肯定也会选择无拘无束的山林，而不是景区里待着吧？"我回答说。

从人类的角度讲，谁不想在林子里走着走着，迎面就撞上一头鹿啊。若不是

⚠ 石头家的鹿，散养在大森林里

⚠ 满山林跑的驯鹿

雨大得像泼水一样，我们肯定会走得更远一点。

回到帐篷，石头已经站在门口了。"抱歉没有回你们微信，山里面一点信号都没有。"他说。这个男人身穿一身中国人民解放军07式通用迷彩服，头戴一顶美军的迷彩奔尼帽，脚踏一双绿色的橡胶套鞋，腰里别着一把锋利的猎刀。长相却有别于传统的雅库特人，似乎更像一个现代汉族人。尤其在他粗犷的络腮胡之上，还架着一副略显斯文的黑框眼镜。

他把我们领进门，并从口袋里掏出一包烟，朝我使了个眼神。我连忙摆摆手，这让他极其惊讶："你一个大胡子不抽烟啊？"我尴尬地点点头。"一直下雨，也没啥招待你们吃的。我妈不在，就她会做列巴。"他抽了一口烟，并没有顾忌那几个月大小的女娃。"我得去看看鹿了，一会儿回来，你们先坐着啊。"他说。

这时我有机会端详四周。房间不大，但摆满了生活用品。两张行军床，呈90度夹角那样放着。如果没猜错，石头一家三口睡那张大的，他母亲多妮娅·布睡那张小的。两张床中间有一张黄色的长桌，上面铺着颇有民族风情的桌布。长桌另一端是取暖用的火炉，也用来烧水和做饭。木头全堆放在角落里的"储藏室"中，它们必须保持干燥，才能让炉火熊熊燃烧。如果不是墙上挂着的一只驯鹿头，我们很难猜出这是一个鄂温克家庭。但，不是也有很多城里人，喜欢把驯鹿头挂在客厅吗？所以整个房间里最有"鄂温克精神"的，反而是那个还没断奶的小女娃。别的孩子都在玩毛绒玩具或游戏机啥的，她在玩一只小型的驯鹿角。

他们就这样住在帐篷里，生火，做饭，养鹿，睡觉。没有信号，所以三天左右进一次"城"。最近的"城"，只能是小镇满归。门口的撮罗子，是给来玩的游客看的。尽管如此，他们在这座猎民点也只能停留两三个月。9月中旬，根河地区就会下雪，鹿的苔藓不好找，他们必须搬到森林深处。来年六月，待鹿下完崽，他们再搬回到这里。刚来的时候，森林里没遮拦，那鹿到处跑，被汽车撞死了三头。"没办法，鹿就是不好养。今年下了十三头，死了两头。"石头媳妇叹了口气，无奈地说。

"你们应该没看着那头大号的公鹿，头上没有鹿茸的。"看完鹿场，石头回到了帐篷。"又不知道跑哪去了，还得到处去找，也不怕别人下套。"他愤愤地说。生活习性使然，鹿最好散养。但散养的鹿容易跑丢，更容易被下套。在顾桃的纪录片《犴达罕》中，男主角维加最恨这些下套的盗猎者。然而从2003年他们迁入新敖乡开始，他们的猎枪就逐渐被收走了。"那时候管得松，鄂温克人背着枪在满归大街上横逛。"酗酒成性的维加，总是不省人事时忆往昔峥嵘。这些鄂温克猎人，不会去杀两头正在谈恋爱的熊，这是他们狩猎文化中最值得骄傲的一点。但现在，这些人的枪没了。而残忍的盗猎者，却一直还在。

石头说的没有鹿茸的公鹿，我们确实没有看见。《额尔古纳河右岸》里写过割鹿茸，有些骇人。对于这些猎民来说，鹿茸是一笔不错的经济来源。反正一年

之后，这些驯鹿又会重新长出角来。他们最主要的经济来源，是把鹿租给景区，据说收入不菲。

"你要是感兴趣，来我这儿住几天呗，带你打狍子去。"石头已经开始怂恿我了。"之前北京有个玩摄影的，在我家住了两天。我这儿啥都有，除了没网。"他咯咯大笑起来。显然，他明白这句"除了没网"蕴含着多么爆炸的杀伤力。

我对打狍子充满好奇，便问了他一个有点敏感的问题："现在还让你们打猎吗？听说每年的特定季节会发枪？"他苦涩地摇摇头："不让啊。都是传言，别听网上那些人瞎扯淡。"

他年复一年地养鹿，过着平静的生活。失去猎枪的维加，尝试在南方有海的地方过日子，却被城里人丢进了精神病院。100多年前，俄国探险家阿尔谢尼耶夫也诚挚地将救命恩人德尔苏·乌扎拉带回哈巴罗夫斯克的家中，可这位赫哲族猎人宁愿在森林里被熊吃掉，也不愿老死在一张柔软的床上。

⚠ 猎民点帐篷内部

△ 林间公路

结束

　　我们没能一睹老敖鲁古雅乡如今的样子。听石头说，那里该拆的基本都拆没了。与其这样，不如把它留在一种虚构的想象力之中。我们和石头一家在古老的撮罗子前合影，在一场滂沱大雨中分别。"这些养鹿的鄂温克人，有钱得很，他们一头鹿能卖三万块钱呢，还有国家补贴。"福特锐界司机的口吻中，全是 pH 值小于 7 的成分。"他们说今年死了两头，那就是六万块的损失了。"心不在焉的我，只能匆匆撇开这个话题。我们回到了满归，但那个鄂温克人背着猎枪的满归，再也回不去了。离开凝翠山公园时，一个独自旅行的男人，隔着雨向我们热情地打招呼。得知我们晚上要去漠河后，他大喊了一声："千万不要去北极村啊。"我们报以微笑。

　　在电影《犴达罕》的世界里，酒后的维加又哀叹起狩猎文化的消失，而在另一个现实世界里，根河郊外的敖鲁古雅乡已经成为呼盟旅游业的一面金字招牌，每天来这里看驯鹿的游客络绎不绝。有些人把这些长角的怪物，变成短视频 APP 中的一堆浮夸的流量。这些人也许并不知道，在更远一点的山林里，还有很多长角的怪物。这些怪物的主人，住在能看见星星的屋子里。冬天的时候，他们会坐在篝火旁，用古老的鄂温克语唱起歌谣："我们是森林里的人，牵着驯鹿在大兴安岭里啊……"

沪昆铁路（一） 去镇远的快速列车

沪昆铁路（二） 拯救地球的少年

贵州

gui
zhou

沪昆铁路（一）

沪昆铁路 Hukun Tielu

去镇远的快速列车

　　从我喝着咖啡，翻着埃特加·凯雷特（Etgar Keret）[①]。眼前是一个摘下口罩脱了鞋子的中年男人，而我只能坐在一张冰冷的大理石长凳上。四周到处是喧闹，偶尔传来一两声莫名的叹息。之所以把几本诸如《想成为神的巴士司机》[②]，这样 200 页不到的书装进行囊，是不想让登山包虐我的肩膀。但这一刻，我开始嫌弃以色列人的小说过于"轻薄"。我很快就要把它翻完了，"K111 次列车晚点未定"的噩耗，仍旧刺眼地挂在不远处的电子显示屏上。此时，距离我的屁股第一次亲吻这张大理石凳，已经过去了整整两小时。

　　K111 次列车是由上海南站开往贵阳的一趟快速列车。

[①] 埃特加尔·凯雷特是以色列文学及影视作品的主要代表人物之一。十年中，他发表了三本短篇和中篇小说集、两部戏剧作品、两本正片电影剧本以及多部电视剧本。他的短篇小说集在以色列很畅销。已经被译为十五种文字。

[②] 埃特加·凯雷特：《想成为神的巴士司机》，湖南文艺出版社，2020 年。

⚠ 在石屏山顶不但能看到古镇全貌，还能看到沪昆铁路上的列车

在这个高铁横空出世的年代，它曾经的 K 字头光环，早已无足轻重。不知从哪一天起，人们把高铁之外的火车统统唤作"普速列车"，而不管它们到底是特快还是普客。再加上铁路部门的刷绿举措，更是让这些"普速列车"降格为与草根为伍的"绿皮火车"。如果你稍稍对中国铁路有几分了解，一定能体会其中的尴尬。

近些时日，中国南方持续水害，长江经历了数次洪峰。虽未波及上海，但城市终日阴雨霏霏，空气中暗流涌动。K111 次列车就没有这般幸运了，它正深陷在南方的暴雨中，走走停停，没人知道何时会出现在站台上。就像你搭飞机去某地，一定要等前序航班先行抵达机场，才有出发的可能。这也彻底打乱了我的原计划——在另一个平行时空中，我应该正躺在舒适的软卧包厢中，一边吃着肯德基吮指原味鸡，一边把加冰的可乐灌入胃中。

身处上海南站的候车厅，无论你躲在哪个角落，只要抬头仰望一下上方，就能看到一座酷似宇宙飞船的穹顶，让人联想起《星际迷航》里的"企业号"。就算没看过《星际迷航》系列，你脑海中至少也会浮现出一只巨大的雨伞，数十根钢筋宛如机械臂一般支撑着它，性感到爆表。甚至就连那些在墙角边席地而坐的人，也有别于睡在印度、缅甸火车站里的贫民。差别不在于优雅与否，而是一种赛博朋克的视觉欺骗：老远老远，你就能发现一根长长的电线，一端连接在他们的身体里，一端连接在墙根的电源插头上。他们并非新能源汽车或机器人，他们只是在玩弄一台充电的手机。

五点过一刻，埃特加·凯雷特的《想成为神的巴士司机》已经被我翻完了，最后一篇"内勤的快乐度假营"，描述了一群自杀的人相聚在一个奇异世界的故事。我发誓我看过改编自这篇小说的一部电影，但我死活想不起那部电影的名字了。这种感觉让人很恼火，甚至比火车晚点更焦虑，但又不可能去狠揍一顿那个摘下口罩脱了鞋子的中年男人。一个事实可以证明此刻的烦躁：我已经打开了某APP，开始认真查看上海飞贵阳或者成都重庆的机票。

突然之间，候车厅摇身一变为音乐节现场，人们躁动着，把行李往肩上扛往背上挪。就连那个摘下口罩脱了鞋子的中年男人，也在三秒钟之内戴上口罩穿好鞋子，拎起蛇皮袋瞬间消失在人群中，好像从未出现一样。晚点了整整三小时后，K111次列车终于开始放人了。先前打瞌睡的人，此时像服用了红牛一般亢奋。月台旁，墨绿色涂装的25K车厢早已被身手麻利的保洁阿姨拾掇完毕，灯光点亮了被雨水浸湿的车窗，在这样一个迟来的时刻，火车就像收容庇护所。我把上海南—镇远的K111次蓝色车票紧紧握在手中，直奔加1号车厢而去。

"身份证。"她瞥了一眼我手里的蓝色车票，摆了摆手，示意使用。她是成都铁路局贵阳客运段的一名列车员，身材壮硕，个头中等，说话带有明显的西南口音，目测年龄40岁上下。

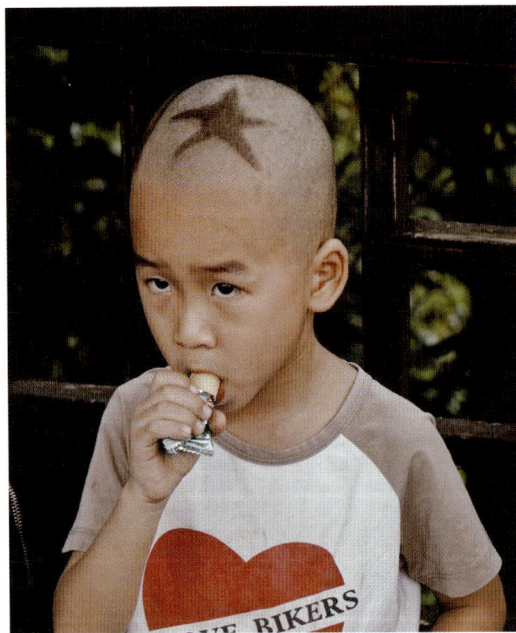

▲ 脑壳上有一颗五角星的镇远小男孩

她接过我的身份证，往交换机上一刷，所有信息一览无余。只要你稍微歪一下脑袋，就能看见自己的个人资料，和所在车厢的具体包间。

这时我方才意识到，这张曾经取代"红票"的"蓝票"，已经走到了历史的尽头。2020年6月20日，中国的普速旅客列车正式告别纸质车票，和高铁一样开始全面实行电子客票。进站时刷身份证，检票时刷身份证，上车时再刷一遍身份证。"蓝票"仍然可以通过取票机打印出来，但名字变成了"报销凭证"。除此之外，你也可以打印一张被称为"购票信息单"的小纸条，上面有你的座位号。当然，你也可以做一个忠实的环保主义者，坚决贯彻落实电子客票的政策，不浪费任何纸张。

目的地为镇远站。它是沪昆铁路上的一座三等车站，1974年建成。这条铁路非常繁忙，每天都有数十对客货运列车从石屏山和舞阳河边缓缓掠过。阴差阳错中，镇远就这样变成了一座"火车穿过的古城"。一个游客几乎可以在古城任何一个角落，看到沪昆铁路高架桥上的列车呼啸而过。当然，这也意味着一个乘客坐火车途经镇远，不管下不下车，他都可以百分百地看见这座大红灯笼高高挂的古城。甚至，火车赋予了他一个更开阔的视角，令其在短短几十秒内收获一次难以忘怀的走马观花体验。

在今天看来，镇远古城在号召力上已经不输丽江、凤凰。然而，2016年通车的沪昆高铁，除了把桥墩子建在镇远境内的金堡镇，没有在这里开设任何车站。这让与镇远紧邻的三穗县，成为这条铁路的最大受益者。他们不但盼来了火车，还是一步到位的高铁，连火车站都不用在地名后面加一个方向。如果你迟迟找不到工作，不妨考虑去三穗高铁站做一名网约车司机，倘若勤奋些，还是有很不错的收入的。毕竟，一个游客或当地人若想搭高铁去镇远，只剩从三穗转车这一条路。

当然还有一个最简单的办法，那就是乘坐这趟K111次列车。你只需美美睡上一觉，翌日下午两点多，就能抵达镇远车站了。车站距离古城2公里左右，要是精力充沛，你甚至可以一口气走过去。这个办法虽然耗时较长，但不失为前往镇远古城最最偷懒的一种方式了。

此刻，列车已从上海南站驶出，包厢里只有我一名乘客。在繁忙的暑运期间，一个人独享这间包厢的几率，近乎于零。也许在前方的嘉善站，或者更远一点的海宁站，就会进来一家三口，使包厢喧闹起来。但至少这一刻，细雨轻抚车窗，万物寂寥，我心如水稻田一般悠然。修改一下豆瓣网友对侯孝贤电影《最好的时光》那句经典短评：你知道有人要从一座车站上来，但你不知道他要从哪一座车站上来，这就是最好的时光。

然而直到列车驶出杭州南站，这间包厢仍旧没有其他乘客。我有些无聊，便走出包间找到那个身材壮硕的女列车员，问她现在是不是不需要换票了。她似乎心情不太好。

"不用换票了！都电子票了还换啥票啊！"她开始咆哮。

⚠ 蓝色列车从隧洞中钻出来，旋即消失在古城中

"那……那万一……坐过站怎么办？"我战战兢兢地追问道。

"不可能，我会叫醒的呀！"

在她这一声河东狮吼面前，我只能抱头鼠窜。反正"叫醒"以前，我是再也不敢和她套近乎了。中国铁路沿用多年的卧铺换票就此成为过去，我们在不知不觉中又一次见证了历史。嫌弃也好，怀念也罢，再也不会有那张银行卡一样滑滑的塑料卡片了。不过，你还是可以放心酣睡，相信以这位女列车员的大嗓门，就算进入休眠舱她也能给你唤醒。

到了义乌，包厢的门终于被推开了。进来的是一对母女，妈妈颇为年轻，看上去二十七八；女孩机灵古怪，十岁上下。年轻女人相貌出众，穿衣有品，不管放在哪座城市，皆可冠以美女。但我的注意力却被小姑娘夺走了，她有一头可爱的齐刘海，让人想起樱桃小丸子。

一切都是从妈妈的抱怨开始的。她似乎并不喜欢坐火车，说这是她第一次坐这样的火车。在她看来，高铁之外的火车，都不值一提。小女孩便问她高铁和地铁更喜欢哪一个？得到两个都不喜欢的回答后，小女孩心有不甘，让她必须选择一个，妈妈有点烦了。

"那你为什么喜欢电瓶车呢？"小女孩不解地问。

"因为拉风啊！"她漫不经心地回答。

"哪里拉风啊！"小女孩一脸轻蔑，瞬间切换成毒舌模式，"你太胖了，就像一头胖狗熊骑在小毛驴上。"

"你再说一遍试试？"受到一万点伤害的妈妈，也不甘示弱，开启了暴走模式。

眼见苗头不对，小女孩立马做了个鬼脸，开始转移话题，事态渐渐平息下来。母女俩东拉西扯，从站台下面的坑到后悔没把平衡车带来，一言不合就相互使绊，像一对活宝。小女孩想看抖音，妈妈不让，说没流量了。她费尽心机，试图用花言巧语打动这位年轻的妈妈，却始终未能如愿。

无奈之下，小女孩将目光瞄向了我，问我在看什么书，喜不喜欢坐火车，玩不玩抖音。

"不太玩抖音。"我如实相告。其实还可以把"太"字去掉的，但那样的回答显然太过生硬，我不想把这种感受带给一个10岁的小女孩。

"叔叔，妈妈为什么不让我玩抖音呀？"她眼珠子骨碌一转，打算从我这搬救兵。

"可能是怕你沉迷手机。"我说。

"那她呢，她才是手机重度成瘾者，好吗？每天就知道抱着手机傻笑。"她满脸不服气。

"又说我坏话！"妈妈按捺不住，加入了战局。

"都是从手机里学的呗！"听到我称赞小女孩词汇量丰富，还没等妈妈回复，

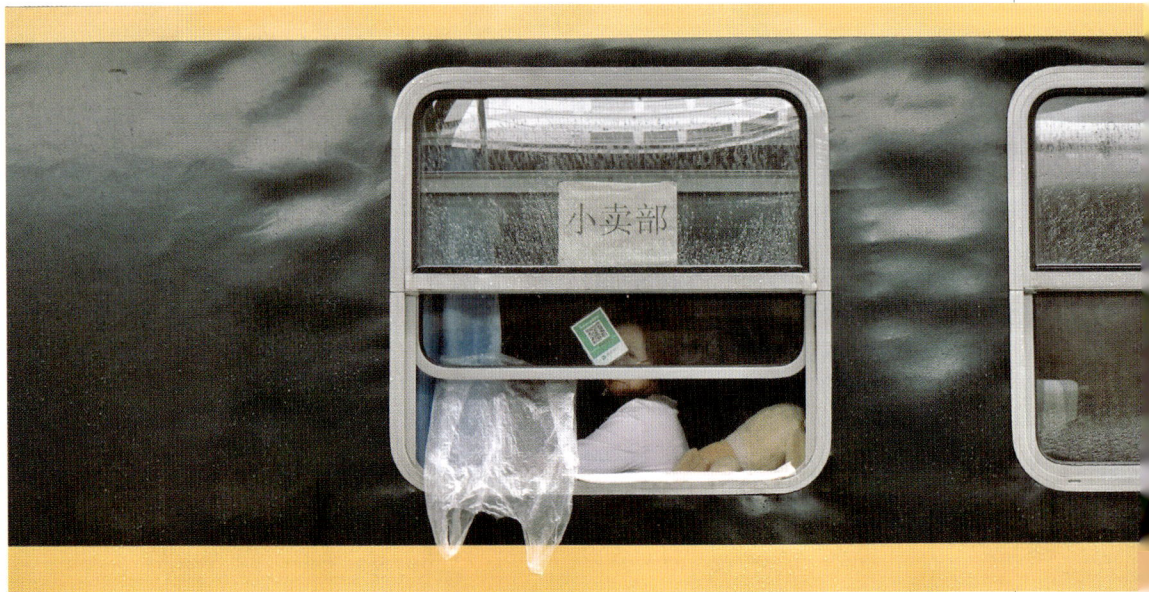
镇远站的火车"小卖部"

她便抢先作答。与此同时，一把抢过妈妈手里的苹果手机。惊魂未定的妈妈，条件反射地看了一眼女儿，她就这样用人脸识别解锁了手机。

整个过程堪称说时迟，那时快。

"这叫声东击西。"她得意洋洋地捧着手机，刷起了抖音。妈妈见状，连忙把耳机塞进她的耳朵，说不可以外放视频。

在杭州南站，他们一家三口上了这趟列车。开始挤在硬座车厢，后来母女二人补了软卧，并在列车抵达义乌时进入我的包厢。他们要去怀化，那是小女孩爸爸的家乡。这个始终未露面的男人，在杭州萧山一家外资工厂里上班。而年轻的妈妈，则是一位不折不扣的萧山本地人。

放暑假了，他们准备把孩子带到"湘西的山沟沟里"（妈妈原话），过一个"没有 wifi 甚至没有手机信号"的夏天。爷爷奶奶都在山上，不肯下来，说鸡鸭鹅没人照顾，还有一条憨厚忠诚的大黄狗。"我第一次去他们家时，差点死在路上。"谈及这段往事，这位城里的女孩仍在后怕。"加上火车，一共要换五趟车。到了怀化，要先坐长途车去一个县城，然后换农村巴士去一个镇上，再被塞进类似五菱宏光的一类车，开到山里。最后，还得用摩托车把我们接上山。"

"确实有点麻烦。"我说。

"唉，这次我们可能要徒步上山了。本来山上住着三户人家，其中一户有摩托。但现在就剩下她爷爷奶奶了，另外两户都搬走了。"年轻的妈妈一脸苦笑。

"我看她还挺喜欢玩手机的，不知道能否适应山里的生活？"

⚠ 手机不离身的小女孩

"不能也得能啊，那里可是连一家超市都没有。"她摇摇头。

23 时 25 分，晚点的列车驶入上饶站。遮雨棚挡住了夜雨，却挡不住扑鼻而来的土腥味。原本，空气中还应该掺杂烤鸡腿的芳香，但这都是过去了。那曾经引乘客垂涎的上饶鸡腿，早已随着中国铁路车站美食文化的消亡而消亡，而我甚至连流口水的资格都没有——才刚刚在站台上伸了个懒腰，大嗓门的女列车员就催促我上车了。

回到包厢，母女俩已经躺下了。两人各自一头，脚对着脚。我把包厢的主灯熄灭，打开床头灯。黑暗中，雨滴不断拍打着车窗，在难以撼动的双层钢化玻璃面前，仿佛隔靴搔痒。世界一片沉寂，唯有列车不知疲倦地奔跑，像马塞尔·普鲁斯特（Marcel Proust）[1]一样，追寻逝去的时光。

翌日，晨光并未如意料那般从窗帘的隙缝中照射进来，世界仍旧沉浸在一片湿答答的雨中。列车已驶入湖南娄底市新化县境内，正沿着资水一路前行。包厢里的两张上铺，空空如也。尽管没有其他乘客进来，母女俩还是挤在一张卧铺上睡了一夜。

"哎呀你的脚插到我的裤衩里了！"女孩突然大叫一声，醒了。

---

[1] 20 世纪法国最伟大的小说家之一，意识流文学的先驱与大师，也是 20 世纪世界文学史上最伟大的小说家之一。著作有《追忆似水年华》。

还没等妈妈反应过来，她就撕开桌上的牛肉干，抓起一片丢进嘴里，慢慢咀嚼起来。

"你看看你馋的，都还没刷牙呢！"妈妈抱怨道。

"这不肚子饿了嘛。"小女孩白了她一眼说。

"你说你这么能吃肉，咋还瘦得跟猴子似的。遇上台风天，不给刮没了。"

"没事，我抓着你就行，反正你很胖。"她又开始了。

看来，一场恶战是没法避免了。交战场地先是在嘴巴上，很快蔓延到包厢铺位上……最后，以妈妈强行将女儿"提溜"出去刷牙为收场。

我打心眼里羡慕这位小女孩，她不知道她拥有一个多么幸运的童年，还拥有一位童心未泯的妈妈；我打心眼里佩服她妈妈，就单纯能和自己的孩子"对骂"这一条，她已经秒杀无数控制欲极强的父母了。而且将心比心，这位妈妈一点都不胖，顶多有点丰满。当然，你不能拿她和小女孩现在的身形相比……

到溆浦，雨总算停了。天空泛着白，大地一派盎然。厚厚的云层之下，远处的城市若隐若现。列车已驶入怀化地区，溆水①取代了资水②，在它投奔沅江之前，会牢牢霸占着车窗一侧。大江口的火车站早已没有客车停靠了，荒凉得像个局外人，比它更荒凉的是小镇北面的屈原庙。它一直孤零零地站在溆水汇入沅江的地方，就像当年屈原孤零零地站在那里一样。

2000 多年前，屈原由楚地向南流放，一路沿着沅江，乘舟抵达溆浦。在大江口，他望着密林深处的猴子，一时竟不知何去何从。在诗歌《九章·涉江》中，屈原叹道："入溆浦余僮佪兮，迷不知吾所如。深林杳以冥冥兮，乃猿狖之所居。"寥寥数语中，幽暗的心境袒露无遗。距离屈原时代差不多 1000 年之后，李白也留下了一首关于猴子的诗作："两岸猿声啼不住，轻舟已过万重山。"但谁都明白，他彼时的心情比快船还轻盈，甚至那嘈杂的猿猴叫声都变成一种绝妙的政治嘲讽和隐喻。而屈原呢，只能继续在诗歌中感慨"哀吾生之无乐兮，幽独处乎山中"。

火车飞驰着，将大江口镇那些破败不堪的楼宇，远远甩在身后。岸边的绿树犹在，猴子却不见踪迹，工业文明的铁蹄，从未怜悯过这些无辜的生灵。

怀化就要到了，这对母女令人崩溃的五次转车，也不过刚刚开始。小女孩似乎并不在意这些，她对我要去的地方产生了兴趣。得知我要前往一个古镇，她好奇地问我会不会遇到"僵尸"，还问我知不知道"僵尸"是怎么灭绝的。

"我可喜欢看'僵尸'片了。"她说。自从知道要去一个没有网络的山沟沟，她就在平板电脑里下载了 80 多部电影和动画片，其中大多数是恐怖奇幻类型的。

①溆水，长江支流沅江的支流。是溆浦县内最大的河流，古称序水。

②资江，长江支流，又称资水。

在列车尾部拍摄沪昆铁路，可以体现出西南山区铁路的特色

"不过，我一个人可不敢看。"她抬头瞄了一眼妈妈说，"晚上我们一起看恐怖片吧？"

"我说宝贝，今天的暑假作业，你是不是还没做？"直到这一刻，这位被动挨打了整场的年轻女人，才第一次丢出撒手锏。

在怀化站混乱无序的月台上，我看见了那个在硬座车厢中窝了一夜的爸爸。他一路小跑着，来到焦躁不安的母女二人身边。男人戴一副黑框眼镜，发型略显凌乱，乍一看有点像一个叫莫西子诗的民谣歌手。终究，他们留给我的只有三个背影。不知道今夜小女孩被变异的"僵尸"吓得嗷嗷直叫时，还会不会想起这个独自一人坐火车去古镇的叔叔。但与他们一路的风尘仆仆相比，这些都不重要。

列车由玉屏进入贵州地界后，淅沥的雨水再次开始击打车窗，包厢似乎又回到昨天傍晚时的老样子，仿佛一切都没有发生过。可是舞阳河畔那些青砖黛瓦的房子，它们并不会撒谎。列车缓缓掠过镇远古城，初来乍到的远方客人，纷纷呆立于车窗前，流露出难以置信的表情。"格搭老灵呃，阿拉回来辰光去白相两天，侬看好伐？"（这里很美的，我们回去的时候去玩两天，你看好吗？）一个去贵阳的上海大叔兴奋地问他老伴。在他们一脸羡慕的眼神中，我背起行囊跳下列车，走向细雨连绵的出站口。

"割腕者的天堂！"扫行程码的那一瞬间，我突然想起刚才怎么也想不到的埃特加·凯雷特小说改编的电影名字，并不知不觉中喊了出来。穿制服的保安神情漠然，在"嘀"的一声后挥手示意我赶紧离开，我在慌忙之中听到一句贵州口音的三十六度五。

⚠ 机械怪兽和古老建筑碰撞在一起，竟也毫无违和

拯救地球的少年

2016 年，毕赣的电影《路边野餐》公映并广受好评，诗性的电影语言和亦真亦幻的剧情，使观众仿佛置身于一座迷宫之中。影片有不少铁路元素，并出现了一趟由凯里开往荡麦的绿皮火车。很多人迫不及待地打开 12306，试图找到这趟车，结果很失望。荡麦只是电影里虚构出的一个地点，除了取景地在黔东南州凯里市大风洞镇的平良村，没有任何实质意义。在这座村子里，人们能够找到电影里的一切：无论是吊桥，还是裁缝店理发店什么的，甚至还能发现一张当地村民贴的导游讲解广告纸，唯独找不到这趟绿皮火车。

这是因为，就算荡麦不是虚构的，平良村也没有铁路。它和凯里之间相连的，唯有曲曲折折的山路十八弯。

身为黔东南苗族侗族自治州州府所在地，凯里自然不会缺少火车机车的咆哮声。若在以往，这些咆哮声多半回荡在山谷，或是湘黔铁路沿线的村庄和隧洞中。不知巧合还是刻意，越来越多的影视作品将目光对准了凯里站，其中不乏知名大导。2018 年春节，陈可辛拍摄了一部叫《三分钟》的短片，故事发生地正是凯里站。然而，细心的观众很快发现，剧组只是借光了"凯里站"的名头，实际却是在重庆的菜园坝火车站拍摄的。同样在 2018 年，徐峥主演的《我不是药神》感动了中国，凯里站也在电影里跑了一回龙套。那是章宇饰演的黄毛，留下的一张红色车票，上面清楚地写着"上海—凯里"的硬座字样。

所以，近些年来屡屡发出"咆哮声"的凯里站，用今天很流行的一个词来形容的话，它"出圈"了。这对凯里而言，可谓喜忧参半：一方面，它引发了文艺青年对西部小山城的一种罗曼蒂克式幻想，提升了城市美誉度，对旅游业也有一定促进作用；另一方面，无论《路边野餐》《三分钟》还是《我不是药神》中的"凯里站"，看似风光无比，却在实际拍摄中连一个镜头都捞不到，尴尬不言而喻。

可是无论怎么折腾，凯里总是一副与世无争的样子。就像面对转车去西江苗寨的游客，也并不渴求将他们留下那样。开往平良村的中巴车仍旧破破烂烂，难得有位影迷和村民挤在一起，《路边野餐》毕竟不具备漫威宇宙那样恒久的杀伤力。途经凯里的 5639/5640 次绿皮火车犹在，这或许是现实中无限接近于凯里—荡麦的那趟火车，无论从血脉上，还是从气质上。

在人们纷纷向高铁卑躬屈膝的时代，我决定从镇远站搭乘这趟绿皮火车，沿着 1972 年通车的老湘黔铁路，慢悠悠地去凯里。

5639 次列车由玉屏开往贵阳，全程 337 公里，需要运行 7 小时 40 分钟。相同距离下，高铁仅需 1 小时出头。这是目前湘黔铁路上最慢的一趟客车，所有鸟不拉屎的小站都得停。2019 年 4 月 20 日起，5639 次车体更换为装有空调的25G 型车厢。人们可以舒舒服服地吹着空调，再也不必担心酷暑和严冬了。然而对于那些扛着扁担卖菜讨生活的少数民族乘客来说，他们坐一次火车需要花费的成本，却整整翻了一番。

雨淅淅沥沥下个不停，从镇远站上车之前，还得接受一番防疫检查。除了体温正常、戴口罩和绿码外，乘客还必须下载一个成都铁路警方的 APP，不但要填写具体的列车车次，还要精确到详细的座位号，否则不予进站。这让那些没有智能手机的老人，出行变得困难起来。即便你是一个普通乘客，也得为此耽搁七八分钟的时间。疫情期间，人们就连轻轻松松坐一次火车，也都成了奢望。

但不要忘了这是一趟慢车，它很顽皮地用晚点来配合那些担心赶不上车的乘客。黔东南人似乎总是很平和，不疾不徐的。火车姗姗来迟，队伍也不见混乱，极少有人插队。上座率高得惊人，过道也开始堆人，仿佛高峰期的北上广地铁。迎面坐着一个女生，穿一件暴力熊的黑色 T 恤。她从书包里掏出一盒乐事薯片，和四个一捆的津威酸奶。这使我更加确信，此刻真实实地身在贵州。如果你一头雾水，知乎的一个提问足以解惑：为什么除了贵州地区，别的地方没有津威酸奶卖？

▲ 排队上火车

　　"不好意思，借光。"一句略带口音的南方普通话，在一车贵州口音为主的西南官话阵营中，显得有些突兀。来者穿一件脏兮兮的深色厂服，脚踩一双布满灰尘的休闲皮鞋。他小心搀扶着一位苗族老太太，朝她的座位缓缓走去。完事后，这位"工装男孩"回到我对面的过道旁，掏出笔记本。虽然背着电脑包，本子却是纸制的，很厚重，和他全身上下的所有东西一样，破旧感十足。他把本子放在硬座靠背的最上方，旋即掀开，一支长长的铅笔就这样露了出来。

　　像个小学生那样，他拿起铅笔认真书写起来，偶尔抬头环顾四周，把目光聚集在某位乘客身上。铅笔屁股上的橡皮，早就擦没了，而固定橡皮的小铁块，也被他咬得体无完肤了。这些细节充分暴露出他在思考，这时他总是一副严肃的神情。除了密密麻麻的文字，你会在他翻页的时候，偷偷瞄到一些类似动物的素描。直觉告诉我，这个人有点东西，值得我去上个厕所。

　　"你在写啥呢？"上厕所只是托词，是为一次名正言顺的搭讪寻找的借口。

　　"我在记录车上的人。你看他们有的在玩手机，有的在聊天，有的在吃东西，有的在睡觉，多好玩啊！"工装男孩说。

　　"可是，坐火车的人不都这样吗？我是说，这些有什么稀奇的吗？"

在列车尾部拍摄沪昆铁路，可以体现出西南山区铁路的特色

"不不不，稀不稀奇，还是要看不同的人。你看前面那个胖胖的男孩，他一直对着手机笑，但不打字，所以一定在看抖音里的搞笑视频。而他旁边的女生，也一直对着手机笑，但她一直在打字，十有八九在和一个喜欢的人聊天。"他看了我一眼，认真地说。

"你的观察力很仔细啊！"我称赞他说，"请允许我多嘴一句，你是在为写小说搜集素材吗？"

"当然不是，我没有写小说的天赋，就想记录一下这些乘客。我不喜欢高铁，只喜欢绿皮车，它总能让我找到一些有趣的观察对象。他们和高铁上的人不一样，高铁上可没有背着箩筐和拎着鸡的乘客。"他笑着说。

"有意思，你现在是出差还是出来玩啊？"我对他越来越好奇了。

⚠ 蛟龙入洞

　　"我可不是出来玩的，我是出来成就一番大事的。"他洋洋得意地说，"我这个项目如果能找到合伙人，那我们可以拯救地球！"

　　此时此刻，我必须要感谢一下 5639 次列车，若不是它钻进了一座黑漆漆的隧道，我脸上的尴尬就无处藏身了。一段时间的沉默后，我决定借坡下驴，既然聊天已经无法避免地走向无厘头了，那不妨让它变得更加周星驰一点。

　　"所以地球现在有危险吗？"我故意压低了嗓音，以免被旁人听到以为我俩精神不太正常。

　　"地球快完蛋了！"他一脸严肃地说，"人类再不注意保护生态的话，距离灭亡就只剩下时间问题了。"

　　"这么说来，你是一名环保主义者？"

▲ 累了哪里还在乎睡姿

▲ 宝老山车站

"我只是一名流水线上的装配工人。"他说，"在我从一家组装苹果手机的工厂辞职以前。"

于是，"工装男孩"开始讲述起自己的故事。他来自江西省吉安市新干县的大洋洲镇，高考失利后就去了深圳打工。他换了一份又一份工作，每份都干不长，用他的话来说，天生不安分，喜新厌旧。但即便如此，年复一年，他一没饿死，二没欠钱，所以并没有沦落为所谓的"三和大神"。

"你居然是大洋洲人？我还去过你老家呢。这个镇子因为挖掘出了商代大墓，所以青铜器很出名。"

"对对对，老哥，你是第一个听到我老家名字不笑的人。真的，平时我都不知道怎么跟别人说。我在厂里跟同事打架，他们都叫我滚回澳大利亚去。"工装男孩似乎很激动。

"凑巧去过而已，那时候还有绿皮火车到大洋洲。我也是被这个名字吓了一跳，就过去看了看。新干县的名字也很好玩啊，不知道的还以为日本的新干线跑江西去了呢。"

"老哥你真的太懂了！"他哈哈大笑了起来，"我一眼就看出你是见过世面的人，你愿意做我的合伙人，和我一起去拯救地球吗？"

这一瞬间，我脑海里浮现出漫威电影《银河护卫队》里的台词："银河有难，我们不能袖手旁观。"

"对不起，我不认为我有拯救地球的本领啊。更何况，你根本不了解我，这么重要的事情，怎么可以拉一个火车上的陌生人入伙呢？"我只能对他实话实说了。

列车从漫长的隧道中驶出，那些黛青色的山峦，很快又夺回车窗这块移动大银幕的主导权。它们不断改变婀娜的身姿，尽力取悦着全车乘客。夏季的西南铁路，最害怕暴雨和泥石流，但它们一年四季从未缺席的，永远是美景。工装男孩，不，应该叫"拯救地球的少年"，他一直扭头望着窗外，很长时间没有说话。

"看这云贵高原的花儿，漫山遍野地盛开，多美丽啊！"一段时间的无言后，少年打破了沉默，"我太喜欢大自然了，可是贪婪的人类，永远不懂得珍惜。2019 年的澳大利亚山火，烧死了 5 亿只野生动物。号称'地球之肺'的巴西亚马孙热带雨林，每分钟都会砍掉三个足球场大小的树……我不想眼睁睁地看着地球被他们弄坏了，我想为全世界的环保事业做点什么。经过一段时间的冥思苦想，我终于构思出一个拯救地球生态的计划，它将通过一款手机软件来实现。只是，我需要找到一个愿意提供给我资金和技术的人。"

他说这次出来，要踏遍黔东南的侗族原始村落，听老人吹芦笙，年轻的女孩唱山歌；还要像神农尝百草那样，钻进深山老林挖草药。"最好还能看一眼黔金丝猴！"他越说越激动，眼睛里开始流露出一种奇异的光芒。

突然之间，他一脸神秘地凑近我，指了指身上那只破旧的黑色电脑包："我给你看样东西吧。"然后拉开拉链，从里面翻出了一本超大尺寸的硬皮书。封面很花哨，画着各种各样的动物。

"就是这本书，让我爱上了大自然。"他捧着这本神秘兮兮的书，就像捧着《西游记》里那些神通广大的宝物。

我瞥了一眼封面，"儿童生态百科全书"八个大字，不偏不倚地印在正上方。

这时我突然发现，本打算好生看两眼的宝老山展线，已经不知不觉从眼皮底下溜走了。然而做梦也想象不到的是，让我错失这绝美铁道风景的，竟然是一本《儿童生态百科全书》。

"你打算用这本书拯救地球吗？"我想用一种不伤其自尊的方式点醒他。

"你看不起这本书吗？"他有些激动地说，"这本书虽然是给儿童看的，但很多知识大人也不一定懂呢！你知道狗的心脏是动物中最大的吗？你知道蝙蝠是倒挂着生孩子的吗？"

"这……我确实不知道。"他把我问住了。

"所以嘛！"他笑了笑说，"我只选择适合我的，这是我的原则。在书店第一次看到这本书时，我就被这些照片打动了，文字部分也看得懂，便买了下来。"

在这一刻，我似乎短暂地闯进了他的内心世界，旋即，又被搡了出来。我仿佛看见一些坚若磐石的东西，生长在他的灵魂深处。无论如何，他都无法为这个残酷的世界所左右。我想，任何人没有资格以其平庸的人生经验，去盖棺定论他并不确定的未来。他是一个不撞南墙不回头的人，就像一个硬币的两面：一面是可贵的，一面是可怕的。

凯里站快要到了，我回座位上收拾行李。一小会儿工夫不到，他就和一个戴黄色渔夫帽的女生聊了起来。不知道这次谁主动，但看得出来，两个人的交谈还算融洽，女孩子被他逗得一直捂嘴。当他再次祭出那本《儿童生态百科全书》时，气氛达到了顶点，旁边还多了几个围观的不明群众。让我想起小时候的一句童谣："每个人脸上都笑开颜。"

我赶紧掏出胶片相机，以缓慢的快门速度，为他们拍下一张失焦的照片。胶

⚠ 在列车尾部拍摄沪昆铁路，可以体现出西南山区铁路的特色

⚠ 难得一见的车尾视角　　⚠ 上座率惊人的慢车

卷不仅存储影像，还膨胀了时间和空间，使它暂时挣脱时代的桎梏，沉浸在一种自我意识的定格中。那里没有鸟语花香，没有日月星辰，只有错位的欢愉，和朦胧的诗意。一如陈升在《路边野餐》中的念白："当我的光曝在你身上，重逢就是一间暗室。"

我们在车厢的过道里告别，就像我们在车厢的过道里相遇那样。衷心祝愿这位拯救地球的少年，拥有一个与众不同的远大前程。人不中二枉少年，趁自己尚能热血沸腾。做人如果没有梦想，那和一条咸鱼有什么区别？

"你刚才说车上的乘客像动物？"戴黄色渔夫帽的女孩问他。

"对，这趟车就像一座动物园，我们每个人都是被关在笼子里的动物。如果你是河马，那我就是大象。"拯救地球的少年回答道。

重庆

chong
qing

川黔
铁路

Chuanqian
Tielu

再见溪谷

两个石门坎

几年前，我去北京拜访一位图书编辑。当聊起国内的一些小众景点时，他突然双眼放光："你知道贵州有个地方叫石门坎吗？一个英国传教士发现的，并把它打造成了一座天堂。"我有几分懵，却故作淡定地回答："你也知道石门坎吗？我还以为它只是一座无人问津的火车小站呢！"

早就忘掉这出对话是如何收场的了，现在回想起来，我真为自己的无知而愧疚。编辑老师提到的石门坎，是贵州威宁县境内的一个苗族村落，根本就没有铁路。

1905 年，英国传教士柏格理（Samuel Pollard）受邀来此传教（并不是他发现的这里），他不但兴建了基督教堂，还有四大贡献：为当地苗族创造了系统的文字——石门坎苗文；创办了中国第一所双语学校；开设了中国第一座苗民医院；修建了贵州历史上第一座足球场（据说柏格理本人乃足球迷）。

而我嘴里的石门坎，是川黔铁路上的一座四等车站。它距离贵州省遵义地区仅一步之遥，却在行政上隶属于重庆市綦江区的安稳镇。

无需辩解，我的确闹了一个笑话。有趣的是，这个笑话还可以引申出另一层讽刺意义：虽然此石门坎非彼石门坎，但知晓川黔铁路石门坎的人，无疑要比知晓贵州威宁石门坎的人，少之又少。

我是如何歪打正着的呢？这要归功于 2012 年 8 月的某一天，我从贵阳搭上一趟由湛江开往贵阳的绿皮车，第一次投身于川黔铁路怀抱。在松坎河畔的山谷里，火车一头扎向深不见底的黑处，仿佛扭着扭着，便扭出轨道，被《黑湖妖谭》（*Creature from the Black Lagoon*）[①]中的恐怖生物卷走，或遁入异次元空间。天空阴沉着脸，孔雀绿色的青山，如黑森林一般死寂，窗外连一只飞鸟也见不到。我战战兢兢地坐在卧铺车厢的边座上，生平第一次害怕火车开着开着就开没了。

这时列车一声哐当，缓缓停了下来。一个再寻常不过的山间小站，仍有不少人上下车。后来我才知道，这些人多半是松藻煤矿的职工。彼时，我正牢牢地盯着白色站牌上的三个黑字：石门坎。要感谢这三个字，将我从恐惧中拉了回来。若不是列车在这里停车两分钟，使我有时间除掉心中的魔鬼，我肯定要被黑暗的松坎河谷拖入一个无止境的深渊中。从此石门坎这个名字，于我而言便有了一种神秘的力量。也许冥冥之中有一天，它还会将我召唤而来。

川黔铁路[②]

八年过去了，这一天终于来临了。2020 年 6 月的某日，我打算从重庆火车站，也就是大家俗称的菜园坝，搭乘重庆硕果仅存的两趟传统绿皮火车中的一趟——开往遵义的 5629 次列车，前往石门坎。动机有二：一来我对拯救我的那座神奇小站念念不忘；二来我也想重走一趟川黔铁路。自从渝贵铁路通车后，高铁就化作一支穿云箭，每天在高不可攀的巨型墩柱上飞来飞去。曾经热络的川黔铁路，如今只剩下 5629 和 5630 这一对客车在开行，凄凉至极。谁都明白，中国铁路正以社会达尔文般的残酷大步往前迈，高铁跑得越快，那些老铁路的伤痕便愈加触目惊心。

早在 1911 年，清政府便计划修筑川黔铁路。民国时期，中国建设银公司与铁

---

① 《黑湖妖谭》讲述了一支深入亚马孙丛林的地质科考队发现了一头史前鱼怪，而鱼怪爱上并掳走了一名科考队员的女友的故事。这是 20 世纪 50 年代极富标志性的电影之一。当时还使用了水下 3D 摄影技术。
② 1997 年 3 月重庆升为直辖市后称渝黔铁路。

道部、四川省政府联合，成立"川黔铁路公司"，准备大力进行西南铁路的建设。但这一切随着日本发动全面侵华战争，不得不宣告停滞。直到 1956 年，这条铁路才真正开始施工。1965 年 10 月，川黔铁路全线通车并交付运营。和成昆铁路一样，它是三线建设时期的重要铁路工程。因为当时重庆归四川省管辖，所以这条连接重庆和贵阳两座山城的铁路，被官方正式命名为"川黔铁路"。铁路全长 463 公里，设有 40 个车站。全线隧道及明洞 115 座，桥梁 125 座。沿线地质复杂，山势陡峭，屡有塌方、滑坡和泥石流灾害，石灰岩地区多暗溶洞，整个修筑过程十分艰难。有许多年轻的铁道兵和筑路工人离乡背井，怀着对中国铁路建设的热忱来到这里，却再也没有走出这些连绵起伏的群山。

川黔铁路的成功修建，使沿线的工矿企业得以飞速发展。单拿重庆地区来说，南桐的煤炭和小鱼沱的铁矿石，能够源源不断地通过铁路输送到重庆市内的大渡口钢厂。而在此之前，这些物资需要辗转陆运和水运，然后装上木船，沿着长江一级支流——綦江，穿过无数激流险滩，才能抵达大渡口，效率十分低下。川黔铁路就这样凭借自身强大的运力，为国内的三线建设立下赫赫战功，迎来了生命中最高光的一刻。根据一些老工人的回忆：这条铁路刚刚建成不久，铁道部便把最新研制的第一代干线柴油机车——东风型机车投入部署。而彼时的华夏大地，几乎还是清一色的蒸汽机车担任牵引任务。在那个时候，人们一睹内燃机车的兴奋程度，恐怕比今天看见渝贵铁路上的和谐号，有过之而无不及。到了 1991 年，川黔铁路实现全线电气化。从此功率更大、技术更先进的韶山系列电力机车，取代了东风型柴油机车，穿行在山谷和棚洞中。很长一段时间，这条铁路一直走在

▲ 菜园坝

▲ 铁道旁停着的车

▲ 绿水青山

时代的前沿。

　　倒不是说渝贵铁路的出现，使得川黔铁路日趋沉寂。高铁赶走的只是普速列车，让这条铁路再不似往日繁荣的，归根究底还是那些三线工厂的关停。一如当年计划经济时代，为国防和战备的需要，调整工业布局，数不尽的大型工厂扎根于西南山区，高耸入云的烟囱里终日弥漫着滚滚浓烟。铁路让它们发挥重大能效，它们同样使铁路蒸蒸日上。随着国际形势的稳定与缓和，中国迎来了改革开放，继而进入一个经济高速发展的时代。在市场经济运行规律下，国企亟须改革，三线时期的国营工厂，开始面临一个生存还是死亡的难题。为保密需要，这些企业在建厂过程中，大多选址在人稀罕至的深山中。在国家投入的减少下，逐渐经营不善，也很难留住人才，80年代后期，大量三线工厂被迫关停。川黔铁路赶水站旁，曾有一条重要的工矿企业支线——小赶铁路，但随着綦江铁矿的倒闭，这条铁路也几近废弃，再不见装满铁矿石的货运列车，只有野草荒蛮生长。工厂的消亡，使得川黔铁路再也不复往昔的峥嵘。

前往菜园坝

这是阴雨霏霏的一个早上。唯有雨水，才能降服重庆恐怖的烈日，却也教路上穿吊带的女孩子，为她们的爱美之心付出代价。酒店门外就是两路口，我走进地铁通道，去寻觅传说中的"皇冠大扶梯"，结果被毫不留情地堵在入口处。规则写得清清楚楚：要么投币二元，要么刷一下实体交通卡，暂时不支持扫码。

看我捉襟见肘的样子，管理员大姐也很无奈："我们这边有规定，我不能帮你代刷，你先等一下吧。"这时另一位大姐走来，还没等管理员大姐说完，她便会意，潇洒地帮我刷了下卡，头也不回地走了。"要对人家说声谢谢哈！"我受宠若惊地走进扶梯，身后传来管理员大姐的一声大喊。

如果你看过《三体》的"死神永生"，你应该还记得有一种武器叫二向箔，它可以将任何 3D 的东西变成 2D。开个不恰当的玩笑，你对两路口使用一次"二向箔"，会发现它和菜园坝火车站能够重合成一个点。也就是说，两路口和菜园坝之间，根本不存在直线距离，只存在于一个无法被地图恰当显示的高度落差中。菜园坝在地上，两路口在它旁边一座高高的山上，这就是重庆。长达 112 米的皇冠大扶梯，便是用来登山的天梯。

我还记得一年前走进菜园坝的样子，称其为一个小小盛况也不为过。举着自拍杆的秃顶中年人，穿大红色棉袄的老两口，呼朋引伴的阿姨们，和自带榨菜豆瓣酱的一家三口，都纷纷涌入车厢。古老的绿皮火车，仿佛一朝回到青年时代，洋溢着棋牌室般的热情，和菜市场般的喧闹。可惜，那是重庆开往内江的 5612 次列车，不是今天搭乘的 5629 次。而它也如想象中那般清冷，稀稀拉拉二三十个乘客，各自爬进不同的车厢，确保彼此之间拉开足够的距离。不知是疫情期间使然，还是这趟车的管理相对松散，列车员并没有阻止那些故意走错的乘客，而是任由其三三两两地霸占一节车厢。我找到一个靠窗的三人座，把窗户抬到最高处。非常幸运，没有限位器的拦阻。我那颗 60 厘米头围的大脑袋，总算可以肆无忌惮地伸出去了。

5269次列车

斜风细雨下，汽笛鸣响，列车一声长叹，驶出菜园坝。它要先奔驰在中华人民共和国成立以来的第一条干线铁路——成渝铁路上，一路沿江而行。一过小南海，新白沙沱长江大桥性感的天蓝色钢铁骨架，以及南岸珞璜电厂的三根擎天巨塔，便会飞扬跋扈地将全车乘客的目光吸走，让人们忘却了旁边孤零零的老桥，仍旧倔强地矗立于长江之上。原本，列车将踏着它苍老的身躯，在地动山摇中跨越长江，

⚠ 在白市驿车站换向时，一名头戴黄斗笠的铁道工人走来，就像一名雨中漫步的古代侠客

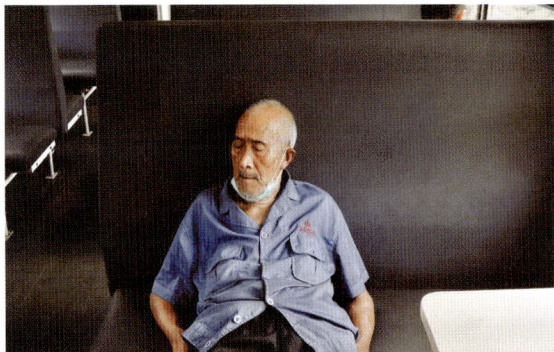
▲ 绿皮车上的老人

▲ 夏坝站下车的乘客

正式步入川黔铁路，然而从 2019 年 4 月 24 日起，这座曾经的"万里长江第二桥"正式停用，永久地退出了历史舞台。这样一来，5629 次想要过江，就要大费一番周折了。

简单讲，列车要继续沿着成渝铁路，从铜罐驿车站进入陶铜联络线，再经兴珞线抵达白市驿车站。在这里，列车要进行换向作业：车头从一端解挂下来后，再接到另一端，原有的车头变车尾。最后，列车由兴珞线钻进新白沙沱长江大桥的天蓝色钢铁骨架中，缓缓穿过长江，在珞璜站与川黔铁路胜利会师。

若非亲自走上一遭，此时的你一定很蒙。没关系，我也很蒙，这线路的确复杂到难以用恰当的言语描述出来。你不妨这样认为，原本需要三步两步就可以跨过的长江，现在绕了一个多走几十步的大圈子。这就解释了为什么从重庆站到七龙星站区区 50 公里路程，5629 次列车需要开行 2 小时 40 分钟。

雨仍然淅淅沥沥下个不停，像一个不蛮横无理的泼皮，只因旁边的路人不小心撞到胳膊，便化身为一门连珠炮，啪嗒啪嗒一通乱炸。很多乘客难以抵挡，被迫关上了车窗。而我宁愿把包里的冲锋衣裹在身上，也不想放弃能够开窗——这一传统绿皮车厢的最大福利。坐这种火车不开窗，等于炒一盘宫保鸡丁不放辣椒，或者看一部 3D 电影不戴眼镜。我更愿意将自己毫无保留地交给大自然，无论是轻柔的风，还是无情的雨。对于拥有厚重钢化玻璃的列车而言，外面的世界清晰度低于 720P，而绿皮车则是蓝光级的待遇，我甚至可以看清楚一个骑电瓶车的女人高跟凉鞋上的淤泥。车厢静谧，乘客疲惫，唯有敞开的车窗，为这不断撞击车厢的雨点，创造出一种近乎 ASMR 的声音采样。

不和谐当然也有，比如那个躲在车厢中部的女列车员。我被一种奇怪的声音率先惊扰，在极富节奏的砰砰声中，我看见她侧躺在三人座椅上，不断使用拳头的手面一侧，狠狠拍打自己的小腿肚子。她到底遭了什么罪，大清早便像僵尸那样没有意识地重复一种动作，还是昨晚忘记了换班？我本应对此予以包容，毕竟她原本碍不着我什么事，偏偏她制造的声音和车轮撞击铁轨的噪声完美融合在一起，形成一种如同电吉他与唢呐的古怪合奏，弄得我心烦意乱。若不是一杯超即溶的冷萃咖啡，真不知该如何排忧解愁。

沿綦江而行

不知是巧合还是必然，两次邂逅川黔铁路，都在一个见不着光的阴雨天。或许对我来说，这条铁路注定携带着阴郁的基因，就像那条深不可测的綦江，它在列车离开夏坝之后突然浮现于窗外。一座座渡口飞逝而过，斑驳的汽船泊在岸边，恭候着行人和摩托车的大驾。光着膀子的中年男子，从高高的堤坝上纵身一跃。这一刻，他又跳回了童年。但谁都看得出，在那暗流涌动的水面之下，有一份不安悄悄潜藏着。一如这些接踵而来的大坝和水电站，可以是男人的游乐场，亦能摇身一变为地狱之门。

结束这趟行程不久，一条"重庆綦江出现 1940 年以来最大洪水"的新闻上了微博热搜。在相关视频中，楼房被洪流卷走，汽车翻入江中，犹如启示录般的恐怖画面。2000 年重建的彩虹桥，在四面楚歌的洪水包围下，摇摇欲坠。赶水到小鱼沱的专用线铁路，瞬间腰斩成两截，川黔铁路的客车也不得不暂时停运。西南地区这些饱经沧桑的老铁路，往往依山而建，傍水而行，所以每逢雨季，都要遭受数次山洪或泥石流的残酷考验。2019 年夏天，成昆铁路甘洛地区更是因为严重水害，停运了整整七十多天。

然而在 6 月初的那场雨中，川黔铁路一派岁月静好。垂钓的老翁如姜太公一般，闲坐在硕大的芭蕉树叶子下，不知道钓的是鱼，还是人生。列车就这样沿着綦江，跌跌撞撞地驶入綦江。它们拥有相同的名字，但第一个是江，第二个才是城。江水孕育了这座城市，如母亲一样的存在，使得火车进来的时刻颇具仪式感：列车要围着江水转上好几个大圈，才能找到綦江站的站台。这便为城市赋予了某种独一无二的展示视角，现代化的高楼大厦和古老的吊脚楼，迈着优雅的舞步，从弯弯的铁道线旁旋转而入。原来，火车正和这座城市跳起了华尔兹，而綦江便是舞池。

车站是个分水岭。在这里，一大半乘客下车了，上车的人却寥寥。站台上，一群红花绿毛的阿姨，挂着喜悦踏在不愿老去的路途中。有个男孩蹲在安全黄线后面，端详着 25B 型客车的转向架，他爸爸举着自拍杆，一边解说，一边记录下这宝贵的一刻。小孩看得起劲，丝毫没有想走的意图，直到那位举旗子的年轻职工，用一种略显不耐烦的口吻催促起来："差不多了吧，你们赶紧出站嘛！"他这才拍拍屁股，和爸爸一起手拉手，消失在不算热闹的出站口。

寂寞的游戏

三江像一座迷你版的綦江城区，列车要在孝子河注入綦江的突出部，来一记近乎 180 度的大转弯，头也不回地奔向南方。你会看到一座有些年头的铁路石拱桥，通向一座黑漆漆的山洞，这便是三江到万盛的铁路专用线，主要负责运输南桐的煤矿。群山逐渐裸露狰狞，将列车包裹在狭长的河谷中。棚洞和隧道陡然增多，每隔几百米就有一名身披黄马甲的护路工人，紧张兮兮地目送列车通过。不过从气势上看，这里与成昆铁路的大渡河峡谷还是不可同日而语，后者的万丈绝壁，令人无法喘息。不多时，列车缓缓驶入一座大山深处的无名小站，停了下来。由于乘客稀少，发动机熄灭后的列车，像一艘保持静默状态的潜艇，万物寂寥，连雨滴都悄无声息。

小站叫东升坝。没有人上来，也没有人下去。这类山中小站，宛若秘境，它存在的理由，仅仅为了会车。川黔线虽然实现了全线电气化，但仍是一条孤独的单线铁路。双机重联的大 3B，拉着几十节黑乎乎的车皮，成为 5629 和 5630 次的唯一同伴。列车迟迟不发动，我有些无聊，便走进最后一节车厢，本想看看车

▲ 曾经国营的夏坝旅馆

尾视角的铁道线，却发现车门太过污浊，只得作罢。见我形迹可疑，一个人很快尾随而来。他站在我刚刚站在的车门旁，轻轻念叨了一声上面的"止步"两字，接着脑门一顶，扒着玻璃开始瞅起来。这位大叔身着一件橄榄绿色像是 89 式警服。显然，他是随便穿了一件大概从不知从哪淘来的仿货。大概啥也看不着，他开始尝试拉车门，但无论门把手被他弄得如何吱吱嘎嘎地叫唤，那铁门仿佛郭靖镇守的襄阳城那般固若金汤。几次未果后，他只得选择放弃。

我决定待在车尾附近，毕竟这里人烟稀少。在嘈杂的绿皮火车上，我绝非那种将世界屏蔽在降噪耳机中的人。我很乐于和身旁的乘客聊天，听他们讲讲大都市里听不到的故事，神奇也好，乏味也罢，至少都为彼此错乱的人生，暂时提供了一处歇脚点。修改一下《阿甘正传》的台词：车厢就像一盒巧克力，你永远不知道遇到的下一个乘客是谁。可在这趟沉默的 5629 次列车上，我更愿意把沉默还给这些同样沉默的山川，和不会说话的大地。雨是唯一的例外，还有鸟虫。此刻它们正在窃窃私语，仿佛密谋着什么不可告人的事情。寂寥的山中小站，也因此显得更加寂寥。没由来地想起已故的作家袁哲生，想起他的《寂寞的游戏》，以及改编的电影《阳光普照》。泥石流可以埋葬铁路，埋葬列车，暴风骤雨也终将散去。有些不可告人的事情，却很难迎来阳光普照的那天。既然如此，还不如安安静静地坐在最后一节车厢的最后一排座椅上，和雨水一起，在沉默中年华老去。

在镇紫街，那个尾随我的人下车了，他嘴里叼着一根烟，面无表情地从我俩只此一次的交集中走出。忽然发现，他长得有点像电视剧《隐秘的角落》里王景春饰演的陈警官。车站距离东溪古镇一步之遥，遗憾的是，再没有人愿意坐绿皮火车来游玩了。这座悠悠闲闲的古镇，已经在川渝黔交界处悠悠闲闲地躺了千年，在游客面前，它还将悠悠闲闲地去迎接下一个世纪。但愿，不要有什么抖音网红来这里直播。我想歌颂一下镇紫街的站台，它让我仿佛又一次邂逅西伯利亚的铁路小站。没有卖鱼子酱和饺子的俄罗斯老奶奶，却有一群推着婴儿车的妈妈在遛弯，还有两个好像特意来等待这趟绿皮车的女孩子，一个牵着小狗，一个蹲在列车屁股后面，摆出了剪刀手。相比被"大站"綦江无情驱赶的父子俩，镇紫街的站台就像当地人哄孩子和遛狗的广场，巴适得很。在我国不存在欧洲、北美的开放式车站，一个游客不能像逛公园那样去站台上玩耍，所以镇紫街的"宽容"是一个难以破解的谜团，比站台上轰隆隆地出现一群妈妈们还难以破解。

⚠ 不断绕弯的列车

集装箱上的小鳄鱼

镇紫街站的小孩

再见溪谷

列车抵达赶水时，差不多晚点了 20 分钟。关于这座美丽的小城，我会把它交给下一篇文章。你只需明白一件事：从重庆到赶水，坐绿皮车要 6 个多小时，而高铁不过 35 分钟。下一站就是石门坎了，心跳又开始加速了。但这次的施虐者，不是疑云笼罩的黑暗峡谷，而是一种即将下车的紧迫感。透过车窗，我看见绿皮车正弯曲着身子，在荒草和岩石的夹缝中，慢慢蠕动着。松坎河像刚刚睡着的小猫咪那般沉默，大片大片的山体滑坡防护网，面纱一样铺在陡峭的山崖上。雨不知何时离席了，那些危机四伏的死亡阴影，却从未散去。

2016 年 6 月 29 日，在持续多日的强降雨影响下，川黔铁路赶水至岔滩区间突发大型山体滑坡，铁路就此中断。成都铁路局集结了 2000 多名抢险人员和 240 多台抢险机具，经过 52 天的艰苦奋战，才使这条铁路恢复通车。类似这样的新闻，你每年都能检索到。如果你是一个记者，你甚至可以原封不动地套用这些新闻，仅仅把里面的"时间""地点"和"抢险天数"修改一下。没有经历过水灾的人，恐怕很难理解家园被淹没时的痛苦。那些重创的山巅依然坚忍，离开的人却再也回不来。风笛回响在空荡荡的松坎河谷，仿佛哀悼那些逝去的人。终于，石门坎像庇护所一样如约而至，它是那样的英勇，把一整列火车的悲伤扛在肩上。

我拎起行囊，跳下车厢，趁悲伤还未溶解在空气中，趁背着箩筐的当地人还在站台另一端。8 年的等待，不过是仓促间的一次别离。川黔铁路的石门坎，终将为我注入一份独家仅有的记忆。再见了溪谷，愿这趟归途中的列车，永远充满歌声与欢笑。

石门坎

Shimen
Kan

松坎河畔的矿业小镇

中年男人

"人家在拍照，一看就是来旅游的嘛！"

石门坎站台上，中年男人对身边的女人说。我朝他笑了笑，新的旅途就这样开始了。他 50 岁上下，身穿白色 polo 衫和蓝色牛仔裤。得知我来自上海后，便礼貌性地称赞了一番，问了几个无关痛痒的问题。我得承认，打一开始就对他抱有好感。

这不仅仅在于他主动提出带我到镇上，更重要的是，他自始至终都没问我一个司空见惯但又很难回答的问题："我们这儿有啥好玩的呢？"

我当然乐意跟他走，毕竟人生地不熟。"走山上的公路要 8 公里多，走铁路也就 2 公里左右，一会儿就到了。"他说。

中国的干线铁路大都采取封闭式管理，电气化铁路尤甚。但在西南一些地区，铁路部门还是会默许当地乡亲沿着铁路走行。当然，这必须要建立在不干扰行车安全和注意自身安

⚠ 石门坎下车的乘客，往往都选择沿铁路徒步回家，因为这样比走公路更近

全的前提下。如果说东北铁路的人情味在车厢内，西南铁路的美好大概就在这些山间小站吧。

他走得很快，经常一回头看到我在拍照，便放慢速度等我。"我们这边都是山，"他感慨着，"上海有山吗？"我告诉他说上海只有一个佘山，连 100 米高都不到。他哈哈大笑了起来，随手指着不远处一座山说："还没它高呢！"

那是一座被绿色植被裹得严严实实的山，半山腰还有一些忽明忽暗的建筑，瓦灰色的运输通道暴露了它们厂房的身份。这就是松藻煤矿，中年男人工作过的地方。"原来有两个矿，你看到的这个已经停了，现在只剩一座了。习近平总书记提倡环保和新能源，以后我们可能都要转型为电厂了。"他的语气很平静，普通话讲得也不错。聊天中得知，他刚刚退休不久，坐绿皮车去綦江探望一个老朋友，再坐绿皮车回来。

⚠ 行走在山间铁路上的乡亲

　　"我还是喜欢这样的慢车，都坐了几十年了，能没感情吗？"他生在矿区，长在矿区，可以说一辈子都没离开矿区，自然对这条连接矿区和城镇的川黔铁路充满眷恋。"小时候我还爬过货车呢，有次刚爬到车顶，突然一个家伙吹着哨子向我冲来，吓得我往里一跳，瞬间变成了一个煤人。"他笑得很爽朗，寂静的溪谷那头，隐约传来了回声。

我有几分羡慕他。都说山区的孩子苦，可平原长大的孩子，同样有物质和精神领域难以言说的痛楚。但至少这些矿区的孩子，除了能通过爬山磨炼意志，还拥有火车这种威武霸气的大型玩具。想象一下，当我们在街头巷尾"抓舌头"的时候，他们正在茂密的山林里邂逅各种动植物，在重金属的车间里玩起躲猫猫，在蒸汽火车的冲天云雾中折服于机械的力量。这样彪悍的少年时代，自然是我等难以企及的。

他问我还要往哪走，我说这次就重庆周边转转，到石门坎就原路返回了。这也恰恰是川黔铁路的分界点：火车沿着松坎河再稍稍往东南方向走个几公里，就进入贵州省遵义市的地界了。"我打算今晚住在赶水，然后从那儿坐大巴回重庆。"不坐高铁回去？"他很好奇。"高铁的班次有点少，再说大巴也慢不了多少。"我说。他点点头，说自己也不喜欢坐高铁，车站太偏，车票还太贵。最要命的是，车厢太干净了，干净得让人害怕。他沉吟了一会儿说："我们这些煤矿工人，环境越脏，反而越自在。"

矿业小镇

放眼望去，石门坎俨然一座典型的三线时期矿业小镇。天空永远灰蒙蒙的，空气中遍布着肉眼看不到的颗粒物。破旧的苏式筒子楼像一座座膨胀后的碉堡那般依山而建，黑漆漆的厂房终日发出不太和谐的噪声。这种场景称不上陌生，我很快想起四川乐山的嘉阳煤矿和湖南耒阳的伍家冲煤矿。此刻，我正站在一座铁路尽头的混凝土车挡处。三分钟前，我在这里和中年男人分别。本以为前方无路可去，他却麻溜地跨越栅栏，消失在一个目不所及的地方。这再次让我确信，我们这些平原地区长大的孩子，视野早已被驯化成一幅扁平的地图，根本不具备三维立体的空间想象力。

按照中年男人的指引，我从铁路旁的石阶走出，沿着一条逼仄的小路，朝中心地带奔去。道路两旁是一堆两三层高的建筑，风格不中不西，和 90 年代常见的南方小楼一个套路。通常一楼开店，二楼住人。除棋牌室人丁兴旺，到处传来洗麻将牌的刺啦刺啦声外，饭店和旅店死气沉沉的，比奄奄一息的松坎河谷还要吓人。疫情防控的通知仍旧张贴在店铺门面上，往来已无戴口罩的行人。摩托车像穿堂风一样袭来，马达声越吵吵，就让小镇显得愈加气若游丝。

雨已经停了，空气有些沉闷。我担心一会儿天色不好，打算找一处居高临下的机位，拍几张火车跨越松坎河的照片。攀上一面山坡，刚好有幢赫鲁晓夫楼。凑近一瞧，实乃天赐良机。这幢五层高的建筑，早已人去楼空，化为一座典型的废墟，只保留了房间的基本格局，还有楼梯。找到入口处，刚一进去就吃了记下马威：两坨黑乎乎的粪便，散发出阵阵恶臭。一群苍蝇争先恐后地朝它扑过去，像没了油的舰载战斗机扑向航空母舰。我急忙退回去，从包里翻出口罩，把鼻子裹了个严严实实。事实证明，除了能防病毒，它的确能阻挡某些气味的入侵。

如预料那般，五楼阳台是个绝佳机位，我只要站在那儿等火车来就行了。观察了一下身后的房间，任何能记录主人生活痕迹的家具和物品，均已消失得干干净净，仿佛从未有人居住过似的。地上到处是成块成块的碎玻璃，我没注意踩了一脚，发出的声响异常刺耳，令人极度难受。蛛网上有小型昆虫的尸体，似乎已经死了很久，却始终不见蜘蛛的身影。看来对这里毫无眷恋的家伙，绝非主人一个。

⚠ 在铁路上行走，要随时注意前后方突然开来的火车

想到这里，开始觉得自己有些滑稽，如果中年男人知道我和他分别后去了一幢只有大便和昆虫尸体的废弃居民楼，他会作何感想呢？

何以解忧，唯有大 3B 悦耳的风笛声。人闲得没事容易乱想，想得多又会陷入虚无。事实证明，只要来一趟火车，肾上腺激素一飙，那什么破事儿都没了。视线下方，双机重联的韶山 3B 型电力机车，正拖着数十节黑黝黝的货车车厢，慢吞吞地穿过狭长的棚洞，从隧道口探出头来。一个背箩筐的当地人，连忙躲进铁路大桥的避车台中，火车有惊无险地擦着他的肩膀掠过。川黔铁路下行接近石门坎站的地方，铺设着一条用于卸煤的铁路专用线。先前中年男人领路之时，待这条铁轨甫一出现，他便条件反射般踩了上去，仿佛一道计算机预先设置好的程序。这当然是正确的做法，能够更加从容地躲避川黔铁路正线上来来往往的货运机车。就像铁路和煤矿早就在 60 多年的风风雨雨中，学会了如何相濡以沫那样，人和火车也在日复一日的相互惊吓中，懂得了怎样和平共处。

⚠ 山区铁路上经常有当地人行走，注意看第二个孔洞里有个步行者

⚠ 废弃的大楼长满了绿植

同华煤矿

在这幢废墟脚下，有一座杂货店。幸运的是，它还开着。一个五十多岁的女人坐在柜台后面，盯着手机里一个地下工作者模样的男人，不时发出"哎呀"的声音。我之所以知道这些，是因为我把"你好请给我一瓶可乐"这句话整整重复了三遍，却只能接收到一声声哎呀。这种诡异的开场，使人想起宁浩电影《无人区》里的黑店大妈，她对着电视机发出魔鬼般狂笑的画面，至今记忆犹新。我有些不寒而栗，转身离去，耳畔突然传来哐的一声。不知何时，她已经把可乐甩在柜台上，并朝我伸出了三个手指头。

穿过一座清冷的农贸市场，车马渐渐多了起来。黄色的农村小巴大都结束了营业，安静地睡在停车场。头戴安全帽的工人骑着沙滩摩托，魔幻地闯入这一刻的现实中。不知道他从哪里来，又将去向何处？几番观望后，似乎可以贸然得出一个结论：试问镇上最热闹的地方在哪里？牧童遥指菜鸟驿站处。在这间神奇的小屋里，人们忘掉了拥挤是什么滋味，也忘掉了弯腰会带来一种叫作疼痛的东西。他们紧紧盯着一地鸡毛般的包裹，恨不得将自己的眼珠子盯出一个窟窿，比战场上清除地雷的工兵还要迫切。一旦找到自己的物品，每个人脸上都会短暂呈现出一种姑且能够称之喜悦的东西，像是从心愿单上划掉了一道似的。这是抢在广场舞统治黑夜前的一次偷欢，它在这个国家任何一处人口聚集的地方上演着。

跨过川黔铁路正线，一座古老的大桥横亘在松坎河上。松藻煤矿的主要厂房和办公、生活区域，大部分坐落于河北面的这座山上。抬头望去，它们密密麻麻地扎根在绿树成荫的地方，错落有致，层次感分明。松坎河流经此地，恰逢一处险滩，水势顿时汹涌起来。如果将其视为一座战场，松藻煤矿显然易守难攻。和一个当地人聊天后得知，我刚刚停留的松坎河以南部分地区，属于同华煤矿的辖地。当然，同华煤矿也是由松藻矿务局管理的。

2009 年 5 月 30 日，位于重庆市綦江县安稳镇的松藻矿务局同华煤矿，发生了一起特大瓦斯突发事故。事故造成 30 名工人遇难，79 人受伤，直接经济损失达 1121 万元。这场可怕的"5.30 重大矿难"，不仅仅改变了几十个家庭的命运，也改变了这座矿业小镇的命运。最明显的一个例子，你把"同华煤矿"四个字键入搜索引擎，显示结果全是这场惨烈的矿难。这在互联网时代，似乎已经成为一道无法清理的伤疤。唯一的安慰，发生在一年以后，七名主要的一线责任人在这次事故的庭审中分别获刑，给这起轰动全国的重大矿难画上了句点。然而，痛苦真的能随之结束吗？

穿洞过桥的列车

路边野餐

火车呼啸着，把黄昏拉了进来。趁阴云遮住群山前，我决定离开。摩托车载着我，朝赶水的方向奔去，28公里的路程，需要翻过一座大山。在山脚处，小伙子突然慢了下来，还递过来一顶头盔。我接过来一瞧，傻眼了。

"兄弟，这头盔也太小了，我根本戴不上啊！"

他的嘴在剧烈运动，我却完全听不清说了些什么。他那重庆方言原本就很重，被风声一干扰，更没办法听到了。偏偏他又摆出一副很着急的样子，双方鸡同鸭讲，僵持不下。

"完全听不懂，您能说普通话吗？"我大声叫了起来。

"我说你把头盔假装戴上，前面有个探头！"他也大叫起来。

我如梦方醒，赶紧捧起头盔，往脑门上一扣。摄像头刚好在这个时候闪了一下，仿佛对着我们眨眼睛。

"前面没有探头了吧？"我问他。

"没啦！"他一把将头盔夺了回去，生怕我给他搞丢似的。

摩托车疾驰在盘山公路上，快到山顶时，暴雨如子弹般倾泻而下。对我的影响倒不大，上车前我就把一件防雨的冲锋衣套身上了。可这位小师傅，你猜他干了些什么？他把车上挡雨的伞给拆了。而且拆这

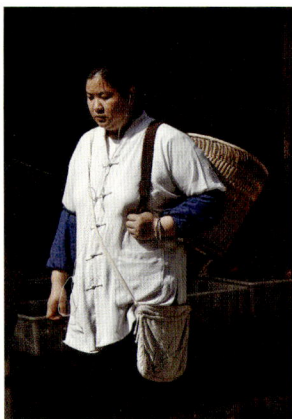

⚠ 在赶水时刚好遇上市集，这位像不像一个下山的小师父

⚠ 市集上有很多稀奇古怪的民间玩意儿

⚠ 午后的川黔铁路

把伞之前，他还自言自语地说了一句："应该不会再下雨了吧？"

　　但这雨似乎只在山顶肆虐。下山之时，它又莫名其妙跟丢了。在超越前方的起重机时，小伙子展现出卓越的驾驶技术。那是一台徐工集团的6轴起重机，通体刷成黄色，正小心翼翼地围着弯弯的山路转圈。小伙跟了它很久，瞅准机会，利用一个长长的直道，将油门狠踩到底……至此，前方一片通途。山的另一边，火烧云从安稳电厂两座巨大的冷却塔旁骤然升起，将阴郁的天空刷成了暧昧的粉红色。骑摩托车的青年载着异乡来的大叔，飞一般奔驰在盘山公路上，简直就像电影《路边野餐》的截图。刚想扯开嗓子，高歌一曲小茉莉，突然意识到自己不是陈升，对方也不是卫卫，既然如此，何必惊扰他人。这般美妙的夕阳，唯有将它默默深埋于记忆中，才对得起此刻一个人狂欢的落寞。

⚠ 赶水被誉为"桥城"，顾名思义就是桥多

废弃的矿车和沉默的工厂

小鱼沱

从赶水到小鱼沱，没有任何班车。除了打车，还可以去汽车站，搭乘一辆类似五菱宏光的车。"看到打通两个字，上去就行了。"旅店的老板娘，用还算标准的普通话提醒我说。打通是一个地名，不是什么搞装修的公司。我很快就在汽车站对面，找到一辆去打通的车子，还是一辆中大型的 SUV。问司机去小鱼沱多少钱，答曰五元，出人意料的便宜。看来，他并没有因为我讲普通话，就故意宰我一刀。

这是一辆国产 SUV，英文名为 YEMA，我从没见过这个牌子，猜测应该音译为"野马"。上车时，因为副驾驶被人捷足先登，就坐了第二排。没想到一路上都有人招手上车，我和第二排的乘客只能反复起身，看司机一次次地抬起座椅，直到第七个成年男子钻进来，方才满员。"野马"开始沿着

乡间公路

282 县道狂奔，钻过渝贵高铁的桥墩子，将洋渡河边那些半死不活的"欧式田园风"旅馆远远甩在身后。这时一座颇有规模的大型工厂，突如其来地浮现在窗外，像一个不请自来的怪物，悄悄蹲在路边，只为惊吓这群手足无措的过客。

"野马"跑得太快，无法看清这到底是一座什么工厂，然而它的体量，已足够惊人。灰黑色的厂房长满铁锈，又自带阴郁格调，惊鸿一瞥的定格中，看上去极度压抑。身后的山坡上，堆叠着至少十几座五层楼高的赫鲁晓夫楼。显然，这很可能是一座三线建设时期的老厂区。由于大多数三线工厂都有战备需求，往往建在便于隐蔽的山沟或密林之中，所以作为配套设施的家属院，通常也紧邻厂区。随着三线工厂的相继废弃，人们也开始离乡背井。这些筒子楼跑得了和尚，跑不了庙，只能留下一副副老朽的躯壳，在风吹日晒中见证着一个曾经轰轰烈烈的时代。

一度，我以为小鱼沱到了。再核对下手机地图，才刚刚走了一半。"你去小鱼沱做啥子？"旁边的年轻男孩问我。我故意撒了个谎，说去见一个老朋友。我没敢告诉他我的真实目的，是去探寻一条曾经辉煌的货运铁路——小鱼沱到赶水的小赶铁路，顺便看看有没有什么值得一看的工业废墟啥的。说不愿伤及当地人的自尊心，肯定是假的。如果有人跋山涉水来到你的故乡，只为在废弃矿车上拍两张奇怪的照片，你也可能会双手一摊，脑门上浮现出一个大大的问号。

这个男孩一上车，就说去小鱼沱。这让我暗自窃喜。至少，不用担心下错车。我只要跟着他，便万事大吉。但既然他开了口，我也就此问问这座矿业小镇的近况。然而接下来的一幕，却让我十分崩溃。这位看上去像是返乡的年轻男孩，竟是一个綦江城区来的"外地人"。他去小鱼沱的目的，是见他的"女朋友"，一个和他网恋了将近一年的女网友。

"本来寒假就要见面了，"他切换成一口普通话，"结果遇上疫情，只能待家里。明明只有几十公里的距离，却比天涯还要遥远。"他叹了一口气说，"我俩都在外地上学，假期是唯一的机会了。"

他看上去有几分紧张，这完全可以理解。毕竟，2020 年发生了太多的事情。人们躲在各自舒适度不一的家中，像恐怖片里的人那样，躲在避难所里。吊诡的是，大街上既没有核辐射也没有僵尸，天上更没有盘旋着轰炸机。若在以往，他们的网上恋情也许比薯片还要脆弱。但在疫情时期，情感有可能随着时间和距离的拉长，而变得更富有浓度，更具黏性。人类历史上发生了太多次大规模的浩劫，在那些暗无天日的过往中，信念可以支撑很多人活下去。同样在这段疫情来临的日子里，网恋也许有助于打发一个个漫长而无聊的黑夜。

我跟着男孩在"水泥厂"下了车，此处距离小鱼沱仅有一步之遥。他要去寻找他朝思暮想的女孩了，我也要去寻找我朝思暮想的……铁路了。呃，这样听上去似乎有些寒酸，然而事实却无从争辩。当你对一样东西产生某种情感时，它便有了生命。铁路并不难觅，下车方向的右手边就是。跨过险些齐腰的荒草，铁路一览无余。放眼望去，轨道上锈迹斑斑，在如此浓烈的阳光直射下，也看不见一丝刺眼的回光。这条曾经功勋卓著的货运铁路，如今已然日暮西山。

要谈及这条铁路的前世今生，必须要从綦江铁矿说起。早在宋代时期，綦江境内的土台、麻柳滩一带，就有人开始挖矿了。土台就是今天的小鱼沱，官方名称是綦江区赶水镇土台村。民国时期，国民政府开始将土台和麻柳滩等地的私人矿井收归国有。1940 年 10 月，綦江铁矿在抗日战争处于水深火热的阶段成立。彼时，由张之洞在 1890 年创立的汉阳铁厂，已经西迁至四川巴县（今重庆主城）的大渡口，成为重庆钢铁集团的前身——大渡口钢厂。战争期间，钢材紧缺，如何将土台的铁矿石快速安全地运送到大渡口，成为亟待解决的问题。

修建綦江铁路，是当时的国民政府的一大解决方案。1948 年，由江津境内猫儿沱—五岔（今川黔铁路夏坝站）—石佛岗的綦江铁路建成通车。这条铁路，也成为中华人民共和国成立后修建的川黔铁路的前身。然而，运送铁矿石的路途仍旧艰难。通常说来，必须分成三段操作，分别为：从矿区到赶水、从赶水到綦江县城和从綦江县城到大渡口。我们不妨倒着来看，最后一段綦江到大

⚠ 一位老人从小鱼沱的标志——上游型蒸汽机车旁走过

⚠ 她沿着铁轨走向荒草丛生的前路，一张写满隐喻的照片

渡口，因为有了綦江铁路，可以依靠火车来完成，最为简单。中段的赶水到綦江县城，需要先使用小船，跨过綦河上的无数激流险滩，再换成大船，这段看上去最为麻烦。剩下的便是从矿区到赶水了，据资料，綦江铁矿在 1939 年修建了一条用于运送铁矿石的简易窄轨铁道。遗憾的是，这条铁路无法使用机车牵引，需要 10 名工人以手推矿车的方式，从土台一直推到赶水的铁石垭码头。

1958 年，重庆钢铁公司在这条小铁路的基础上，进行了升级改造。自此，小鱼沱—赶水的小赶铁路，变成了真正意义上的大铁路，并与川黔铁路实现了接轨。在蒸汽机车气势如虹的咆哮声中，小赶铁路迎来了生命中最辉煌的时刻。土台和麻柳滩等地的铁矿石，得以通过蒸汽机车的强大运力，夜以继日地输送到重庆的大渡口钢厂。除此之外，小鱼沱附近还有一座双溪机械厂，是一座生产 122 毫米加农炮的秘密军工厂。这些威风凛凛的大炮，也是小赶铁路上的常客。很长一段时间，小赶铁路作为綦江首条企业铁路专用线，为中国的三线建设创造出难以磨灭的贡献。

我沿着铁路，朝小鱼沱火车站的方向走去。头顶上方，有一座废弃的工厂。原以为这就是所谓的"水泥厂"，经微博网友提醒后得知，它其实是一座石子厂。我当时所处的位置，刚好是下石子的地方。通常说来，这些石子大多用来铺设铁路。由此推测，鼎盛时期的小鱼沱，绝非仅有矿山、水泥厂和兵工厂这样简单，它甚至算是一座颇具规模的工业小镇了。一个穿热裤的女人，不知从何处走了过来，她一手举着遮阳伞，一手提着塑料袋，踩着铁路，步履轻盈。我掏出黑卡相机，拍摄了一张她的背影。这张照片成为此行我最喜欢的摄影作品之一：铁路很快被人一般高的荒草吞没，远处灰色的砖房如梦一般虚幻。女人最终消逝于何处？无人知晓。看上去，前方已无通路。就像这条曾经热络的小赶铁路，和这座曾经繁华一时的矿业小镇那般。

尽管废弃多年，一个游客还是可以轻松地找到小鱼沱火车站。綦江铁矿在车站原址上，摆放了一台上游型蒸汽机车作为纪念。该车编号 SY0514，由唐山机车车辆厂于 1972 年生产。这台任劳任怨的"老蒸爷"，从它降临世间的那一刻起，便从未离开过这条小赶铁路，直到 2008 年退出历史舞台。如今，它浑身上下布满铁锈，着实令人辛酸。当我凝视它的时候，一个穿天蓝色 T 恤的小男孩恰好走过来，面对我的相机，毫不犹豫地举起剪刀手，同时摆出一副灿烂的笑靥。他似乎真心享受我按动快门的那一刻，以至于眼睛都眯成了一条缝。从小男孩的精气神和衣着的整洁程度判断，他应该不是一个留守儿童。看来，即便这座小镇再也无法拾回往昔峥嵘，也并不意味着年轻人都跑去了城市。

除了运送铁矿石和加农炮，小赶铁路也曾开行客运列车，并且一度红红火火，甚至增开班次。那时的小鱼沱，毫无疑问是座充满希望的小城，一如当年出没于这些三线厂子里的工人，是最受当地人羡慕和尊敬的群体那般。后来发生的事情

颇有时代感的工人影剧院

自不必说，中国由计划经济进入了市场经济时代，不少工矿企业在这波浪潮中就此萧条，甚至破产。綦江铁矿也是其中之一：由于资源枯竭，生产成本被迫提高，铁矿石的质量也已大不如前……最终，只能无奈地接受一个关闭的命运。

铁矿石没了，运送铁矿石的货车还在。这些黑不溜秋的铁家伙，如今沉默地停靠在小鱼沱火车站旁。荒草在它们脚底下野蛮生长，有些还扒在车身上，仿佛一个从未见过火车的孩子，迫切想要知道坐火车是什么滋味那般。这是一群注定要失望的孩子，它们只能徒劳地面对一个人类消失后的世界，尽管这些人类并没有真正消失，但这一切又有什么分别呢？

耳畔突然传来阵阵引擎声，回头一看，是个笑容满面的摩的司机。"昨天我在东溪古镇看到你了，你太好辨认了。"他兴奋地说，"你要去哪里，我可以捎你一段，不要钱。"我很感谢他，却只能拒绝这份好意，因为我要去的地方就在河对岸。洋渡河东岸，是土台村的居民社区。我从一座吊桥上走过去，其间还遇到一条凶巴巴的黑狗，隔老远就冲我穷叫唤，等走到跟前，刺溜一下蹿没影了。

村子里有一条商业街，里面似乎应有尽有。除了一般的超市和饭店，还有皮

仍有年轻人生活于此

小鱼沱废弃矿车

鞋店、玩具店、游戏机房和裁缝铺，甚至还有算命的。我在一处类似广场的地方，还看到一座体积庞大的"工人影剧场"。这是一座 loft 厂房般的三线时期建筑，五角星高挂在正中央，扑面而来的社会主义浪潮，和三十五六摄氏度的高温融合在一起，形成一种近乎爆炸的燥热。

离开小鱼沱前，我在一座废弃的铁路桥边，遇到一位独居的老奶奶，她头戴小白帽，坐在一只塑料凳子上。狗无精打采地匍匐着，一声不吭。当她从怀里掏出一根旱烟袋时，我问她能不能给她拍张照。出乎意料的是，她很爽朗地答应了。整个过程十分顺利，在我看来，她比那些矫揉造作的摄影模特，反而更富艺术表现力。但我实在没法把她抽烟的样子很酷说出口，毕竟，她只是没赶上这个浮躁的时代而已。当人们都在用时髦的生活方式来证明自己很酷的时候，那些在生活面前一成不变的人，反而成了稀有动物。这是一个黑色的玩笑，它荒谬地存在于脑海中，无论套用在何处，都显得有些不合时宜。

柳滩

按照原计划，我应该在结束小鱼沱的探访后，于翌日搭乘高铁前往重庆。但第二天的清晨，我并没有出现在赶水东站，而是再次来到 282 县道上。这是怎么一回事呢？

答案是那座神秘工厂。自打昨日半路遇上，它始终在我脑海里捣乱，倘若现在一走了之，势必后悔不已。于是一觉醒来，我决定去看看，刚好楼下有辆红色的三蹦子，就和司机聊上了。

"您好，往小鱼沱方向走，左边有个废弃工厂，后面还有一些楼房，我想去那里。"

"啥子？"司机显然有些蒙。

"是这样的，你就当我去小鱼沱，到我下车的地方，你再放我下来。"既然无法准确描述目的地，便只能祭出这样的"笨办法"。

"要得。"

他开价 25 元，我说汽车才 5 块钱。他说那你坐汽车好了，我说 10 块钱呗。他说 15 元不能再少了……得，那就走吧。

⚠ 抽旱烟的老奶奶

⚠ 面店

⚠ 麻柳滩的废弃采选厂

　　"麻柳滩！"司机突然来了一记回头望月。这时我才发现，他长得很坚毅。饱经风霜的脸庞上，挂着一副不苟言笑的表情。

　　"什么？"

　　"我晓得你说的那个地方了，麻柳滩！"他说。

　　果不其然，当废弃工厂如幽灵一般出现时，他仿佛比我还激动："你说的工厂，是不是这个？"

　　和土台村一样，麻柳滩村也在洋渡河东岸。我从这里跳下三蹦子，打算以最短的距离穿过村庄，直奔废弃工厂。就在此时，耳畔突然传来火车的风笛声。这次受到的惊吓，比不远处那座阴森可怖的建筑更甚。

　　小赶铁路，早已于 2008 年停运。昨日在小鱼沱，我亦进行了一番实地探寻，铁锈、杂草和废弃的矿车，都给出了答案。除了高铁，又没有第三条铁路。莫非这火车的笛声，是从另一个时空穿越过来的？当然不可能，这又不是科幻电影。看来，只剩最后一个办法了，那就是循着声音，去铁路上一探究竟。

　　翻过一座小土坡，我看到了铁路。让人倍感意外的是，竟有三股轨道，以平行的姿态向远方延伸。铁轨上一根杂草都没有，枕木也焕然一新。显然，这是一条仍在使用的铁路，且保养良好。前方 200 米左右，一台沙土黄和枣红混色的东风 7C 型柴油机车，牵引着数十节 C64 型敞车，停在最远端的轨道上。它并没有关闭发动机，机械间里轰隆隆的噪声，打破了麻柳滩的寂静，宛若一头钢铁怪兽，那扑通扑通的心跳声。

答案渐渐明朗。我所在的地方，刚好有一座货运小站。和村庄的名字一样，也叫麻柳滩。小鱼沱没了铁路，赶水到麻柳滩这段线路，却仍有货运列车开行。这台东风 7C 型柴油机车的主人，或许正是类似綦江铁矿这样的工矿企业。我本想悄悄溜走，怕惊扰这头怪兽，未曾料到，清脆的笛声又一次在耳边响起。这是一台火车机车，问候一个路人的特别方式。在这一刻，它不再是一台冷冰冰的机器，仿佛拥有了生命，拥有了人格。

19 世纪以来，铁路在欧洲以蛛网般的态势火速蔓延，火车机车这样威武霸气又洋溢着机械美感的怪物，自然也迅速征服了万千人心。很多作家为它写下赞美诗，甚至不惜将其拟人化。惠特曼在诗歌《致冬天的一个火车头》中，将蒸汽机车形容为"喉音尖亮的美人"。这在中国人看来多少有些不可思议，在他们眼里，也许张飞和李逵更有资格代表粗犷的蒸汽机车。是惠特曼太过重口味吗？显然非也。在那个年代，比他疯狂的家伙大有人在。更何况彼时的火车头，清一色都是蒸汽的，连四四方方的柴油机车和电力机车都没有，更别说流线型的动车组列车了。

在所有将蒸汽机车比作美女的男人当中，有两个"疯子"值得一提。其一为法国作家左拉（Émile Édouard Charles Antoine Zola），他写过一本骇世惊俗的小说叫《人兽》。男主雅克是个火车司机，他不但把火车头想象成女人，还给它

⚠ 废弃的厂房

取了一个女性化的名字——莉春号。在一次事故中，莉春号翻了车。左拉为此写道："可怜的莉春号，她只有几分钟好活了，她已经重新冷却下来，火炉里尚未烧完的炭火已经变成了灰烬往下掉，从裂开的双肋，吐出如此粗暴的气息，终于变成了孩子般的哭泣，呜咽。"[1] 其二为比利时艺术家冯索瓦·史奇顿（François Schuiten），他在漫画《蒸汽火车头》中致敬了一台编号为 12.004 的大西洋型蒸汽机车。范贝尔是一名机械师，他把这台蒸汽机车唤作美人，还对它产生一种近乎爱恋的情感。一个神秘女子的到来，让范贝尔沉溺在幻想和现实的交替中无法自拔。连读者都无法判断这名神秘女子究竟是真实的，还是范贝尔把她想象成这台 12.004 号蒸汽机车的化身了。

中国的火车爱好者虽然很少把蒸汽机车比作女性，但他们心中也有一位几乎公认的"美女"，那便是韶山 7E 型电力机车。这台机车拥有一个流线造型的车头，和简约大方的整体外观设计，加上一袭鲜红的配色，完全契合中国人的审美。红色在中国一直是象征喜庆的颜色，女孩子结婚时也常常穿成红色，所以火车迷给韶山 7E 型起了一个"美女"的外号，并渐渐被该群体接受和默认。这多少有些难能可贵，因为中国火车迷似乎更喜欢将火车"拟物化"，称呼它们为西瓜、橘子、狮子和猪等。

目送东风 7C 型柴油机车离开后，我跨过铁道线，这座沉默的大型工厂，如今正矗立在眼前。先前经过村庄时，我曾问一位老人它是什么厂，答曰綦江铁矿的采选厂。厂区很大，如预料那般，早已关停，没有任何生命迹象。大门和封闭式厂房，都有铁将军和保安驻守，不易进入。铁路旁那些开放式的装卸车间，则无人看管，可以随意参观。相比黑暗压抑的室内环境，这种能感受风吹草动的户外废墟在一定程度上可以释缓焦虑，但收效甚微。没过多久，便头皮发麻，心跳加速，陷入一种无以复加的恐惧情绪中，在一堆不会说话的机器中进退维谷。

假如我是一个工人，每天出没于车间厂房，自然不会感到焦虑，也无暇思考这些。甚至，我有可能像雅克或范贝尔那样，爱上一台机器。现实却是，我对这些奇怪的家伙一无所知。于是一种奇怪的矛盾产生了：我既好奇，又感到一丝恐惧。而这些工业废墟，更会加剧一种情绪的渲染。在死去的建筑物中，和死去的机器对话，就像和一个未知的物种接触，并见证一段文明的消逝。这就是工业废墟为什么如此令人着迷的原因，它的神秘莫测引人遐思。然而，我们的无知和胆怯，又会占据其中多大的比例呢？

沿着厂区身后的公路，可以很快走到半山腰的家属区。那十几幢灰色的苏式筒子楼，曾经昭示着这里有多么人丁兴旺。时过境迁，当我越接近这些破旧的楼

---

[1]（法）左拉（Par Zola）著；许光华译：《人兽》，广州：花城出版社，1997。

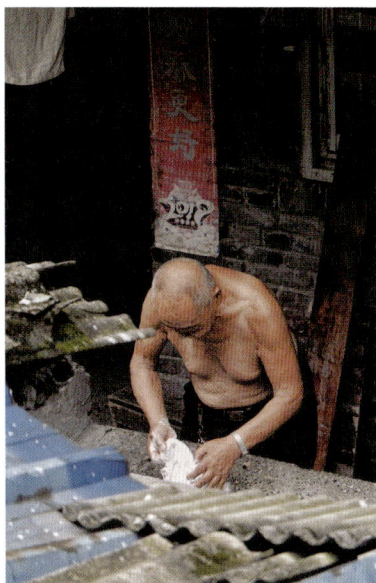

⚠ 留守的老人

⚠ 还"活着"的 DF7C 柴油机车

房，便越能感受到一种萧瑟落寞的气息。很多建筑人去楼空，余下仍有人住的楼里，你只要数一数空调外机的数量，便能得出大致还有多少住客的结论。基本上，一幢楼能有两三台空调，已经算很热闹了。当然，由于主要居民都是留守老人，所以有很多人坚持不装空调。难以想象，在重庆这样有"火炉"称号的地方，他们该如何熬过这一个个炎热的夏天？

我从写着"飞车闯天堂 亲人泪两行"的绿色警示牌旁匆匆走过，带着一群无所事事的老人投射过来的好奇眼神。在小鱼沱，还能撞见不少年轻的身影，甚至还有人特意跑过来见女网友，但在这里，很少见到 50 岁以下的人。楼下几乎没有汽车，当然，在建造这些筒子楼时，根本没人考虑过车位问题。毕竟在那个年代的人看来，拥有一辆汽车，可能比拥有一颗星星还要遥不可及。三蹦子倒是有一些，它的主人长得都很像今天拉我来的司机。这些人大都在山上搞种植和养殖，什么橘子、柚子，肉兔和竹鼠之类，啥都有。采选厂倒闭了，人到中年，依然没有换来一个在生活面前喘息的机会，他们唯一拥有的，就是一副和这些脏兮兮的机器搏杀半辈子的血肉之躯。

尾声

我站在村口，准备以一种戏剧性的方式告别麻柳滩：我会拦下第一辆过路的客运车，如果到赶水，就从赶水坐高铁去重庆；如果到綦江，就从綦江坐高铁去重庆；如果到重庆，那就不用坐高铁了。结果来了一辆国产商务车，司机大声吆喝着綦江綦江。我就这样糊里糊涂地到了綦江东站。

焕然一新的高铁站，大兴土木，到处张贴着卖楼的广告。站前广场上有几头恐龙雕像，脖子伸得老长老长，营造出一种介于搞笑和虚假繁荣之间的幻象。当我试图进入车站时，却发现一楼的进站口并未启用，难怪这广场空无一人，仿佛回到了疫情最严重的时期。真正的进站口在 B1 层，这是一个莫名其妙的地下世界，乘电梯下去，人就像地里长出来一样密密麻麻。

搭乘 G2868 次和谐号动车组列车，前往重庆西站。上车不久，就看到一个胖胖的女孩，从座位上一跃而起，伴随着一声"我坐过站了"的惊叫。这下好了，她可以报名参加"重庆一日游"了。这件事情提醒我们，在火车上睡觉有风险。然而对綦江东站上车的乘客来说，这不过是一趟 23 分钟的铁道旅行，还没来得及打个盹儿，终点站就到了。但我还是戴上耳机，主动切断了和周遭世界的联系。这两天马不停蹄地走铁路探废墟，确实有些累了。23 分钟的时间很短，也足够我闭上眼睛，做一个波澜不惊的白日梦了。

万盛 wan sheng

一座流过记忆的车站

你喜欢这种地方啊？那一定要来我们万盛看看！特别是南桐煤矿，有你想要的东西！"

我是在一组松藻煤矿的照片下面找到小蕾这条留言的。小蕾是我几年前在重庆做活动时的一个读者，我们留了微信，慢慢成为朋友。松藻煤矿位于川黔铁路沿线的石门坎车站附近，我在那里拍过一些照片，挑了几张发朋友圈，就这样被小蕾看到了。

如果不是这条留言，我也许会和这个隐秘的世界擦肩而过。尽管我早就知道万盛有煤矿，还有一条三江—万盛的三万铁路，是专为运输煤炭而修建的支线铁路，但那个时候，我似乎对成渝铁路和川黔铁路这类仍有客运列车开行的铁路更感兴趣。我必须感谢小蕾这句话，它不但让我重新审视这座被时光遗忘的矿区，还在一瞬间点醒了我：正如废弃铁路依然有其不朽的魅力那般，那些生锈的矿车和老去的建筑物，同样拥有致命的吸引力。

2021年7月的某天，我起了个大早，打车前往南岸区。

利用这次来重庆的机会，我和小蕾约好一起去万盛。她家刚好位于一座地势开阔的高处，站在小区门口，可以清晰地看见那些游荡在长江上的货船。稍候片刻，小蕾把车从地库里开了出来，那是一辆白色的奔驰 cla200。"抱歉不能去你住的酒店接你。"小蕾说，"这个点如果我开到渝中区，咱们就别想出来了。"

我对此感同身受。这些年频频来这座城市，早已领教了堵车时的恐怖。而渝中区作为一座三面环江的"准孤岛"，所有机动车辆离开它的唯一办法，就只有爬上一座座"长江大桥"或"嘉陵江大桥"。截至 2021 年 9 月，重庆的汽车保有量已经超过了 500 万辆。如果把这些大桥比喻成一根根食管，它们显然无法消化这几百万数量级的"钢铁便当"。

"重庆这边限行，跟别的地方不太一样。别的地方是限马路，我们这边是限大桥。"

"限大桥？"我感到一头雾水。

"对，限号的车可以上马路，但不能上大桥。"

"这也行？"去过那么多城市，还真是第一次听说这样的限行规则。

"没办法，对一座江城来说，大桥就是它的生命通道。"小蕾轻轻叹了一口气。

我点点头，白色奔驰已驶入包茂高速，开始朝万盛方向疾进。说老实话，假如让我在重庆主城区长期生活，恐怕很难接受时刻堵在路上思考人生的尴尬。幸运的是，人们还可以钻进地铁站，在一个完全没有红绿灯的世界里肆意穿行。对这样一座依靠大桥主宰地面交通的城市来说，上苍到底还是赋予了它最大程度的怜悯：借助于重庆复杂的地形，所有的轨道列车都具备了一种屏蔽黑暗的超能力。它们翻山越岭，而无需深埋在暗无天日的地下。从这个意义上看，重庆轨交二号线之所以火出圈，或许正是兑现了一份山城独有的天然福利。

"无论如何，都要谢谢你抽时间一起出来玩，有你带路太省心了。"

"嘁，这有啥的。再说啦，我也好久没回万盛看看了。"

"万盛到底是一个怎样的存在呢？我看它现在被划到綦江区下面了。"我终于可以向小蕾提出这个好奇已久的问题了。

"别提了，一说这个就来气！"小蕾皱了皱眉说，"我简单给你扯两句它的过去吧。"

奔驰车刚好驶入了一座黑漆漆的隧洞，我赶紧把椅背往前调了调，摆出一副洗耳恭听的姿态。这座隧道并不漫长，待到光明再次笼罩大地的时候，小蕾开始讲起了这座令她永生难忘的小城。

"从我出生之日起，那地方就叫南桐矿区。"小蕾扶了扶墨镜说，"就像你所了解的那样，我的家乡是一座完全依靠煤矿发展起来的小城。"

小蕾告诉我说，八九十年代的时候，煤炭还是一个欣欣向荣的行业。南桐矿区以一种颇有时代特色的行政区域存在了将近 40 年的时间。直到 1993 年 4 月，才正式更名为重庆市万盛区。

⚠ 万盛的羽毛球拍雕像

　　"我们就这样从南桐人变成万盛人。可是谁也没料到，2011年10月的一天，万盛区和綦江县突然合并了。这下好了，一个新的綦江区诞生了，万盛变成了它管辖的一个经济技术开发区，实在让我们很难接受啊。"谈及此事，小蕾依然愤愤不平。

　　"这两个地方的人，原本就相互不对付。举个简单的例子，这就相当于皇家马德里吃掉了巴塞罗那，组建成一支全新的皇马。你能想象有一天，梅西和拉莫斯肩并着肩在伯纳乌球场接受球迷的山呼海啸吗？"

这个例子把我逗笑了。我打开手机，匆匆翻了翻南桐矿区的消息，除了官方新闻，和零零星星的矿难事故报道，偶尔也能翻出一些诸如网红之类的女子站在铁道上的照片。周围废楼林立，荒草过膝，末世化的景观和潮流化的人物相互缝合出一幅冲击力极强的图画。没有人能说得出，这些被时代遗弃的工业废墟，是如何在不知不觉中成为小红书等社交软件的流量密码的。

这是一座有几百年历史的矿业小镇。早在清朝时期，就有人在这里开采煤矿了。抗日战争爆发以后，为组建大渡口钢厂，汉阳铁厂部分设备西迁重庆。打仗需要消耗大量钢材，炼钢却不能没有铁矿石和煤炭，于是綦江铁矿和南桐煤矿，在这个最危难的时刻诞生。綦江铁矿暂且不表，至 1942 年，南桐煤矿已经拥有了五对井口，年产量达到了 120000 吨，成为中国当时除敌占区外最大的煤炭工业基地。

很难想象在那个战火纷飞的年代，一名煤炭工人的处境会有多么危险：在黑漆漆的矿井里，随时都有可能遭遇瓦斯爆炸；好不容易看见蓝天白云，日本人的飞机又像天女散花一般丢炸弹……南桐煤矿就这样在血与火的考验中，默默扛起了"抗战煤都"的千钧重担。可惜好景不长，抗日战争结束后，随着工业重心迁回东部，加之南桐煤矿处在一个四川贵州交界的三不管地带，当时的国民党政府无暇顾及，年产量每况愈下。

⚠ 颇有时代感的建筑

中华人民共和国成立后，为更好地整合当地煤矿资源，国家决定组建"南桐矿区"。它在行政上隶属于四川省重庆市管辖，而当时的万盛，是以矿区政府驻地的方式存在的。但不管是曾经的南桐矿区，还是后来短暂的重庆市万盛区，它都是一座因为煤炭而兴衰的城市。煤炭不仅埋藏在地表之下，更为这片土地赋予了地缘基因，甚至一度塑造了这座城市的人格……遗憾的是，这些都已是上世纪的狂欢了，一场盛大的派对早就散场了。就像此时此刻，眼前不断变大的一座巨型雕像所带来的意涵那样，现实正在加速撕裂一切残留在昨天的幻象。

那是一座让我惊叫起来的雕像。正午艳阳下，它反射出阵阵刺眼的银白色光芒，让人联想起日本艺术家空山基的电镀机器人。但近前一看，那只是一双有力的大手，高举着一只巨大的羽毛球拍。雕像脚下的花园里，"中国优秀旅游城市欢迎您"的红色大字，正埋伏在高速出口通往万盛主城区的必经之路上，让我在毫无防备的情况下被它狠狠地抽了一巴掌。

"这羽毛球拍，不得不说，还真让人眼前一亮啊！"我感慨道。

"你是想说它很丑吗？"小蕾笑了起来。

"恰恰相反，我觉得它很好。至少，不再是千篇一律的'立马滚蛋'了！"

"哈哈哈，那些'马踏飞燕'确实很无语。"

"可是为什么要用一座羽毛球拍做雕像呢？"我感到有些不解。

"因为万盛是羽毛球之乡呀，这边生产的羽毛球拍远销海内外呢！另外，北京奥运会羽毛球女双铜牌得主张亚雯，也是我们万盛人。"

"原来如此，我以为你们只有煤呢。"

"这几年，我们旅游业也发展得很好。对了，你听说过奥陶纪吗？"

"奥陶纪？那不是第一次物种大灭绝吗？"

利用等红灯的间隙，小蕾打开了抖音。我看到了一个姑娘，正坐在木板上号啕大哭，旁边是她手足无措的男友。他们的身上都系着救生索，他们的脚下则是万丈深渊……这就是小蕾口中的"奥陶纪"——万盛区一座火遍短视频的网红游乐场。它以各种惊险刺激的高空项目闻名于世，耸立在当地知名景点——黑山石林风景区的头顶之上。

白色奔驰正朝着南桐煤矿家属区的方向行驶，我开始庆幸此刻脚踩油门的人不是我。光是这些短视频，就足以令我双腿发软。我更加庆幸我们直奔工业废墟而去，而不是奥陶纪。我开始理解它为什么要取这样一个名字了。

在进入家属院时，小蕾惊讶地发现了一辆绿色公交车，正努力将笨重的身躯缓缓塞进这条逼仄的小路，这让她发出了一声欢呼。"只要公交车还在，说明他们没有忘记那些留守的老人。"她感慨道，"也要感谢这辆公交车，我差点忘了该从这里拐进去了。"

待小蕾把车停好，我意识到已置身于一个时间停滞的空间内。四周到处是鼠灰

⚠ 工人的手套

⚠ 废弃的矿车和刚刚洗好的衣服

色的旧式砖楼，窗口的雕花彰显着苏联时代的风骨。人少得可怕，彼此的喘息声回荡在耳畔。如果你告诉我这是丹尼·博伊尔的僵尸电影《28 天后》的场景再现，我一点都不感到意外。那条逼仄的小路，就像宫崎骏的神秘隧道，抑或爱丽丝的兔子洞。只是如果按照日本人的偏好，通向这个世界的肯定不是一辆绿色的公交车，而是一列昭和或大正时代的电车。

"看到河边那幢楼了吗？五楼的阳台就是我家呀！"

顺着小蕾手指的方向，我看到了一幢白色的建筑物。从整体风格上判断，像是 90 年代初期建造的住宅楼。她曾经晒过衣服的阳台，已找不到人类生活的痕迹，只有盆栽里的野草，仍在肆无忌惮地蔓延。显然，它们被上一家人遗弃后，便落得一个自生自灭的命运。天知道这帮顽强的绿色生灵，是如何创造出这一生命奇迹的。要知道它们获取水源的唯一办法，就是向老天爷索取。

但这幢楼并未完全废弃，三楼以下的阳台上还是堆满了杂物，说明仍然有人居住。我问小蕾要不要"回家"看看，她摇了摇头，我从她复杂的表情中读到了一丝无奈，那是对逝去日子的婉言谢绝。也许她宁愿将曾经美好和忧伤的往昔岁月，存储在记忆深处的容器中，不到万不得已，绝不撕开那张埋葬过去的封条。更何况，这般人去楼空的凄凉景象，原本就与她记忆中的生活毫不相干，又何必自讨没趣，对一座早已不属于自己的废弃房屋触景生情呢？

在过去的大型厂区里，生产车间往往就在居民楼不远的地方，南桐煤矿也不例外。我们在居民楼的边缘，发现了通向矿井的小铁路。如预料的那般，轨道上停着十几台废弃的矿车。它们中的绝大多数，老老实实待在铁轨上纹丝不动。还有一部分顽皮不堪，故意歪倒在路边，甚至四脚朝天……风吹雨打之中，原本的亮橙色在日以继夜的化学变化中黯淡了下来。显然，它们已经错过了变卖废铁的最佳时机。在今后很长很长时间的余生中，还将继续与荒草为伍。

就"成色"来看，紧挨矿车的这幢居民楼，要比小蕾家更加烟火气一些。尽管有不少人家的房门前，贴着"重庆市渝川燃气有限责任公司安全检查到访不遇"的通知单，上面的时间指向 2020 年 8 月 24 日，差不多正是我们来此的一年之前，但你还是能明显感觉到留守人士的痕迹。矿车旁的晒衣绳上，高挂着刚刚洗涤过的衣物，窗台上也摆放着解放鞋和老北京棉鞋这样的物品。这种情形随着我们越往厂区深处走，便会愈加明显。

等到一口气走到南桐煤矿办公楼跟前时，我们已和数位行人擦肩而过了。他们摆出一副邂逅陌生人的疑惑表情，那些抬头不见低头见的"熟人"岁月，对小蕾来说早已不复存在。有线电视收费厅关门了，"蓝梦歌舞厅"关门了，贵州菜馆也关门了。南桐煤矿班中餐的发放点，铝制卷帘门毫不留情地紧锁着。开门迎客的只有旁边一间杂货店，店主是一个上了年纪的老太太。

"你知道班中餐是什么吗？"小蕾停下来问我。

"是给工人的工作餐吗？"我瞎猜。

"差不多吧！看到这三个字，还是觉得挺亲切的。其他地方见不着。"小蕾说。

倘若你把"班中餐"三个字键入搜索引擎，可以得到两个答案：一个是"澳大利亚布里斯班的中餐馆"信息，另一个便是提供给工人的午餐。众所周知，煤矿工人是个高危又辛苦的职业，所以除了领取薪水外，还有一份额外的餐补。好点的企业会将班中餐直接配送到工人手里，还会给他们一点资金补偿。从互联网的各种样本统计来看，"班中餐"似乎只在工矿企业里广泛使用。

"当年我爸爸，就是在这幢楼上班的。"小蕾指了指写着南桐煤矿四个字的办公楼。它生得方方正正，墙面上装饰着 80 年代很流行的马赛克瓷砖。在它的正上方，"重庆能源"以两倍于"南桐煤矿"的硕大字体，高耸在楼顶的五星红旗旁边。

1977 年，中国恢复了高考制度，小蕾的父亲成为 570 万名"千军万马"中的一员。他最终幸运地走过了"独木桥"，以优异的成绩被重庆大学矿物系录取。大学毕业后，他被分配到南桐煤矿，这位祖籍四川巴县的男人，就这样扎根异乡。经过多年的埋头苦干，他从一名普通的技术人员，做到了管理层，并娶妻生女……可能就连小蕾父亲自己都没意识到，冥冥之中，他这二三十年不断奋斗的人生轨迹，已和南桐煤矿的发展进程重合了起来，成为一个逝去时代的缩影。

在改革开放浪潮席卷神州大地的那个时代，南桐煤矿迎来了全新的发展契机。他们引进了现代化的机械设备，使用更加安全的采煤方式，不但产煤量屡创新高，还让职工的生活水准得以改善。眼前这些破旧不堪的建筑，大多数都是 80 年代末—90 年代初建造的，也是小蕾经历过的工人俱乐部、图书馆、灯光球场和中心花园的时代。放在当年，可都是些最新潮、最时髦的东西。那时候的南桐矿区，是一座让世人羡慕的社会主义模范工业小城，就像切尔诺贝利核泄漏之前的普里皮亚季。

"来看看我们南桐的'大卫'吧！"小蕾的话打断了我的思绪。

在中心花园，我看见了一个赤裸裸的男人。他站在飞舞的凤凰下面，举着一顶矿工帽，有着火炬一般的眼神和石破天惊的肌肉。毫无疑问，这是一座集力与美于一身、有着典型苏联时代审美风格的建筑雕塑。小蕾称其为"南桐大卫"，我想米开朗琪罗同志应该不会拒绝。

"我好像看到了一个标准的斯达汉诺夫工人。"我感慨道。

阿列克谢·格里戈里耶维奇·斯达汉诺夫，一个来自乌克兰顿涅茨克的采煤工人。1935年8月31日那天，他用一只风镐，在不到6小时的工作时间内挖煤102吨，轰动了苏联。斯大林高兴坏了，不但嘉奖了斯达汉诺夫本人，还以他的名字发起了一项社会主义竞赛运动，即"斯达汉诺夫运动"。在这项运动中创造劳动纪录，受到表彰的杰出工人，被称为"斯达汉诺夫式工人"。

"这简直是人类有史以来最疯狂的一名矿工了。"听了我的简单介绍，小蕾也不由感慨起来。

尽管后来的事实证明，斯达汉诺夫所创造的"世界纪录"，其实是由三名矿工一起完成的，只不过上报了斯达汉诺夫一个人的名字，但这项运动仍在当时刺激了大多数工人的生产积极性。说句题外话，顿巴斯地区1936年组建了一支名为"斯达汉诺夫"的足球队，经过80多年的风风雨雨，这支球队仍然活跃在国际足坛上，球迷朋友经常可

南桐大卫

为数不多的留守者

以在欧冠比赛中看到它的身影——没错，它就是著名的"顿涅茨克矿工队"。

曾几何时，中国的绝大多数城市都长着千篇一律的脸孔：笔直的柏油马路，砖红或水泥灰色的赫鲁晓夫楼，巨型雕塑，儿童公园里的宇宙飞船。当然，还有几乎每座城市都有的解放路、中山路和人民广场……后来去了俄罗斯，才发现这些早已拆迁的建筑，仍在街头巷尾活灵活现。眼见为实，这让人笃信当年的中国城市，是如何从头到脚全方位"克隆"苏联模式的了……不单单中国，整个苏联 15 个加盟共和国和东欧那些前社会主义国家，也大都这样过来的。

在梁赞诺夫的经典电影《命运的捉弄》里，一个醉汉搭错了飞机，把列宁格勒当成了莫斯科，然而当地竟有一模一样的街道，和一模一样的住宅楼，一场荒唐的闹剧就这样开始了……中国的城市当然不会如此刻板，但至少就铸造铜像这一点，他们确实紧追俄国人的脚步。众所周知，俄罗斯大概是全世界最热衷于给名人竖雕像的国家了。当然，也可能是全世界最热衷于毁雕像的国家了。

这尊"南桐大卫"，成为继高速出口的羽毛球拍后，我在万盛看到的第二座雕塑。据小蕾介绍，万盛大大小小的雕塑还有很多，总是可以不经意间在路上撞见。最有意思的一座，要数万盛大道上的《开天辟地》了。2009 年，为纪念南桐煤矿成立 70 周年，万盛人把一只高达 28 米的凿岩机竖在繁华的市中心。设计者别出新意，用煤炭工人手中最具象征意义的工具，来展现这座城市的灵魂。足以证明在 21 世纪的头 10 年，煤炭业仍是当地人心中引以为豪的一张名片。

"你有没有发现，这里的汽车虽然不多，但都老老实实停在画线的车位里，没有人随意乱停。"

"好像还真是这样！"我对小蕾敏锐的观察力表示赞同。

"你看看，这就是工人阶级的思想觉悟。"从小蕾暗自欣慰的表情中不难猜测，她依然十分在意这座生她养她的矿业小城。

在一幢已没有任何招牌的大楼前，小 Z 突然停下了脚步。她不断凝视着这栋建筑斑驳的外壳，轻轻叹了口气。良久，她手指着那扇再也打不开的铁门说："你知道吗，这里是我第一次看《泰坦尼克号》的地方。"

这幢有些破落的大楼，正是南桐煤矿曾经的工人俱乐部。当然，小蕾这些改革开放后长大的"矿二代"来说，它永远只在文艺汇演和放映电影时门户大开。但与电影《你好，李焕英》里的沈腾只能欣赏《庐山恋》的单调相比，待小蕾他们成长为青春期的少男少女时，已经可以坐享好莱坞进口大片纷至沓来的福利了。没有人能忘记 1998 年美国电影《泰坦尼克号》驶来时的轰轰烈烈，它甚至得到了许多名人的亲自推荐。在此之前，从来没有一部外国影片能够获得这样不可思议的"特殊待遇"。

"对我来说，《泰坦尼克号》留下的回忆并不美好。你在这里有什么与众不同的记忆吗？"我问小蕾。

△ 与美国电影《寂静之地 2》非常相似的场景

△ 谷口河站背后的老树

"当 Jack 扶着 Rose 站在船头时，我喜欢的男孩正在亲吻另一个女孩算不算？"

"怎么和我的经历那么像？"我挠了挠头说，"必须声明，我并不是在安慰你。"

"这么说来，《泰坦尼克号》真是一部悲伤的电影。"小蕾叹了口气说。

"是啊，太悲伤了。"

我们默默地朝前走，心照不宣地保持沉默。回忆是一座可怕的囚笼，困住了那头青春期的小兽。时至今日，脑海里依然会浮现出它不断撞击金属围栏的画面，却早已不会感觉到疼痛。

走过小蕾出生的医院，小蕾读过的南门小学，若不是中学稍微远了点，差不多能走完小蕾 18 岁之前的人生旅途。在一个叫沙罐湾的地方，我们不想再往前走了。听小蕾说，这里以前是枪决犯人的地方，就像生与死的边界，触不可及的冥河。

"就这么小的一块地，就是很多人的一生了。很多工人一辈子都生活在这里，从没走出去过。小时候我也天真地以为，我的一生都会在这里。毕竟从出生的那一刻起，我们就有得吃、有得玩，衣食无忧。现在回想一下，真的就像梦一样虚无缥缈。"

这番话让我感同身受。作为一个拥有相似成长背景的人，这里不光埋藏着小蕾的记忆，也能让我回想起年轻时代犯下的荒唐。但所有少不经事的誓言，和青春期的血气方刚，都禁不住坐火车去远方的诱惑。当我们在拥挤的硬座车厢里对未知世界忐忑不安时，也终将和过去的自己一刀两断。世界上有些鸟儿是关不住的，它们需要一片更广阔的天空挥动羽翼。

铁路把我们从故乡带到了远方，又慢慢把远方变成了故乡。对小蕾来说，是一条连接南桐煤矿和川黔铁路的三万铁路，还有一座带她走出矿区、去到外面世界的谷口河站。我们决定前往谷口河，看一眼这座荒废已久的小站。那是小蕾探索这颗星球的起点，一切梦想开始的地方。

　　一刻钟不到的车程，谷口河站的白房子便依稀出现在视线尽头。我们把车停在路边，准备沿着铁道线，先去旁边的洗选厂看看。这是一座体量庞大的工厂，从规模上判断，绝不亚于川黔铁路石门坎车站的松藻煤矿洗选厂。越靠近它，便越能感受到一种强大的磁场，仿佛整个人都被一种无形的力量牵引着。眼前的野草长势凶猛，铁轨还没来得及生锈，就被这些基因突变似的绿色生物吞没了。这时候如果有人躲在草丛里和你玩一个恶作剧，那简直就是在光天化日之下上演一出"恐怖大片"了。

⚠ 废弃的洗选厂

⚠ 流淌过小蕾记忆中的谷口河站

但现实并不需要什么人蹲在草丛里，光靠眼前这一幕幕景象，几乎就能百分百复制出一部恐怖电影的片场了。它让人想起5月底全国上映的《寂静之地2》，由约翰·卡拉辛斯基执导的这部恐怖电影续作，出现了大量废弃铁道和工厂的场景，令废墟和铁路爱好者又爱又怕。我问小蕾有没有看过这部电影，她摇了摇头。这让我沮丧万分，我们之间好像在进行一桩不公平的交易，她完全感受不到这一刻浮现在我脑海里的惊悚镜头，我也无法体会当年的她目睹载满煤炭的蒸汽火车呼啸而来时的惊心动魄。

"小时候跟着班上的男孩子在这里扒火车，火车没扒到，脸上抹了一鼻子灰。火车轧硬币这种事倒是干过，现在想起来真是作死。"小蕾笑着说。

80年代中后期，在市场经济体制的刺激下，南桐煤矿不得不尝试转型。他们及时调整经营策略，扩大销路，将煤炭卖到四川以外的地方。在这个时期，洗选厂和三万铁路扮演了至关重要的作用：工人师傅们挖出的原煤，都要送到这里进行处理，就像大浪淘沙一般，最终提炼出优质的精煤。然后装上火车，依靠铁路的强大输送能力，"南桐制造"的煤炭就这样被拉到了全国各地。

那可能是南桐煤矿最辉煌的一段时期，而火车正是这个时期最忠实的一名见证者。彼时的三万铁路除了拉煤的货车，还有来往于重庆和万盛之间的客运列车。谷口河站像一台服务器，把小蕾和中国铁路网连接在一起，让她跟随一条条钢铁巨龙，在一个铁道线支配的世界中恣意畅游。从小时候一次次前往重庆菜园坝，到大学时代坐火车穷游五湖四海，小蕾在哐当哐当的机械撞击声中，逐渐对火车这样的庞然大物产生了一种复杂的感情。

"你们男孩子可能会对火车一见钟情，我就不行了。以前总是抱怨火车太慢，偏偏那时的谷口河，人多得站台都装不下。火车驶来的时候，每个人都把脖子伸得老长老长，一上车发现没有位子，顿时都跟泄了气的皮球似的。"提起小时候坐火车的经历，小蕾依然有几分"脑壳疼"。

晚点也是家常便饭，三四个小时都不在话下。但这些尚可忍耐，最怕运力紧张的时候，铁路部门把闷罐子车厢丢到三万铁路上，那真是活脱脱的沙丁鱼罐头了。"闷罐车"就是中国铁路的货运棚车，硬件条件可以用崔健的一首歌来形容：一无所有。想要摆脱席地而坐的命运，就只有自备小板凳。据说还有人临时抱一块大石头上车的，反正挖空心思，也要对得起屁股。这时候问题来了，万一内急怎么办？答案只有俩字儿：憋着。可是再大号的肾，也经不住这火车晃悠啊。

小蕾一脸苦笑："但也并非全是糟心回忆，记得有一天晚上，我坐闷罐子车回谷口河，月光刚好透过火车皮的缝隙，照在一个喂小孩吃奶的妈妈身上。那一瞬间，我仿佛看见了圣母。"

在谷口河狭窄的站台上，小蕾故意摆出了一个眺望远方的姿势，假装等待着一列永远不会再来的火车。她说站房还是记忆中的模样，但我们再也找不到白色站牌上的"谷口河"三个字了。时光就像一部叫《岁月神偷》的电影，悄悄偷走了它们存在过的痕迹。当旧的世界消失殆尽，荒草又会疯狂地将它们带入一个新的纪元。那是属于大自然的一场秘密派对，你能听到夏日午后的蝉鸣，还有孝子河一如既往的喘息声。唯有铁路，它笔直地从小蕾的回忆中穿过，像个孩子一样沉沉睡去。

"人真的是一种复杂的动物，当火车在你身边时，你百般嫌弃；当失去它时，才终于明白火车在你心中的地位有多么重要。"小蕾这番感慨，更像一个迟来的领悟。2004年3月，重庆至万盛的5617/5618次列车停运，小蕾的家乡再也没有了拉人的火车，曾经喧嚣的谷口河站变得比冬日的孝子河还要清冷。谁都看得明白，火车停运和南桐煤矿的衰落，两者之间相辅相成的哲学关系。一个失去火车的城市，就像一头被拔了牙的猛兽，在弱肉强食的生存世界中，已经彻底丧失了竞争力。2009年，在国务院颁布的全国第二批资源枯竭型城市名单中，重庆市万盛区赫然在列。

因为2020年的一场矿难，包括南桐煤矿和松藻煤矿在内的重庆大大小小煤矿，均已悉数关停。新时期的万盛经济技术开发区，必须找到一条适合自己的发展之路。他们有黑山谷这样的5A级景区，也有羽毛球拍这样热销东南亚的轻工业产品，但仍旧路漫漫其修远兮。当然，他们比谁都渴望悠扬的火车风笛声再次回荡在孝子河畔。遗憾的是，尽管四川地方铁路已经在三万铁路的基础上进行了升级改造，并将这条铁路延伸至重庆市南川区，但这条全新的三万南铁路，依然盼不来客运列车的身影。也许在这个高铁遍地开花的时代，120千米的设计时速显得过于尴尬，又或者说，铁路部门无法对上座率保持乐观……

离开谷口河的时候，我在废弃的站房里，意外邂逅了一个蓬头垢面的大姐，我俩各自把对方吓了一跳。她嘟囔了一堆我听不懂的话，我做了个抱歉的手势转身离开。她到底是个拾荒为生的本地人，还是一个离乡背井的流浪者？又是什么时候住进这座车站的呢？我想我已经失去了一探究竟的欲望，我甚至没有把这个小插曲告诉小蕾。夏天很快就要过去了，我们总要留下一些属于自己的小秘密。

那是一个躁动不安的夏天，梅西和拉莫斯真的成了队友，可是他们并肩作战的地方不是伯纳乌，也不是诺坎普，而是巴黎王子公园体育场。小蕾无心插柳的一个玩笑，就这样成了预言，现实有时比天马行空的想象力更加魔幻。三万南铁路依然是三万"难"铁路，病毒却有了新的变种，人类和新冠病毒的死磕，仍在一个看不见的世界里继续。我也时常想起这趟旅行，想起小蕾和这座无人知晓的谷口河站，还有那屹立不倒的"南桐大卫"。有一天晚上，我甚至在梦里又见到了它。它的眼神如此忧郁，像身后这座城市十几年所经历的沧桑。

▲ 废弃的三万铁路和废弃的工厂

成渝
铁路（一）
Chengyu
Tielu

火车驶向平等

一座被凯里"羞辱"的车站

如果你绕过二厂文创公园那些千篇一律的网红咖啡店，沿着一条秘密小径步入长江一路，凭栏而远望，你就会发现一个豁然开朗的新世界，像卡尔维诺（Italo Calvino）[①]笔下的奇幻城市那般，将整个视觉的取景框塞得满满当当。两路口的高楼大厦依山而建，威武又密集。长江像在干涸的大地上涂抹的淡青色颜料，泛着无精打采的波浪。在"江山"的双重夹击下，菜园坝火车站沉默地匍匐于脚下，驯服得如一头乖巧的雄狮。蓝色的东风5调机[②]拖曳着一串串墨绿色的

①意大利当代作家。主要作品有小说《分成两半的子爵》《树上的男爵》《不存在的骑士》等。
②又名东风5型柴油机车（DF5），是中国铁路使用的柴油机车车型之一。东风5型柴油机车是主要用于调车和小运转作业用机车，适用于编组站和区段站进行调车作业，也可作为小运转及厂矿作业的牵引动力。

川黔铁路老白沙沱大桥，如今依然屹立在桥面上，常常有当地人在上面行走

火车车厢，为这种略显诡异的沉默注入最后一丝生机。

即便在这样一种岿然不动的局面下，城市仍旧是立体的。当一个人站在公路护栏前，被这座独一无二的山城建筑肌理深深打动时，他也许会将自己视为电影《掠食城市》①里的伦敦市长。仿佛置身于这座巨大的可移动城堡的舰桥之上，一种难以抵挡的戏精光环正将其卷入深渊。无需任何演技，一如不远处两路口那座亚洲最大的电梯，总能让游客展现出一种最纯粹和最本能的惊慌那般。这种情绪不加修饰，真实到露骨，欠缺的并非浅薄，而是平原地区的孩子们做梦也无法企及的想象力。

这是山城也无法定义的山城，而菜园坝火车站曾是渝中区的一颗心脏。它三面环山，仅有一个出口沿江而下。1952 年 7 月 1 日，中华人民共和国成立后兴建的第一条铁路——成渝铁路胜利通车，菜园坝火车站随之投入使用。在很长很长一段时间内，这座距离长江咫尺之隔的尽头车站，使成百上千对来自祖国各地的列车偃旗息鼓于站台。那时的它，就像一个饭量惊人的大胖子，再多的列车都能一口吞下。然而，渝中菜园坝，终究不是隋唐的李元霸，受制于地形上的天生缺陷，重庆火车站需要另立门户。自 2007 年中国铁路实施第六次大提速后，重庆北站便逐渐接替了菜园坝，成为一座真正意义上的"重庆站"。

自此，虽然依旧挂着"重庆站"的牌匾，菜园坝火车站退出历史舞台已然无法避免。2018 年初，它甚至被湘黔铁路上的凯里站狠狠"羞辱"了一番。在陈可辛那部号称用 iPhone X 拍摄的贺岁短片《三分钟》里，尽管明白人一眼便识得出火车停靠的站台就是菜园坝，可导演不知何故非要把它 P 成"凯里站"。空荡荡的售票大厅，成为菜园坝站一天 24 小时内的某种常态，以至于乘客能够悠悠哉哉地享受厚礼，仿佛车站为他们开辟出了一条 VIP 通道。在这样一种轻松氛围内，我如愿以偿地购买到一张红票：那是重庆开往平等的 5612 次列车，也是老成渝铁路上最后一趟能开窗的非空调绿皮火车。

石门大佛寺

2012 年 8 月，我第一次搭上 5612 次列车，沿着长江，在老成渝铁路上晃悠。到了柏林，我和那些背着箩筐的乡亲们一起，跨过层层铁道线，以一种最硬核的

---

① 《掠食城市》是由美国环球影业出品的科幻动作片，根据菲利普·雷夫蒸汽朋克幻想小说改编，讲述了在核战毁掉人类社会文明的几千年之后，来自伦敦城下层的汤姆和逃犯赫斯特·肖为自己的生存进行斗争的故事。

⚠ 成渝铁路上的"著名"车站

方式，走出了这座山间小站。请不要惊慌，更不要质疑我是否打了错别字，小站的名字就叫柏林，和德国首都的中文翻译如出一辙。

正是这趟多少有些恶搞的柏林行，促成了多年以后再次邂逅这条老成渝铁路的行程。在一趟清风徐来的老火车上，一路沿江而行的快意，实难用言语形容。但之所以选择平等，而不是重庆朋友推荐的铜罐驿或朱杨溪，也与初遇时的美好不可分割。平等站所在的石门镇，有一座始建于北宋年间的大佛寺，它坐落于长江边一座小山坡上，成渝铁路刚好从它脚下鱼贯而过。在5612次列车上，你只需一次无意中的抬头，便可将这座大佛寺收入眼底。相信这一个照面，它便在你心中生根发芽，那标志性的七重檐山木结构的寺庙主体，着实有一种令人过目不忘的魅力。

话又说回来，即便一次无意中的抬头，也必须建立在一种小概率的现实之上。拿我为例，必须感谢在那一瞬间，微信没有收到新的提醒，娱乐新闻没有推送xxx出轨的消息，整个人也远离那间粪便直通轨道的厕所。还要感谢传统绿皮火车的慢腾腾，让大佛寺能够以一种更从容的姿态，迎接更多乘客目光的检阅。总而言之，石门大佛寺的惊鸿一瞥，足以驱动我跋山涉水，专程为它再走一趟了。只是万万没有料到，在脚踏莲花的观音像面前，还会发生一段《彗星来的那一夜》①式的偶遇。

①《彗星来的那一夜》是由詹姆斯·沃德·布柯特自编自导的第一部长片。该片讲述了在一场大停电之后，一起聚餐的八个朋友的人际关系，甚至世界秩序都有了惊人的改变的故事。

最后一趟绿皮火车

多年以后，从菜园坝站台钻进 5612 次列车的过程中，仍旧充满了惊喜。车站冷落了，但最后的绿皮车却仍旧热络。不知是否拜重庆本地媒体的推波助澜所赐，这趟列车的上座率相当喜人。攒动的人头中，不乏中老年摄影和户外爱好者的身影。他们举着自拍杆，呼朋引伴，从架势上看，显然有备而来。出于老成渝铁路上最后一趟传统绿皮火车的特殊身份，它似乎有成为中老年网红列车的某种潜质。

由于重庆是一座经典的尽头式车站，我不得不穿过整趟列车，才得以抵达票面上的 1 号车厢。上车的时候，年轻的女列车员一看"平等"，便用重庆话提醒我下车时要朝后面走。听到我讲普通话，她马上改变口音，很耐心地又重复了一遍。虽然我没明白她这一说法的用意，但还是颇为感动。我本意便是朝远离车头的车厢走，这样才能拍摄列车转弯时的弧度。一口气走到 9 号车厢，却有种穿越时空的虚脱，尽管这趟车的乘客身份称不上复杂：白发苍苍的老人，聒噪万分的大妈，一上车就化妆的大姐，和一些用手机外放视频的年轻人。我找到一个靠窗的二人座，把车窗抬到最高处，在这个没有限位器的世界里，大自然会像个顽皮的孩子

⚠ 举着自拍杆的乘客

一样让人无法招架的。

山坡上的房子开始动了起来，那是属于列车的告别方式。老成渝铁路上的5612 次，又一次沿江而行。经过小南海后，渝贵铁路的新白沙沱长江大桥，和川黔铁路的老白沙沱长江大桥，先后从列车行进方向的左前方跨过。我回头凝视着老桥，忍不住多看了几眼，因为这将是最后的诀别：自 2019 年 4 月 24 日起，川黔铁路的列车，将全部改经新桥的下层双线通道过江。老桥随之就会停运，并独自迎接未卜的命途。我们在为它捏一把汗的同时，也默默祈求它能永远矗立于长江之上。

因为一座千年古镇，铜罐驿站吸引了不少游客的身影。而一到江津，列车仿佛被灭霸打了一记响指，顿时消失了至少一半人。这使得几个本地大叔的吵闹声，肆无忌惮地往耳朵里钻，捂都捂不住。更加恼火的是，他们的语速像火神炮一般飞快，让我这种异乡人听得百爪挠心。列车停靠在金刚沱，这帮人纷纷抄起行头，说说笑笑地下车了。小站就坐落在长江边上，从他们身上背着的渔具判断，显然要冲过去大干一场的。人活大半辈子，还能喊上三五好友，以闲情逸致为诱饵，席地而坐一整天。这鱼钩上咬着的岂止是长江鱼，分明是从生活中剜下的一块块碎肉罢了。

即便远离喧嚣，车厢也还是一个闲不住的百宝箱。正午时分，和窗外的花香一起飘来的，还有隔壁桌一对夫妻的丰盛午餐。男的操一把水果刀，熟练地将几根黄瓜切成块，放进一只透明的饭盒中，并倒入蒜、豆瓣酱、辣椒等佐料，搅拌均匀后，又拿起饭盒使劲摇晃了十几下，这才揭开盖子，大快朵颐。除此之外，他们还拿出鸡肉、火腿和鱼等熟食，让背包里仅有半瓶矿泉水的我，馋得只能干瞪眼。直到列车抵达平等，我背起行囊准备下车，他们还在一旁狼吞虎咽。

白衣女孩

走出平等站的那一刻，我才切身体会到年轻女列车员的良苦用心。这座车站的地理位置比较独特，刚好位于它身后石门镇的脚底下。想要出站，就必须朝列车尾部的方向走，待到站台消失之后，还要沿着铁路继续前行一段距离。我跟着一大堆背着箩筐和拎着手袋的本地人，穿行在成渝铁路的路基上，这种无可奈何的"侵线"有几分滑稽，也换来一种探险般的恶趣味。走了大概 500 米，大佛寺便浮现在眼前。右手边有一条上山的石板路，入口刚好就在半山腰。自然，这里成为我脱离大部队的地方。他们还要拾级而上，沿着山顶的公路，才能回到石门镇的家中。

进入大佛寺，需要购买一张 20 元的门票。我把登山包存放在售票处，工作人

▲ 边吃东西边看风景的乘客

▲ 油溪站，一边织毛衣一边出站的女乘客

员都很年轻，也都很友善。在瞻仰那尊脚踏莲花观音前，我发现了一处拍摄火车的观景台，刚好可以把远处的青山、泛光的长江水、葱翠的林木以及成渝铁路锁在一张定格中。大佛寺的造型虽然别致，前前后后也只有一座主殿，如果不烧香的话，5分钟左右就能逛完。大殿之中，一尊号称我国保存最完好的脚踏莲花观音巨像，正微笑颔首地望着波光粼粼的江水，捍卫着"万里长江第一大佛"的荣誉。如果不是多嘴问了工作人员一句，我又岂能在他脚下消耗一个下午呢？

"不好意思，这个寺庙还可以爬上去吗？"

工作人员摇了摇头，还没开口，一句东北口音的普通话，如小李飞刀一般掷了过来：

"哎哟妈呀这寺不能爬的。"

循声而望，是先前我便注意到的一位白衣女孩，她坐在大殿前的石阶上。奇怪的是，在我进来前，就曾听到她和这位工作人员用重庆话聊天，为何突然变出了大碴子味？

一番寒暄之后，所有的困惑迎刃而解。这位白衣女孩，是不折不扣的本地人，老家在江津区的白沙古镇。不过，她的经历却不太寻常：十几岁时便前往广东打工，后来遇到自己的东北籍老公，又跑到东北待了几年。三年前，因为前夫出轨，两人离婚，她便独自一人带着1岁多的孩子，回到了故乡。所以除了

▲ 石门大佛寺

家乡话，她还能讲一口还算流利的东北话。

女孩说，她这段时间诸事不遂。早上醒来，突然萌生出一个念头，决定从白沙徒步到石门，来大佛寺烧炷香。说到做到，她真的脚踏一双 VANS，一路沿江而行，经过 4 个多小时的跋涉，来到了观音殿前。因为午后比较炎热，她便打算在寺庙里休息几小时，再徒步而归。结果偏偏遇到了我，一个乘着 8 块钱的绿皮火车专程而来的怪人。我俩相视一笑，坐在石阶上，望着滚滚东逝的江水，有一搭没一搭地聊着。

女孩不但手脚勤快，还是个有心人。得知我没有吃饭，便从包里掏出一个苹果，并躬身爬到佛像下的一座洞穴中，接了一碗山泉水。她说这里的泉水相当灵验，传闻是佛祖体谅香客的艰辛，故大发慈悲，使石壁渗出泉水，喝了能够祈福消灾。我得以吃了一只沐浴过圣泉的苹果，并对她再三道谢。倘若在武侠小说里，这样的女子岂不成了我的恩人？这让我开始质疑这一切的发生，究竟是真实且合理的，还是一种想象。毕竟，一个突然脑袋发昏便徒步而来的本地女孩，和一个坐着绿皮火车胡乱晃悠的外地大叔，在一座很可能不会有第三个游客出现的大佛寺中，就这样神奇地偶遇了。从概率学角度上看，这种几率简直微乎其微。

但现实的不可思议在于，每当这种小概率的发生成为既定事实时，总让人既感到一种不切实际的眩晕，又会产生一种创造奇迹的幸运。无论怎样，这不是电影《彗星来的那一夜》，不存在一个人穿越平行宇宙来到了另一个人的世界；这同样不是电影《复仇者联盟》，不存在一个奇异博士从一千四百多万种结局中选择的那个。这就是现实，一个再平淡不过的现实，只不过凑巧降临在两个小人物的世界中，成为他们各自生命中只此一次的交汇点。当然，这种交汇或许连小确幸也称不上，但一样可以点亮那个寻常的午后，就像他们一边坐在石阶上吹风，一边注视着一艘装满集装箱的大船，缓缓地从大佛寺正门顶端的《西游记》雕像前驶过那样。

⚠ 坐在大佛寺门口看成渝铁路和长江上的货船

尾声

临别之时，白衣女孩再次作出让我瞠目结舌的一幕：她很麻溜地爬到一棵大树最高处的树枝上，把幸运红符挂在树上，俨然一个女版孙猴子。但这还不是她留在我脑海里的最后形象，在石门汽车站，我不幸错过了最后一班开往永川的中巴。这可把她急坏了，她死死拽住那个江津班车的售票员，求她让另一趟去永川的班车在吴市镇等等我。于是我只能猝不及防地跳上一辆途经吴市镇的班车，并错过了她一直提出的合影要求。我们隔着玻璃说再见，就这样渐渐消失在彼此的视线中。

幸运的是，相机里到底还是留下了几张她活灵活现的身影：一棵黄葛树上，有一个白衣女孩，两条乌黑的麻花辫子，在一堆红符和绿叶之间，摇曳着，耷拉着。

▲ 沿江而来的列车

成渝
铁路（二）
Chengyu
Tielu

在绿皮火车上晒韭菜的大哥

　　我不知道我在 5612 次列车上遇到一位晒韭菜的大哥，是不是因为早上吃了 21 个韭菜饺子。但我在两路口一家再寻常不过的小饭店吃韭菜饺子时，万万料想不到会在绿皮火车上遇到一位晒韭菜的大哥。

　　5612 次列车由重庆开往内江，为目前成渝铁路上硕果仅存的一趟客运列车。成渝铁路于 1952 年 7 月 1 日通车，为中华人民共和国成立后修建的第一条干线铁路。它耗费了半个世纪的光阴，才实现了张之洞的梦想：用一条铁路，将巴蜀地区两座最大的城市连接在一起。作为计划修建的川汉铁路组成部分，正是由于清政府将筑路权出卖给列强，引发四川爱国人士掀起"保路运动"，同盟会组织保路同志军发动武装起义，成为辛亥革命的爆发前奏。

　　有了成渝铁路，巴蜀地区的人员和物资流通就更加便利了。过去人们只能依赖公路和水运，运输成本高，耗费时间长。现在"火车一响，遍地黄金万两"。到了 20 世纪 60 年代，我国进入三线建设时期，大量神秘工厂在西部地区的深山老

绿皮车的窗外，有一个不可战胜的夏天

写字的女人

林里生根，它们留给外界的只有一个冰冷的数字。这些工厂虽然选址隐蔽，但大都距离铁路干线不远，成渝铁路在这一时刻进入了鼎盛期。

然而好景不长，2006 年渝遂铁路的开通运营，极大缩短了成都和重庆之间的距离，成渝铁路开始衰退。而高铁的出现，几乎彻底杀死了这条老铁路。2015 年，成渝客专通车，人们惊讶地发现，屁股还没把舒适的和谐号座椅捂热，白色怪物已经带他们由成都到了重庆。老迈的成渝铁路再也难觅五颜六色的客车身影，只有一趟绿色的慢车孤零零地守候在它身旁。

这就是 5612 次列车，它不仅仅是这条铁路最后的见证者，还是一趟能够开窗的传统绿皮火车。这样的老火车，已然屈指可数。但老火车踩在老铁路上的魅力，懂它的人自然会懂。这不仅仅是一种怀旧，更是功能上的利好：一旦在狂奔的列车上打开窗户，你便成为捕风捉影的高手。车窗是流动的电影大屏幕，窗外的一切景象都是正片。相比污浊的钢化玻璃，出现在你眼前的是最高清的画质。那呼啸而来的风，像热情奔放的恋人，不断摩挲你的身体，让你感受和大自然融为一体的美妙触觉。

所以，这就是为什么我放弃了一个小时的高铁，选择了七个多小时的绿皮火车。一言蔽之，高铁够快，但不够好玩。又或者说，从我踏上 5612 次列车的那一刻起，火车扮演交通工具的首要角色，便退居二线。取而代之的，是一种令人着迷的玩具属性。我不是乘坐它，而是玩耍它。这是一场孤独的游戏，这趟能够开窗的绿皮火车，就是一件超大型的玩具。

火车开了，听着哐当哐当的声音从铁轨上传过来，心就跟着荡漾了起来。重庆的孩子是幸运的，他们能够扒开车窗，向这个世界毫无保留地袒露好奇心。驴友们抚摸着长焦，偷偷从取景框里瞄着那些背箩筐的乡亲。这是盛夏的一次火车

可以开窗的绿皮车，对孩子的吸引力是巨大无比的，也让我怀念起童年时搭火车的经历

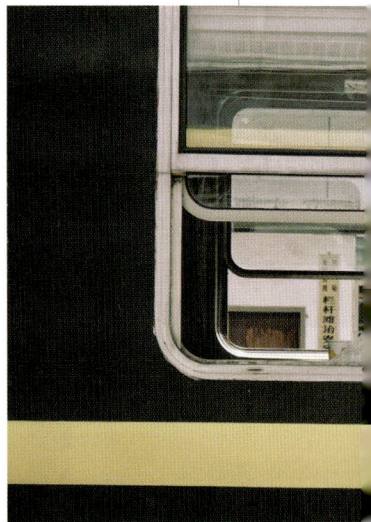

对向 5611 次列车上的赤膊老人，我们相互挥手致意

旅行，感谢敞开的车窗，让风大口大口灌进来，赶走了酷暑。

到小南海，上来一个男人。他穿一件橙色的 polo 衫，约莫 50 岁。才刚坐下，他就弯腰拨弄起一只白色水桶，里面密密麻麻的，全是绿色蔬菜。他把几捆韭菜和青椒捞起来，放在我对面靠窗的座位上。打我一上车起，就不断猜测坐我对面的会是什么人。可我宁愿相信这家伙是特朗普或克里斯蒂亚诺·罗纳尔多，也不敢相信它是一堆韭菜。

这个男人，就是开头提到的晒韭菜的大哥。他说韭菜都是自己种的，没有任何添加剂，是彻彻底底的绿色蔬菜，放在桶里怕烂掉，所以拿出来晒晒。他准备带回老家，一个叫荣昌的小城。我费了老半天劲儿，才从他川音浓烈的方言中听出是"荣昌"而不是"隆昌"。这很重要，因为这两地虽然挨在一起，且都为 5612 次列车停靠的车站，却一个属于重庆辖地，一个属于四川省内江市。隆昌是四川的，那里的羊肉汤赫赫有名。

到铜罐驿，一大半人都下车了。你在车上看到的那些大叔大妈团，还有穿始祖鸟排汗衫和萨洛蒙跑鞋的驴友，大部分都是奔着这座千年古镇，才来坐这趟绿皮车的。近些年来，古镇的游客渐渐多了起来，却还是杯水车薪。不过鬼使神差的，教这趟绿皮车多了几分人间烟火。成渝铁路勘测时，工程师们打算把铁路铺设在一条被称为"东大路"的成渝古道旁，但在重庆和朱杨溪之间，却选择了一条更为古老的长江水道。铁路就此变得蜿蜒，列车游刃有余地贴着长江，在岸边画出一道道圆规都画不出来的诡异弧线，自带一种早期铁路工业的美学质感。乘客无疑是最大受益者，他们能够一身轻松地坐在窗前，遥望对岸那些被时间遗弃的江边古镇。

🔺 这个视角不像不像扒火车的冒险者？　　🔺 绿皮车上的小孩

　　白沙就是这样撞在了窗口上。我还记得一年前，在平等的大佛寺前遇到一位从这里徒步而来的本地女孩。世人皆知云南丽江的白沙古镇，却鲜有人了解这座隐匿于长江边的同名古镇。这里有个专拍民国题材作品的影视基地，还有一座号称全国最高的吊脚楼。而距离它不到20公里的塘河古镇，则更为低调，保存得也更为完好。当然，这些在火车上是看不到的。在那个逆光的午后，我只看见一些废弃的工厂和积木一样堆叠在岸边的房子。

　　忘记在双石桥还是长河碥了，那个晒韭菜的大哥终于关闭了短视频外放，取而代之的，是他一句冷不丁地发问。这是一个颇有哲学意义的问题，我冷静了片刻才意识到这个问题并不好回答。

　　"你一个人孤独吗？"他说。

　　"其实还好，还挺自在的。"我回复他说，"我挺喜欢坐这种慢火车的，就算只是看看风景，也不会觉得乏味。"

　　"你都是一个人出来玩吗？"他继续追问。

　　"大部分时候是吧，除非能找到第二个愿意坐这么长时间火车的人。"我说。

　　他笑了。我们的寒暄还算愉快，可以继续深入下去了。我打听到他45岁，在重庆九龙坡的一家材料厂当工人，一个月能拿3000块出头，偶尔，也能拿到4000块左右。他抱怨工资太低，但又不得不待在重庆，因为在老家荣昌，他可能连这个数的工作都找不到。

　　"你是哪个厂的？"

　　沉默许久，他再次丢出一个值得我深深思考的问题。

　　我只能如实告诉他，我不在工厂上班，甚至没有固定的工作单位，平时也就写写东西拍拍照啥的。这时列车驶入一座小站，我赶紧趴在窗前，去拍摄一列长长的货车，借此暂时摆脱一下尴尬境地。他没有继续纠缠我的工作，却把自己的华为手机递给了我，让我帮他把拍照的像素调到最高。这还是我第一次摆弄华为手机，好不容易才找到"设置"，发现他已经选了最大的 13M。我告诉他结果，他很开心，马上拍了几张照片，端详起来。就这样，他没有再理会我，直到列车缓缓驶入荣昌站，他站起身来准备下车时，才把最后一个问题留给了我。

"你是不是搞艺术的？"

如果算上晚点的半个多小时，我差不多在这趟车上整整待了 8 个小时。这是忤逆于时代的一种诗意，我固执地认为。搭乘高铁，你只需一个多小时，便能吃上一碗带姜丝的内江牛肉面，但你绝不可能看到有人在座位上晒韭菜。这就是绿皮火车最让人疯狂的地方，它是大卫·科波菲尔变不了的魔术，费德勒发不出的 ACE 球，爱森斯坦剪不出的蒙太奇……又或者，它是阿甘妈妈的巧克力盒子。就像 19 世纪的火车旅行一统这颗星球时，仍有一些傻瓜倔强地选择马车出行那样。

🔺 长江对岸的白沙镇

四川

si
chuan

资阳

在内燃机车厂流浪的人

在资阳北站，我见到了俞老师，还有她的特斯拉 Model3。这是我第一次见到俞老师，也是我第一次见到特斯拉 Model3。我和俞老师是在某个社交网站认识的，当时我正愁一个人怎么去安岳看石窟，她便发来私信说，她现在退休在家，有大把空闲时间，愿意为我担任向导。巧合的是，我也一直想来资阳看看造火车的 431 厂。于是大清早，我买了一张从内江北站开往资阳北站的火车票，搭高铁来到这里。

俞老师把车从地下车库开出来，停在我身旁。这时尴尬的一幕发生了，我发现无论怎么努力，都没办法将这辆白色特斯拉 Model3 的车门打开。只好求救俞老师，才明白要先按压一下开门装置，隐藏的把手才会弹出来。"实在抱歉，这是我第一次摆弄马斯克的玩具。"我擦了一把额头上的汗珠，无奈地说。俞老师微微一笑，特斯拉像一架在跑道上加速的飞机那般冲了出去，除了萦绕耳边的嗞嗞电流声，什么都没带走。

我们直奔一个叫王二溪的地方，那里有一座造型别致的

⚠ 王二溪大桥就在王二溪镇的上方

铁路大桥。与中国铁路常见的柱式桥墩钢架桥相比，王二溪大桥是一座古朴的 22 孔联拱桥，且绝大多数用料取自于石材。1952 年，成渝铁路修到了王二溪，工程人员决定在忠义镇上方，建造一座大桥。由于当年全国钢材匮乏，最后退而求其次，选择了石材。光阴荏苒，60 多年过去了，王二溪大桥先后经历了两次洪水和一次大地震，却毫发未损，始终屹立于此。

"你为什么想来看这座大桥？"俞老师问我。

"说起来有点好笑……一来，这座大桥的造型确实很吸引我；二来，我有个朋友叫王二喜，所以当我知道这世上还有个地方叫王二溪时，我就想来看看了。"

"我爸以前在王二溪工作过。上个月有一天，他还心血来潮，从家里徒步到这里。"俞老师一边拨弄着 Model3 那个类似 ipad 平板电脑的中控台，一边和我搭话。这的确是一辆相当赛博朋克的汽车，整个驾驶舱设计简约，没有任何赘物，未来感十足。所有操作都在显示屏上完成，你可以清楚地看见这辆车在公路上的影像画面，就像小时候玩过的赛车游戏。

正如我永远猜不到第一次体验特斯拉的产品，是在一座叫资阳的四川小城那样。我也永远猜不到这位声称已经"退休"的俞老师，竟然是一位如假包换的 90 后。

"我就没正经上过几天班。"当我质疑起她的"退休"时，俞老师解释道，"国外也浪过一圈了，该做的事也做得差不多了。对物质也没有过高的要求，索性就

回资阳，过起退休的日子来了。"她说到做到，不上班，每天练练瑜伽，除了周末开着这辆特斯拉 Model3 去成都分享下课程，大部分时间都待在资阳她那 200平方米的公寓里。这种闲云野鹤般的生活，倒也非常符合巴蜀女子的性情。

刚把车停在王二溪镇的路边，一场大雨便悄然而至。我和俞老师小心翼翼地翻过铁路路基，打算从农舍后面上山，不料走着走着，便没了路。狗叫唤得特别凶，即便拴着厚重的锁链，那连绵起伏的汪汪声，也着实令人不适。

"真不好意思，连累你了。"看着淋成落汤鸡的俞老师，我有些愧疚。待到我们换个方向，爬上铁路另一头的山坡时，烈日突然探出头来，没由来地支配了天空。这下好了，才刚刚被雨水打湿，转瞬又要被汗水浸湿了。

见我有几分沮丧，俞老师反而安慰起我来："你完全不必担心我的感受，我随时都可以冥想啊。"话音未落，她真的闭上眼睛，开始沉浸在一个全新的世界中。烈日炎炎，山坡上偶有三三两两的菜农路过，他们背着笕筐，有说有笑。

能够撕破这片寂静大地的，唯有悠扬的火车风笛声。那是双机重联的韶山 4型电力机车，拖着长长的货运车厢，在王二溪大桥上清晰地画出一道月牙的形状，直到被视线尽头的那片森林吞噬。

成渝铁路通车至今，电力机车的风笛声始终响彻大桥之上，但大桥之下的那座小山村，几乎已经被这条铁路遗忘了。

"为什么等来等去，只有货车呢？"俞老师问我。

"因为没有客车了。很久以前，成都到内江之间，就没有客车了。这里的人想要搭火车，必须原路返回，去你接我的资阳北站。不过，那里只有高铁。"在这一刻，我才突然意识到，不是成渝铁路遗忘了王二溪，而是人们遗忘了成渝铁路。

看完大桥，俞老师决定带我去个地方。她故意卖关子，不说是哪里。然而一下车，我就知道没来错地儿。那些砖红色的筒子楼，从美学角度上看，确实乏善可陈，但另一方面，它也确实能唤醒我童年时的很多记忆。

至今难忘住在筒子楼里的那些时日。小时候不懂事，觉得楼越高，城市就越繁华。所以从平房住进四层高的筒子楼，看到那些"一单元""二单元"的牌子，甭提有多兴奋了。这些楼当时被称为"周转楼"，可是直到搬家离开的那天，我也没搞明白这"周转"两个字到底是啥意思。

楼下过道对面，每户都能分得一座小屋子。每个屋子都配有一扇铁门，安全得很。通常来说，大家都用来储藏物资，当然存放最多的，永远是凤凰、永久等牌子的自行车。记得冬天的时候，大家会一边哈着气，一边把刚刚分到的蜂窝煤搬到小屋里。

"我就知道你喜欢这里。"俞老师说，"这就是 431 厂老的家属院了。"

431 厂，不用说又是三线建设时那些神秘"数字厂"的一员。今天正式的名字为中车资阳机车有限公司，不过铁道迷仍然习惯性叫它"资阳内燃机车厂"。

▲ 职工之家门口的梅花锁

▲ 被遗弃的资阳内燃机车厂纪念包

1966 年 10 月，铁道部先后从大连机车车辆厂、戚墅堰机车车辆厂、青岛四方机车车辆厂、南口机车车辆厂和天津机车车辆厂等地调来了大量技术人员，在资阳西部 1 公里的丘陵地带开工建厂。1973 年 9 月，他们终于交出了第一份答卷——东方红 2 型柴油机车。

我们朝那片砖红色的建筑群走去，如料想的那般，大多数都已人去楼空，只留下一堆碎石瓦砾。在一座废弃的屋子里，我找到一只红色单肩包，它已脏得不成样子，但那白色的中国铁路路徽，却像一座孤独的灯塔那般，于黯淡的黑夜中发出一缕惨白的微光，点亮了旁边几个残缺的字体：资阳内燃机车厂离退休职工文艺会演。谁都明白，不会再有船只经过这片水域了，曾经那些先驱者辟出的航路，如今永远封存在岁月长河中。

老人，是最后一批坚守阵地的人。当然，对于四川人来说，只要搬来一张麻将桌，没有铁链子也能战斗到天荒地老。这些人大多是 431 厂的退休职工，他们把一辈子都留给了这里，也没什么好带走的了。只要这些砖红色的建筑一息尚存，就没有任何抛弃它们的理由。

在一片茂密的树丛下，我们意外闯进了一座"神秘王国"：铁锅和灶台乱中有序地堆砌在一起；到处是白酒、芒果汁和老干妈之类的瓶瓶罐罐，里面装着干果之类的食物；绿植在十几个油漆桶里野蛮生长，被搁在自制的木架和铁托盘上；还有各种刷成红色、黄色和绿色的桌椅……种种迹象表明，这里的主人很可能是一个厌倦城市的离群索居者，就像美国文艺片《不留痕迹》（*Leave No Trace*）[1] 中

---

①《不留痕迹》是德布拉·格兰尼克执导的剧情片。该片根据 Peter Rock 的小说《我放弃》改编，讲述一对隐居于城市森林公园中的父女因意外事件被人发现后，平静生活发生巨变的故事。

那个永远在公园里流浪的男主角。

而让我如愿和他搭上话的，竟是一只流浪猫。

彼时，我正在拍摄那只趴在垃圾箱上的橘猫。一个男人刚好走过来，怕影响我拍照，便立即停下脚步。这一颇有礼貌的行为，使我注意到他。坦白说来，他绝非那种受人待见的类型，大多数人看到他现在的样子，很可能会绕道走。来者衣衫褴褛，不修边幅，头发虽长，却脏兮兮的，羊毛一样凌乱，仿佛这辈子从未梳理过似的。就刻板印象层面，人们肯定会将其视为"流浪汉"，甚至，还会将其归纳到"精神有点问题的流浪汉"这一类别中。

然而换个角度，这样一位刻板印象上的"流浪汉"，还能设身处地去为别人着想，单纯就觉悟而言，可能很多一身名牌的"体面人士"都未必有呢。

我对他产生了好奇心，我想知道他的故事。

我跟着他，来到树丛下的王国。他把刚捡来的摩托车头盔往地上一丢，钻进了一扇蓝色木门。走出来时，身上多了一只鼓鼓囊囊的工具包。里面有一只手持抛光机，还有一个排插。有趣的是，排插被钉在一块厚厚的长方形木板上。木板两侧都安装着把手，正面还有图腾形状的纹路。他俯下身子，忙活起来，嗤嗤啦

▲ 留守老人每天都在打牌或搓麻将

废弃的屋里躺着一个奥特曼玩具

老吴精神世界的一角

啦的金属撞击声响彻四周。

"这些都是你自己做的吗？"我指了指带把手的木板排插，还有那些色彩浓郁的椅子。

他点点头，有点害羞，又有点骄傲，我们就这样闲聊了起来。他姓吴，今年55岁，四川内江人，曾经是431厂的焊工，精通轴承相关原理和技术。他川音浓烈，口齿很不清，好多话我都没听清楚。尤其在讲述波音737使用的轴承时，语速变得比发动机的转速还快，一会儿"高温热处理"，一会儿"冶炼技术"，脑海里仿佛盘旋着100架B52轰炸机。

不一会儿，活干完了。老吴拎起帽檐，做了一个舀水的动作。这时我们才恍悟，他把头盔变成了水瓢。

"以你的本领，完全可以在上海任何一家工厂找到工作。"我对他说。

"现在很多大学生，都搞不过我。"老吴很开心，说工厂如果找到他，一定可以帮老板赚钱。遗憾的是，没有什么老板认识他。

"你是记者吗？"老吴突然问我。

我说不是，问他平时是不是经常上网。他摇了摇头，说自己从来没上过网，也没碰过传说中的"计算机"，甚至，他已经二十多年没看电视了。所有搜集信息的渠道，都依赖于捡来的报纸，比如《参考消息》《环球时报》什么的。

我想起电影《大佛普拉斯》中的肚财，他和老吴一样，都是捡垃圾为生的人。相比之下，老吴过得更为极端，他几乎完全处在一个没有现金流动的世界中，生

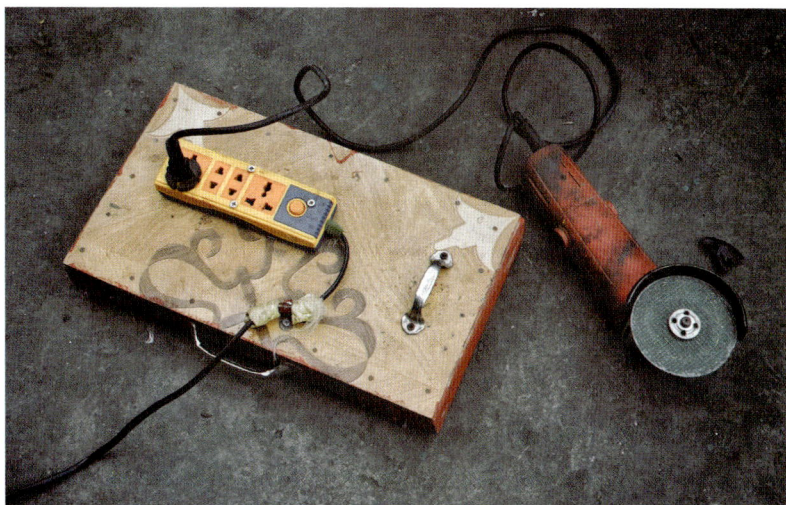

⚠ 老吴精神世界的一角

活不需要任何成本。往好处说，他创造出一个新世界，成为它的主宰者；往坏处说，他和现实世界几乎彻底脱节，一个人自生自灭。这就是老吴，他像波希米亚人一样流浪，流浪的地点却不在异乡，而是几十年来未曾离开的家园。

临别之际，老吴硬是塞给我俩十几个梨，他甚至希望我们把一筐子的梨都带走。我和俞老师费了老大功夫，才说服他放弃了这个疯狂的想法。还没走出家属区，我们就被一位白发苍苍的老太太拦住了。她说看到我们和那个"疯子"说话了，还指了指自己的脑袋，说他这里有点问题。

"他没有家人吗？"俞老师问她。

"家人？他老婆早跑啦。儿子也有病，经常打他，也不知道去哪里了。"老太太一脸轻蔑。

我把老吴的故事发朋友圈，一个很久没联系的朋友留言了："这个老吴从来不缴电费吗？"他说。

电影《大佛普拉斯》中有一段经典独白："我想虽然现在是太空时代，人类早就可以坐太空船去月球，但永远无法探索别人内心的宇宙。"当菜脯第一次发现连张照片都没有的肚财，原来一直住在被娃娃包围着的宇宙飞船里时，是否想起了和他偷看老板行车记录仪的昨天？我想老吴在弥漫着重金属气味的车间里焊接轴承时，他刚工作的徒弟定会投来一丝羡慕的目光；还有那个已经跑掉的女人，想必也曾在无数个漫长而孤单的黑夜里为他留一盏灯。

那已然是很久很久以前的事情了。

金口河 （一）

行走大渡河畔的秘境小镇

从乐山到金口河，坐的是大巴。一过高桥镇，车子便紧贴着峨眉山东南麓。这里的竹林长得跟参天大树一样高，它和云雾串通一气，将峨眉山屏蔽在车窗外。人们只能看到清澈见底的溪流，从乱石堆里汩汩流过。路况没有征兆地糟糕了起来，红色的重型卡车一辆接一辆，将这条纵贯大渡河峡谷和大凉山的 245 国道，堵成一根麻花。大巴只能走走停停，反复刹车和起步。想超越这些身形肥胖的"大乌龟"，是一件异常危险的事情。很多时候，就连会车都极其困难。

在一个叫龙池镇的地方，机械的轰鸣声响彻窗外，教那些昏昏欲睡的乘客，不得不睁开惺忪的双眼。放眼四周，到处是头戴黄色安全帽的人，他们纷纷涌向一座座直冲云霄的巨型桥墩，仿佛在朝觐某个神圣的地外文明。透过横幅和标语，我才明白这里正在修建峨汉高速公路，也顺道明白了245 国道为何如此凶险。进入峨边，我看见一座废弃的石膏厂扎根在半山腰，旁边有苏式筒子楼一样的家属院。不用多说，这肯定是一座三线建设时期的工厂。距离传说中的金口

鲜花盛开的铁道

河越近，这样的厂子便会越多。

通常来说，人们会把依靠铁路建设而发展起来的地方，称为"火车拉来的城市"。类似例子无论国内还是国外，都不胜枚举。属乐山管辖的金口河区，依山傍河，很长一段时间都被视为"不毛之地"。你只消看上一眼，就会理解大峡谷的壁立千仞并非虚言，大渡河的汹涌澎湃不是玩笑。身处如此恶劣环境，若非那条举世罕见的成昆铁路成功修建，此地恐怕永无出头之日。

但你又不能笼统地将金口河称为火车拉来的，这与它近乎离奇又神秘的身世息息相关。首先，你在中华人民共和国成立以前，是无法从行政区域上找到一个叫"金口河"的名字的。从历史上看，金口河所在的区域，一直从属于峨边治下。民国时期，它被划分在峨边县的"第二区"。到了 20 世纪 70 年代末，它却突然从峨边分离出来，成为当时中国极其特殊的一个行政区域——金口河工农区，这究竟是为什么呢?

要解答这个问题，就必须把时光回溯到那个波云诡谲的冷战年代。20 世纪 60 年代，全球笼罩在恐怖的冷战阴影下。这个时期的中国外交，进入一个前所未有的困难时期，在反美的同时，中苏关系全面倒退。而国内的主要重工业，都集中在东北、华北和东部沿海地区，一旦陷入战争局面，很容易遭到"团灭"。为实现新的国防和工业布局，建设好西部这一大后方，1964 年开始，中国进行了一场以备战为指导思想的大规模国防、科技、工业、电力和交通的基本设施建设，史称"三线建设"。当时有一句口号，叫"好人好马上三线，备战备荒为人民"，因此，三线建设也是一次史无前例的人口大迁徙。而金口河，正是这次大迁徙的一个迁入地，是三线建设这棵大树上结出的一颗果子。

无法统计有多少人离乡背井，来到大渡河畔这个彝族人聚居的地方。他们住在国家统一安排的赫鲁晓夫楼里，出入于集体食堂、工人俱乐部和灯光球场，即便给最想念的父母写信，也只能告诉他们自己在一个叫金口河的地方工作，对任何一件泄露工作内容的事情守口如瓶。无法说清楚是他们选择了保密单位，还是保密单位选择了他们。直到今天，那些不能公开的秘密，所有青春期隐秘的哀愁，都已挣脱了时间的涡旋，如大渡河水那般滚滚东去，徒留这些长满苔藓的废弃建筑，沉默着迎接雨打风吹，赤裸裸地暴露在河对岸鳞次栉比的崭新高楼前。

当地人沿着河堤漫步时，我看见一条铁路，笔直地穿过 814 厂的家属区。像在地图上画出一道线，我决定以此为径，步入小镇。顺着铁路，很快找到一座重新修缮的车站。鲜花在月台边怒放，金黄色的波斯菊格外扎眼，欧式长椅整齐地摆放在洁净的大理石站台上，恍若西伯利

穿过这座隧道，金口河便与成昆铁路连接在了一起

亚铁路沿线那些无人值守的乘降所。但在这里，谁都明白这样的装饰不过是一桩摆设，这座小站事实上已经死了。当然，死的是它的铁路运输业务。

"您好，请问这条铁路是通往哪座工厂的？"我逮住一个骑摩托的中年男人，故意问道。

"灰厂！"他大声回答说。

"灰厂？"我有些不明所以。

"不是灰厂，是硅厂。"这次回话的，是他身旁一个背箩筐的彝族大妈。

他们应该没有撒谎，但这并非我所期待的答案。当然，你不能指望从一个生活在 2020 年的人嘴里，听到一个类似"814 厂专用线"这样的回答。在这条接近废弃的铁路上，所有蒸汽机车都把狂野的嘶吼声留在了昨天。814 厂已经成为历史的一部分了，就像曾经在这座站台上等候通勤列车的老 814 人那样，这条铁路不仅仅连接着家和厂区，还连接着他们的昨天和今天。

我感到一丝悲凉，同时又莫名庆幸。至少，我还站在一片鲜花盛开的地方。又至少，这样美丽又人稀罕至的地方，它没有生在大城市中。否则，我很难想象它被各种贪婪的生活方式类公众号榨干最后一滴血泪的样子。

沿着铁路继续往前走，穿过玉米地和家属区，你会看到原先 814 厂的一些厂区，如今已成为储备粮食的仓库。差不多就在这里，我瞥见两台不常见的厂矿专用型柴油机车，躲藏在墙里面。出于一种铁道迷的好奇，我绕到大门口，想试试看能不能进去。

一阵凌厉的狗吠声，惊醒了正在打瞌睡的年轻保安。他揉了揉眼睛，十分警觉地盯着我。

"不好意思，我看到里面有两个废弃的火车头，进去看看可以吗？"

"不行，保密单位。"他摇了摇头说。

"我就看两眼火车头，您可以跟着我。或者，我身份证可以押您这儿。"

他扫了一眼我的身份证，扶了扶头上的黑色方檐帽；"不行，保密单位。"

"那我微信转你 100 块钱可以吗？支付宝也行啊！"

他僵直的嘴角抽动了几下，露出一副难以置信的表情。接下来的剧情不难猜测，我又听到了那六个字。

"打扰您了，我从未见过像您这样尽职尽责的保安！"

丢下这句真诚的赞美，我转身就走。可是没过多久，我又因为一瓶可乐，被当地人嘲笑了一番。

那是在一间有零食和饮料售卖的棋牌室，我一走进去，十几个打麻将的男女老少，瞬间放下了手中的红中和二饼，继而，齐刷刷地将目光喵向我，好像中了邪一样，发出疯魔般的笑声。

"你好，可乐多少钱啊？"

"哈哈哈哈哈哈哈"，他们再次狂笑起来。过了许久，才有人对我说："我们以为你是日本鬼子呢！"

我只能耸耸肩，"罪魁祸首"是头上那顶有三面飘带的遮阳帽。显然，他们之所以嘲笑我，完全是基于抗日剧中的印象。当然，太平洋战争时期在各种大小岛屿上，日本兵确实也喜欢戴这种可以防蚊虫叮咬的特殊军帽。

铁路延伸着，穿过密林覆盖的保密厂区，渐渐裸露在大渡河的汹涌之中。每走一步，涛声都在耳畔回荡。必须小心翼翼盯着脚下，一旦跌落，必无生还的可能。

前方赫然出现了一座隧洞。洞口依稀站着几个男女，每个人身上都笼罩着一层白色雾气，如梦似幻。近前一看，他们在隧道口嬉闹着。其中两个家伙，似乎在搞对象。男孩抱着一个比他还高的女孩，在众人的起哄中亲了她的嘴。女孩打了男孩一拳，然后羞涩地低下了头。我琢磨了下，上一次看到男孩子在火车隧道里泡妞，还是在陈柏霖和范冰冰主演的电影《观音山》里。

我打开手机地图，发现这条隧道的另一端，刚好接上了成昆铁路。814厂的神秘物资，以及所有志愿来此的外地人，都要通过这条隧道进进出出。因此，这条黑暗幽长的隧道，实际上等同于一个隐秘世界的入口。当这个世界逐渐被外界熟知的时候，这条隧道也没了火车的灯光。不过还好，人们并没有完全忘了它。眼前的这群男男女女，还都是花季雨季的少年，一如当年他们的父母，也是在这样的一个年龄，义无反顾地来到这座不为世人公开的三线小镇贡献了他们的青春。然而，现代人早已不用花季雨季来称呼十六七岁的少年了，他们把90后的剩余价值榨干后，又给00后冠以"后浪"的称谓。还有谁会记得有部电视剧叫《十六岁的花季》？又有多少人可以哼一首《十七岁的雨季》呢？

待那些你推我搡的少年，如一阵风般消失不见后，我才切身体会到隧道口的层层雾气所带来的物理伤害。它们简直就是《圣斗士星矢》里的冰河打出的一记"钻石星辰拳"，让人无法招架。朝黑漆漆的深处稍微走两步，如同坠入冰窖。毫不夸张地说，你把这座小镇最强的一台空调拎出来，也比不过这座废弃的铁路隧道。它原本是工业文明的衍生物，却在火车这一主角悄然离席后，重返大自然的怀抱。不要责怪它们薄情寡义，身处大渡河24小时不间断的澎湃立体声中，任何生灵和死物，恐怕都难以抵挡这种结局。

隧道口突然走出来两个女孩：一个穿黑色裙裤，长发及肩；一个着白色T恤，刘海齐眉。若非白昼，差点以为撞上鬼。就她们穿着打扮而言，似乎又不像本地人。一问方知，俩人都是附近官村的。黑衣女孩在乐山一家代理营业执照的私企上班，负责销售，每天的工作就是帮客户跑政府机关。正好利用周末回家的机会，和闺蜜一起来这座废弃的隧道散散心。这到底是一个何等神奇的地方，既有鲜花盛开的废弃小站，又有可以谈恋爱和散心的铁路隧道。和千篇一律的大城市比起来，还是在这种大峡谷深处的秘境小镇中生活更有意思。城里的年轻人，甚至连打发一个周末的方式都惊人雷同：不是被残忍地丢进补习班，就是一边戴着耳机一边捧着手机刷抖音。至于桌上摆着薯片、饼干还是可乐，都已不再重要。

我给两个女孩拍了几张照片，和她们闲聊了一会儿，最后在铁路边分别。她俩继续有说有笑，追忆曾经的似水流年；而我留给这座小镇的好奇心，还有大片大片的空间等待填满。我一边观望，一边拍照，把当地人莫名其妙的"这有啥好拍的"统统拍了下来。在这样一个遍布惊喜的地方，我愿意不断降低阈值，心甘情愿地做一名傻子，只有傻子才会对万物保持好奇，对万物充满敬畏。

走在 814 厂家属区，吸引我的不再是"KFG"这样的山寨洋快餐店，那是小县城爱做的事。在这种略显肃杀的老式单位住宅区，残留的一切才更稀缺。即便已经消亡了，变成一幢徒有其表的废墟，也足够令人感怀，更何况，我还幸运地遇见一息尚存的活物——红华理发馆，就是一座具有鲜明时代特色的国营理发店。从我看见它的第一眼起，我就知道这是我要来的地方。我以为这样的地方，只有记忆中才会出现。

它的门敞开着，一眼就能看见当年很流行的一分为二式墙面：上半部分保留白墙，下半部分刷成了淡绿色。铁制的圆形转椅，总是和红白蓝三色螺旋转灯同时出现，成为 80 年代理发馆的一种象征。原本的白色涂装，在岁月的腐蚀下已经褪成半咖啡色，像一杯做坏了的拿铁。头顶上挂着巨大的吊扇，和曾经很流行的长条形日光灯棍，地板则是大理石的。

大姐正在拖地，看到有人贸然闯入，

▲ 原 814 厂家属楼

▲ 国营红华理发店，这旋转的椅子几十年未曾变过

⚠ 灯光球场

并未流露出任何惊讶的表情，继续埋头干活。她身披一件白大褂，还保留着当时国营理发店的派头。我拍了几张照，对她略带歉意地说了声对不起。"有点激动，我好像回到了童年。"我情不自禁地说。她抬头瞥了我一眼，表情木然。"像你们这种拿着相机进来的人，总是大惊小怪的。"她说。

我注意到一张白色的纸板，上面密密麻麻地贴着不少八九十年代时髦女孩的剪纸。难以想象，这些"时髦"的发型，在一个连"过时"这个词都有些"过时"的年代，仍旧高悬在墙上。同一片时空下，大城市的策展人打着各种复古怀旧之类旗号，让 70 后和 90 后一起挤在废弃工厂改造的美术馆里。当一件件曾经被他们嫌弃的老物件，以艺术品的名义陈列在精美的展示台时，前者热泪盈眶，后者疯狂打卡。这就是我们生活的世界。

在那个把理发店叫理发馆、旅店叫旅馆的年代，就连红华理发馆旁的篮球场，叫法也有讲究。你不能直接喊它篮球场，那是一种粗暴的行径，必须将其称呼为"灯

▲ 打篮球的孩子

光球场"。夜晚时分，灯光一亮，每个打球的少年，都仿佛笼罩上一层光环。尽管那个年代的人，从来没看过《灌篮高手》，不懂芝加哥公牛为何物，他们接触中国以外的篮球，永远是在广播电台里的宋世雄解说。如今这座灯光球场，四处长满青苔，观众区摇摇欲坠，贴满了危险区的警告标语。一个拄着拐杖的老人，盯着空荡荡的球场发呆，不晓得是否怀念起往昔的峥嵘岁月。两个 10 岁左右的男孩，在篮球架下进行攻防演练。一代人终将老去，但总有人正年轻。

但这座灯光球场再也不会亮起来了。夜幕降临，我眼睁睁地看着工人俱乐部的砖红色外壳，被一层浓郁的黑雾遮挡住了。灯光球场蜷缩在一旁，像一个迷失在黑夜中的孩子。也许只有赫拉巴尔(BohumilHrabal)①的《过于喧嚣的孤独》，能够一句话概括金口河的夜晚。在大渡河永无休止的涛声下，它从未体会过沉默带来的诗意。

我想起在废弃隧道遇到的两个女孩，她们此刻在做什么呢？是和家人一起聊天，还是和我一样在看爱奇艺自制综艺《乐队的夏天》第二季？还有那个像复读机一样的年轻保安，是否依然坐在那间孤独的传达室里，和凶恶的大狗一起严防死守我这样的"坏人"？也许，他还会在每天的工作报表上认真地写下：

"今天遇到了一个奇怪的男人，非要看一眼我们坏掉的火车头。"

---

① 博胡米尔·赫拉巴尔（1914—1997），捷克作家，作品有《底层的珍珠》《巴比代尔》《我曾侍候过英国国王》和《过于喧嚣的孤独》等，曾获得 1994 年诺贝尔文学奖提名及其他多个奖项。

差点被当成"间谍"抓起来

在金口河，入住的是金瑞酒店。"豪华江景房"将近 40 平米，一看就是永远不会出错的简约"北欧风"。地板和桌台，是万能的原木色，60 寸智能电视镶嵌在木质墙面中。三只蓝色天鹅绒的抱枕，躺在灰色的布艺沙发上。卫浴没有使用造价昂贵的大牌，但依然打造出沉稳干练的质感。最销魂的，还是那座视野极佳的全景玻璃窗。它不但将大渡河赤裸裸地呈现于我，还让对岸的 814 厂工人俱乐部和灯光球场无所遁形。

在金口河这样与世隔绝的三线时期小镇，还能找到一座可媲美星级酒店的住所，实在有些意外。而在它舒适柔软的大床上睡上一觉的代价，仅需两张毛爷爷。

也许没人知道，昨天办理入住时，我还紧张得像一个被通缉的逃犯。彼时，我并不确定自己的体温是否处于 37.3

▲ 废弃的化工厂

摄氏度之下。假如戴眼镜的前台姑娘坚持让我测体温的话，结果如何还真不好说。连日来的奔波，导致身体虚弱，加上吹空调受凉，从乐山去金口河的路上，便已出现发低烧的征兆。众所周知，当时疫情尚未结束，假如在这个节骨眼上发烧的话，酒店是绝对不允许我入住的。也许，他们还会打电话喊来一辆救护车，幸灾乐祸地看我被一群医护人员强烈要求去一个陌生的地方进行医学排查。那样的话，我的旅行也差不多黄了。

这就是为什么你在我的萨洛蒙登山包中找不到所谓的"旅行三宝"，但可以翻出一把"额温枪"的原因。自打疫情来临，它就一直乖乖地躲在最上层的口袋里。我对"旅行三宝"这样的鸡肋产品嗤之以鼻，但我离不开额温枪。但凡身体有些许不适，我总要忍不住举起它，对准脑门就是一枪。只要显示屏变绿，我就会感到平静。由此可见，我是带着一颗"必死之心"上路的。既然疫情迟迟不肯滚蛋，我们也只能慢慢地陪着它玩。预计的旅行时间长达一个月左右，但事实上，我早已做好了随时打道回府的准备。就像此时此刻，你永远无法预测迎接自己的命运是什么。你也永远无法预测，明天四川省是不是突然有了本土新增。又或者，那个倒霉的地方换成了上海。

不管你感到沮丧，还是难以接受，在当时我们以为今后恐怕很长一段时间以内，将一直延续这样的旅行状态。甚至悲观地认为不知道明天和下辈子哪一个先行到来。也许，及时行乐才是唯一的出路。就像达观的川渝人民那样，不管走到哪里，刮风还是下雨，只要地球一息尚存，麻将桌上的四个人，便永远不会缺席。对于经历了"5.12"汶川大地震及数百次余震考验的他们来说，生活上的酸甜苦辣，还轮不到区区一个新冠病毒来指手画脚。

出示完身份证和健康码后，戴眼镜的前台姑娘很快给了我房卡。也就是说，哪怕我的体温超过 37.3 摄氏度，也不至于沦落街头了。正在暗自庆幸，突然有人拍了拍我的肩膀。

猛一回头，是个穿黑色 T 恤的男人。他约莫 50 岁，慈眉善目的。

"老师，吃块西瓜吧。"他说。

"谢谢，你是这家酒店老板吗？"大概是过于紧张，额头上的汗珠，瞬间如泉涌。

"是啊，你来旅游的吗？"他笑着说。

"对，从乐山坐大巴过来的。"我说。

"可以去大峡谷转转。如果需要用车，请随时联系我，免费接送。"他从裤子口袋里掏出一张名片，递给了我。

这都是昨天的事了。他是一个好心人，但我不愿麻烦他。回到房间后，我用额温枪测了下体温，显示为 36 度多。不晓得是一场虚惊，还是这一番折腾使然。

今天我打算去金河镇。它在距离金口河城区大概 10 公里远的地方。从酒店楼下的汽车站搭乘一路公交车，用不了多久就能抵达金和大渡河大桥的桥头，我在

⚠ 只剩骨架

⚠ 废弃的化工厂里，仍留存着不少生命迹象

　　南侧桥头下车，刚好可以清楚地看见北侧桥头上空的成昆铁路，不时有韶山3型电力机车和韶山4型电力机车交替拉着货车隆隆驶来。还有两座规模不小的化工厂，以大渡河大桥为界线，各自盘踞在大渡河边。

　　我走到北侧桥头，发现还有一座小型冶炼厂。它的大门紧闭，烟囱也不冒烟了。显然，这是一座废弃工厂，而且似乎无人看管。我从门口的缝隙钻了进去，空旷的厂房里堆满了杂物，手推车和圆柱形管件散落四处，一块蓝色的重大危险源公示牌高高挂起，上面的文字营造出些许恐怖氛围：

　　"氯，剧毒不燃，危险品包装图标：GB190-90，黄绿色有刺激性气味的气体。泄漏应急处理：迅速撤离泄漏污染区至上风处，并立即进行隔离，喷雾状水稀释、

▲ 透过管桩看世界

溶解。如有可能，用管道将泄漏物导至还原剂（酸式硫磺钠或酸式碳酸钠）溶液等。"

　　我不知道这段话里提到的有毒气体，到底藏在什么地方，我只能粗暴地理解为：工厂废弃了，但它的尸骸一样具备杀伤力。总之，一切小心为妙。可是看到一群公鸡母鸡，大摇大摆地在 U 形管道下吃东西时，又觉得自己有点大惊小怪了。它们的主人应该就住在附近，工厂旁边的山坡上，就有一幢砖红色的居民楼。

　　走进办公楼，工会和支部委员会的牌子仍旧高挂在褪色的墙面上。地上的废纸七零八落，不乏一些文件。它们曾经不可抗拒，如今随着雨打风吹去，所有的威严都已扫地。一只黑蝴蝶趴在满是灰尘的玻璃窗上，给这幢死气沉沉的大楼增添了一丝生命迹象。

　　在这些人类消失后的建筑中，藤蔓植物是永远不会缺席的物种。至于它们是如何从不留一丝缝隙的窗外杀进来的，比玛雅文明的消逝还难以破解。长此以往，这些恐怖的绿草还将吞噬整幢办公楼，就像史云梅耶（Jan Svankmajer）①的电

①杨·史云梅耶是捷克当代著名定格动画大师，其动画的独特性体现在捕捉并传递物的"触感"。

影《贪吃树》（*Otesánek*）中会吃人的树根一样。相比之下，人类或许才是最为脆弱的物种。毕竟无论是鸡、蝴蝶和藤蔓植物，还有那些肉眼看不到的微生物，似乎并未受到什么氯气污染的影响，甚至在它们看来，这块不适宜人类居住的"废土"，并不亚于迪士尼乐园。

冶炼厂已被世人彻底抛弃，它旁边半死不活的"金光化工"，则保留了一位看门人。与其说这是一间传达室，不如称其居室更为合适。室内阴暗潮湿，杂乱无序，堆积着各种生活用品：落地扇、石英钟、铝制热水壶等。值得一提的是，21 英寸的老式长虹彩电上，还有一台亮灯的白色机顶盒。简易的板床上，铺盖什么的一应俱全。地上有一双解放鞋和若干只拖鞋。从色彩和尺码来判断，要么主人喜欢拾荒，要么此地并非只有一人居住。

然而这位神秘的看门人，却迟迟没有现身。对探访者来说，等于释放出一个"此地暂时无人看管"的信号，当然是件好事。但另一方面，探访废墟的最大乐趣，是一种"面对未知的恐惧"。你永远不知道你会撞见怎样奇怪的物体，你也不知道何时会被巡逻的保安生擒活捉，这种不确定性使每个探访者时刻处于一种精神高度紧张状态，仿佛置身于一场沉浸式的恐怖游戏之中。没有看门人，这场游戏的难度和乐趣也就大大降低了，如同观赏了一出事先剧透的推理电影。

金口河火车站距离这两座废弃工厂差不多 1.5 千米，目前仅有燕岗开往普雄的 5619 次列车，和反方向的 5620 次列车停靠。2014 年 3 月，我搭乘 5620 次列车，前往当时的终点站成都。途经金口河时，上来了一个西装革履的男人。他年长我几岁，讲一口流利的普通话，显然不是土生土长的本地人，而是当年扎堆来此的建设大军的后代。由于成昆铁路的绿皮慢车环境通常比较杂乱，他几乎不敢相信还能在这趟列车上看到游客。"你居然不怕？"他的眼神中有七分质疑和三分恐惧。我说这有啥好怕的，我还买了彝族大妈的鸡腿呢。他摇了摇头，露出一副难以置信的表情。他是一名水利工程师，就职单位很可能是大渡河上某座不对外国人开放的水电站。

我沿着双金公路，朝铜河村方向前行。刚走没几步，就看见一座已废弃的山洞车间。过去的秘密军工厂，都喜欢把车间隐藏在这样的山洞中。曾几何时，这里每一座山上的石头，每一条河里的水草，都是不能公开的秘密。可如今山洞的大门上，仍旧挂着一块"此处严禁洗车"的铁牌：假如你是一个废墟爱好者，随便爬一面山坡，都有可能误入一座长满荒草的废弃工厂。

行走在这种狭窄的山路上，不时有大型载重车辆呼啸而来。司机个个都是亡命天涯的莽汉，哪怕汽车距离你的肉身只有两个拳头，他们仍然会狠踩油门。车上要么装满了峨汉高速的管桩，要么全是附近化工厂的磷矿石。每一次擦肩而过，我都在想象它们掉下来将我压扁的画面。就这样步步惊心，花了老久才走到村口。我在一家挂着我国五位领导人画像的小卖部，买了一瓶冰镇的可口可乐。在蜀地行走多日，我已经像当地人一样喊可乐为"阔落"，把冰的叫"冻的"了。

我问那个一直埋头玩手游的年轻"小老板"，山上有没有什么视野开阔的地方，能看到大渡河和成昆铁路。他直勾勾地盯着我，显然这个问题对他来说太过复杂。"这上面有个大瓦山。"他想了一会儿说。我一听就乐了，大瓦山离这里几十公里呢，没车肯定到不了。这当然是个富有传奇色彩的地方，据说它的山顶像桌子一样平坦，应该就是我小时候在《十万个为什么》里看到的"桌山"。1903 年，英国植物学家威尔逊（E.Henry Wilson）发现了它，并在著作《一个博物学家在华西》（A naturalist in western China）中将其称为一座巨大的诺亚方舟。然而，我并不希望小老板告诉我这些能在搜索引擎中轻易找到的东西，我只希望他告诉我去哪儿才能找到一个没有名字但有风景的山坳坳……遗憾的是，他像大多数人一样，以为一个游客只会热衷于所谓的景点。

继续沿着盘山公路，去到下一个地势更高的村子。站在村头一座小型广场上，我总算又看到了大渡河。它仍旧滔滔不绝地翻滚着，像一杯煮沸的咖啡。下山之时，迎面撞上一群正在修路的工人。我看见一个穿蓝紫色衬衫的中年男人，坐在一块石头上，大口抽着烟。他一只手扶着旱烟袋，另一只连手套都没来得及摘下。我

△ 挂上了最新的标语的大渡河畔的工厂

△ 成昆小慢车沿着工厂驶了过来

△ 路上撞见的工人，他的土烟很有意思

们闲聊了一会儿，他是个彝族人，性格腼腆，普通话讲得也不太好。当我问他这样干一天能拿多少钱时，他露出一丝羞涩的微笑，并伸出了两个手指头。

我打算沿 245 国道走回金口河城区，因为一路都能看到成昆铁路的棚洞，还有大渡河相伴。才刚刚目送一趟货运列车离开，前方就出现一辆闪着警灯的警车。它停在我对面，两名年轻民警走了下来，招手示意我过去。

"请问有什么事吗？"我问他们。

"啊，你会讲中文啊？"两名民警异常惊讶。

"我为什么不会讲中文啊？"我感到很奇怪。

"我们以为你是外国人呢……身份证出示一下吧。"

"上海来的吗。"他们看了看身份证，又看了看我。

"是啊，所以你们拦住我，该不会只想看一眼我的身份证吧？"我说。

"是这样的，刚才我们接到群众举报，说看到有一个外国人。"其中一个解释说。

"是朝阳区群众举报的吗？"

"当然不是啦。"他们笑了。

"有没有其他外国人我不知道，但肯定不是我。"我一脸无奈地说。

我打开手机，再次确认了一下今天的日期：2020 年 7 月 26

▲ 大渡河、工厂和绿皮车

日。你看，历史的车轮早就跨入 21 世纪了，昨天那个生产核设施的
814 厂，已经更名为四川红华实业有限公司。然而，金口河地区还是
严禁任何一个外国人进入。

"不好意思，看来误会你了。你是来旅游吗，觉得我们这里怎样？"
他们笑着问我。

我赶紧借坡下驴，把金口河夸了个天花乱坠，还加油添醋说，自
己小时候也是在一个很像金口河的工业小镇长大的。如预料那般，民
警同志十分乐于听到这样的回答，离开之前，还特意送上一句旅途愉
快的祝福。

然而这一切都是真的，我已很难忘掉这一天的清晨：我在云雾缭
绕中睁开双眼，看它们像一条玉带那样扣在半山腰，锁住了那些红顶
的房子。就在这一瞬间，我像世代生活于此的彝族人那样，对这些巍
峨的群山产生了一种深深的敬畏感。我相信那些肉眼不能及的地方，
一定有仙人在云游。只有脚下的大渡河水，被日复一日的世俗生活磨
平了棱角，从远古时期的桀骜不驯，最终臣服于工业文明的滔天巨浪。
但无论你的视网膜如何聚焦，都无法阻止这座房子在飞速移动，仿佛
置身于一艘巨轮之上，却不知晓彼岸在何方。

成昆
铁路（一）

穿越大凉山的绿皮火车

"被闹钟惊醒时，耳畔那刺骨的凉意，比昏昏沉沉的睡意更加挥之不去。窗外的天空，一派繁星点点。只闻潺潺流水，却不见被黑暗包裹的普雄河。一辆昨晚预约好的"三蹦子"，已准点出现在预定地点的门口。

我们从对面的索玛宾馆走出来，去赶开往西昌的 5633 次列车。这显然是整个普雄镇硬件条件最好的旅店了，却仍旧没有配备空调。它坐落在大凉山地区一个海拔将近 2000 米的荒凉小县城中，距离火车站大约 2.5 千米。

慢车还是"蛮车"？

爬上一个坑坑洼洼的陡坡，普雄火车站便会出现在眼前。有不少彝族乡亲已经聚集于此，他们或抱团或三三两两，却鲜有落单者。包子铺的蒸笼里冒着热气，似乎打算和这座高原上的寒风较一较劲。

但这也是一个对拉杆箱极为不友好的陡坡，你绝不会优雅又从容地让拉杆箱的万向轮飞舞起来……地面上数之不尽的不明液体，在昏暗的路灯照耀下，像一颗颗泛着银光的地雷。所以不管箱子有多沉重，也不顾步履有多蹒跚，将它拎在手中才是权宜之计。

糟糕的卫生环境，仅仅是大凉山地区封闭与落后的一个切片，还远远不能概括这片土地的多舛命途。稍稍有些讽刺的是，在打着封闭和落后标签的大凉山地区，普雄却成为一个通向外部世界的入口，充满了仪式感。那条举世震惊的成昆铁路，像一架过山车似的立于大凉山的脊背之上，将这片贫瘠的土地，和远方的那个隐秘世界紧密联系在一起。

来往于普雄站的多趟列车之中，有一南一北两趟列车，格外与众不同。这两趟列车，均为最原始的绿皮火车，车厢型号是墨绿色涂装的 25B 客车。车上没有空调，车窗也不上锁，旅客可以随意开关。北上的那趟 5620 次列车，经越西和甘洛、汉源等地，沿着大渡河，穿越瑰奇险峻的大峡谷地带，最终抵达峨眉山脚下的燕岗。南下的 5633 次，将贯穿大凉山地区的冕宁和喜德县，经首府西昌直至钢铁之城攀枝花市。由于更接近老凉山的腹心地区，与沿途自然风光更艳丽的 5620 次列车相

▲ 5633 次列车众生相

▲ 大凉山绿皮火车的水牌

比，5633 次列车车厢内的人文风情更加浓郁。将 5633 次列车称之为"一幅行走中的彝族风情画卷"，并不为过。

然而，很长一段时间以来，大凉山地区的这些绿皮慢车，却在一定程度上被予以"污名化"。由于经济原因，从昭觉、布拖等偏远山区跋涉而来的彝族人，总是选择这些票价低廉的慢车。人类学家刘绍华在《我的凉山兄弟》里写道："普雄镇也因火车站附近诺苏（大凉山地区彝族人的自称）聚众而'恶名昭彰'。越西的汉人不太敢与大批诺苏青年同车搭乘，谑称那些慢车班次为'蛮车'。"

直到今天，仍有许多冒冒失失的外地旅人，在毫不知情的前提下走进这些慢车，迷失于各种魔幻现实主义一般的场景中。考虑到沿途村民比较特殊的生存状况，铁路部门破例默许一些超常规现象存在：比如可以携带超过行李尺寸规定的大宗货物，能够允许从鸡鸭鹅到猪羊狗的各种动物上车，甚至对一些在车厢内抽烟的老人也只能网开一面。而为了照顾个别"受惊过度"的外地旅客，工作人员也会对他们予以特殊照顾，允许他们前往列车员休息室——1 号车厢就座。

不过这些所谓的恶劣环境，在我和朋友看来，反而正是踏上这趟列车的目的。那些民族风情浓烈的彝族旅客，他们平时的生活是怎样的，他们脑海里又会思考些什么问题，这些都深深引发了我的好奇心。作为一个第三次登上大凉山绿皮火车的人来说，我只能尽可能地使用相机和笔，来记录眼前的一系列发生。至于到底能够看到什么，又能够收获什么，老实说一切未知。

在火车上牧羊

天边开始浮现出一丝暧昧的暗蓝色，普雄站的灯光仍旧无精打采。背着箩筐的乡亲们，操着我们听不懂的话语，健步如飞般冲向那列绿色的钢铁大青虫。自打 5633 次列车开始检票后，沉默便被无休止的喧嚣所打破。

我们在人群中穿行，以不再轻盈的步履。这时朋友突然没有征兆地大喊了起来，并且手指着列车最后一节车厢的方向。

如果在其他班次上，我肯定会怀疑自己出现了幻觉。但是当下，我确信这一切都是最真实的发生。眼前依稀出现了几只……不，是几十只山羊！它们在羊倌们的驱赶下，四处乱跑，并不断发出咩咩的叫声——只为能逃离被装上列车的宿命。

这正是 5633/5634 次列车的破天荒之处：它们不但拉人，还装牲口。小宗的诸如鸡鸭鹅，可以带上硬座车厢。至于羊这样大宗，并且数目繁多的家伙，却因此得以享受一项特殊优待：列车尾部设有一座专门置放牲口的车厢，成为它们在这趟火车旅行中既舒适又不扰人的落脚点。

我和朋友大步流星，朝着列尾方向飞奔而去。这样千载难逢的场景，是无论如何也不愿错过的。距离发车已经迫在眉睫，留给羊倌们的时间不多了。但这些调皮的羊儿们，它们或是逃到站台另一侧的铁道上，或是钻入车厢底部的转向架旁，就是死活不肯跳进车门。

此情此景，朋友已顾不上矜持，加入到了"赶羊"的人群之中。而同样施以援手的，除了三四个羊倌，甚至还包括了几个列车工作人员。我在一旁看得有些着急，却因为有几分"惧怕"这些头顶长角的山羊，陷入一种进退维谷的境况中。眼见羊倌们以麻利的身手抓起一只山羊，三步并作两步地冲到车门旁，而自己只能徒劳地阻挡这些羊儿别乱跑……

大概是早已看透了我的"出工不出力"，一名羊倌突然将他怀中抱着的一只白色小山羊递到了我的手上。这一出人意料的举动拯救了我，在将那只小羊抱进车厢的那一刻，原先害怕的会不会挨踢、干不干净之类的担忧烟消云散了。我终于完成了从"赶羊者"到"抱羊者"的蜕变，而这 80 多只大小不一的山羊，也从这一刻起明显加快了上车的节奏。

5633 次列车缓缓驶出了普雄站，它将沿着普雄河，在大凉山的桥梁和隧道间不断穿行着。晨曦点亮了大地，劳作的人们，开始星星点点地出现在农舍旁、田野间。我和朋友，正囿于一座被羊群包围的特殊车厢之中。

跟车的羊倌，是个四十岁上下的彝族男人，他要将这一车的"货物"，毫发无损地护送到冕宁县的买家手里。而自从这趟绿皮慢车开放"牲口车厢"以来，他几乎每周都要跑上一趟，无论刮风下雨，从未间断。

就在我们有一搭没一搭地闲聊时，脚上突然传来一阵阵刺痛，仿佛几十粒钢

⚠ 装满羊的车厢，一座移动的铁道动物园

珠不偏不倚地砸在鞋面上。低头一看，嗬，哪里有什么钢珠，分明是一堆羊屎球而已。如果不是那种剧烈的刺痛，恐怕谁也不敢想象区区几粒羊屎球，居然也能产生如此强大的"杀伤力"。

经此一折腾，人生又意外解锁了无数个"第一次"：第一次赶羊，第一次抱羊，第一次在火车上牧羊，也遭遇了第一次被羊屎球砸脚的狼狈……但这座牲口车厢带给我俩的震撼，却远远不止于此。到尔赛河车站时，车厢里已被此起彼伏的狗吠声、鸭叫声和咩咩声所淹没。不必去羡慕迪士尼创造的疯狂动物城，大凉山的绿皮火车上，也拥有一座不可思议的"铁道动物园"。

这是坐在时速 300 千米的高铁上为一份出差报表绞尽脑汁的人，做梦也难以预见的场景。

去喜德县"跳大神"的老人

待我和朋友拖着一身"羊骚味"来到硬座车厢之时，眼前出现的是一幅几乎与预期"分毫不差"的超现实场景：烟雾缭绕的视线，刺鼻的劣质白酒味，一地的果皮和土鸡蛋壳，打牌的吵吵闹闹声，以及比人还高的化肥袋、电缆线、土豆等堆积如山的货物。

我们一边在逼仄的过道上举步维艰，一边努力搜寻着那些"有故事的人"。显而易见，混迹在彝族父老乡亲之中的两个异乡客，实在太过于树大招风。我们以一种猎奇心打量着他们，他们更加回以千万倍的猎奇心，那是一种快要把眼珠子瞪出来的疯狂，仿佛站在身前的是两个性感女郎。几乎每一次的擦肩而过，都暗藏着一种难以描述的危机四伏。

列车在雄壮的乐武展线上不断转圈，又驶入了成昆铁路上最长的那座沙马拉达隧道。黑暗中，我们紧紧捂住身上的手机和相机，生怕它们在突然之间不翼而飞。直到光明再度洒入车厢，一名包着黑色头布的老人，才让我们的视线不再游离。

此人一袭青黑色传统服饰，身披一件被称为"查尔瓦"的羊毛斗篷，头布上还有一顶凸起的柱状装饰物，显得有些气度不凡。

破冰的利器，是他脖子上那个形如牛角般的挂饰。在我们小心翼翼地抛出一句形容它精致的话语后，老人脸上很快绽放出了微笑的皱纹。不过他那口彝语和四川话混搭的"团结话"委实难懂，我们好不容易才听到了那一声"40 多年"。

他无法用准确的言语描述出牛角挂饰的成分，从他 20 多岁开始，这个饰品便一直牢牢地挂在脖子上。

看到我们之间的对话如此艰涩，坐在老人对面的一个男孩，主动担当起了翻译角色。于是当我问起老人此行要前往何地、又去做些什么之时，男孩便用口齿清晰的普通话回答道："他说要去喜德，给人看病。"

至此，真相似乎可以大白了。都到看病的份上了，即便不是一位官方的从医人员，至少也该是一名赤脚医生吧？

答案偏偏没有那么简单。

老人突然变戏法一般，从随身的黑色挎包中取出了一只造型别致的手鼓，紧接着，又将一件绿色棉布包裹着的形如画卷般的物体，捧在手中。他一边念念有词，一边为我们展示这两件神神叨叨的"法器"。这一次，我们清楚地捕捉到了一个

▲ 看书的彝族老人

▲ 拿着苹果的彝族老太太

▲ 车厢一角

关键词——毕摩。

在彝族文化中，毕摩是诵经者，大祭司，既能通灵，又能驱鬼，还能占卜、治病，并掌握着彝族传统历史、文化、宗教等学识，是当仁不让的知识分子，也是彝族传统文化的继承和传播者。

此时此刻，一位传说中的彝族老毕摩，正端坐在我们面前。而那件绿色棉布包裹着的画卷，也正在徐徐铺展开来……我和朋友开始莫名其妙地一阵紧张，图穷匕见似的悬念和魅惑，即将在眼前揭晓。

原来这是一部纯手抄的，写满密密麻麻彝文的经书。老毕摩将它高举在手的一刹那，我们顿时产生了一种天书下凡般的错愕感。

老人告诉我们，这部祖传的"天书"，已在这个尘世间游历了 100 多年。它的纸张虽然已经泛黄，但经书上的神谕却将恒久流传。若非时间有限，我们真想打破原本设定的行程，跟随老人前往喜德县的某个村落，看看他是如何诵经、驱鬼的。与中国北方一些少数民族的萨满巫师被予以禁止相比，"十年浩劫"之后的大凉山毕摩文化，却在当地政府的默许之下，逐渐又恢复了古彝族时期的传统。我们无法用理性的观点去评判它的是与非，但至少在这片处于传统和现代夹缝中的土地上，它存在并且还将继续存在下去。

蒙面女侠，彝海后人

当我把那个困惑许久的问题丢给充当翻译的彝族小男孩时，他露出了一丝神秘的微笑，并以斩钉截铁般的速度作出了强势回答："相比中文，彝文更加难学！"

这多少让我觉得有些意外。毕竟，对于这个小男孩来说，彝文是他的母语。按照通常的逻辑，他们学习中文的困难程度，即便拿去和外国人比，也应该有过之而无不及。

小男孩面对母语时的怵头，折射出一种大凉山地区彝族人民的普遍困顿。很长一段时间内，彝文只能通过毕摩的世代相传，才得以保留下来。这种小众范围的传播，无形中给这门语言竖起了一道难以逾越的门槛，也使其更加神秘和故步自封。尽管官方早已规范并推行了全新的彝文教育，但就目前的现状来看，凉山地区的彝文普及仍旧任重道远。

列车驶入冕宁车站，这是小男孩和"牲口车厢"里的羊倌各自旅程的终点。与赶羊上车时的艰难相比，这群调皮捣蛋的山羊，似乎早已厌倦了车厢内拥挤的环境，它们纷纷以一种心花怒放的姿态，接二连三蹦跶到站台上。

冕宁，是 5633 次列车途经的一座"大站"。每一个日升日落，这座车站都要注视着南来北往的十几对快车，头也不回地匆匆驶过。可对于那些苦苦守候着 5633 和 5634 次列车的当地村民来说，车站却连接着一条从他们故乡到远方的"生命之路"。羊倌来此贩羊，小男孩也许回家或探亲，车厢里少了很多人，车厢里又多了很多人……他们总是这般，来了又去。

1935 年 5 月，中国工农红军进入四川，抵达冕宁的彝海乡。为了顺利通过拥

⚠ 扛着土豆的男人，这趟列车由于常年运输土豆，又被当地人戏称为"土豆车"

有武装的彝族区，刘伯承同志说服了当地一支部落首领果基小叶丹，两人歃血为盟，结为兄弟。红军得以安然无恙地穿越大凉山，为之后的强渡大渡河打下了坚实基础。

尽管这一历史上赫赫有名的"彝海结盟"，它的发生地和成昆铁路相距甚远，但在这趟行驶在大凉山腹地的绿皮火车上，我们却意外邂逅了一位如假包换的彝海后人。

早在普雄站候车时，我们便注意到了一位神秘的"蒙面女侠"：她头戴一顶有红缨的斗笠，整个头部和上半身，被一块天蓝色的大花布包裹了起来。里面披着深蓝色的"查尔瓦"和一条紫色的长裙。在熙熙攘攘的候车室，她始终安静地坐在冰冷的铝合金座椅上，一言不发。

中国有一支颇具传奇色彩的地下乐队——Zuriaake。他们演出时总是头戴斗笠，并且用黑纱遮面，营造出一种既诡异又暗黑的神秘氛围。从看到这位女侠的第一眼起，Zuriaake 的身影便在脑海里挥之不去。但不管怎么假设，恐怕也不会有人相信这是一出 cosplay 游戏。事后把她的照片 po 在朋友圈，让大家猜测她的身份，答案如料想的那般五花八门。更有甚者，还以为我们经历了一场惊悚的"赶尸"仪式。

为了破解心中的谜团，我们只能又一次开启了车厢内的大冒险。当然，我们事先并不确定，她是否还在这趟列车上。幸运的是，经过了各种高难度的闪躲腾挪，在酒气熏天的乘客和各种 Hello（显然他将我们误认为外国友人）的招呼声中，我们总算在人群之中发现了那顶宛若明代士兵头盔般的斗笠。

坐在"女侠"身边的，是她的哥哥、姐姐和两个最好的闺蜜，几乎举家般地倾巢而出，昭示着那硕果仅存的一种可能性：远方有一位身骑白马的"将军"，正望穿秋水般等待着这趟绿皮火车，和他心爱的女侠姑娘。

这位令人过目难忘的彝族新娘，将在大凉山地区的州府——西昌火车站，结束这趟意义非凡的火车旅行，走上婚礼的殿堂。征得她的家人同意后，我们得以和新娘进行了一番交流。

我们从赞美她的服饰开始，此举让新娘的姐姐十分骄傲。这位看上去饱经沧桑的女子告诉我们，新娘的那件深色镶边上衣，是她一针一线手工缝制出来的，需要一万多块钱的成本。而她耳朵上那对精美坠饰，据说是托人从青海购买的，价值两万元人民币。

▲ 运土豆的列车

姐姐这番有意无意地夸耀，不留心将这位新娘的殷实家底暴露了出来。我们也趁热打铁，追问了一些感兴趣的话题。好在不管是新娘的哥哥，还是两个闺蜜，他们都十分热情友善，普通话水平也明显高于车上的其他彝族乡亲。

"不好意思，按照传统习俗，我不能多讲话。你们要是有空，欢迎来喝喜酒。"一个柔美的声音，来自于那层厚厚的面纱之下。

我们受宠若惊，却只能婉言谢绝。在西昌短暂停留之后，我们必须踏上回程的 5634 次列车，重返那个叫作普雄的荒凉小镇。

彝族是一个十分看重血统和宗族观念的民族。凉山诺苏人将以父系为中心，血缘为纽带结合成的家族集团，称之为"家支"。中华人民共和国成立以前，凉山家支可分为代表贵族的黑彝家支和代表平民的白彝家支。黑彝和一部分富有的白彝，甚至还可以拥有"娃子"（即奴隶）。我们从彝族新娘及家人的不俗谈吐上，猜到了他们可能出自某个地位显赫的家支，但当新娘的哥哥称呼"小叶丹"为爷爷时，我们还是被震惊到了。

这位神秘的蒙面女侠，居然是与刘伯承司令彝海结盟的果基小叶丹孙女。

因为曾经的毒品泛滥，凉山地区一度成为让世人恐惧的不毛之地。从凉山走出来的那些诺苏人，也仿佛自带一种被诅咒的"原罪"。甚至在我们昨晚住宿的索玛宾馆对面，也不时有红蓝顶灯闪烁的警车，突如其来地出现在戒毒所的门口。这是一场没有硝烟的战争。坐在我们对面的那位彝族新娘，正是那些默默无闻地维护治安的民警之一。

而她的那位身骑白马的将军，是西昌机务段的一名火车司机。遗憾的是，他此刻并没有坐在这趟本务韶山 3 机车的驾驶室里。

彝族的女列车长，为这位新娘送上了一份特殊的惊喜：她领着几个彝族列车员，为她献唱了一首祝福的歌曲，将车厢内的气氛推至最高潮。朋友见状，也不甘寂寞，主动提出奉上一首汉语歌曲。于是我只能用五音不全的嗓音，跟着他一起哼哼了起来。

"一定是特别的缘分，才可以一路走来变成了一家人。他多爱你几分，你多还他几分，找幸福的可能。"

如果在那一刻，我事先知道这位今天嫁人的果基姑娘，和她门当户对的火车司机老公，连一句话都没有说过，连一面也没有见过的话，我不知道还能不能情深款款地唱下去。

这是 21 世纪女性主义觉醒的时刻，然而在这个古老和现代交替并行的复杂角落里，仍旧存在着一种叫作"包办婚姻"的习俗。

分别

5633 次列车，已稳稳当当地停靠在西昌火车站的一号站台旁。那个被雇来背新娘的人，身手麻利，我们几乎一路小跑，才勉强没有把他们跟丢。

按照彝族传统，新娘全程不能"落地"。即便需要休息，她也只能站或坐在一件衣服之类的物品上。经过先前各种离奇的熏陶，这种微不足道的小花絮，已经不能引发我们的大惊小怪了。

新娘的哥哥，仍没有放弃邀请我们出席婚礼的想法，声称又会有很多让人"大开眼界"的事情发生。当然，我们又一次委婉而坚定地拒绝了它。一来，朋友的确时间有限，三天的假期像一座不断塌缩的牢笼，已经悄然逝去了六分之一的时光；二来，我们很尿，我们真的很尿。我们担心在彝族朋友热情洋溢地劝酒下，以大摇大摆的荣光走进去，又以不省人事的狼狈被抬出来。

正午时分的西昌城，一片艳阳。我们最后一次目送新娘钻进了真正的婚车，一辆黑色奥迪轿车，渐渐消失在视线之中。烦恼总是接踵而至，距离下午 5634 次列车进站的时间已经不多了，我们必须要在坨坨肉和鱼香肉丝之间作出选择。

"你觉得她会幸福吗？"朋友突然一脸严肃地问我。

"我不知道。"我说，"这是我第三次来大凉山了，但我永远无法理解它。"

成昆
铁路（二）

Chengkun
Tielu

从峨边到攀枝花

前往峨边

　　我是从一个叫金口河的地方前往峨边的。在这座距离大渡河不到 50 米的汽车站，我搭上了一辆东风中巴车。车上挤满了和平乡的彝族人，他们操着我听不懂的语言，大声说笑着。一个男人把一张 100 元现金递给我前面的老太时，叽里咕噜地讲了一大堆，由于太过激动，口水都滋到了我手背上。原本无伤大雅，但在防范新冠病毒传播的日子里，这一突如其来的飞沫攻击，不亚于扔来一颗手雷。电光石火一刻，身体作出了最诚实的反应：那只受惊的右手，触电一样抽了回来；而左手，也下意识地从随身包里翻出了免洗消毒液。

　　当然无理由怪罪这位说话喷沫的大哥，更何况坐我前面的那位老太，几乎吸引了我全部的注意力。她身披一件紫色衬衫，上面点缀着一圈圈蓝色小花，具有鲜明的彝族美学特色，非常惹眼。乌黑的麻花辫盘成髻，包有一块别致的黑色头布，雪花状的饰物别在后面，这样的打扮在小凉山之外可

▲ 彝族老太太精美的头饰和衣服上的纹路

▲ 写着彝文的纪念碑

万万见不着。我一边打量着她，一边任屁股不断和塑料座椅发生着剧烈摩擦。窗外，大渡河在颠簸，那是中巴在 306 省道上飞一般狂奔的证明。扬起的尘土弥漫在村庄上空，坠入岸边，和裹挟而来的泥沙纠缠在一起。成昆铁路旁的冶炼厂里炉火熊熊，它们冒出的黑烟，还不足以驱散萦绕在壁立千仞的大峡谷高处的白色雾气。

开往西昌的特快

峨边火车站位于大渡河畔，我从这里搭上 T8869 次特快列车，前往凉山彝族自治州的州府西昌。在售票厅，我看见两个打扮入时的女孩，站在取票机前用彝语小声嘀咕着什么。

"你晓得咋个取票不？"其中一个戴眼镜的女孩，突然用四川话向我发问了。

"如果你需要纸质车票，就点击取报销凭证；如果不需要就直接刷卡进站，也可以打印一张购票信息单。"我说。

"谢谢。很久没坐火车了，都不知道怎么操作了。"听到我不讲四川话，她马上切换成一口标准的普通话。

"啊，这也没办法，前不久中国铁路开始实行电子客票，纸质车票其实已经不存在了。"

我们笑着别过，直到 T8869 次列车驶入站台。找到 14 车厢的座位号，刚刚卸下行李，就看到她们二人坐在我对面。这般短暂的一次别离，就像一首俏皮的钢琴曲，漫长的旅途总是需要一些事先未彩排的伴奏。

戴眼镜的女孩叫阿尔金西，她和闺蜜来峨边找朋友玩，待了整整四天。当我问她峨边好不好玩时，她却眉头一皱，说每天都被朋友拉去各种地方吃喝玩乐，根本没时间去领略自然风光。

"那这么说，你们应该没去黑竹沟看看？"

"黑猪……沟？这是哪里，有很多黑猪吗？"她一脸疑惑。

"好吧，看来你真没了解过。在我看来，黑竹沟算是峨边最有意思的景点了。它是一片神秘的原始森林，有没有黑猪不知道，但有数之不尽的奇珍异草和飞禽走兽。"

"那没去岂不是太可惜了？"阿尔金西叹道。

"等你听我说完，可能就不这样想了。黑竹沟还有一些令人毛骨悚然的恐怖传说，一直有人在里面神秘失踪或死亡，因此它又被称为'中国的百慕大'。而且，虽然黑竹沟很早就开辟出成熟的景区，游客可以享受温泉和度假酒店，但总有些不安分的人会想方设法潜入到景区以外的地方……"

"听上去是有点瘆人。"

"2014 年 8 月，3 名驴友在黑竹沟失踪了。我当时一直关注这事，你知道最可怕的是什么吗？"

"是什么？"阿尔金西显然已被吊足了胃口。

"最可怕的是，经过五十多天的搜救，人们最终找到了两具尸体，另外一人至今下落不明。"

"太可怕了。"阿尔金西摇了摇头，陷入一段沉默中。车窗外，光明与黑暗在反复搏杀。列车从一座山洞里钻出来，还没喘口气，便又消失在另一座山洞中。如此折腾个几十回合，却始终走不出这幽深的大渡河峡谷。这段路程是修建成昆铁路时最难攻克的"筑路禁区"，几乎每一块碎石上都流淌着铁道兵的血汗，和前来视察的领导们控制不住的眼泪。而在这连绵不绝的大峡谷背后，更有无数像黑竹沟这样神秘的无人区，躲藏在一个个更加与世隔绝的地方。

列车穿越大峡谷时，假如你稍稍一抬头，也许会看见这些光秃秃的玄武岩峭壁上挂满了密密麻麻的山体滑坡防护网。它不仅仅是成昆铁路，也是全车乘客和工作人员的守护神。每年夏季汛期来临时，这条铁路总要饱受泥石流和山体滑坡的困扰。2019 年 8 月，一场暴雨使甘洛境内凉红至埃岱站之间数万方高位岩体崩塌，成昆铁路不得不停运三个多月。这对于铁路沿线人民的出行来说，不亚于灭顶之灾。而甘洛，正是阿尔金西的家乡。

"你坐火车回甘洛，那你来的时候，不知道电子客票吗？"我问阿尔金西。

▲ 驶入峨边站的 T8899 次特快列车

　　"我坐汽车来的。"阿尔金西说，"本来也打算坐汽车回去，不过买票的时候听说公路塌方了，所以改了火车。"

　　公路坏了，还有铁路；铁路坏了，那就啥也没了。这就是凉山地区的交通现状，人类已经发明出载人飞船和无人驾驶汽车，但面对极端自然灾害人们在凶悍的大自然面前仍是举步维艰。

　　好在至少这一刻，阿尔金西尚能端坐在还算舒适的 T8869 次特快列车上，我的火车旅行也能继续。而脚下这条成昆铁路，也刚刚度过了它的 50 周岁生日。在高铁全面统治这个国度的今天，凉山人民仍将很长一段时间内受益于这条伟大的山岳铁路。

我给阿尔金西讲了在金口河被当作外国人，差点被民警带走协助调查的故事，把她逗得哈哈大笑。得知我要去西昌，她特意关照我多擦点防晒霜，说那里热得很。我们就这样有一搭没一搭地闲聊着，直到她从甘洛站下车。临别之际，我才知道她是一位刚刚大学毕业的语文老师，正在甘洛一所中学代课。这也解释了为什么她能讲一口流利的普通话。

深入大凉山腹地

阿尔金西下车之后，乘客减员了一大半，到了普雄，呼啦一下全空了。很多人索性脱下鞋子，往三人座椅上一躺。

然而普雄站到底是普雄站，它永远不会缺少乘客。那些躺下来的人，只能遗憾地痛失刚刚抢来的地盘。几乎一转眼间，普雄站的乘客就把车厢再次填满了。

2017年12月，为拍摄纪录片《乘着绿皮车去旅行》，我们一行从普雄搭上了开往攀枝花的5633次列车。这趟车是成都铁路局下设的公益慢火车，使用未装空调的25B型客车，也就是传统意义上的"绿皮火车"。因为全程不过二十来块钱，加上几乎所有小站都要停车，便于村民出行，所以深受越西、喜德一带的彝族同胞欢迎。

如果你把一个久居大城市的人丢到这趟列车上，他会惊奇地发现他自以为是的想象力，竟会如此贫瘠。那是他们永远无法构筑的一幅超现实画面：堆积如山的电缆线，座位下打鸣的雄鸡，身披查尔瓦头顶天菩萨的男人，甚至还会出现司掌彝族宗教活动的毕摩或苏尼。当绿皮火车遇上大凉山，所有司空见惯的秩序都被颠覆了。

成都铁路局不仅默许乘客携带各种"超规格"的货物上车，还默许沿线村民在火车上自由兜售一些商品。其中包括但不限于麻辣鸡腿、鸭腿、酸辣粉、盒饭、水果、蔬菜和各种手工艺品。这些小商贩一边叫卖，一边在各节车厢里游荡。不过个把钟头之后，他们就会消失不见。你可能猜到他们从一个不知名小站下了车，但你可能猜不到他们很快又上了一列火车。由于旅客列车大多采用对开的方式，这些村民从A站搭上5633次列车，经过一路叫卖，抵达B站；没过多久，他们又会从B站搭上反方向的5634次列车，经过一路叫卖，回到A站。这便是一名成昆铁路沿线的火车小贩，一天之内的所有工作安排。

"各位亲爱的旅客朋友们，大家先醒一醒，我来送枣子给你们吃啦！"一位身穿铁路工作人员制服的小贩，将我的思绪从5633次列车拉回到

T8869 次列车上。到底，这还是目前成昆铁路上最快也相对最"豪华"的一趟旅客列车，没有"官方授权"，一个普通乘客是万万没有资格站在车厢叫卖的。

这位小贩白白的，矮矮的，讲一口奇怪的普通话。说白了，就是拐弯，但死活听不出往哪儿拐。既不朝西南官话的方向拐，也嗅不到东北大碴子味，更没有吴侬软语的嗲，令人想起传说中的一种动物——四不像。然而，他跑偏的口音却并不能掩盖一嘴的伶牙俐齿，简直就是小时候我妈教育我的典范——"你要学会见人说人话"。听听他是怎样卖枣子的吧：对抽烟的中年男人，他说吃了口腔清新；对爱打扮的年轻女孩，他说吃了美颜润肤；对头发花白的彝族老太太，他说趁现在牙口好多享点清福；对调皮的小孩，他说这枣像糖一样但比糖好吃……

就这样，10 元两包的枣子，在他带货惊人的推销面前，很快便卖光了。有人问枣子是哪里出的，他说是"荷兰"的，还说北方枣子比南方好。刚要惊讶一番成都铁路局竟然开始卖进口货了，突然意识到此"荷兰"乃彼"河南"。不过，这也基本暴露了他南方人的身份。最后他索性不打自招，说自己是湖南长沙人，刚刚在成都买了房子。

此时列车正沿着牛日河，驶入喜德县境内。喜德县与老凉山州府昭觉县紧挨在一起，因此这段铁路实际就铺设在大凉山腹心地带的边缘。为征服喜德县境内众多的山地和丘陵，成昆铁路先后在乐武乡、沙马拉达乡和两河口乡修建了三条展线，以方便列车在崇山峻岭中不断攀升。之前有位朋友体验成昆铁路时，曾好奇地对我说，她在火车上看到山脚下有一条铁路，过了一会儿发现自己的火车也开在这条铁路上。"你已经在不知不觉中领略了铁路展线的精髓。"我对她说。

过去人们修筑铁路时，为节约成本，往往会主动把线路展长，通过螺旋形、灯泡形或马蹄形盘山铁路的方式，使火车顺利越过山丘。算上喜德县境内的这三条，成昆铁路共有七条气势恢宏的展线，这在世界铁路领域都实属罕见。这七大展线的存在，不仅仅让穿行在成昆铁路上的列车成为举世瞩目的"过山车"，也使得这条铁路当之无愧地跻身为世界著名景观铁路。

1986 年，保罗·索鲁（Paul Theroux）[1]第二次来到中国。在峨眉开往昆明的列车上，他被成昆铁路的展线深深倾倒，并称这条铁路是"中国最美的火车线路之一"："铁路无法直接通过大雪山山脉，因此需要绕道而行，穿过山的侧翼，爬到稍高一点的地方盘旋一圈，再沿原来的方向继续前行。此时低头往下看，会发现隧道入口已经在你脚下，你这才意识到列车并没有前进，只是上升了一些。

①美国当代著名旅行文学作家、小说家，在全球各地游历五十余年，除了南极洲，处处都有他的足迹。他最常采用的交通方式就是火车。作品以敏锐的洞察与犀利的笔锋著称，代表作《滨海王国》《老巴塔哥尼亚快车：从北美到南美的火车之旅》《大铁路集市》《暗星萨伐旅》《旅行上瘾者》等。

△ 另一种视角看成昆铁路

接着，火车进入另一个山谷，再次朝下方的河流驶去。"[1]

　　从地图上看，乐武展线就像一副眼镜，列车要像眼镜布一样沿着边缘擦出它的轮廓。而一过红峰车站，列车又会被一座深不见底的黑洞吞噬，这是沙马拉达隧道。

　　沙马拉达隧道位于红峰站和沙马拉达站之间，全长 6379 米，为当时（1966年贯通）中国最长的一座铁路隧道。有趣的是，黑漆漆的沙马拉达隧道中，还藏着另一个不为人知的小秘密：位于隧道中部最高处的变坡点，海拔 2244 米，是成昆铁路全线海拔最高的地方。

　　我在沙马拉达隧道里，打了一个盹儿，醒来时，听到隔壁座位有人在聊各种热点新闻。循声望去，是两个中年男人。在这个人人都能通过手机获取互联网资讯的时代，一条消息能够几秒钟之内传遍这个星球的大街小巷，不管它是真消息，还是假消息。只要能够博取眼球，或者挑起大众的情绪，没有人能在这个信息爆

②保罗·索鲁著，陈媛媛译：《在中国大地上：搭火车旅行记》，北京：九州出版社，2020 年。

炸的时代独善其身。说老实话，当有焦点事件发生时，我已经在包括汽车、火车在内的无数交通工具上听到人们谈论了。为什么都是些交通工具呢？因为这是我滞留过为数不多的人员密集场所。当一个 5 岁孩子和一个 70 岁老翁都津津乐道于此事时，我并不认为这一现象合乎情理。

关于沙马拉达隧道，还有一个微不足道的小故事。仍然是 2017 年 12 月的火车旅行，我在 5633 次列车上翻看《成昆铁路》画册时，坐我对面的一位彝族大妈，突然激动地指着我画册上的沙马拉达隧道，说了一堆彝语。其中只有四个字我听懂了，那就是"沙马拉达"。当然，这四个字原本就是根据彝语发音汉化的。这位大妈勉强能讲几句汉语，是那种夹杂着彝语的四川方言，这种语言被戏称为象征民族一家的"团结话"，我只听懂了个大概。之所以她能瞬间认出"沙马拉达隧道"，是因为她的父亲曾经作为民兵，参与过这条隧道的建设。老人目前 76 岁，身体健康，他们一家都搬去了喜德县城生活。

已经忘了这趟列车是否采用汉彝双语报站呢，不过每每抵达喜德、冕宁这样人流密集的"大站"时，列车员都会紧张地冲进车厢，大声吆喝好几遍 XX 站到了，试图叫醒那些睡觉的乘客，生怕他们坐过站，态度还是没的说。驶入漫水湾车站前，你能看见安宁河西侧有一条铁路专用线，与成昆铁路分道扬镳。在这条专用线的尽头，巨大的火箭发射塔直冲云天。没错，这就是著名的西昌卫星发射中心了。

T8869 次列车当然不会偏航。经过六个多小时的跋涉，这趟穿越大凉山的火车之旅上半程，将在"中国的休斯顿"、凉山彝族自治州的州府——西昌，画上句点。

重逢5633次列车

这是一次没有中场休息的旅程。翌日 11 点 56 分，下半程由西昌站开始。这回故意挑了一趟慢车，你猜对了，前文中数次提到的 5633 次绿皮车，正像老朋友一样等着我。

时过境迁，如今的这趟列车，在这条成昆铁路可是赫赫有名，无数媒体和旅行者都把目光对准了它，就连彝族女列

▲ 沿途路过的安宁河风电场

▲ 西昌的街景

车长阿西阿呷，也曾以劳模的身份受邀观礼 2019 年的天安门阅兵仪式。然而，对摄影爱好者来说，情况却并没有朝一个更美好的方向发展。

首先，车上的彝族乘客，早已不是任拍。你只要举起相机，他们多半会朝你摆摆手，提醒你不要拍摄。显然，他们面对镜头的恐惧加深了，不但充满抵触情绪，也时刻提高着警惕，防备长枪短炮的"偷袭"。这完全可以理解，摄影师应该牢记尊重被摄对象的第一原则。但列车员就有些"操心过头"了，他们就像一群监考老师，而你的相机就是作弊器，一旦被发现，轻者劝告、重者呵斥。所以我拍照得偷偷摸摸的，你说憋屈不憋屈。

好在，我所在车厢的女列车员，她处理问题的方式还是相当温柔的。很不幸，一拿出相机我就被她盯上了。看到我在车厢里东拍西逛，她用标准的普通话说了一句："帅哥，最好不要拍哦。"这竟然让我有点恼火，难道我脸上写着"我是一名游客"吗？

"我就是太无聊了，这车在西昌南站停得实在太久了。"我对她说。

"无聊就玩玩手机嘛！"她笑着说。

"手机没电了。"我撒了一个谎。

"我可以借你充电宝。"她说。

"这倒不必了，我正在用充电宝给手机充电呢。不是说充电的时候最好不要玩手机吗？"

差一点，我就露馅了。不过就算露馅，她也不可能吃了我。但事实不容辩驳，既然这位女列车员态度如此和蔼，我也没必要去为难她。

下半程目的地是攀枝花站，也是 5633 次列车的终点站。攀枝花是四川省第三大城市，它在 70 年代以前，还只是一座长满荒草的大山包。因为钒钛磁铁矿的储量惊人，毛泽东主席把攀枝花开发建设提到了关系国家民族存亡的战略高度，并留下一句口号："攀枝花建不成，我睡不着觉。"可在这荒山野岭的，光有工厂还不行啊，于是成昆铁路提上了日程。在那个坚信人定胜天的疯狂岁月里，"攀枝花出铁，成昆铁路通车"成为无数三线建设者毕生的梦想。

成昆铁路全长 1096 公里。从成都南下西昌，差不多 560 千米。因此从西昌站往南，列车其实已经进入南成昆区域。火车越往南跑，大凉山就越来越远。它憋着一口气，从群山的束缚中挣脱出来，让这些长满绿树的高山，化身为一堆只有绿色轮廓的线条。就在这一刻，一个黑黝黝的孩子正扒着车窗，全神贯注地盯着一座座白色的大型风力发电机。它们铺天盖地地立于原野之上，为这片宁静的大地源源不断地注入能量。

凉山苍穹下，碧空如洗。列车正驶入安宁河谷，中国首个山谷风电场——四川德昌安宁河峡谷风电场，早已列好方阵迎接乘客的检阅。当然要把车窗开到最高处，这样才不辜负那取之不尽的风力资源。更何况，在所有快速移动的交通工

▲ 车上的彝族乘客

▲ 5633 次列车的乘客

▲ 5633 次列车的乘客

具中，唯有绿皮火车能够长时间大开车窗，而不必担心安全问题。当风不顾一切地灌进来，绿皮火车也变成了一座风力发电机。美好就像凉山的苦荞，唾手可得，夏天就这样奇迹般地重现了。

先前凝视窗外的小孩，不知从哪搞来一碗热气腾腾的泡面，大声吮吸着，面目有些狰狞，鼻孔里甚至还残留着块状的疙瘩。在他对面，一个年轻女孩正对镜梳妆。车厢晃晃悠悠，她手忙脚乱，只要那台韶山 3 型电力火车头一记急刹车，她就把眼线画歪。这时你会听到一声苦涩的轻叹，伴随她偷偷环顾四周的无奈眼神。坐我身旁的彝族大姐，每到一个鸟不拉屎的车站就问我到哪了。最后把我问烦了，反问她哪里下车？她说攀枝花。我说攀枝花是最后一个车站，你不要着急。她还有些不放心，问我攀枝花几点到。我说五点半，假如不晚点的话。她若有所思地"哦"了一声，从此沉默不语。

我有时也会站起来随便走走。从车厢这头，到车厢那头；从这节车厢，到另一节车厢。在隔壁车厢，一个彝族男孩把扑克牌当成飞镖，放在手心中，用力一弹，扑克牌嗖地一下飞出窗外。没弹个几张，就被一个不知是外婆还是奶奶的老太太发现了，先是一巴掌拍在后脑勺上，接着噼里啪啦一顿臭骂。我在他对面坐了下来，指了指他衣服上的 Post Punk。

"嗨，你知道这几个英文什么意思吗？"我问他。

他看了我一眼，摇了摇头。

"后朋克，是一种音乐风格，你想不想听听？"

他眼神中流露出一丝惊讶,不过犹豫了片刻,还是同意了。

我把耳机递给他,从网易云音乐里找到 Joy Division 的《*Love will tear us apart*》,按下了播放键。

一分钟不到,他就把耳机摘了下来,说太吵了。碰了一鼻子灰的我,只好离开。这时列车摇摇晃晃中驶入了一座小站,我看了一眼窗外的白色站牌,上面写着"永郎"二字。永郎站位于四川省凉山彝族自治州德昌县永郎镇,是一座四等车站,同时,它也是凉山彝族自治州的南大门。列车一出永郎,便进入攀枝花市米易县境内。这就意味着,我已搭乘火车穿越了大凉山。

窗外光线醉人,安宁河还是安宁河,风却从南高原吹来。不起眼的站牌上,彝文仍旧活灵活现。凉山已逝,彝情犹在。我看见一个中年女人,躺在男人的腿上沉睡,岁月收割了她脸上的皱纹,表情却安详又幸福。快到攀枝花时,女人醒来,站在座椅上,没由来地哼起山歌。男人笑着,和她站在一起,勾肩搭背,放声歌唱。透过树荫,南高原的光一束束地打在二人身上,似油画一般不真实,笑声又如孩童般清澈。没人会责备这两个"没素质"的大小孩,归乡的愁绪塞满了车厢。在这宁静的喘息中,我仿佛听到了彝族诗人沙马的诗句:

> 风吹苍茫,吹过敏感的河川
> 大地充盈着魔幻之舞
> 深深的眼窝里
> 那么多的热爱,那么多的悲伤

这段穿越大凉山的旅途,始于 T8869 次列车离开峨边,止于 5633 次列车驶入攀枝花,虽有几分蜻蜓点水,却回荡着无尽余味。它不是细致入微的科考,更像是一出全景式影像的纪录片。勇往直前的火车,从来都是书写草根的笔记本,锻造故事的熔铁炉,自打它装满乘客的那一刻,车厢中翻滚着的永远都是人生百态。我和所有风尘仆仆的乘客一起,从 1970 年建成的攀枝花站徐徐走出,迈向各自不同的归途。陪伴我们的唯有南高原的风,和金沙江的怒号,与大渡河的滚滚黄沙相比,它显然更不安分。

成昆
铁路（三）
Chengkun
Tielu

死亡铁路的一个缺口

漫步仁和

到攀枝花南站搭乘动车前，我去了一趟仁和区中心地带。这里有点像大山包脚下的一块盆地，街道干净，行人热络，颇有城市味。我跟随一群暑期社会实践的高中生，来到一座人山人海的广场中央。很多小孩在人工打造的蓄水池和凉亭之间嬉闹，爸爸妈妈在一旁既兴奋又紧张，不停吆喝着。虽然隔老远就能听到他们吼孩子的声音，但好歹这一刻所有人都暂时摆脱了手机的绑架，也就没必要苛责他们放着周围俯拾皆是的青山绿水不要，偏要跑到这些既不好看又毫无特色的人工景观折腾了。

几乎每一棵树下，都有一群"练摊"的老头老太。围观了一圈，大部分都在下象棋或打扑克，倒是没看到搓麻将的，颇为意外。一个穿白色背心、留着罗汉头的老人，正把一张梅花6扑克牌狠狠甩到石桌上，发出清脆响亮的一声"啪"，仿佛一个陀螺爱好者，用力挥舞出了一记皮鞭。他此时应该

⚠ 攀枝花市中心随处可见这种"城市天梯"

很窝火，因为耳朵上挂着一张长长的纸条。阔别故乡 20 多年，童年往事又在一座陌生的城市死灰复燃。那时很多和我一样大的孩子，如果看到打扑克的爸爸"耳朵变长了"，就会乖乖地待在家里，省得回来晚了挨揍。不过说老实话，只要在攀枝花这样的移民城市随便住两天，就很难再有什么事情让你好奇了。

一场突如其来的疾雨，使我不得不另觅一处室内场所。查了一下地图，附近300米不到有个"左岸"咖啡。狂奔而至，眼前只有一座公共厕所。刚要发出一声"又是因为疫情倒闭了"的感慨，冷不丁一抬头，这下好了，咖啡馆的LOGO挂在二楼呢。从厕所旁一座旋转楼梯爬上去，才是真正的入口。里面的世界豁然开朗，格局和规模都很像一个曾经风靡全国又渐渐衰败的连锁店——上岛咖啡。靠窗的半封闭式包间中，两张红色天鹅绒的雅座沙发两两相对，桌上摆放着一盏玻璃罩台灯，乍一看还以为进了越南铁路的软卧包厢里。

由于忘记按铃，我在软卧包厢里坐了老半天，都无人理睬。桌上也没有二维码，这种"古早"的点单模式，似乎已经被这个快节奏的时代忘记了。就连姗姗来迟的服务员，也把80年代铁路列车员的服务态度带到这里。她明明长得那么好看，却没有任何服务意识，永远耷拉着一张死鱼脸，还不如我点的那杯巧克力星冰乐可爱。尽管它的味道，也只能用中规中矩来形容。

旅行至今，除了大足石刻，好像还没去任何收费景点，尤其自然风光方面的收费景点。这类景点，无非就是把当地比较有代表性的一些美景圈起来，画地为牢，再编缀一堆历史人文典故啥的，就可以煞有其事地卖出一个浮夸的票价了。问题在于，中国这么大，到处都有不为人知的小众景点，它们各方面都不输这些知名景点，唯一欠缺的只有名气。

既然没啥名气，那该如何找寻这些好玩的小众景点呢？在21世纪，一个旅行者可以完全依赖于手机地图，而不必求助当地人的今天，我们当然要学会利用好那一颗颗游弋在外太空的人造卫星。借助于三维实景地图，你可以找到很多互联网上找不到的废弃工厂、废弃建筑什么的，也可以找到一些有意思的地名或城市街景。你要坚信，不是所有的中国城镇都只能拿出一座可怜巴巴的"立马滚蛋"雕像。正如，你要坚信任何能从搜索引擎上找到的所谓"小众景点"，它早已被成千上万双尺码不一的鞋子践踏过了。

其实，你大可不必像那些小心翼翼的现代人一样，看似聪明，实则一身束缚。当你好不容易找到一家餐厅，即使肚子饿了，也不敢推门而入，非要去查一下它的评分，这种风气是什么时候开始的呢？什么时候旅行变成了去网红景点打卡，去网红餐厅吃饭，还要拍一堆自鸣得意的照片发朋友圈和小红书，难道仅仅为了几个虚假的赞吗？为什么不能忘掉那些教你怎么吃喝玩乐的旅行指南，像无头苍蝇一样在陌生城市的街头巷尾溜达呢？毕竟，这种玩法根本不需要任何成本，只需要一双眼睛和一颗孩童般的好奇心，便足够了。

这才是一种至简至极的旅行。它不是让你去5A景点打卡，遇上一堆抱着无人机傻笑的家伙。这些人和你一样来自大城市，每天都和你一起挤在高峰期的地铁上。旅行不该是跑到一个陌生的地方，邂逅一群再熟悉不过的人；而应该蹲在路

△ 复兴号 CR200J 型动车组列车

边，看看当地人在做什么，捕捉他们的喜怒哀乐，感受他们的平凡生活。你会惊奇地发现，看似寻常的一片土地，到处遍布着鲜活的生命力。哪怕它的呈现方式，是一个耳朵挂满纸条的老头子，或者一个耷拉着死鱼脸的漂亮女生。

成昆复线

攀枝花南站位于仁和区的莲花村，是一座成昆铁路复线上的车站。成昆铁路复线设计时速为 160 千米，在已经开通运营的攀枝花南—昆明南区段，中国铁路配置了同等时速的复兴号 CR200J 型动车组列车担任客运任务。这种列车是一种动力集中编组形式的准高速电力动车组，也就是所谓的"动集"。由于使用了一种难以形容的绿色涂装，该列车一度被铁道迷谑称为"垃圾桶"。

此外号的确有些不够友好，但从颜色和实用性角度，难免有几分形象。不妨从自嘲角度，来玩一次"头脑风暴"：倘若列车是一座垃圾桶，那乘客自然就是垃圾了吧？想象一下，一座时速 160 公里的可移动垃圾桶，载满了一堆自以为是的垃圾，从一座大型垃圾站转运到另一座大型垃圾站，再一股脑倾泻而出，是不是颇有画面感？

彼时，这座叫"攀枝花南"的大型垃圾储运站……不对，还是回到现实中来吧，这座叫"攀枝花南"的高铁站，早已人满为患。他们都是来赶 14:17 开往昆明南的 D789 次列车的，很多人大概第一次见识到这种"复兴号"绿皮动车组，好奇心全都写在了脸上。

列车一驶离攀枝花南站，便一头扎入南高原的崇山峻岭中。崭新的成昆复线，使用了 21 世纪最先进的铁隧道工程技术，几乎每一座隧道都深不可测，才刚刚逃离无尽的黑暗，转瞬又会被一座幽长的隧道吞噬。如此不断周而复始，就像一个悲剧般的宿命。

不仅仅成昆复线，大多数穿越山区的高速铁路，总存在这样一种尴尬。毫无疑问，这些如同老太婆的裹脚布一般的隧道，极大程度上降低了火车旅行的乐趣，更何况，过长的隧道还有可能引发耳压不平衡，造成短时间内听力受损。火车已在神不知鬼不觉中，变成了一列陷落在山洞里的地铁。人们就这样被剥夺了看风景的权利，只能玩玩手机，或者闭目养神。

过去的山岳铁路，比如伟大的成昆铁路老线，固然也存在连绵不断的隧道困扰，但大多数时候，火车更喜欢绕着盘山铁路转圈，乘客也喜欢默默地观赏风景。哪怕盯着荒山野岭一座孤零零的农舍，也能让他们沉浸在一种美妙的想象中。那时的隧道更像是一件"劳逸结合"的提醒工具，总在一个恰当的时机出现，长度

攀枝花南到昆明的动集列车驶来

攀枝花南到昆明的动集列车

被森林包围的钢厂和筒子楼

也刚好让你休息一下眼睛。不像现在，大多数时候车窗都处于一种"黑屏"状态，光明短暂地如惊鸿中的一瞥，闪烁的美景倒更像一张张定格照片，不再是纪录片一般的动态影像。

但非要我在这种"隧道黑屏"和"红眼航班"中二选一的话，还是会选择前者。在穿越一座座漫长的隧道时，我意外发现手机还有 4G 信号。测试了一下，微信和 APP 都能正常使用。显然，这要比"云上的日子"舒服多了。一个试图购买牛肉饭的女孩，摸遍了口袋，仍捉襟见肘。刚要作罢，戴眼镜的工作人员温和地提醒她说："您可以用微信支付，我们这里的隧道大多数时候都有信号的。""真的吗？"女孩的双眼顿时放射出光芒。待顺利完成结账后，她一边戴上耳机看手机里的动画片，一边吃着牛肉饭。借助于高科技，她终于如愿地用香味诱惑了一圈周围乘客。

和光明同样稀缺的还有雨水，它从一座荒凉的山头上落下来，很快销声匿迹于另一座长满柿子树的山坡。快到永仁了，成昆复线仍然离不开群山环抱。这条使用攀钢百米钢轨的现代铁路，不仅仅谋杀了时间，还谋杀了空间，真正实现了当年铁道兵奋勇修筑老线时的夙愿——逢山凿路，遇水架桥。如今，成昆复线铁路已经修到了米易，很快就要再次征服大凉山了。当人们惊叹于它的年轻气盛时，又有谁曾惦记那条气喘吁吁的老铁路呢？

▲ 攀枝花是真正意义上的山城

▲ 火车在天上飞

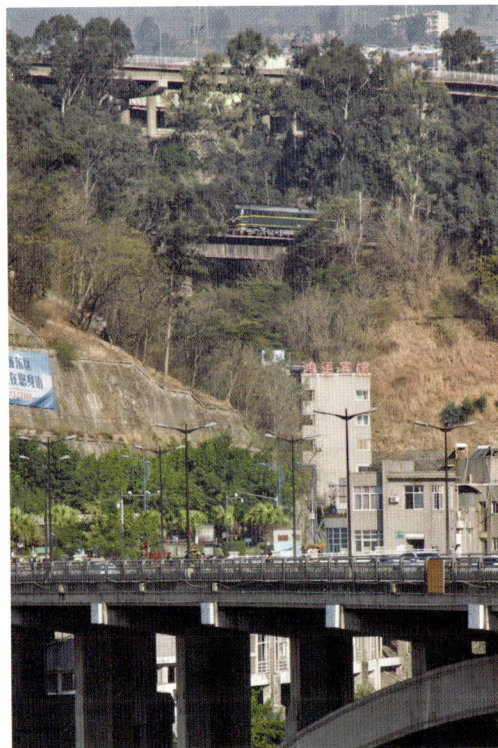

1984 年，中国政府将一座成昆铁路主题的象牙雕献给了联合国。它和美国阿波罗飞船带回的月球岩石、苏联第一颗人造卫星——斯普特尼克 1 号的模型一起，成为联合国评选的象征人类征服大自然的三件礼物。也有媒体说，这是人类 20 世纪征服大自然的三大奇迹。显然，在成昆铁路获得的无数赞誉中，这一评价可谓至高无上。它不仅仅代表了全人类的认可，更重要的是，与阿波罗登月和苏联人造卫星这类征服星辰大海的壮举相比，成昆铁路可是一项来自地球表面的巨大工程。

如果你随便去一个城市的街头调查，问问路人对成昆铁路的看法，答案也许令人惊讶。大部分人可能并不知道这条铁路的前世今生，甚至可能都不知道它的起点和终点是哪里。这便是成昆铁路最尴尬的地方，它诞生于三线建设时期，一开始就被蒙上一层神秘面纱。从备战备荒时代到冷战结束，它一直和国防军工绑定在一起。成昆铁路甚至还刺激了苏联，让勃列日涅夫在 20 世纪 70 年代重启了一项被称为"世纪工程"的贝

⚠ 金沙江河谷中的城市

阿铁路。大量年轻的铁道兵怀着满腔热忱，"穿越荒无人烟的针叶林地带，奔向
共产主义的应许之地"[1]。然而，他们却将信仰埋葬于比西伯利亚铁路更北的永久

---

[1]（英）克里斯蒂安·沃尔玛著：《通向世界尽头跨西伯利亚大铁路的故事》. 三联书店，2017。

冻土带中……

　　和成昆铁路对中国钢铁工业、航天工业的巨大意义不同，贝阿铁路最终被证明是一项失败的工程。它不但耗尽了国家资源，还和阿富汗战争一起，让一个强大的国家逐渐滑向深渊。苏联铁道兵松了永久冻土带的土，也松了苏维埃社会主义共和国联盟这颗坚固的螺丝钉。

　　然而，成昆铁路的成功通车，所付出的代价却一点不少于贝阿铁路。由于战备需要，当年修筑这条铁路时，中央为此不惜调遣了铁道兵五个师，扩编到 18 万人。1965 年以后，又把修建贵昆铁路和川黔铁路的两个师调了过来，成昆铁路的建设者一度达到 40 多万人。在这条 1000 多公里的铁道线上，几乎每公里就长眠着一名铁道兵的英魂（注：成昆铁路牺牲的建设者人数没有确切统计，多数认为在 1000 ~ 2000 人）。如果你搭火车旅行，很容易看到铁路沿线的一座座铁道兵烈士陵园。

　　如果以今天的视角看待当年成昆铁路的修建，会发现那时倡导的很多价值观，比如经典的"人定胜天"口号在当时的环境下，比现在有着更多积极意义。毕竟，

▲ 金沙江

成昆铁路沿线的自然环境实在太过恶劣，倘若一个人出生在那里，不亚于投胎到一种"地狱模式"，凭什么他们只能被困在不毛之地，或者一辈子甘愿贫穷呢？所以才要修铁路，这既是一种对命运的抗争，也展现出人类最原始的一种拓荒精神。而铁道兵义无反顾地牺牲，恰恰又为这种精神赋予了一层勇敢无畏、不惧死亡的英雄气概。也许正是从这个角度，联合国才将这条"死亡铁路"称之为奇迹。

但所有不可思议的奇迹，也终有谢幕的一天。2020 年 6 月，伴随着一次次巨大的爆破声响，金沙江段数座大桥，在灰飞烟灭中迎来了最后的命运。彼时，距离成昆铁路年满 50 周年仅有一个月。这条用无数铁道兵生命换来的"死亡铁路"，真的变成了一条死亡铁路。中国装机容量第四的乌东德水电站，于 6 月底正式投入使用，成昆铁路的红江、大湾子、师庄和新江四座车站，全部位于水电站的蓄水区范围内。

现在，你该明白我为什么被丢进这座"垃圾桶"了吧？假如成昆铁路的老线还在，我肯定会选择那趟站站都停的 6161 次列车，一路沿着金沙江，咣当咣当。就连车轮摩擦铁轨缝隙的声音，都如此美妙。而现在，我却只能被关在成昆复线的隧道中思考人生，甚至都没办法再看一眼那些江边小站……它们早已被无情的江水吞没，化为一颗颗历史的尘埃。

风中的旧火车缓慢地喘息
车厢里
密密麻麻的人树枝一样凌乱
在这个江边废弃的小站
车上的人们
不会在此地停下来
恍惚像江水，一去不复返

彝族诗人沙马这首《废弃的小站》，道出了这些江边小站淡淡的哀愁。与这些车站一起消亡的，还有大湾子、红江站的彝族古村落。人们都已被妥善安置到一座座漂亮的新房子里，然而他们世世代代的旧家园，却再也回不去了。成昆铁路从这一刻起，就像一条被斩为两段的蛇。尽管北边的成都—攀枝花，和南边的元谋—昆明这两条线路，依然还有普速列车在奔跑，但这条伟大的铁路，终究还是留下了一个永远的缺口。同时，也是一个不会流血的伤口。

也许，人们很快就会遗忘这一切。毕竟对于大多数人来说，火车只是一种交通工具。毫无疑问，他们更喜欢跑得快的火车。对下一代来说，古老的成昆铁路也许更像一场虚无缥缈的梦境。他们会好奇，会感伤，但终究，再也无法抓住那段渐行渐远的岁月了。就像这一刻坐在 CR200J 型动车组列车看风景的孩子，也

▲ 新成昆铁路的黄昏

许正是这一趟旅行，让他们爱上了火车，仿佛几十年前的我们那样。但他们不会知道，把脑袋从绿皮火车上伸出去是一种怎样的体验；他们不会知道，在伊图里河零下 30 摄氏度的火车上撒泡尿是何等刻骨铭心。

然而，他们又将创造一个属于自己的时代，就像乔丹之后有科比，马拉多纳退役了还有梅西那样。当我们念念不忘老成昆那些迷人的铁路展线时，他们也许会为复线的"黑洞"唱起赞歌。确实，当列车反复穿梭于一座座黑暗无边的隧道时，像极了一艘超光速巡航的飞船，不断地跳跃虫洞。成昆铁路复线，因此洋溢出一种科幻电影般的不真实。这些充满黑科技元素的列车，还将载着他们的期望，开往一个更加不真实的未来。

攀枝
花

寻找一条鳄鱼，徒步一条铁路

公交车

一排身穿迷彩制服的年轻武警，组成一道密不透风的人墙，堵在攀枝花站的出口处，严格检查每个乘客的身份证。一看我是上海过来的，小战士马上提高了警觉，严肃地问我来这儿干吗？我说旅游。"之前有去过北京、湖北和黑龙江吗？"他似乎有些不放心，继续追问道。"当然没有，我最近一直在四川。"我笑笑说。

沿着成昆铁路，从大凉山来到攀枝花，再往南走，便是云南了。火车站就在金沙江边上，很长一段时间，它都叫金江站，和这座镇子的名字一样。由于攀枝花独特的地理地貌原因，人们只能从巍峨的群山和弯弯曲曲的金沙江水道的夹缝中，打造出一条狭长又怪异的走廊。然后修路，盖房子，开疆拓土，才有了这座不可思议的城市。因此，它不具备常规意义上的城市布局：没有一个真正意义上的市中心，而是零星分布成几个片区。这样独一无二的规划设计，让很多初

▲ 朱家包包矿区

来乍到的外地人叫苦不迭。

　　以我的"遭遇"为例，2011年第一次来攀枝花时，并不知道火车站到"市区"的距离如此漫长。我搭上一辆公交车，沿着金沙江一路狂奔。一开始，尚能沉浸在山川湖海的喜悦中，但走着走着，发现窗外的景色压根就没变过：一座"死皮赖脸"的山，一条无法摆脱的江，除此之外，别无他物。不知过了多久，才嗅到一丝人间烟火的气息，看看街角也挺"繁华"的，就下了车。结果一通遛狗的时间不到，前方又啥也没有了。

　　至今仍难忘我的朋友罗老师讲过的两个笑话。其中之一，说的是点名的时候，班主任发现少了两个山东来的学生。再一打听，原来这俩孩子下了火车，在公交车上看四周全是荒山，以为自己被骗到了一个什么穷乡僻壤，一气之下，坐火车回山东复读了。

　　既是故地重游，公交车也不再陌生。我在"东区"订了一家酒店。据高德地图显示，搭乘交通工具，我大概需要耗时1小时29分钟，这可能已经超过了一个北上广上班族的平均通勤时间。问题在于，这里是攀枝花，一个人口111万的工业城市。更为诡异的是，我所乘坐的这辆63路公交车，采取了分段式计费。也就是说，除了上车时需刷卡，下车时还要再刷一次，否则，系统会按照这趟车的最高价格扣费。上一次见到这种可怕的计费方式，还是在若干年前的北京。这是一趟长到足以让你怀疑人生的公交车旅行，是时候祭出罗老师讲的第二个笑话了。

"我在攀枝花四年，从来没有把一辆公交车从头坐到尾过。这成了我大学时期的一个遗憾。毕业前夕，我打算弥补这个遗憾。我鼓起勇气，上了一辆公交车，它的行程很长，长到后来我的肚子饿了，只能中途下车了。"罗老师无奈地说。

我从这辆坐了 1 小时 29 分钟的公交车下车时，天已经乌漆墨黑了。它卸下乘客，旋即离开，很快便消失在攀枝花的夜色中。它还要行驶多久，才能抵达真正的终点呢？这成为一个难以破解的谜团。你可以对这座城市不以为然，但你必须对这座城市的公交车肃然起敬。尤其那些把持着方向盘的男人女人，他们都是真正的勇士。

酒店办理入住时，再次领略了这座城市独一无二的一面。年轻的前台姑娘，一听我不讲四川话，马上一口一个哥。让我在燥热的攀枝花，感受到一股黑土地的清凉。但这回，我已经波澜不惊了。这不是我第一次遇到讲东北话的攀枝花人，这样的人在攀枝花比比皆是。当年为建设攀枝花钢铁厂，仅仅一个辽宁鞍钢便输送过去 7000 多名技术人员和工人。要知道在 1965 年之前，这里还只有一座座荒凉的大山包。所以早期的这些建设者们，他们不但打造出一座城市，还为这座城市塑造了一种独特格调。多年前，我在成都的青旅里，就遇到过一个"辽二代"攀枝花人。他和四川朋友讲四川话，和我讲东北话，两种语言随心所欲地切换，毫无违和。

由于天南地北的移民混居，攀枝花人总是对他们的普通话引以为豪。然而，四川话终究还是无可撼动的第一选择。这多少让三亚和北海等地汗颜，在东北话强大的洗脑能力面前，唯有四川话可以将其全面压制。这就是为什么攀枝花人没有忘记祖上的大碴子口音，这座城市依然没有沦为又一个东北"飞地"的原因。没人能征服四川话，正如没人能征服川菜那样，它们是当之无愧的宇宙第一。我在这位姑娘一声"哎呀妈呀，你们上海的健康码还有照片"的惊讶中，接过了房卡。

电气鳄鱼

翌日，我决定前往五道河，探访一种酷似鳄鱼的电力机车。五道河位于攀枝花北部，紧邻朱家包包铁矿。朱家包包是一座露天矿，为攀枝花钢铁厂的主要原料基地之一。在建设朱家包包矿区时，工作人员发现狮子山下遍布着矿石。经过周恩来总理的批示，他们决定实施一场史无前例的炸山行动。整个计划涉及全国 36 个单位超过一万人参与，用了四个多月的时间挖了 62 条地道，装药一万吨以上。1971 年 5 月 21 日 10 时 59 分，大地一声惊雷，爆破正式开始。瞬时，黄沙滚滚，碎石飞溅，震耳欲聋的咆哮声中，狮子山被夷为平地。这次爆破等同于一次 4.2

级的地震，如果把散落四周的碎石砌成一堵 1 米高的墙，足以绕地球一周。

为了将朱家包包的铁矿石运送至攀钢厂区，人们修建了一条连接渡口支线的专用铁路。我要探访的"鳄鱼"，便出没在这条铁路上。从极其有限的资料中得知，朱家包包的矿山站，是这群"鳄鱼"的老巢。山高皇帝远，在没有租车的前提下，我只能搭乘公交车前往五道河，还要徒步 1.5 公里左右，才能抵达矿山站。其中最关键的一环，便是需要连续搭乘 2 部公交车。正如昨天那般，每一部车的运行时间，都长到足以让你思考人生，或者做一个漫长的白日梦。

搭乘 63 路，在"密地大桥南"站下车。还没来得及看一眼常隆庆的雕像，就跳上了 17 路公交车。常隆庆是中国著名的地质学家，也是第一个发现攀枝花铁矿的人。1934—1940 年，他先后多次前往攀枝花地区进行地质勘探，共计考察 50 多座矿区，最后证实了当地蕴含丰富的矿藏资源。因为他的杰出贡献，攀枝花人尊称他为"攀钢之父"，给他立雕像，还以他的名字命名了两条路：隆庆路和隆庆东路。而我和它们也在这一刻相遇：公交车正沿密地大桥驶入隆庆路，朝隆庆东路的方向疾驰而去。

攀枝花的公交系统中，有一项可谓业内领先，纵然北上广也无法比拟，那就是种类繁多的公交卡。老人上车了，会有"寿星卡"的提醒；背着书包的孩子，则是"学生卡"。另外还有爱心卡，不知道持有者具备怎样的资质。最有意思的，我还听到了"孕妇卡"。刚开始还有点纳闷，如果在众目睽睽下给一个女人贴上

▲ 五道河一景

孕妇的标签，会不会有所冒犯。后来仔细一想，这样的做法应该有助于提高公交车的让座率。经过两天左右的观察，攀枝花人用他们的实际行动，印证了这个结论的正确性。

从俚果开始，17 路公交车驶入了隆庆东路，这是一段弯弯曲曲的山路，站与站之间的距离赫然拉长。然而，这似乎为司机提供了一个施展各种骚操作的机会，他把公交车开得像一匹受惊的野马，迎头和运送铁矿石的大卡车相遇，也丝毫不见减速。急风骤雨下，终点站五道河就像提前完成的五年计划那样提前到来了。

"五道河社区坐落在四川省攀枝花市东区银江镇。人好，物产丰富，风景秀丽。"这是从某个搜索引擎中查到关于五道河的一句话。该评价似乎过于简单实在，但事实上，整座小镇确实低调如尘埃，像是被攀枝花切割下的一座孤岛。而这里的居民，不是每天在矿上切割石头，就是在铁道边巡查。小镇的住宅区，和 70 年代兴建的三线家属院风格相似，看上去有些颓败破旧。房产中介、婚姻介绍所和拔罐刮痧的按摩房挤在一起，灰瓦色的墙上用黑笔写着"点杀小山羊"的广告，老人无所事事地弓着腰。由于为时尚早，棋牌室里还暂时听不到清理麻将牌的嗞啦嗞啦声。

我朝矿山货运站的方向走去。步入厂区时，可以看到醒目的警示标语。大意为：如果你不是工作人员，倘若出现任何事故，本厂概不负责。平心而论，相比那些"闲杂人等严禁入内"的警告，这个标语已经温柔得超乎寻常了。探访过程中，还一不小心误入货运卡车称重的地方。耳畔不断传来"川 xxxx 请上秤，重量 xx.xx 吨"的提示声，这样的经历很难再遇到第二次了。

"你是什么人啊？"就在我找到矿山站简陋的出入口，打算溜进去看铁轨时，身后传来这样一句话。

一回头，捕捉到一双警觉的眼睛。他的主人是个头戴安全帽身披黄马甲的男性工作人员。从我进入厂区后，已经和很多这样的工人擦肩而过了，他们有时会好奇地偷看你两眼，但没人在意你是谁、从哪儿来要到哪儿去。

"啊，我是一名游客。"我皱了皱眉。

"游客？"他脸上的问号更明显了。

话一说出口，我就后悔了。这里毕竟是矿区，不是什么景区。我怎能做出这么愚蠢的事情，居然说自己是个游客。自从在金口河被人当成外国人报警之后，我对所谓的"游客身份"是愈加不自信了。这位大哥，不会又以为我是个什么间谍吧？

"这里有什么好玩的呢？"他似乎看出了我的窘迫，讲话声音温和了很多。

"我小时候，就是在铁路边长大的。"我试着发动情感攻势，"我一直很喜欢铁路。就想过来看看，看看这些火车啊什么的。您放心，我一定会小心的，绝不给您添麻烦。"

⚠ 外形酷似鳄鱼的韶峰型电力机车

　　"好吧，你可要注意安全啊！"他笑了笑说。我松了口气，大老远跑过来，如果以这样的方式错过近在眼前的"鳄鱼"，那也太糟糕了。

　　钻过这扇铁门，就能看到"鳄鱼"。它们三三两两地聚拢在铁轨上，不时有装载矿石的货车从身旁驶来驶去。车上总是站着一个身穿蓝色制服的工人，负责押运。这些矿石可不是一般的铁矿石，是攀枝花地区特产的一种钒钛磁铁矿石。如果说常隆庆是第一个发现攀枝花有铁矿的人，那么徐克勤则是第一个发现这里有钒钛磁铁矿的人。1954 年，他在一番实地考察后，认为攀枝花是一个大型钒钛磁铁矿床，并向地质部提交了工作报告。地质部立即组建勘探队，在苏联顾问库索奇金等人的指导下，不但证实了徐克勤的结论，还发现了三个富含钒钛磁铁矿的新矿区。朱家包包矿区，便是其中之一。

　　所谓的"鳄鱼"，就是韶峰型电力机车，全名为 ZG150_1500 型架线式露天矿用电力机车，由中国湖南湘潭电机厂生产制造。该车总重 150 吨，工作电压 1500 伏特，最大速度 65 公里 / 时。因墨绿色的涂装，狭长扁平的造型，酷似一头鳄鱼，便有了这样的外号。2013 年 9 月，我在海南的石碌矿区第一次看见这

⚠ 开走的"鳄鱼"

⚠ 运送百米钢轨的平板车渐渐远去

种造型怪异却又有着另类美感的火车机车。2016 年 1 月，我又在安徽马鞍山铁矿和这头"电气鳄鱼"再度重逢。遗憾的是，这两个矿区如今都已先后关闭。残存的"鳄鱼"要么被弃置在生锈的轨道上，要么变成了一堆废铁，令人感伤。所以一到攀枝花，我就想先去看看"鳄鱼"。毕竟，它可是为数不多还在"爬行"的"鳄鱼"。

　　曾经，攀枝花铁矿除了拥有湖南韶峰的"鳄鱼"外，还拥有东德和捷克斯洛伐克等国的"鳄鱼"。当时彼此同属社会主义大家庭，得到这些"外来物种"并不稀奇。可如今，这些"东欧鳄鱼"早已退居二线，连尸骸是否尚存，都不得而知。尽管只能一睹"中国鳄"，但也不至于感到乏味。它们的涂装还算多样，除了常见的墨绿色和中绿色，还有各种浅色系的绿色，以及军绿色，甚至，还有少许天蓝色。这些"绿皮鳄鱼"，不知疲倦地游弋在一条条铁河上，时而发出清脆的尖啸声，飒爽极了。我像一个初次来到玩具店的孩童，盯着它们看了又看。然而，即使我可以乘坐时光机回到童年，我也没有办法像孩童一样坐在地上撒泼，因为普天之下没有一个父母，有能耐把一台火车搬回去。幸运的是，我还可以用手中的相机，把这些钢铁怪物变成一堆数据存储起来。相比胶片，它似乎没有办法让

弄弄坪的攀钢基地，与塔可夫斯基电影《潜行者》里的某些场景非常相似

背着箩筐牵着狗的当地人

人踏实，却也好过这日渐衰退的大脑皮层。

我走到一台编号为363号的"鳄鱼"机车旁。这台车的颜色有点特别，说绿不绿，说蓝不蓝，不晓得是故意涂成这样，还是掉色使然。司机师傅来了，他麻溜地抓着扶手，像猴子一样荡了上去，弯腰钻进驾驶舱。嗡地一声，红色的受电弓徐徐升起，机车剧烈地抖动起来，伴随着发动机启动后的机械轰鸣声。接着风笛一响，"电气鳄鱼"缓缓离开。我注意到它的铭牌上方，挂着一块"党员示范机台"的荣誉铁牌。后来去车站旁的办公楼上厕所时，无意中撞见这台机车的照片赫然出现在宣传栏里，上面写着这样一段话：

"运二大班363—党员示范岗机台现有职工16人，其中党员6人，女工2人。作为党员示范机台认真对照攀钢党员的'六带头、六模范'和'四个明显'的标准，认真查找不足，制定整改措施和努力方向。在安全上严格管理，精心操作，发现和避免各类事安全、设备事故达几十起，保障了机台的行车安全，曾在一年内连续8次被评为红旗机台，单机产量在同行中排在第一位，为矿、车间、胶带运输转型起到了积极作用。"

当地人似乎早已将这座矿山站当成了自家后花园。一个背紫色箩筐的阿姨，牵着一条忠心耿耿的土狗，闲庭信步一般穿梭在"绿色鳄鱼"的包围中。我不想原路返回，打算跟随她走两步，看看还有没有别的出路。刚好遇到十几个工人拔草，拦住其中一个，问他大概多久清理一次杂草。他有点羞涩，说自己也不是很清楚，反正过段时间就会来。2019年在蒙古国的乔伊尔，我也看到一群拔草的铁道工人，他们朝列车投来的好奇眼神，至今记忆犹新。说起来多么讽刺啊，火车这种钢铁怪物可以将两座城市之间的距离变成几十分钟，却始终没法征服这些无人问津的小草。

渡口支线

回市区，找到一家清真饭店，简单吃了一份套餐，然后搭上一趟开往渡口站的公交车。我想先去渡口站，再沿着渡口铁路，徒步到弄弄坪站。

渡口铁路就是成昆铁路的渡口支线，全线位于攀枝花市境内，全长不到 42 公里。渡口支线的起点，是攀枝花站北边一座叫三堆子的四等小站。从成昆铁路引出后，渡口支线便穿过雅砻江，沿金沙江北岸向西延伸，经倮果、密地、渡口、弄弄坪、巴关河五座车站，至格里坪站结束。这条铁路几乎贯穿了整个攀枝花市区，将这座城市大部分钢铁厂、水泥厂、铁矿煤矿、石灰石矿等工矿企业串联在一起，其重要性不言而喻。

渡口火车站位于半山腰。从公交渡口站下车后，必须攀上一座小山坡，才能看到铁路。不过所谓的小山坡，已不再是荒郊野岭，而是一座座错落有致的住宅楼，结构上酷似重庆和贵阳这样的山城。我从渡口站旁边的一座铁桥，步入渡口支线。按照地图显示，此处距离弄弄坪大概 4.5 千米。铁路刚好处于低洼地带，仿佛一根被遮蔽的秘密管道，通向一个完全未知的世界。

必须再次重申，徒步铁路是一项相当危险的行为。任何时候，都不要贸然行走在铁道线上，除非它是一条废弃铁路。渡口支线显然不是废弃铁路，它仍然具备较强的行车密度，且作为一条单线铁路，无论前方还是后方，都有可能出现火车。2017 年，我在徒步北京郊区的京门铁路时，由于光顾着和同伴聊天，差点被身后驶来的一台东风 7B 型柴油机车撞死。至今让我不解的是，明明距离我 50 米不到，司机为什么还不鸣笛？难道在车上玩手机吗？这件事让我后怕了很长一段时间。所以这次行走渡口支线时，我几乎每走个两三步，就要回头张望一番，生怕再钻出来一趟"沉默的列车"。

随着中国铁路的不断提速，大多数铁路干线都已实行封闭式管理，一个闲人如果进入铁路保护范围，已经属于违法行为。类似渡口支线这种工矿企业的专用线，大多数并未实行封闭式管理，企业或相关部门往往也不会干涉行人闯入，除非严重破坏行车安全。但这并不意味着一个人可以在铁路上随心所欲，毕竟生命只有一条。

才刚走没多远，便依稀听到了火车的风笛声。我立即跳下铁路，爬到一个地势较高的坡上。东风 4B 型柴油机车很快拖着几十节平板车开了过来。奇怪的是，这些平板车并没有载货，却都安装着一些特殊的钢架，似乎是用来固定货物的。显然，这些"乘客"的身份非比寻常。如果没猜错的话，这应该就是专门用来运送百米钢轨的货运列车了。

2005 年，攀钢轧出了中国第一根时速 350 千米的高铁专用百米钢轨。相比传统的 25 米长钢轨，百米钢轨减少了更多焊接点，使高铁运行的安全系数大大提升，还节约了成本，故成为国内现阶段使用最广泛的一种钢轨。2019 年，中国高铁里程达到 3.5 万千米，在世界上遥遥领先。其中每 3 米的钢轨里，就有 1 米为攀钢出品。为什么攀钢的百米钢轨如此深受欢迎呢？答案很简单，正如一道名菜需要上好的食材那般，攀钢的百米钢轨，可是以优质的钒钛磁铁矿石作为原材料的。使用含钒矿石生产出来的钢轨，更平、更直且柔韧性强，难怪攀枝花人无不自豪地说："在攀钢生产的钢轨上飞驰，您能睡得像婴儿一样安稳。"

有趣的是，攀钢这些百米钢轨，被渡口支线的平板车拉出去后，又会通过成昆铁路运送到修建成昆铁路复线的地方。从 1964 年国家最终决定将攀钢选址在弄弄坪时，它和成昆铁路便开始了一种相互影响、相互依存的关系。今天这些百米钢轨，成为刚刚修建的成昆铁路复线的铁轨，正如昔日攀钢生产的 12.5 米和 25 米钢轨，被铺设在成昆铁路老线上那般。没有攀枝花钢铁厂，成昆铁路建不好；没有成昆铁路的建设，攀枝花钢铁厂就不一定放在弄弄坪。争论二者之间谁更重要，就像争论先有鸡还是先有蛋一样，没有任何意义。

原以为越接近弄弄坪，工业文明的痕迹便会越明显。未曾料到，一座长满绿色植被的山丘，突然毫无理由地出现在铁路北侧。这正是攀枝花最最耐人寻味的地方，你无法用任何自鸣得意的城市漫游经验去套路它。哪怕你早已对重庆 3D 化的街头巷尾烂熟于心，你也没办法讲清楚这座城市到底是山包着城，还是城包着山。它不像套娃那般富有逻辑，而是井然中带着无序。恰如此刻，钢筋水泥中，隐匿着一片杳无人烟的山林。而让我更加始料未及的是，身体中的无序也开始悄然发作了。

我很怀疑接下来发生的一切源自某种神奇的"量子纠缠"：先是天公悄然变脸，大太阳骤然被乌云屏蔽；接着，黑卡相机莫名其妙地开始罢工，无论怎样尝试，镜头都卡在里面伸不出来；然后才是最要命的，肚子里突然一阵翻江倒海，其声势之浩大，如决堤的洪水。再看这荒郊野外的，去哪里找公共厕所啊。

已经记不得上次野外"埋雷"的确切时间了。但这一回，我必须好好感谢一下这片小树林。有的时候，人生就是这样充满戏剧性。才刚刚探讨了成昆铁路和攀钢的辩证关系，又不得不面对内急和小树林之间的必然联系。没错，小树林雪中送炭一般拯救了我。但为什么偏偏它一出现，我就开始内急了呢？这是个复杂的问题，我谢绝继续思考下去。

弄弄坪

尽管屁股被蚊子一顿猛咬，旅程还是要继续。眼前的苏式筒子楼赫然增多，高耸入云的大烟囱依稀出现在不远的前方。再走两步，便是弄弄坪的站界了。弄

▲ 弄弄坪站的塔楼

▲ 弄弄坪的"武警"

弄坪站是渡口支线的一座二等车站，建于 1970 年，也就是攀钢出铁的那一年。攀钢集团的主厂区，便矗立在车站身后的山坡上。2019 年 12 月，攀枝花钢铁厂被认定为第三批国家工业遗产，入选其中的弄弄坪的工业建筑群和著名的一号高炉，都躲在这片地图上找不到的区域里。当然，在一号高炉中的熊熊怒火燃烧之前，弄弄坪还只是攀西大裂谷里一座毫不起眼的小山包，每天陪伴它的，只有奔流不息的金沙江。

关于弄弄坪这个名字的来头，有一则流传已久的花絮：当年在此建设攀钢时，四周全是荒山野岭，没有一处平地，一时不知从何起手。周恩来总理听取了汇报后说："这有什么困难的，我们把它弄一弄，不就平了吗？"这则花絮像冷笑话一样易于传播，却不过是后人编撰的一个段子。早在 1937 年，常隆庆便在《宁属七县地址矿产》一文中提到了弄弄坪。所以当中央开始讨论修建钢铁厂的时候，"弄弄坪"这三个字就已经被官方正式采纳了。

1958 年，中国开始在西昌修建钢铁厂。按照原计划，"先西昌、后白马、再弄弄坪"，像电影里的三部曲一样，最初的构想是要在攀西地区搞一个钢铁基地三部曲。然而伟大的构想总是敌不过现实的残酷，西昌钢铁厂很快便陷入停滞。这是因为，一方面三年困难时期，迫于经济压力，很多项目被迫中断；另一方面，由于攀枝花的钒钛磁铁矿石中，二氧化钛的含量高达 30%，以现有的高炉冶炼技术无法完成提炼。毕竟，当时中国的冶金工业基本仰仗苏联援助，而这项技术就连老大哥都迟迟没有攻克。

"建不建攀枝花，不是钢铁厂问题，是战略问题。"针对攀枝花钢铁厂的建设问题，毛泽东主席留下了许多颇有意思的语录。无需查阅历史文献，你只要跑一趟攀枝花三线建设博物馆，就会看见它们遍布在墙上。攀钢和成昆铁路，以及这座即将以花命名的城市，都开始紧锣密鼓地建设中。一夜之间，荒凉的大山包上开满了"鲜花"，那是几十万建设大军的帐篷。杳无人烟的南高原上，第一次出现了不讲彝族语言的人群。与此同时，技术人员开始在承德钢铁厂进行模拟攀枝花矿的高炉冶炼实验。实验的成功与否，事关整个攀枝花体系能否真正意义上取得成功。

接下来的事情可谓喜忧参半。喜的是，在无数技术人员夜以继日地艰苦奋战下，中国终于解决了钒钛磁铁矿冶炼的一系列难题，钢铁厂的建设已经不存在任何技术环节的困难了；忧的是，一场史无前例的浩劫，正在这片大地上发生。很多攀钢建设者是一边挨批斗，一边搞工作，难以想象他们陷入一个多大的困境中。更何况，攀钢当时属于"保密"项目，即便受了委屈，也只能独自吞下所有的苦楚。

弄弄坪的钢铁基地和一座叫攀枝花的城市，就是在这样的背景下秘密建设起来的。刚开始，它被唤作"攀枝花特区"。后来为保密起见，改为"渡口市"，直到 1987 年。渡口支线上的几座车站，一度都有开行旅客列车。1981 年 7 月 9 日凌晨，一趟列车不幸坠入泥石流冲垮的成昆铁路利子依达大桥下，造成中国铁路史上旅客伤亡最惨重的一次事故。这趟列车就是由渡口支线的格里坪车站始发，开往成都方向的 442 次直快列车。而攀枝花站，自 1970 年建成至 1994 年 7 月更名前，用的一直是金江站的名字。

在弄弄坪车站，我再次邂逅先前遇到的特殊平板车。询问了一名铁道工人，证实这趟货车，的确是用来运输攀钢百米钢轨的。车站北侧为攀钢主厂区，南侧为家属院，无论厂房、管道还是住宅楼，全部扎堆挤在一起，颇有气势。早在攀钢规划之初，周恩来总理就建议设计人员尽量选择一个面积较小的空间，让车间变得紧凑一些。他认为苏联援建的武钢和包钢都过于庞大，没必要在厂内修建太多铁路。加之弄弄坪原本就是一座小山包，空间有限。最终，设计人员排除万难，在弄弄坪一块长度仅有 2.5 公里、宽不到 1 公里的山坡上，奇迹般地建造出一座大型钢铁厂来。弄弄坪的工厂和住宅楼，也被形象地誉为"象牙微雕钢城"。

尾声

像英国作家杰夫·戴尔（Geoff Dyer）[①] 致敬塔可夫斯基（Andrei Tarkovsky）[②] 的电影《潜行者》那样，我就这样"沿着荒凉泥泞的火车铁轨，穿过后工业的迷雾"。对我来说，弄弄坪火车站的后门，仿佛通往"区"的入口——我已然裸露在"象牙微雕钢城"的街头巷尾，走着走着，却在纵横交错的家属院内迷失了方向。并没有预设目地，现实轻易碾碎了一个人原本自信的方向感。是的，现在的我就像一只无头苍蝇，在这些让密集物体恐惧症患者心惊肉跳的苏联盒子式建筑集群中撞来撞去。奇怪的是，这种感觉并不糟糕，甚至还有些令人兴奋，仿佛置身于一个电子游戏的世界中，进行一场不能 game over 的疯狂冒险。在这座三维立体化的城市不抱目地探寻，不就是在玩沙盒游戏吗？

一旦接受了这个设定，旅行中的视角也会不断发生变化。比方说眼前出现一道铁门，可能平日也就从边上绕过去了，但此时必须尝试一下能不能推开。一旦推开，必须进去瞄两眼，哪怕空无一物，或看到什么不该看到的东西。而厕所，大概对应了存储系统吧。当然，如果是 RPG（角色扮演）游戏，存盘的地方一般都是旅店什么的。毕竟，游戏中不用上厕所，只要去旅店睡一觉，所有体力槽就加满了，所有该排空的也都排空了。但这是现实世界，它有太多游戏取代不了的烦恼。我急需一个厕所，在现实中存个盘，而四周到处是钢筋水泥，再也难觅可以灌溉的小树林。

"这里哪会有公共厕所啊？"好心的大妈一边咯咯笑着，一边指着远处一座水厂说，"里面有个卫生间，你和他们打个招呼就行。"我谢过她，却又灰溜溜地原路返回。水厂里有三条硕大的黑狗，冲着我疯狂地叫唤，吓得我腿都软了。皇帝不急太监急，大妈旁边一位扇扇子的大爷，再也坐不住了："你往里面走就行，怕它们干吗啊！"他这一喊，我瞬间清醒了。这群蠢货都被铁链子拴着呢，我到底在怕啥。

和他们道别。大妈不忘来句马后炮："你要是一个大姑娘，我就让你去我家方便啦。"攀枝花人都是热心肠，至少我碰上的无一例外。在她的建议下，我搭上一趟 112 路公交车，在渡口大桥南站，正式退出了这次游戏。

---

① 英国著名作家，代表作有《如此美丽：关于爵士乐》《懒人瑜伽》《搜寻》等。
② 安德烈·塔可夫斯基（1932—1986），苏联电影导演、编剧。

内昆铁路·火车驶向云外

盐津·探访传说中的「中国最窄县城」
Yunnan

云南

yun
nan

火车驶向云外

　　清晨，我从昭通站搭上 5636 次列车，前往一个叫盐津的县城。按照票面指示，我钻进 3 号车厢，找到 72 号座位——三人座中靠近过道的那个。旁边是一个中年男人，他面无表情地坐在当中，把我和靠窗的座位隔绝开来。它的主人可能刚刚抵达候车室，或者正在出租车上坐立不安。可是一直到火车缓缓驶出昭通站，这个人都没有现身。

　　见此状，我便试图往里挪，毕竟靠窗可以观赏个风景什么的。然而刚一起身，便被中年男人识破了意图："都是对号的，人家一会儿就来。"他大声嚷嚷着。"现在不是空着嘛，来了让位就是。"我坚持往里走。说时迟那时快，中年男人突然抢在我身前，把屁股朝里一撅。"那我也可以先坐一会儿啊。"他得意洋洋地说。

　　我摇摇头，坐回原位。遇到不讲理的，只有一种对策：少跟他废话。在一次次的火车旅行中，

⚠ 内昆铁路六盘水—昭通，一座突然浮现的清真寺

总会遇到这样那样的小花絮，它在发生的瞬间影响了一点心情，却在未来的某一天变成写作素材。虽然不指望这位中年男人亲眼看到，但也足够产生一种恣意报复的快感了。

5636 次列车由昭通始发，终点站为四川内江。就像很多老铁路的命运那般，如今的内昆铁路上，也只剩这一趟客车了。问题在于，内昆铁路非但不老，还很年轻，其中水富—梅花山的这段铁路，直到 21 世纪才通车。更何况，这还是一条曾被宣判过"死刑"的铁路，20 世纪 50 年代，工程人员在进行成昆铁路勘测时，便把途经宜宾、昭通和曲靖的"东线"作为三种备选方案之一，最后被铁道部以"地质不良、建筑费用超标"的理由否决。

好在国家始终没放弃在"南方丝绸之路"东道的原址上，造出一条伟大铁路的梦想。到了 60 年代，内江—安边、昆明—梅花山的铁路先后建成，内昆铁路事实上只剩昭通地区这一"最大缺口"了。但这岂止是一块难啃的硬骨头，简直就像乌蒙山开的一个黑色玩笑。如果施以上帝视角，你会发现昭通俨然一座由北向南延伸的狭长天梯：最北面的水富地区，海拔仅有 200 多米；而最南面的巧家县药山，海拔超过了 4000 米。

当 2000 年前后的施工人员在彝良地区铺设铁路时，中国尚未像今天这般被称

△ 5636 次列车刚刚驶出昭通站的风景

为"基建狂魔"。2002 年，这条不可思议的铁路终于完工了，电力机车拖着五颜六色的客车车厢，奔跑在一个还没刷成绿色的时代。那是内昆铁路的一场嘉年华，登台亮相的客车甚至比成昆线还要多。可惜这景象如花火一般短暂，人们还没做好准备，铁路就悄无声息地沉寂了下来。

　　但这条铁路从未辜负过周围的美景。列车离开昭通站不久，便会驶入彝良展线的壮观中。展线之前多次介绍，此处不再赘述，可以简单理解为一种绕着大山转圈的盘山铁路，以方便完成列车爬升或下降。无论从工程学还是美学角度来看，彝良展线都堪称奇迹。如果你站在对面，可以清楚地看到上、中、下三层铁道线，它们之间的落差达到了 280 米，长度却延展了十几千米。这种壮美深深打动了原中国铁道部部长傅志寰，他曾将彝良展线称为"内昆第一景"。

　　遇到这般美妙的铁路景观，我自然不可能像个傻子一样继续坐在中年男人旁边了，而是很快找到新的"根据地"。5636次列车上座率挺高，不过大部分乘客还是老老实实地选择了"对号入座"。其实只要稍稍朝后面的车厢走两步，便会发现世界一片豁然开朗。我在6号车厢找到一个靠窗座位，附近只有几个菜农，可以独霸一张三人座，安逸极了。非要鸡蛋里挑骨头的话，身为一趟慢车的5636次列车，它的窗户再也不能打开了。2018年6月，装有空调的25G型客车，取代了原有的25B型车厢，5636次列车从此告别了绿皮车时代，正式升级为新空调列车。

　　彼时，窗外一片云雾缭绕。青山若隐若现，它每一次露出神秘面纱，都将列车衬托在一个更高的地方。汽车接二连三消失在魔鬼般的发卡弯后面，仿佛坠入虚空。列车从海拔2000米的昭通，冲向海拔1700米的彝良。没有人看得清脚下的铁路，火车正驶向云外。这般慷慨激昂的景象，使人浑身愉悦。如托卡尔丘克（Olga Tokarczuk）[1]在《云游》中所描述："我从移动中——从颤动起步的公车、轰隆作响的飞机、滚滚向前的火车和轮渡中——获取能量。"[2]火车开足马力，撕破云层，似徐徐降落的飞机，一头扎进彝良车站。眼睛突然变得生疼，那是光芒之神再度司掌这片大地的见面礼。

　　这些背着箩筐的菜农，早已按捺不住生活所迫，纷纷起身。他们穿梭在车厢与车厢之间，一边售卖新鲜的果蔬，一边敏锐地观察四周，一旦发现穿制服的人出现，便假装坐下。没有城管，列车员取而代之。我亲眼看见一个漂亮的女列车员对一个卖核桃的大姐说："车上不要卖哈。"可没过多久，我又看见两个小孩使用一种类似开瓶器的工具，在敲击一颗核桃。所以大多数时候，这种禁止卖东西的嚷嚷，更像一种例行公事的表演。一如这出看似紧张的猫鼠游戏，实则并不跌宕起伏，只要遵循一个前提，不要在他们眼皮底下交易就好了。成都铁路局旗下有许多这种扶贫的"小慢车"，列车员和这些菜农果农在日复一日的"斗智斗勇"中，早已形成一种亦敌亦友的奇妙关系，维持着一种心照不宣的平衡。从未明许，却一直默许。

　　除了主动出击，亦有一些菜农开启了"守株待兔"模式。我在隔壁车厢看到两个男人，把一个硕大的麻袋放在小桌板上。若不是旁边一张A4纸，还以为他们只是普通乘客。"昭通彝良花椒40元一市斤"，白纸黑字，一目了然。我故意在他们旁边站了一会儿，根本没人来买他们的花椒。路过的乘客，也鲜有驻足问询的。二人倒也悠然自得，似乎并不急于将这些花椒脱

---

①奥尔加·托卡尔丘克，波兰女作家、诗人、心理学家。

②（波）奥尔加·托卡尔丘克著；于是译：《云游》，成都：四川人民出版社，2019，第6页。

▲ 昭通站吃方便面的"外星人"

▲ 巨能扛东西的老爷爷

手，自始至终如姜太公一般，安坐钓鱼台。我注意到其中一人，脚上穿着一双 Y-8 牌运动鞋，如果山本耀司撞见了，应该很头疼吧。

到了大关，呼啦一下上来大群人，有不少漂亮女孩子。想起昨晚在昭通"你家屋头"酒吧，被人问起下一站去哪儿，得到盐津的答复后，对方马上条件反射一般说："出美女的地方。"我问他为什么，他说六个字：海拔低，近四川。按照他的逻辑，海拔 1000 出头的大关，女孩子理所当然要漂亮一些。"昭通紫外线太强了，所以……"他摇摇头。这无疑是一句地图炮，大家笑笑就好，明明昭通街头有那么多好看的姑娘。

豆沙关是内昆铁路上一座毫不起眼的五等小站。列车抵达这里时，我不断环顾四周，试图找到传说中的豆沙古镇，未果。翌日坐农村小巴前来时，才发现古镇雄踞在巍峨的山巅之上，坐火车压根看不到。豆沙关又名石门关，是五尺道上的一座关隘，而五尺道，正是古代南方丝绸之路东道的一部分。层层关系像套娃一样，嵌在危机四伏的石壁上。如果说虎跳峡的惊悚在于连雄鹰都不敢回旋，石门关上空则游荡着死人的亡灵——那神秘的僰人悬棺，见证了多少传奇故事：从蜀守李冰积薪烧岩，开山凿道；到诸葛南征，平定叛乱……还有五尺道上的马蹄声，关河纤夫的号子声，内昆铁路的火车风笛声，声声都系着人与自然的宿命羁绊。

僰人将棺木高悬于万丈绝壁之上，李冰把坚硬的石头烧成酥饼，内昆铁路也在祖先的肩膀上，创造出属于自己的工程奇迹。彝良展线是其一，花土坡特大桥是其二，至于其三其四，我想应该授予那些夹在两座隧道之间的无名小站。若在别处，当一名乘客发现两座隧道之间竟有一座小站时，他一定感到新奇。但在内昆铁路，他会经常发现列车驶入一座黑漆漆的山洞后，突然莫名其妙地停下了，等钻出这座山洞，看到铁路桥上立着一座不起眼的站牌时，他才恍然大悟：原来列车并非临时停车，而是进站。因为两座大山之间的距离太短，车站只好建在铁路桥边。所以总有一些车厢，要暂时接受一个"关小黑屋"的命运。这可给列车员增加了好多额外工作，每当这样的小站到达时，他们总要扯破嗓子，大声招呼乘客从"看得见"的车厢下车。

我下车的盐津北站，便是一座建在铁路桥旁的车站，只不过，它的站台很长，足够招待一趟十几节编组的客运列车。在抵达盐津北站之前，列车要先经过盐津站，如果你想去盐津的老县城，就不能在这里下车。盐津站位于盐津县柿子镇，距离它的老县城——盐井镇还有 11 千米。从盐津北站下车，只需走个两三百米，就能看到盐井镇的标志性建筑——新村大桥了。

这是一座仅供人行的铁索桥，它横跨关河，将盐津老县城和通往新县城的247 国道连接在一起。站在桥中央，你能清楚地窥视这座所谓"中国最窄县城"的一个切面：这些建筑紧贴在一面近乎竖直的峭壁上，变戏法一般堆叠在一起。所有河边的房子，全都不可思议地伸出长脚，像一群站立着的混凝土怪物。它们肩并肩靠在一起，沿着关河一直延伸到视线尽头，呈现出一种近似无限狭窄的视觉效果。

▲ 火车驶向云外　　▲ 聚精会神看手机的女孩　　▲ 车上很多卖山货的农民

⚠ 透过酒店大窗看内昆铁路，白色建筑就是盐津北站

⚠ 盐津县城，河边长脚的房子

无人机和抖音可以让这座无人问津的小城声名远扬，内昆铁路却不能。我相信只要列车上的乘客看它一眼，定会对这个奇怪的地方念念不忘，可偏偏铁路太过调皮，它宁愿从县城脚下的隧道中钻过去，也不想让可怜的乘客见识一下中国窄城的模样。这反而为当地人提供了茶余饭后的谈资，他们戏谑地将盐津称为"中国第一座通地铁的县城"。我费尽心机，挑了一间能看见盐津北站的酒店客房，它刚好位于隧道口的上方，就连上厕所的时候，都能看见货运列车笨拙地探出脑袋的样子，就像一根刚出炉的法棍面包。

Yan
Jin

探访传说中的"中国最窄县城"

盐井镇

盐津给人的第一印象，首先是热。一下火车，扑面而来的熊熊热浪，瞬间便会吞噬那些一分钟前还在享受空调的乘客，使他们一脸无奈地化身为电影《灵魂战车》中尼古拉斯·凯奇饰演的火骷髅。车站刚好位于关河水道和巍巍群山的夹缝处，尽管已经靠近四川盆地的边缘，但乌蒙磅礴的气势犹在。只能设计成一座吊脚楼，才能从长满绿树的山坡上勉强挤出一个身位，赤足立于关河畔。天知道当年修建内昆铁路时，这些天马行空的施工方案究竟谋杀了多少人的脑细胞。

只要朝盐井镇的方向稍一张望，便能看见一幢大概 30 层楼高的庞大建筑。从某 ota 网站上预订的"江山多娇"大酒店，就在这幢全镇最高的"商住两用楼"的最顶端。去前台办理入住时，女孩正睡眼惺忪，当她听到我说想要一间能看到铁路的房间时，瞬间精神了不少。

"从来没有人提出这样的要求呢。"她好奇地打量着我

▲ 盐津的街头

说。

"我只是喜欢火车。"我说，"就像有人喜欢打麻将，有人喜欢钓鱼那样。"

推开房门的时候，着实吓了一跳。墙上挂着一幅超大尺码的画卷，黛青色的群山之下，关河水纹丝不动，内昆铁路绕着盐津北站甩出了一道优雅的弧形。若非一台韶山3型电力机车拉着黑乎乎的火车皮钻出山洞，我还真把这镶边的窗户看成了画框。显而易见，前台姑娘给了我一个超出预期的惊喜。我猜她一定听到了火车的尖啸声，也许她还在纳闷前面遇到了一个怎样奇怪的客人。

下楼吃米线。店主是一对年轻的小两口，老板娘穿一条淡色连衣裙，肚子微微隆起。小店是那种临街的商铺，装修极其简陋，拉起卷帘门后，一切全无遮拦。老板炒菜，客人吃饭，全都裸露在大庭广众之下，与临时支棱起来的排档无异。最要命的，三十七八度的天，热浪像加特林机枪一样玩命往里扫射。可以理解这种"开放式"的店铺装不上空调，但为啥连个风扇都没有呢？就算不把客人放在眼里，总得考虑下肚子里装着的那家伙吧。

好在小两口人倒是不错，问了他们一堆出行的问题，全部予以耐心解答。米线的分量也很实在，要用大口嗦，才对得起汗珠大块往下滴答的狼狈。其间一辆洒水车勉强挤进身旁这条逼仄的马路，一边哼着小曲儿，一边用凉水给我们降温，贴心又周到。然而5分钟不到，魔幻的一幕就在眼皮底下发生了：当这辆洒水车再次哼着小曲闯入视线时，竟是撅着屁股出来的。在盐井镇这条仅能容纳一辆车通行的窄路上，这辆体积庞大的洒水车根本没法找到一处可以掉头的地方。

若非亲眼所见，你很难接受这样一出既尴尬又好笑的画面。但对世世代代生活于此的盐津人民来说，这压根就没啥稀奇的。他们依山傍水，一边和凶悍的大自然搏杀，一边适时弯腰，逐渐摸索出一条低姿态前行的路线。然而再谦卑，也依然难耐这个爆炸一般膨胀的世道，就像踩在五尺道上的早已不再是马蹄印，而是一双双耐克、阿迪达斯、斯凯奇那样。2001 年，沉寂多年的关河上空，开始传来电力机车悠扬的风笛声，老人们不禁怀念起当年纤船时高歌的号子声。势不可当的铁流，不但改变了关河水运的物流，也促进了盐津地区的人流。于是他们兴冲冲地坐上火车，打算去省城走一走。却在不经意间发现这条通往昆明的铁路，还得先绕道贵州一圈，才能迂回云南境内。

这是因为内昆铁路自规划之初，便好事多磨，一会儿说修，一会儿又说不修。还曾作为成昆铁路的东线方案，被工程人员考察并否定过。待到铁道部正式决定修建这条铁路时，由贵阳经六盘水至昆明的贵昆铁路早已建成。所以内昆铁路只需修到梅花山（后因梅花山不具备折返条件而修至六盘水），便可与贵昆铁路相连。贵昆铁路作为三线建设时期的重点铁路工程，它的一大使命就是将六盘水的煤炭通过成昆铁路送到攀枝花去，是当时唯一连接贵州和云南的铁路。

火车的出现，确实极大程度上丰富了盐津人民出行的多样性。当地人只需买一张火车票，便可自由出入全国任意一个角落。如果说内昆铁路帮助盐津人走出了大山，那么真正让盐津这座小县城走向全国的，则要归功于短视频了。对这类

⚠ 乍一看这些楼房好像钉在一面墙上

夜晚的小县城有人间烟火的一面

博取眼球的节目来说，盐津就像一块香气四溢的大肥肉，是最受他们垂涎的美味佳肴。当初盐津人盼星星盼月亮，总算盼来了火车，可是没过多久，铁路就在遍地开花的高铁面前日渐衰亡了。而始终无欲无求的盐井镇，却在沉寂多年以后莫名其妙地火了起来，成为炙手可热的"超级网红"……命运也真够捉弄人的。

然而，并不是所有看似光鲜的网红，都能将这种流量加持转变成直接利益，正如此刻我走在盐井镇街头，依然和走在金口河等地的街头没什么分别。当地人依然会"望眼欲穿"地盯着你，街上也很难找到除我之外的第二个游客。在这样的小县城游荡，脸皮太薄的显然走不下去，当地人关照你的目光实在太过灼热，让你有种"体无完肤"的耻感。当你决定施以温柔地反击，像外国背包客一样对他们傻笑时，却赫然发现人家非但不领情，反而摆出一副更加疑惑和呆滞的表情——如果说先前还对你有种"不明觉厉"的敬畏感的话，你一笑可就怯魅了。

当然，绝大多数本地人都不会对一个手足无措的游客怀有恶意，他们只是单纯的好奇罢了。游客更不应该惧怕他们的好奇，毕竟一个没怎么见过游客的地方，只会埋藏着更多未知的惊喜。但我还是受到了一次突如其来的惊吓，肇事者并非人类，而是一只体形硕大的蜘蛛。它不知何故爬到了酒店电梯的按钮旁，瞬间把我吓得头皮发麻，还以为撞见电影《异形》中的"抱脸虫"了。好在只要你把照片发在互联网上，便会有人来指点迷津：这家伙叫白额高脚蜘蛛，是室内最大的一种蜘蛛，擅长猎杀蟑螂、苍蝇和飞蛾等"害虫"。对这类生物来说，遭遇白额高脚蜘蛛，基本等同于人类遭遇异形。所以就这个层面来说，这一长得像抱脸虫的怪物，还真是人类的好朋友。

豆沙关

翌日，我决定搭乘中巴前往豆沙关，看看这座颇有传奇色彩的古镇。先花 10 块钱，打摩的去沙坪桥，得亏师傅直接把我送到了车站，不然肯定找不着路。车子并非东风之类的农村巴士，而是五菱宏光这样的小型汽车，驾驶员直接把一块写着"豆沙"二字的牌子往前一搁，人齐活了就上路。撇去地理因素，倘若一个毫不知情的游客看见这块"豆沙"牌子，也许还会敲开车窗问问老板有没有包子卖。

古镇总体上比较安逸，到处都是新盖的明清式建筑。游人寥寥，当地人却不少。去一家杂货店买冰镇的可乐，刚刚扫码付款完毕，突然一根香烟递了过来，顺着白皙的手往上看，老板娘的微笑真诚而不造作。这一目光交汇的刹那，让我产生了些许难为情，连忙朝她摆摆手，示意自己不会抽烟。落荒而逃之余，心中的顽

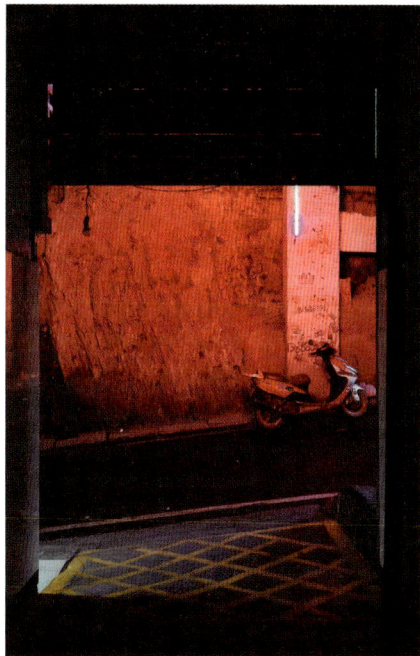

⚠ 也有凋敝的一面

石就此落地：这或许并不是一座完美契合预期的古镇，但至少还能嗅出一丝那些商业化古镇所失去的人情味。

2006年7月22日，盐津县发生了一次5.1级地震，震中正是这座豆沙古镇。由于身处乌蒙山区，地质条件十分恶劣，岩土体松散，极易破碎。一旦出现地震等自然灾害，其破坏力远超平原地区。在地震夺走的22个生命中，有18个是因为落石或山体崩塌致死的。地震还使得全国重点文物保护单位袁滋题记摩崖石刻出现三处裂痕，内昆铁路行车中断，甚至就连死人也不得安宁——已经沉睡了数百年的"僰人悬棺"东面第一口悬棺，也开始朝洞外倾斜。

自古以来，昭通便是一个饱受地震困扰的地方。人们也许还记得2014年8月的云南昭通鲁甸大地震，那是近乎地狱般的一场灾难，600多人失去生命，几十万人流离失所……正因为地势复杂多变，通路被关河与乌蒙所绝，使得世世代代生活在这里的人，就像生活在老天爷设下的一个困局中。李冰烧出的五尺道，是人们为挣脱这个困局而用力撞开的一个缺口，载满货物的骡马如履带装甲车一般蹚过各种崎岖地貌，踩出了一条通向外界的生命之路。自此，昭通成为由蜀入滇的第一站，人们把这条骡马踩出来的"五尺道"，叫作"南方丝绸之路的东道"。

豆沙古镇走到头，便是隋代的石门关了。五尺道弯弯曲曲，通往幽深的丛林。那些清晰可辨的马蹄印，早已在千百年来的历史变迁中化作时光之尘，如黑胶唱片的密纹那样埋藏在岁月的沟壑中。高挂在万丈绝壁之上的僰人悬棺，仍旧如亘古至今未能破解的谜题那样嘲弄着世人。和这些静默无声的沉睡者相比，内昆铁路的电力机车不过是一群不知天高地厚的孩子而已。

我在石门关迫切想听到这些孩子的哭声，然而内昆铁路的列车委实少得可怜，苦苦守候多时，竟未盼来一列火车。但这并不妨碍此乃铁道摄影的绝佳机位：万丈绝壁之下，内昆铁路沿着关河水道，像一根盘踞在大地之颈的项链，将人造之美天衣无缝地收入自然景观中。不知何时，上来了一群大叔大妈，他们喋喋不休了老半天，拍了不知道多少张到此一游。其中一位穿红裙子的阿姨，看样子不是本地人便是故地重游，她以一种资深导游般的口吻，将旁边景区宣传栏上的文字原封不动地复述了下来：

"现在我们所站的地方，是拍照片的最佳场所。你们除了能看到五尺道和关河水道外，还能看到后来修的内昆铁路，以及水麻高速公路和国道，一共有五条道。过去马帮只能走五尺道，现在人们可以走五条道了……"

她身旁的"崇拜者"们，无不把脑袋点得像磕头虫似的，伴随着一阵阵"呜哇"的赞叹声，继而掏出手机，噼里啪啦一顿乱拍。"如果这时候火车来了，拍下来会更加好看！我们本地的摄影师都拍过！"这一句充满自豪的补刀，既坐实了她似假包换的本地人身份，也在一定程度上暴露出她对铁路摄影竟有几分了解。

只可惜，我们都没能等来火车。他们很快就嚷嚷着散去了，只留下一个饥肠

内昆铁路的货运列车穿过关河

辘辘的我，继续盯着细长的内昆铁路发呆。天气阴沉，铁道线上连一丝回光都没有。关河水也纹丝不动，像是和这些悬棺一起被岁月封印在某个时间节点上。曾几何时，宜宾方向过来的船，都要在这里卸下货物，再换骡马，沿五尺道向云南内陆进发。对关河水道上的船工来说，唯有豆沙关浮现在眼前的那一刻，方才告别千钧重担。由于昭通南高北低，加之激流众多，货船必须依靠纤绳的拉动，才能继续前行。于是这些英勇的船工，闷一口酒，纵身一跃，光着膀子游到岸上，化为纤夫。冬天冻得直打哆嗦，酷暑则一个汗珠摔八瓣儿，他们还要光脚踩在乱石堆上，稍不留神，便被尖利的碎石划破一个大口子。

苦难的日子看似没有尽头，纤夫的生活也绝非一首当年红遍中国的歌曲《纤夫的爱》那般激情四溢，对劳动人民的任何浪漫化行径都必须值得警惕，但船工们依然会引吭高歌，在他们纤起沉重货船的每一分每一秒。无论那条河叫作横江，还是关河，船工的号子声永远都会响彻两岸。他们大声唱着，每次用尽全力发出的嘶吼，都是对苦难生活的一种宣泄。很难想象那个时候，当关河两岸的人们听到整齐嘹亮的号子声传来时，会不会将目光齐刷刷地对准那艘笨重的货船，和岸上那些拴着绳子的赤膊大汉，就像今天内昆铁路上来来往往的电力机车，其风笛声总是抢先一步被世人捕捉到那样。

火车笛声取代船工号子，并不是单纯的机械代替人工，而应视为机械文明的一种进步和更迭。毕竟，假如轮船拥有更强大的动力，自然也就不需要纤夫了。但无论如何，最终的受益者还是人类。纤船时代，人类要与大自然展开一场殊死搏杀；火车时代，不管前方是乌蒙磅礴还是关河汹涛，逢山凿路，遇水架桥。于是看似两种对立的情感又会融为一体：一方面，你总能从这些号子声中听出一丝慷慨赴死般的悲壮；另一方面，你又能从中感受到滇蜀人民一种自得其乐式的达观。这是千百年来他们对这片土地爱恨交加的一种佐证，他们早已将复杂

⚠ 拔罐的老太

⚠ 抽水烟的男人

的情感深深植入脚底板的每一寸乱石堆中，为这些沉默的山川赋予独一无二的地缘基因。

回程穿过古城，来到邮局旁边的广场。这里显然是全镇最热闹的地方，人们竞相拥挤于此，有事办事，无事闲逛。路边一个赤膊的男人，见我要拍照，马上抱起一米多长的"火箭筒"，狠狠吸上一口。他的样子极其飒爽，让我想起《三国演义》里裸衣斗马超的曹魏名将许诸。云南人对这种体形巨大的水烟枪，有着迷一般的偏爱，就像他们偏爱各种奇形怪状的蘑菇那样。昨晚我在盐井镇的新村大桥上，也邂逅了一位举着大烟枪的老人。他似乎耳朵听不太清楚，对我的一番赞美不理不睬。当我再次沿着大桥往回走时，他突然冲我微微一笑，却仍然一言不发。

古镇如其名，也就豆沙那么一点地方大。亲朋好友之间，抬头不见低头见，随处都能照个面。女警察坐在防诈骗的易拉宝旁，前来咨询的不是受害群众，而是刚好遇到的熟人。远处走来一位穿碎花裙子的女孩，长发披肩，脚踩 8cm 的细高跟鞋，看上去和普通的都市丽人没啥分别。扬长而去之时，才发现她背上还有一个硕大的箩筐。这是当地村民的"最佳时尚单品"，无论下地干活还是出行购物，每个人都爱背上一只，就某些方面的功能和实用性来说，恐怕户外用品商店那些售价几千元的登山包都未必能够比拟。

我就这样在广场上坐了很久很久，看形形色色的人穿来穿去。他们当中有腿上插满蜻蜓复眼一般恐怖火罐的苗族老太太，有身披藏青色中山装头戴绿色军帽的老汉，仿佛穿越时空而来……千百年来，他们始终以一种不疾不徐的方式，在五尺道和乱石堆中安度每一天。称其为"一成不变的生活"，显然有些苛刻，按部就班只是表象，内在的怡然自得，才是这种无欲无求背后所蕴藏着的生命哲学和宇宙观。事到如今，我当然不会在一篇旅行笔记中草率地宣称爱上某个地方，但我看到对面金店的女孩冲到路边去撸一只无所事事的流浪狗时，心中很难不泛起波澜。

尾声

回沙坪桥后，我决定徒步两公里，从下车的地方走到盐井镇。桥头有一间宜家配色的"遵义羊肉粉"店，黄色和蓝色相间的店面，极其醒目。忍不住多看了两眼，才赫然发现，自己竟然一时眼拙。

这根本不是什么"遵义羊肉粉"店，店门口写得清清楚楚明明白白的是——"遵义羊肉米线"。是的，尽管盐津县盐井镇位于三省交界的地方，但这里的的确确属于云南。除了水烟枪和蘑菇，云南人对米线也有谜一般的偏执。他们的最后底线，是万万不可把米线叫成米粉。同样的道理，他们才不管你什么"遵义羊肉粉"在全国多有名呢，只要你敢来云南，就给我老老实实地改头换面。

我走着走着，夜色渐至。华灯初上的盐井镇，竟有一种意想不到的繁华表象。除了咖啡店，还有一间精酿啤酒馆，依稀有人觥筹交错，一种"梦里不知身是客"的虚幻。这样的念头持续不了三秒钟，火锅店飘来的重油重辣味，便会瞬间侵入呼吸系统。而视线也会被纳凉的人们慢慢填满，一如河岸边那些为数不多的空地，早已被跳广场舞的阿姨们霸占那样。即便有几分异质，这依然还是一座无法脱离中国气息的小县城，它散发出的阵阵迷迭香，也终将在世俗生活中湮灭。

离别前的最后一顿晚餐，是在一家叫九园包子的饭店解决的。老板娘眉清目秀，却已是两个孩子的妈。倘若她一个人走在街上的话，会有很大概率被错认成女大学生。也许她根本想象不到会遇上一个不讲方言的我，正如我也想象不到她是那样的热情心善。看我满头大汗，她不但主动引我到有空调的位置上，还反复问我要不要加饭，并赠送了我一包涪陵榨菜。她家小男孩跑出去玩了，剩下一个五岁左右的女娃，一边玩玩具，一边看《喜羊羊与灰太狼》。最后的记忆被一则广告卷走，内容好像是让孩子们使用 QQ 浏览器进入一个什么页面来着。如果不是这则突如其来的广告，我已经完全记不得企鹅公司还有这么一款产品了。

河南

he

nan

老君庙 Laojun Miao

一座神秘的火车墓地

和舒尔茨一起火车旅行

八月，乘火车去旅行。我从上海虹桥站登上一趟 G1716 次高铁，前往驻马店西站。一起同行的是波兰作家布鲁诺·舒尔茨(Bruno Schulz)[①]，他的《肉桂色铺子》正躺在小桌板上。火车徐徐开动了，舒尔茨笔下那个超现实世界，也悄悄敞开了。八月，是书的第一篇文章标题。没由来的巧合，如平淡岁月中一些可以被轻拾起的发光之物，流淌在午后潮湿闷热的铁轨上。

火车开始加速，前方的女人试图将遮光帘一拉到底，这显然不足以让刻意挑选 F 座的我如愿。"抱歉，现在是阴天，能否留一点缝隙，至少能让我看得见外面的树？"她没有搭

①布鲁诺·舒尔茨（1892—1942）是一位波兰犹太裔作家和艺术家。他以独特的文学风格和绘画作品而闻名。

话，只是干净利落地把窗帘顶了上去。中国铁路于 7 月 1 日刚刚调整了列车运行图，这趟车由 D 字头换成了 G 字头，车底也由 CRH2A 型更换成了 CRH380A 型。但无论怎样换汤，靠窗旅客却仍旧没有独享遮光帘的药方，如遇两个意见不统一的乘客，难免纷争。女人很快在电话里开始抱怨，说改高铁以后贵了 130 元，才快了一小时，简直赤裸裸地抢钱。还好，她并没有迁怒于我。

那些身材高挑、着整齐制服的年轻女列车员，会一如既往地将礼貌性的微笑挂在脸上，如微风般从车厢这一头轻拂到另一头。至于套话，则交由广播里的录音。于是每逢列车驶出一座车站，"欢迎您乘坐王守义十三香号动车组列车"的洗脑式广告便会无限循环，即便叶茂中出马，也只能甘拜下风。

由于正值暑期，车厢里游弋着不少吵吵嚷嚷的"未成年人"。加之舒尔茨的文风虽飘逸，却也难免晦涩，在大量梦境与现实的反复离合中，我常常在舒尔茨的文字游戏中裹足不前，被突如其来的小孩哭声或尖叫声撞击，从想象力的高空瞬时坠落。合上书本，让视线重归窗外，阴云让天空变成了铅灰色，也让大地上的绿意更纯粹和盎然。我喜欢略显冷色调的世界，而绿色则是中和他们的使者。是不是要感谢这些"熊孩子"，让我暂时离开舒尔茨的世界，重新拥抱这片醉人的绿色。尽管隔着厚厚的钢化玻璃，却仍旧能感觉到大自然的温柔。此刻，列车正飞速行驶在镇江至南京的丘陵地带，大块大块状的绿色，漫山遍野铺陈下来。唯有这个季节，才匹配这样的治愈能力。

可又在顷刻间，火车便驶入滂沱，驶入苍茫。那是一片闪闪的黑云，狂怒的暴雨倾泻而下。视线迅速模糊，又旋即从蔚蓝中全身而退。云层丝毫不顾思维的迟滞，在天空疾速前行，宛若 1942 年的苏联红军那般迫切。黑暗统治世界的时间太短了，车上的乘客根本顾不上抱怨。而对于那些打瞌睡的人来说，这场仅仅维持了十几秒钟的雷雨，还不及他们一个无聊的梦境。

在无风无浪的平静中，列车驶入了一种无欲无求的安宁里。把耳机挂在头上，再一次沉浸在舒尔茨编织的超现实之中。《鳄鱼街》是一篇十分有趣的故事，里面有无人驾驶的四轮马车，硬纸板材质的有轨电车，还有一群奇怪的旅客，在等候着一班不知何时才会到来的火车。"说不准它究竟会不会来，停于何处，大伙往往在两个不同的地方分别排队，无法就站点的准确位置达成一致。隐约可见的轨道旁，沉默、黑暗的民众久久等待，他们脸庞的侧影像一列苍白的纸面具，拉伸成一道凝眸注目的怪异线条。"读到这段话时，列车正从大别山的一座座隧道中穿来穿去，黄昏时分的光线镶着金边，和黑漆漆的隧洞撕扯在一起，交替统治窗外的世界。

驶入麻城站之前，远处的山峦上有一座酷似雪峰的采石场，让不少来往的过客惊呼不已；而驶出麻城站不久，他们又会在两座浓烟滚滚的冷却塔面前，感受到了工业文明的某种压抑。我曾和朋友前往甘肃酒泉的 404 厂，尽管奔着那些已成废墟的苏联时代建筑而来，但不远之处的多座处理核废料的冷凝塔，仍旧教人心惊胆战。切尔诺贝利的阴影无处不在，死神的镰刀也从未远离人类的脖颈。不过话又说回，确实不该在大别山电厂的冷却塔面前望而生畏，你总不能被一句致敬林徽因的诗歌吓倒吧。瞧瞧上面写着的"人间四月天"和"麻城看杜鹃"，再也寻不着这样弥漫着文艺气息的冷却塔兄弟了。

到汉口站时，经历了人生第二次在 CRH 列车上更换座椅方向，那本《肉桂色铺子》还剩四五十页。这本薄薄的册子，终于在夜幕下的驻马店西站抵达之时，被我翻到了最后一页。等待它的命运，是被塞进那只 13 升的小鹰户外背包。布鲁诺·舒尔茨是个很好的旅伴，但注定只是一道开胃菜，从明天起，这趟直到现在还稍稍有些神秘感的特别旅行，才真正揭开大戏。

去老君庙镇

网络资料显示：驻马店全市总面积 1.51 万平方公里，人口 801.74 万人（截至 2017 年数据）。倘若按照人口数量决定城市排名，它可以跻身全国 TOP30 之内。但这显然不包括驻马店西站一带的"新城"，它徒有一副灯红酒绿的躯壳，却在夜幕降临之后重归清冷。与广州来的网友老唐碰头，去恒大名都旁的美食汇吃饭。九点不到的时间，大部分店铺都已关之大吉，只有那座大型地下停车场门户大开，却又空空如也。除了黑车司机和酒店前台，唯一向我们主动打招呼的家伙，是丽枫酒店的智能音箱——它在我洗澡的时候突然唱起了歌，显得那样的不合时宜。

不过你可千万不要就此作出"又一座鬼城"的草率判断。翌日清晨，打车去30 公里外的老君庙镇时，司机师傅正滔滔不绝地吐槽起房价："从去年开始，房价突然飞一般的猛涨。以前恒大名都也就 5000 元一平，现在都快破万了。"这就是现实，它总是轻易地折磨一个无知过客的眼球。当我们问起这样的房子是否有价无市时，师傅的眼神中分明流露出一丝轻蔑："有，多着呢。排队买。现在都奔着高铁站去，毕竟是高铁房。"得到这样的回答，我和老唐只能面面相觑。在一线城市，人们竞相购买地铁房，他们早已习惯了房地产商添油加醋式的营销套路。而在这里，如出一辙的把戏又在上演，只不过把"地"换成了"高"。

出租车沿着一条新修的省道，向老君庙镇疾驰而去，中原地区司空见惯的那些乡镇，不断从身旁掠过。经过一座废弃的工厂时，我和老唐都忍不住叫了起来，暗红色的厂房正中央，有血色的五角星，和一根冲天的大烟囱。这或许是一座被遗弃的砖厂，那些故事都去了昨天，留下的只有老迈的躯壳，包裹着一张计划经济的皮囊。它让我们隐秘的欲望开始膨胀，距离老君庙镇越来越近了，距离我们的目标也越来越近了。

老君庙镇绝非不食人间烟火，两条东西向和南北向的通路，纵横捭阖，这让它看起来像一个井字。沿街的商铺清一色绿底白字，其中有不少烩面和羊肉汤馆子。由于距宿鸭湖水库近在咫尺，你还能看到一些水上用品店。而那座传说中的老君庙，似乎只能存在于高德地图中。我和老唐沿着地图上的坐标地转了一圈，并未发现它的踪迹。

河南的地方窄轨铁路

至此，可以将我们探寻的真正目的地大白于众了，那便是河南地方窄轨铁路——驻汝线的老君庙火车站，以及停靠在车站前的几台火车车头和车厢。可能这时候你会忍不住发笑了，区区一座火车小站，有什么值得大动干戈的？这就要从河南窄轨铁路的历史说起了。

严格意义上，前文中我犯了一个小错误。其实驻马店是有"地铁"的，全国很多地方都有，它们被称为"地方铁路"。与国铁不一样的是，这种"地铁"是指由地方政府部门或企业为主要的施工建设、运作维护和经营管理单位的铁路系统。与国内其他省份的地方铁路相比，河南的地铁系统拥有许多与众不同的地方。在 20 世纪 60—80 年代，河南大力兴建了窄轨铁路。这种轨距只有 762 毫米的小铁路，成为河南铁路最独一无二之处。

我们很难追根溯源，为何只有河南省一直坚持修建这种窄轨铁路。造价的低廉，运营的方便灵活，技术上也毫无难度，成为那个物资匮乏的年代，使河南窄轨蓬勃发展的几大重要因素。于是河南人开始了一轮又一轮的疯狂建设，最终交出了一张运营里程超过 1200 公里的"恐怖"答卷。他们几乎单枪匹马，仅仅依靠一个省的人力物力，就打造出一个堪称铁路网的窄轨系统，实在让人叹为观止。这些走在窄轨铁道上的客货运小火车，直接串联起乡村和城镇，极大促进了河南省的经济发展，更让他们摸索出一条适合自身的交通运输业道路。

我曾写过许郸铁路，也赶在许昌—郸城的窄轨小火车停运之前，"抢救性"地体验了一次。我故意选择了一节敞车，与村民的牛羊、骑手的自行车、陌生的旅行者，以及耳畔吹来的风为伍。那是一种难以用言语来形容的奇妙体验，读者仅凭想象力，便能勾勒出一幅超现实般的画面。可悲的是，自此不久，许郸小火车便宣告停运。这一超乎寻常的铁道旅行，永远成了绝唱。然而这只是无数的悲剧之一，在诸多现实层面的制约下，河南地方窄轨铁路的衰败是必然的。公路的不断发展，让小火车不再灵活，显得愈加笨重。经济层面，客货运流量大幅度减少，难以维持收支平衡。

曾经无比辉煌的河南地方窄轨铁路系统，就这样陆续地停用，直至彻底废弃。

即将出现在眼前的驻汝铁路老君庙站，它连接了驻马店至汝南、老君庙到独山两段路线。2013 年 7 月，一场意外的交通事故，成为"压垮骆驼的最后一根稻草"，于 1981 年建成通车的驻汝铁路，就这样走完了它的历史使命。至此，河南地方窄轨铁路悉数停运。那些所有过往的美好，只能从旁人的照片和记忆中去寻觅了。

时间的湮灭之外

既然铁路都已停运，那我又为何而来？

一次网络上的意外邂逅，我注意到驻汝铁路的老君庙站，不但主体站房保存完好，还停靠着一些废弃的火车机车和车厢。它们锈痕斑斑，却仍旧屹立在铁轨上，在风吹雨打之中，维持着机械怪兽的最后一丝尊严。这种悲壮震撼人心，极富冲击力，让我过目难忘。这些年来，我逐渐开始迷恋一种废墟探险般的旅行方式。而老君庙站和这堆破旧不已的机车，却在阴差阳错之中，幸运地避免了被推土机连根拔起的命运，也没有沦为起重机吊臂上的一堆废铁。它们魂魄已逝，尸骨犹存，形成了一座规模不小的"火车墓地"，这在中国境内的铁路废墟领域，极其罕见。

一如当年许昌小火车鸣响的天鹅之歌，在后悔药发明之前，一个人最好的选

▲ 林中废弃的敞车

⚠ 废弃的平板车

择就是忠于自己的内心。毕竟，即便是一座无人问津的火车坟场，你也永远不知道它何时化为历史的灰烬。所谓探寻废墟的旅行，也要遵循现实世界的物质规律。当这些废铁成为废铁前，势必也曾熠熠生辉，那是它们生命中最高光的一刻。遗憾的是，它们并没有和我的生命轨迹，创造出严丝合缝的交汇点，这已然无法弥补。为避免更大的缺憾产生，我只能加紧步伐，抢在废铁成为铁渣之前，来到这处隐秘之所。那是时间的湮灭之外，废墟最后的芳华。

　　荒草丛生的溪畔，我步入铁轨。脚下四处是牛粪，还有当地人扔掉的垃圾，它们在狂欢，在笑话一个贸然闯入的异乡人。我沉默不语，沿着被野草覆盖的铁道线，缓慢前行。老唐已沉浸在摄影的欢愉之中，他把焦点对准了敞车上面的破酒瓶子，或者蜘蛛网什么的。旁边的老君庙幼儿园，听不到孩子唱歌的声音，仿佛全世界都在为这片寂静之地默哀。

　　当火车机车出现在眼前之时，相伴而来的还有几座农舍。一个中年男人，在田里弯腰忙活着。我看了他一眼，他看了我一眼，然后各自目光错开，像各自毫不相干的生活那般，什么也没有发生。我不知道在这台 NY380 型内燃机车旁散步的，是不是他家的鸡。我只知道当我靠近这台机车的时候，这些家禽被吓了个魂飞魄散。它们一定非常恨我，毕竟我侵占了它们的领地——村民早已在这台机车的一侧，搭建瓜棚，修筑鸡窝。既然无法将这台机车偷偷开走，那就干脆将其霸占。不过与身后那台几乎完全走样的机车相比，这台 NY380 至少还算留得全尸。

废弃的柴油机车

废弃的客运车厢

柴油发动机

　　我钻进一节"门都没有"的客运车厢，里面的座椅早已消失不见，连车窗的玻璃也尽数拆光，只留下了一副空空荡荡的外壳，像丢进垃圾桶的半个西瓜皮。天花板、地板全部走向黯淡，许多接缝处被雨水腐蚀，产生了大片状的裂痕。这本是一座垂死挣扎的铁皮坟墓，却戏剧性地呈现出无尽生机：野草沿着缝隙，蔓延进车厢，为碎石、朽木和玻璃碴的天地里，注入了一丝绿色。当旧的世界土崩瓦解，新的秩序又会悄悄确立。那些正在死去的客运车厢，在不断生锈的化学变化中，在不得不接纳野草的宽容中，意外被赋予了一种荒芜之美，一种颓废的诗意——它们仍在和这个世界发生关联，和这个宇宙转换能量。

火车墓地是一种极其特别的存在。与那些建筑物的废墟相比，它的形成条件十分苛刻，因此屈指可数。老君庙站的这些废弃火车，从规模来说，尚无法与东欧一些国家的大型铁路废墟相媲美。它有两台 NY380 型内燃机车，其中一台的发动机等设备犹在，另一台几乎彻底报废；一台太行 52A 型内燃机车，与 NY380 一同出自石家庄动力机械厂，它曾是许邯铁路的主力牵引机车；另外有两台损毁比较严重的柴油机车，无法辨识型号。此外，大概有 20~30 节敞车、平板车及客运车厢，它们像一群剥了魂的尸，不会走的肉，终日栖息在这片无人问津之地，散发出阵阵铁锈般的幽冥之光。

在这堆铁锈物的不远处，老君庙火车站躲藏在一群参天大树之后。树荫遮挡了 8 月的午后阳光，让这座火车站的外墙变得更加阴郁，像暗红色的血液凝固后的状态。中国铁路的路徽，仍旧不偏不倚地挂在站房的尖顶之上。如预料中那般，屋内就好像经历了一场令人发指的大扫荡，能够搬走的都搬走了，只有一些发霉的奖状，仍旧顽强地粘在粗粝的墙面上，如遍布抬头纹的老人那般，不停絮叨着往日的荣光。找到最古老的一张，上面用标准的楷体写着：

"老君庙工区，在一九八七年团结奋斗，工作成绩突出，被评为段先进单位，特发此状，以资鼓励。——驻地铁工务电务段 一九八八年二月四日"

▲ 车厢内锈迹斑斑的部件

这些八九十年代的奖状，曾经是这座车站职工最光荣的见证。如今在时代洪流的裹挟下，早已形如废纸。它让人想起段奕宏在电影《暴雪将至》里扮演的那个保卫科长，永远沉浸在一种虚无的幻想之中，无法自拔。时代的铁蹄却从未拥有一丝一毫的怜悯，它总是无情地践踏纯真。工厂关了门，段奕宏乘坐的中巴也在大雪中抛了锚，可老君庙站的这些奖状，却被时光永远封印在了这一刻。

⚠ 废弃的老君庙火车站

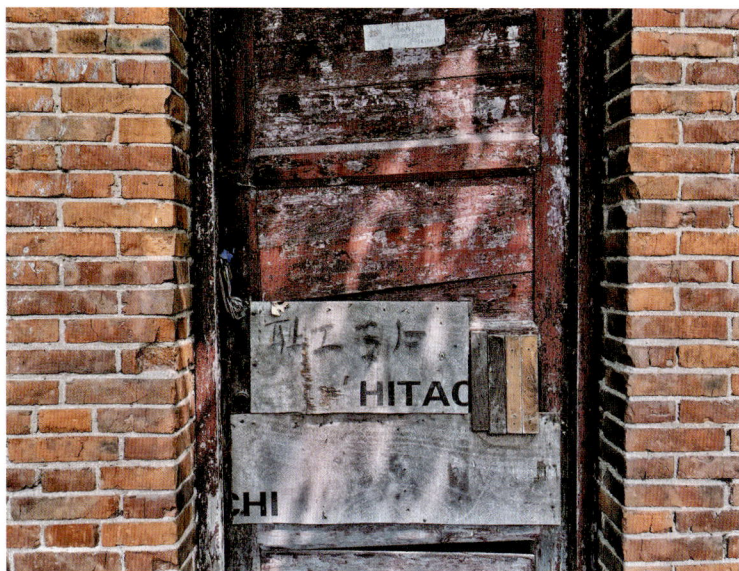

▲ 斑驳的门

尾声

　　我没有选择坐高铁回程。在驻马店的回民区，喝下一碗足以流下幸福泪水的羊肉汤后，我和老唐分道扬镳。普速列车在滂沱的雨夜里狂奔了一整晚，将我唤醒在符离集的清晨。从孩童起，每逢坐火车路过符离集，父亲总会为我买一只烧鸡。在那个没有手机和互联网的年代，火车站台成了某种意义上的"美食驿站"。无数站台上售卖的食品，通过火车这一载体传遍了全国，创造出了一种独特的火车美食文化。从什么时候开始，这些东西全部消失不见了呢？

　　只有那安徽华电的宿州火电厂，再度用几座巨大的冷却塔，向我灌输工业文明的不可抗拒。除了俯首称臣，已没有多余的选择，就像我不能对阵阵烧鸡的香味置若罔闻：卧铺车厢的边座上，一个大叔正在吃鸡，不是符离集烧鸡，是郑州铁路局提供的道口烧鸡；卧铺车厢的下铺，一个少女也在"吃鸡"，同样不是符离集烧鸡，而是网易公司出品的一款游戏——"荒野行动"。

京广铁路：火车开往郴州

马田（一）：探访两条不为人知的工矿企业窄轨铁路

马田（二）：柴油朋克味的绿皮怪兽

焦柳铁路（一）：内燃机时代的最后浪漫

焦柳铁路（二）：麻阳往事、北野武和芙蓉镇

湖南

hu

nan

京广铁路

Jingguang
Tielu

京广铁路：火车开往郴州

　　2014 年 9 月的某一天，我在 K511 次列车的一节硬卧车厢里，眼睁睁地看着这辆长长的列车被分解成好几段，装进一艘大船，就像刚刚从超市买来的一条带鱼，被切成若干块后塞进了冰箱。这艘大船载着这趟开往海口的列车，在海雾浓浓的夜色下启航，穿越了琼州海峡。然而，在轮船的汽笛鸣响之前，我并不知晓将迎来一个被桎梏在全封闭的车厢中动弹不得，除了货舱那块淡绿色的铁壁之外啥也看不见的悲惨命运，如同一粒葬身鱼腹的尘埃。所有浓浓的海雾都是想象，尽管那的确是一个只有惨白星光隐约可见的夜晚，甲板上几百名好奇的乘客亲眼见证了这一切。他们无疑是幸运儿，仅需几十块钱，便可以自行觅得一处海风拂面的观景空间，倾听浪花拍击船舷的啪嗒声。而在他们脚底板几十米以下的幽暗货舱中，还有几百名被"囚禁"于一截截火车中的"蠢货"，这些人用数十倍的票价，买来了一个比偷渡客还要糟糕的结局。

▲ K511 次水牌

　　这便是 K511 次列车留给我的一段记忆。听上去，算不得美好。好在，我又重获了一次修正的机会。时隔多年以后，我再次钻进了 K511 次列车的卧铺车厢。这一回，换成了更加舒适的软卧。而目的地，换成了湖南省郴州市。至于 K511 次列车，也并不打算以旧面貌示人，它依然使用了 25G 型客车，但红色和白色相间的涂装，早已刷新成一身墨绿色，此外，列车的运行时刻也不同以往。恕我考察不够周全，仅凭大脑已无法完成对六年前的精确追忆了。

　　我只买到了上铺。当然，和硬卧逼仄的上铺相比，软卧上铺无论空间还是舒适度，都有了质的提升。但不是所有人都这样想，下铺的大叔刚一进来，便用上海话抱怨了起来："册那，格软卧帮硬卧有撒额不一样啊，还巨了 100 块！"他是一个当年插队到江西宜春的上海老知青，娶了当地的老婆，虽然改不了一口吴侬软语，但情感上早已将宜春视为真正故乡。"我在静安区有两套房子，1999 年花 100 万元买的，还带装修。一套借给别人了，一套自己住。不过还是宜春更适合居住啊，你去过没有？现在建设得可好呢，全国四大旅游城市。"他对隔壁下铺一个戴眼镜的年轻男人说道。

　　"眼镜男"带了一个疑似自己老婆的女人。之所以用疑似来形容，是因为女人看上去比他沧桑许多。倘若姐弟的话，两人之间的亲昵举止，又多少有些"越位"。至于会不会是其他类型的男女关系呢？这显然超出了我的兴趣范围。他们先我一步进入包厢，我因此错失了一睹"眼镜男"站立时的风采。反正当我看到他时，他便一头栽倒在铺位上，双腿蜷缩，肚子鼓囊着，像一只正在吐气的蛤蟆。

⚠ 郴州一股工业味

女人一边给他削苹果，一边往上铺放东西。毫无疑问，今晚她的男人非但不会发扬绅士风度把下铺给她，还得让她一丝不苟地做好保姆的兼职工作。

"你在上海干吗？"宜春大叔问"眼镜男"。

"上班呀。""眼镜男"说。

"送快递吗？"

"我难道像一个快递员吗？""眼镜男"明显受到了冒犯，语气变得不耐烦起来，"雀巢知道吗？"

"那不得了，大公司啊，一个月能赚一万多吧？"大叔羡慕地说。

"反正饿不死啦。""眼镜男"……不，"雀巢男"露出了一丝不易察觉的微笑。

"我儿子刚刚在徐家汇买了套二手房。"

"哦。""雀巢男"抬头看了一眼大叔，闷声不响了。他依然在划着手机，却明显加快了手速，仿佛不这样做的话，就会瞬间被空气中弥漫着的尴尬给呛死。

"他在上海印钞厂上班，一个月交完税到手四万多。"显然，大叔还没做好收手的准备。

"高级白领哦。"雀巢男故意拖延了一会儿，才有气无力地恭维了一句。我有点不忍心继续收听他们的对话，跑过道透气去了。一个穿灰色连帽衫的家伙正坐在边座上，举着电话嚷嚷个不停。

"喂，我昨天刚刚搞了三个去新疆的。"对着那头，"连帽男"得意洋洋地说。

如果在电影中，我会怀疑他是一名杀手；但在现实中，我只能尽可能不把他和拉皮条的之类联想到一起。我走到这节车厢最前面的厕所，再走到这节车厢最后面的厕所，最后走回原来的地方，才看到"连帽男"打完电话，把手机塞进了屁兜。

"不是我瞎说，从上海出发的火车，不管到哈尔滨还是拉萨，软卧还是硬卧，上铺还是下铺，只要和我说一声，统统搞得定！"在旁边一位上海大妈喔哟喔哟的赞叹声中，"连帽男"不费吹灰之力便成为他所在包间的"头面人物"，就像宜春大叔之于"雀巢男"两口子那样。同时，也彻底暴露了他的身份，不是杀手也不是什么皮条客，而是一名专业的"黄牛"。与此同时，"雀巢男"正把一块立丰牌"黄牛肉干"放进嘴里。透过半开半闭的拉门，我再次看到他圆滚滚的肚子，发出阵阵有节奏的收缩，仿佛哼着一支幸福的小曲儿。

"不止火车票啊，汽车票和飞机票也一样。还有那些演唱会音乐会门票什么的，要什么有什么！""连帽男"逐渐将声音抬高了八度，引更多包厢之外的人侧目。"周杰伦搞得来伐？"上海大妈好奇地问道。"周杰伦小意思啦，你看我照片。"他拿出手机打开朋友圈，手指头划拉半天。"哦，不好意思记错了，周杰伦后来延期了。""我加一下你微信吧，我女儿最喜欢周杰伦了。"上海大妈说。"连帽男"赶紧亮出二维码，这下好了，呼啦一下围上来一大群人。"别急别急，每个人都加得上哦。"面对一部部争先恐后的手机，"连帽男"恐怕做梦都想不到，他竟然在一列开往海南岛的火车上，享受了一次众星捧月的美妙感觉。他一会儿又可以去打电话了。

列车沿着沪昆铁路向西行进，它要马不停蹄地奔跑一整夜，才能于第二天早上9点驶入株洲，一座沪昆线和京广线交会的铁路枢纽车站，由此转入京广铁路，一直往南方开，出湘入粤。也因为株洲这样特殊的地缘性，它经常出现在小时候的地理考试中，一不小心，便会错填成长沙。作为京广线上的一座大城市，湖南省省会自然拥有极强的存在感，但在小比例的中国地图上，它几乎就和株洲重合为一个点了。

抵达株洲之前，列车要先经过宜春，也就是下铺大叔的目的地。他仍然在和"雀巢男"有一搭没一搭地聊着，一个滔滔不绝地主讲，一个有气无力地听着。吊诡的是，明明"雀巢男"心不在焉，就连一个蹩脚的捧哏演员都扮演不了，可每每当他们的聊天不可避免地钻进死胡同后，却又屡次奇迹般地峰回路转。究其原因，大概是宜春大叔特别擅长使用疑问句，并且总能找到一些别样的视角。比如此刻，他要和"雀巢男"玩一个"无奖竞猜"的游戏：规则很简单，猜一猜隔壁包厢的

▲ 郴州站

上海人，那些一上车起就叽叽呱呱个不停的上海爷叔和阿姨，他们会在哪里下车。

"感觉他们像一群结伴出行的中老年驴友，我猜他们应该去海口吧？"雀巢男说。

"小伙子，这下你要输给我了，他们绝对是去宜春的！"宜春大叔一脸笃定。

"你咋这么肯定？""雀巢男"傻了。

"因为宜春下面有个温汤镇，那里的温泉特别好，泉水里有一种硒元素。上海人就喜欢过去泡脚，很多人还买了房，连房价都被他们炒上去啦！"宜春大叔说。

"还有这种事情？"雀巢男扶了扶眼镜，"以前从没听说过这个温汤镇。"

"现在镇上全是讲上海话的，不是开民宿的，就是买房的。所以我断定他们是去宜春的。"

想要得到这个问题的答案，就必须盯着隔壁那群上海人，看看他们啥时候下车。这便是这个无奖竞猜游戏最富有戏剧性的地方：第二天一早7点多，当列车缓缓驶入宜春站之时，大叔惊讶地发现，整座车厢只有他一个人孤独地离去。毫无疑问，他输了个彻彻底底。但在下车前，他却不经意曝出一个不可思议的秘密。在我看来，这比他在静安区有几套房子和他儿子一个月赚几万块钱更令人震撼，也更有价值。

这位我一直以为只有50岁出头，甚至比很多40多岁男人更有精神气的大叔，居然已经77岁高龄了。这哪里还是什么大叔，简直就是一位不折不扣的"老爷爷"

了。在他健硕的身材和红润的面色前，我突然意识到这个老头子不仅仅欺骗了我们，还欺骗了时间。年龄这个东西，就像一部悬疑电影，在不同的人身上，有着不同的悬疑效果。你把赵本山、张丰毅、吕良伟和XXX放在一起，仅凭直觉选出他们当中最年轻的，恐怕谁都不会把票投给刘老根，然而事实就是这么残酷。他身上到底还有多少谜团？我已经没法通过"雀巢男"拙劣的聊天技巧偷听到了。或许，这才是火车旅行经久不衰的魅力之一，正如陀思妥耶夫斯基说过的一句话："旅行愉快的秘密，在于懂得礼貌倾听他人的谎言并尽可能去相信。"

列车到衡阳时，我去隔壁餐车点了两个菜，一盘回锅肉，一盘西红柿蛋汤，加起来一共71块钱，不算便宜。回锅肉差强人意，西红柿蛋汤里压根就没放盐，饭也是夹生的。服务员大姐收钱时很麻利，收钱后就人间蒸发了。有时想在铁路的餐车里同时收获一顿美食和一份好心情，难比登天。不过，这顿饭并非一点价值都没有，至少还可以观察一下斜对面的光头列车员办理补票。前面一个乘客刚刚补了一张到佛山的车票，光头列车员收了他11元；后面一个乘客马上递过来11元，因为他也要补一张到佛山的。

"到哪里啊？"

"到佛山啊。"

"到佛山你给我11块干吗？"

⚠ 怀化站的小推车，今天已经越来越少了

"前面那位不就给了你 11 块吗？"

"他从广州到佛山，你从韶关到佛山，能一个价吗？"光头列车员摆出一副观摩智障儿童的表情。

该乘客最终花了 42 块钱，而我也不能像旁边玩手机的人那样赖在餐车里不走了，列车很快就要抵达郴州了。郴州是湖南省的南大门，列车再朝下稍微跑两步，就进入广东省韶关市的地界了。回包间收拾行李，"雀巢男"突然开始关心起我来，问我在哪里下车，还问我去郴州干什么。"我去永兴县办点事。"我隐瞒了真实的意图。他也在郴州下车，这里是生他养他的故乡。对于一个在上海打拼的年轻男人来说，那些光鲜不过是一场幻象，他所拥有的也只有一副衣锦，而曾经逝去的光阴，也终究会换来一个他日还乡的美好憧憬。

才一迈入郴州站站台，就嗅到了一股浓烈的重金属味道。这是一座颇有规模的工业城市，天空总是阴阴沉沉，让人想起鲁尔区或谢菲尔德这样的地方。上海人纷纷下了车，当然，他们要做的不过是在站台上匆匆伸几个懒腰，很快就要在女列车员的一声敦促后重新上车，继续在包厢里叽叽喳喳。兴许，还会期待一下即将开始的跨海旅行，假如他们的目的地果真是海口的话。尽管他们多半会像 2014 年的我一样，被啥也看不见的现实捶打得毫无脾气，但我还是会祈祷今夜的星光灿烂，没准甲板上就有一个浪迹天涯的旅人，正手捧一瓶青岛啤酒，对着黑暗无边的大海发呆。

我搭上一班开往郴州西站的公交车，用"乘车二维码"支付了车费。在赛博朋克的世界里，再也听不到咣当咣当的投币声，只有一个冰冷的虚拟女声对你说"扫码成功"。同时，还有车上反复播放的警告广播，它让一个远道而来的异乡客困惑不已："乘客们，故意损坏人民币是违法行为，请爱护人民币。"在人工智能尚未觉醒的今天，人类已经率先厌倦了曾经赖以生存的纸币。崭新万物，上升幻灭，没有什么会永垂不朽。永兴县马田镇 M 矿是否仍在使用绿色的柴油机车，我并不知晓，但毫无疑问，它才是我去那里的真正目的。只是，请恕我无能为力告诉一个火车上的陌生人。

马
田

（一）

探访两条不为人知的
工矿企业窄轨铁路

伍家冲煤矿

　　如果能把这趟行程冠以旅行的称谓，那应该是从郴州西站开始的。老唐租了一辆车，在京港澳高速上一路狂奔。雨滴连成柱，逼仄的空间内，刮雨器嗖嗖的声音，盖过了同伴打呼噜的声音。导航里定位的目的地，是湖南衡阳地区耒阳市一个叫作"蔡伦竹海"的地方。这是一座4A级别的景区，号称我国连片面积最大的竹海。似乎仅凭文字描述，便能想象置身于高处观景台时的壮观场面。然而遗憾的是，我们并不是去竹海放飞无人机的。该如何告诉你真正的目的地呢，我得好好动一下脑筋。

　　这的确不是一次常规意义上的旅行，每每有人问起，我都半开玩笑地回答"去湖南挖矿啊"。这也并非一种故弄玄虚，真相掩藏在字眼中。"矿"是货真价实的目的地，它周围有被时光封存的标语口号，和被时光吞没的废弃建筑物，当然还有窄轨铁道。废墟和铁道，二者有其一，可动干戈；有其二，不动会死。所以当我们得知这座伍家冲煤矿的具体坐标后，老唐第一时间就在神州租车上预订了这辆川 A 牌照的大众捷达。

　　我们驶离京港澳高速，来到耒水河畔。伍家冲煤矿的巨型厂房，已经浮现于金灿灿的油菜花海中。乡道旁有一座凋敝的小镇，仍留存不少苏联特色的老建筑。其中一栋的底楼，有两个孩子正透过紧锁的铁门，凝视着我们一行，铁门困住的除了肉体，还有自由无拘的灵魂。

⚠ 油菜花田和小道

小镇生就一副和《暴雪将至》如出一辙的模板。对不起，最近提及这部电影的频率稍稍多了一点。当那座灯光球场出现时，几个人都尖叫了起来。这和电影里的场景实在太像了，只不过没有江一燕孤寂而落寞的身影。但孤寂而落寞的何止江一燕，整个小镇都在淅沥的春雨中隔绝于人类。20 世纪80 年代的影剧院关门了，杂货铺关门了，海报上的性感美女，被雨水冲花了妆，却还要摆出一副诱人的站姿，挂在理发店门口。它不远处的耒水，依旧披着青瓷绿的衣衫，坐视工业文明遭反噬后的阵痛，沉默着，叹息着，无关紧要着。

小镇有一座神农寺。它保留了一副明清时期的样子，破旧却愈加古朴。言及此处，必须要提一下"神农创耒"这个梗儿。相传炎帝神农游历此地，从捕蟹人手里一根弯曲的木棍中汲取灵感，为农民创造出了耒耜，极大促进了当地农业的发展。为纪念神农的伟大创举，人们把这条形状与耒耜有几分相像的河流称之为"耒水"，并在此修筑庙宇，烧香祈福。耒水弯弯，流淌了几千年。神农寺香火不断，一直延续到今天。山脚下的寺庙，竟让我依稀看到几分西藏米林的红教寺庙——喇嘛岭寺的影子，分不清是错觉还是虚幻的想象，一个尼姑坐在大殿中，埋头看书。那些香客不绝的日子，恐怕再也回不去了，但与身旁那座已经死去的水泥厂相比，它还算活得明白。

我们在步入矿区的窄轨铁路前，花了老鼻子劲才吃上饭。好不容易找到一家贴着"鱼火锅"红字的酒家，门也没有上锁，刚要感慨一下运气不错，便被眼前的场景吓个半死：桌子椅子东倒西歪的，垃圾满地都是，好似刚刚被人抢劫过一般，赶紧逃之夭夭。又找到一家写着住宿吃饭的农家旅馆，门一推就开，这次总算有一个像模像样的前台，旁边摆放着一辆摩托。但任凭我们几个扯破嗓子，都不见一个服务人员的身影。无奈之下，只好求助于当地人，一个大姐指着 100米外挂灯笼的某家店面，说那里开着。就这样，我们在这家叫什么源的小饭店拯救了濒临破产的胃。腊肉、酸菜、冬笋和紫菜蛋汤足以提供完备的体能支撑了，尽管老唐想吃的土豆排骨和我想吃的爆炒肥肠都没有。实在搞不明白，它们为何还会出现在菜单上。

穿过油菜花田，我们爬上一座雄伟的大桥。这是一座经

△ 爸妈上班了，把留守的孩子锁在大楼里，看上去多少有些凄凉　　△ 神农寺

典的大型石拱桥，有着彩虹般的完美弧形，和幼时的记忆完全一致。未曾料到，桥面不是用来跑三轮或摩托的，通往伍家冲煤矿的一条铁路专用线，歪歪斜斜地铺设在上面。相比通常 762 毫米规格的矿用铁道，这条铁路的轨距只有 600 毫米，如果你把目光瞄向远方，会发现铁轨压根就不是直的，虽不像心电图那般夸张，却也如同一个三岁小孩用画笔胡乱勾勒的样子。这在长焦镜头下分外明显，它毫无规律地摇摆，竟也能一直延伸至视线的尽头。

那么，矿车能否安然无恙地在铁轨上走行呢？答案是肯定的。不然，这小铁路就没有存在的必要了。不过场面还是有几分滑稽，不一会儿工夫，L 型电力机车便拖曳着几十台乌黑色的小矿车，哐当哐当地杀了过来。它们像一群摇摇晃晃的企鹅，在雨后泥泞的破烂铁轨上步履蹒跚，发出刺耳的声响。头顶上的那根接触网，在受电弓的不断摩擦下，为我们燃放起白日焰火，和雨水联袂表演着一出奇异的幻术。我们站在巍峨的大桥之上，脚下是连绵的油菜花田，这些植物正在怒放生命，它们身旁破旧的建筑物，却已多半人去楼空。很难想象，一个人该如何毫不做作地释放彼时的心境。

大桥的另一头，是空荡荡的楼房。青苔爬满了墙面，玻璃碴四处弥漫。很显然，他们都走了。我们随意闯进其中一间，电视柜的框架还在，二次元人物的海报高挂在墙上，窗帘上藏青色的花纹，也表明屋主拥有不俗的品位。曾经，这是一个完完整整的、颇具生活气息的家庭，可如今却只留下一些残缺不堪的印记，使人好奇，更令人唏嘘。我们无意评判是非，只想忠实记录这一切。相形之下，野猫就幸运多了。它们趴在高处，一边发情，一边窥视着这群闯入者，继而没有征兆的，狠狠厮打起来。没有人注意到，雨已经悄无声息地停了。

我们沿着铁轨，一直走到伍家冲煤矿的深处。如果说直轨虽然扭扭捏捏，但勉强还能称之为一条直线，那么这些转弯时的弯道，便无论如何都不能冠以弯道的称谓了。横看竖看，它们都变成了折线，而且是棱角分明，有尖锐夹角的折线。走过那么多条铁路，如此个性鲜明的小铁轨，还是头一遭遇见。我们就这样，来到矿井出现的地方，人和不友好的目光多了起来，闯入者的感受变得越来越突兀。直到一名管理人员模样的中年人出现，让这趟探寻之旅走到了尽头。他似乎很紧张，不断地抽烟，并质问老唐是干什么的，这让老唐一度陷入了迷惘，我们是来干什么的？好像就是看看窄轨铁路，拍拍照而已。但这样的回答显然无法让他信服，他用不容置疑的口吻让我们立即离开，不然就报警。尽管被驱离，我们并不怪罪于他，一个对铁道旅行没有概念的陌生人，显然不可能理解还会有人对这些破铁路和破矿车感兴趣。

⚠ 伍家冲煤矿的窄轨轨距只有 600mm，这弯道实在过于简单粗暴

⚠ 矿车来了

直觉告诉我，事情绝非几个陌生人拍摄铁路这般简单。键入搜索引擎，零星找到了几条关于此地新闻。猜测先前那位工作人员，大概担心这样那样的敏感原因，害怕我们是某种"别有用心"的人。镇上的孩子就有礼貌多了，他们朝我们挥手致意，还说"祝叔叔们工作顺利"，嘴里简直含着蜜糖。驱车前往马田镇，这里距离伍家冲煤矿只有 20 公里，却已属于郴州的辖区了。我们就这样离开了衡阳，离开了伍家冲煤矿，好像从来没有来过一样。最后还是要提醒一下，《暴雪将至》就是在这附近拍摄的。

马田煤矿

相比伍家冲，马田煤矿的探访更为顺利一些。由于马田煤矿覆盖的小铁路，长度几乎冠绝于中国现存的工矿企业窄轨专用线，所以我们并没有真正深入核心的采矿区域，从而没有遇到任何形式的阻拦；相反，倒邂逅了一些热情有加的当地人。

去往马田煤矿前，我们吃了一碗地道的郴州本地特色小吃——杀猪粉。虽然听上去有些骇人，但真相却有几分滑稽可笑：因为米粉里放了猪血，所以得名。

⚠ 临水的花朵

⚠ 废弃的水泥厂

行吧，现在人人都成了猛张飞，老唐的油门也踩得更用力了一些。我们把车停在一个叫张家塘的地方，从奥维地图上看，窄轨铁道就在不远处。这个地方果真有不少水塘，一群鸭子乐在其中，尽情地戏水。有不少明清时代的老房子，九点钟一到，住在里面的人都集体出现在各家院子里，开始刷牙洗脸，仿佛商量好似的。农村的生活节奏，永远赶不上北京地铁里凝重的空气与分分秒秒的剑拔弩张。

马田煤矿最吸引我和老唐的，是绿色涂装的JMY380型内燃机车。它造型别致，不同于大多数厂矿用柴油车的四四方方，生就一副拖拉机式的外貌，与准轨铁路的调车有几分相似。没费多大周折，我们便找到了它的藏身处。在上了锁的机车库，相机镜头勉强能够透过隙缝，将黑暗处的这些机械怪物锁定在感光度2000以上的

△ 马田煤矿的窄轨

噪点中。我们听不到它吃力的喘息，摸不到它斑驳的身躯，无法在阳光直射下验证它的绿究竟更偏蓝还是偏黄。彼时，我们并不知晓这是此行唯一一次撞见它。

我们当然更期待"活着"的它——它当然没有死，我是说，期待在 762 毫米窄轨铁道上跑上几回的它。有消息传，马田煤矿将在几年内关闭，铁道也将随之废弃。在这个春雨蒙蒙的日子，我们期待听到它和铁轨碰撞发出的哐当哐当声，这是属于铁道迷的《沧海一声笑》，一种另类的琴箫合奏。想要听到比 Nine Inch Nails 和 EinsturzendeNeubauten 更纯粹的工业噪音，非得由它亲自出马。假设这细长的窄轨铁道是一出绵延数十里的提琴，火车头便是让它嘶叫起来的琴弓了。

让我们心如死灰的是一个务农的村民。看我们举着相机，他把农具往田里一丢，对我们大喊道："今天星期天，小火车不出来嘞。"旁边提着一篮菜的大姐，也

▲ 周末的马田煤矿，没有火车出来干活

随声附和着。他们知道我们大概是来拍"小火车"的，因为几个月前有日本人来过。"日本人傻傻的，就等着这小火车，不停地照相，人都挺好的。"四十来岁的村民说，"你们明天来吧，星期一才出来干活呢。""明天我们就走了。"老唐无奈地说。

　　我们只好顺着铁路随便晃晃。一来"来都来了"，二来也抱着一丝小小的期待，期待小火车破天荒地在休息日蹿出来一回。距离车库不远处，有一座站台，猜测为马田煤矿员工集散的地方。每天早上，他们在此搭乘一台破旧的铁路巴士，前往几公里外的矿区。这台铁路巴士躲藏在站台边另一处车库内，据先前到访过的铁道迷反馈，多数情况下一个人很容易和矿工们一起挤上这台通勤车，代价仅仅为一两包烟。老唐怀里揣着两包芙蓉王，脸上的表情捉摸不透。对于两个不吸烟的人来说，这就好比你从糖尿病人身上搜出了巧克力。

神秘的牛仔歌舞团

铁轨延伸的另一端，有座废弃的水泥厂。整个厂区都笼罩在一片灰黑色的氛围中，有些可怖。顺着铁轨朝里头走，一座巨大的建筑突如其来地横亘在身前，令人窒息。这里是拍摄哥特风、废土风的好场景，像空无一人的奥斯威辛。山坡上有一间小房子，上面写着过去的标语，一个"管事的"从里面走出来，紧张地望着我们几个。主动上前告知来意后，他才如释重负。

转而来到机修厂附近，这是一座颇有生机的小镇。在某个铁路道口，我们被一个陌生的老汉唤住了。他从一幢粉红色的建筑里冲了出来，主动要求我们给他拍照。他似乎有几分喜剧演员的气息，脸上永远挂着和气的笑容。他说他70年代参加工作，一直在马田煤矿当工人，现在退休金有2000多块钱，日子过得挺滋润的。他问我们是不是湖南人，还说他作为一个湖南人非常骄傲，因为毛泽东、胡耀邦和朱镕基都是湖南人。他越说越起劲，后来干脆把他老婆从房子里喊了出来。老奶奶明显有些拘谨，眼神始终在游离，但还是对老汉言听计从，以至于我们都有些不好意思拍照了。他们一直站着目送我们离开，五个淡蓝色的大字从身旁的水泥墙上显现出来：爱和山道口。

一个毫不起眼的窄轨铁路道口，居然也有一个如此浪漫的名字。在老两口和蔼笑容的映衬下，显得更加恰如其分。与伍家冲那座小镇的孤绝落寞相比，马田矿业小镇恍惚中竟有了一丝日本乡下的错觉。当然，长长的窄轨铁路自然是造就这种错觉的最大功臣，也成为探访这座小镇的一种捷径：我们只需在长满荒草的小铁路上一直朝前走，就能穿过小镇的核心区域。机修厂已经呈现半废弃状态，巨大的厂房早就人去楼空；简陋小站的月台后面，"珍爱生命远离毒品"的标语写在红墙之上；牛仔歌舞团的墨绿色喷漆小广告，又一次在意想不到的地方重逢，伴随着挖掘机出租的信息……当地人的好奇心仍旧浮夸地挂在脸上，几乎每个人都朝我们投以手术刀般犀利的目光，除了一个在铁路旁弯腰干活的老太太。她头戴一顶绒帽，手持一柄铁锤，对着一根钢钉用力地敲打，其力度不亚于一个在切割车间从事繁重体力劳动的健壮小伙子。

午饭是在一家"夜总会"解决的。与伍家冲找不到饭店的无奈相比，

⚠ 可以在上面走的窄轨铁道

我们在众目睽睽之下走进了马田煤矿这家打着夜总会招牌的饭店。无从判断到底白天是饭店晚上变夜总会，还是老板就认定了这样一个稀奇古怪的名字，总之他们家的菜做的还算相当入味。招牌菜叫"牛三样"，相信你把牛腩牛筋牛尾巴甚至牛鞭都猜一遍，也猜不对真实的答案为"牛肉、牛肚和牛皮"。这顿饭吃的管饱又痛快，让我们又能愉悦地举起相机，对着永远不会遇见的 JMY380 型柴油机车继续做梦了。

不过，那座铁路桥确实是一个梦幻般的摄影机位，我们在此足足停留了将近一个小时。围观的人民群众越来越多，我们顿时起了一种要被吞噬的危机感。好在率先发起进攻的是一个胖男孩，他戏剧性的长相和未成年的年龄，使其非但丧失了压迫性，还变相地帮我们解了围。胖男孩先是对老唐的一头小辫好奇不已，不断纠缠着广东人，说他像个女孩子，让老唐哭笑不得的同时，隐约迸发出些许不悦的火花。老唐接着开始反击，问小胖子不好好学习，大白天跑这来干吗。可惜他忘了今天是星期天，让胖男孩好一阵得意洋洋。

很久没有见到能把眼睛眯成一条缝的人脸了。胖男孩当然不是故意为之，是肥硕的脸颊像推土机一般将整片肉卷了起来，两只眼睛就此沦落为板块运动后的一条直线。但说句实话，还是有点可爱的。他也提到了日本人，说那帮日本人在这里像木桩一样杵了一整个下午，始终沉默不语。小火车一来，个个都和中了彩票似的，又惊又乍的，实在搞不明白这是为什么。我和老唐试着向他解释有一种人会对铁路和火车感兴趣，他却一点也听不进去。不过，他对老唐的单反倒是垂涎三尺。在老唐的指导下，他使用单反拍摄了几张照片，开心得差点连一条缝也笑没了。

后来我们去取车，小胖子还一路跟过来，直到夜总会饭店的老板将他喝住。原来，他俩是父子。我们挥手作别，任车轮将雨后的泥土甩得飞溅。这个地方的人，好像都没见过外地人一样，这种好奇反而引发了我们的好奇，也加深了我们的眷恋。这是一座被时光遗弃的小镇，我们错失了原本想要探寻的火车机车，只能当这一切没有发生过。在江家村，又一次邂逅了成堆的明清时期老房子，它们并没有被相关部门保护起来，很多遭到了野蛮地拆迁，殊为可惜。也许下一次重返此地时，它们又会落得一个其他模样。天知道下一次重返此地会是猴年马月，小铁路的柴油机车请务必保重啊。

我们在郴州作鸟兽散。郴州是一座经典的南方小城，逼仄又潮湿，像广东的县城。最后一次受到某种程度的惊吓，是在郴州火车站的厕所里。一个老头旁若无人地大声高歌邓丽君，那音调早已飞出了九霄云外。虽然受到了一万点伤害，可还是得坚持说一句，他快乐就好。就像若你问我这趟行程值还是不值，好玩抑或失落，我也只想负责任地告诉你：于我可能是狂欢，于你可能是灾难。私房菜的口味如何，最终还得问自己。

柴油朋克味的绿皮怪兽

绿皮怪兽

时隔一年后，我再次来到郴州西站，等待一个叫老唐的男人。如果这是一部电影的续作，的确有几分索然无味：相同的车站，相同的雨天，相同的男人，甚至租车的方式，都和前作如出一辙。顺利接头后，我们直奔永兴县马田镇，把车停在距离 M 矿机车库房最近的地方。当天是周日，火车不出来干活。我们只能扒在铁门上，透过隙缝窥视那一台台躲藏在黑暗中的 JMY380 型柴油机车。不幸的是，就连这个场景，也原封不动地抄袭了上次。

那是一次匆匆忙忙的探访，由于事先并不知晓周末矿上休息，我们不得不错过了它晃晃悠悠的身影。对这台罕见的工矿企业用火车头来说，肯定也不希望以这种憋屈的方式示人。虽然它有些破旧不堪，但也不至于廉颇老矣，再不济也是定军山上的黄汉升，抖擞精神亦能将夏侯渊一刀斩于马下。也正因为上次的遗憾，我和老唐都有些心有不甘，所以故意挑了一个周日，卷土重来。我们准备先休整一晚，顺便打听一下小火车的出勤时间。

"火车站"位于机库 200 米外一座地势较高的坡上。从保存完好的遮雨棚和沦为民房的站房来判断，M 矿或许也曾开行过用于职工通勤的客运小火车。如今停在站台旁的，只有两列长长的矿车车厢。移步遮雨棚下，还没来得及摆个造型拍两张照片，就看到一位阿姨站在门口，一脸好奇地打量着我们。我们朝她挥了挥手，走过去问她明天小火车大概啥时候出来。

"差不多 7 点吧！"阿姨笑着说，"你们从哪里过来的？"

"我们从郴州市区过来的，不过都不是湖南人。小火车现在跑得多吗？"

"多，每天跑好几趟呢！"

我吃了颗定心丸，看来这趟没白来。当然，在亲眼一睹它奔跑之前，我俩还不至于做出提前开香槟这样的蠢事。老唐则念念不忘一台蓝色的柴油轨道车，它有一个方方正正的外形，酷似一辆中巴。相比我更在意绿色的 JMY380 型机车，老唐几乎把全部心思都放在了它身上。

"请问那个长得像公交车的车，明天跑不跑？"老唐问阿姨。

"这里没有公交车嚯。"阿姨回答说。

"不是说公交车啊，是那种长得很像公交车的一种小火车，一种轨道车。您知道它还出来工作吗？"

"长得很像公交车的一种火车？"阿姨有些蒙了，"火车明天七点多出来啊，公交车你们要去镇上坐啊！"

老唐急了，他不知道该如何表述才能让阿姨明白。一筹莫展之时，我突然有了个主意。

"你找找去年拍的照片，给她看一眼不就行了。"我对老唐说。

"妙啊。"老唐赶紧翻了翻手机相册，"不好，好像那些照片都保存到电脑硬盘里了。"

无奈之下，我们只好尝试从互联网上搜索图片……没过多久，我便听到了老唐发出的第三声咒骂。

"什么情况？"

"我把去年发在微博上的照片百度出来了。"老唐叹了口气，"我都忘记这回事了。"

"指挥车。"看到老唐的照片，阿姨脱口而出。我们连忙询问这车还出来跑不，她的回答模棱两可，说有时候跑，有时候不跑。如果跑，一般五六点钟就走了，然后天黑以后再回来；不跑的话，就老老实实躲在车站旁边的一座小型机库里。

显然，这是一个让我们左右为难的答案。我们在明早五点来此守株待兔和躺在宾馆睡大觉之间进退维谷，拿不定主意。

"你们记下我的手机号吧，明天早上五点给我打个电话，如果指挥车来了，你们再过来好了。"

就在这一刻，这位数十年来始终蜗居在一座废弃车站的湖南阿姨，仿佛化身为电影《教父》里的马龙·白兰度，面对两个不知所措的外地游客，轻描淡写地讲出了那句经典台词：给他一个无法拒绝的理由。我们简直不敢相信自己的耳朵，这完全是天上往下掉馅饼，哪里还有什么拒绝的理由。

我们谢过阿姨，去宾馆放下行李，找到一家当地颇有名气的梁家饭店，点了一盘牛杂、一盆以当地河鲜为食材的鱼火锅，还有马田豆腐。这顿饭吃了个痛痛快快，郴州菜果然得名不虚传，结账的时候，就连屁股下面的塑料凳子都在冒火。

万事顺意，除了噪声。小镇的主要宾馆和饭店，大都坐落在大河一般宽阔的107国道两侧，而大货车的喧嚣声却昼夜不停，仿佛永远不知疲倦。与之合谋的还有京广铁路，每天都有无数对列车从不办理客运业务的马田墟站疾驰而过，惊扰到不少铁路沿线的梦中人。2019年来马田时，我们入住了一座夹在京广线和107国道之间的宾馆，结果害惨了睡眠质量不佳的老唐，他被吵得几乎一整晚都没睡着。

走在空旷的小镇上，迎接我们的只有10月的晚风，这种温柔恰到好处，像仲夏夜凌晨一个人躺在26℃空调的房间。我俩心照不宣，迈入一家小超市。"老规矩，还是芙蓉王？"老唐笑着问我。我点了点头，这到底是一种默契，还是潜意识里的残留记忆在作祟？总之，一年前的剧本再次重现。每人怀里揣两包硬壳芙蓉王，以便随时"打点"开火车的司机师傅们。最后小火车没见着，四包烟跟我一起回了上海，忘记它们的最终命运，是在一次聚会中分给了众人，还是被哪个上门来的亲戚朋友带走了。

翌日清晨，我们在五点和五点半两次拨打阿姨留下的手机号码，均无人接听。老唐等不及了，问我要不要去那边看看。经此一折腾，我也睡意全无，于是发动汽车，摸着黑开到了车站旁。周围一片寂静，了无生机，没有光污，没有灯盏摇曳。如预料那般，指挥车正安详地躲在车库里睡大觉，铁轨旁荒草芜蔓，世界还沉浸在一种休眠的状态中，迟迟无法启动。皎洁的月色下，唯有一辆挂了P挡的白色汽车，像黑漆漆的大海上迷失方向的一叶孤舟。我把整个身子紧靠在放平的椅背上，闭目养神，等待着晨光点亮这片土地的时刻。

不知过了多久，窗外开始浮现出幽蓝色的天光，摩托车的引擎声由远及近，村民零零星星地步入视线范围内。手机总算剧烈震动了起来，阿姨带着歉意对我们说，她睡过了。另外，指挥车似乎也不会来了。她还问我们今天回不回郴州，说如果方便的话，想搭一下我们的车，去看看城里的女儿。我们只能如实告知，八成回不了，但如果要回的话，就一定过来接她。

我们准备移步机库，去看看JMY380型柴油机车是如何发动的。刚好遇上一位年轻的师傅，便追上他，询问指挥车的事情。"已经很久很久没开了。"他说。

"您是火车司机吗？"

"对。"

"您这是去机库吧，可不可以跟你一起去看看。"

"可以，你们是来看小火车的？"

"是啊，坐了一夜大火车，专程来看小火车。"

他羞涩地笑了笑，没有回答。我默默跟在他后面，直到他打开机库大门……一个暗无天日的、遍布油渍和废弃物品的肮脏世界，就这样赤裸裸地呈现在眼前。但对我俩来说，如同闯进了一座主题游乐园，那一台台 JMY380 型柴油机车，便是我们要寻找的大型玩具。在此之前，我们只能透过缝隙偷看它，连"管中窥豹"都不够格，如今，总算可以和这些一身柴油味的绿色怪兽零距离接触了。

我们围拢在靠近出口的一台机车面前，驻足观望。毫无疑问，它将是今天第一台担任运输任务的"开路先锋"。机车采用了外走廊式设计，以方便工作人员瞭望和行走，当然，也更方便我们这样的"闲人"攀爬了。在师傅同意下，我和老唐好奇地围着驾驶室转了几圈。我找到机车铭牌，那是一块暗红色的铁皮，在墨绿色的车体上极其显眼，上面标注着"JMY380 第 015 号 石家庄动力机械厂1995 年生产"的字样。

由于这条铁路使用了 762 毫米轨距的窄轨，使得这台墨绿色的 JMY380 型外走廊机车，成为国内屈指可数的窄轨版同型号机车。据手头有限的资料来看，你很难再找到第二条使用该机车担任运输的专用线铁路了。这些终日将工作人员弄得一身油污的绿皮怪兽，在沿途村镇的当地人看来，或许只是一堆司空见惯的可移动废铁，但从铁道旅行的角度去参照，却堪称宝贵的珍稀物种。也许这才是我和老唐 2019 年碰了一鼻子灰后，仍旧不愿死心的真实原因。

如果不使用卫星地图，一个陌生人是无法在普通的手机地图上查找到这条铁路专用线的。M 矿矿区，也是一片空白。由此，这条窄轨铁路又被蒙上了一层神秘面纱：它仅仅裸露在铁路沿线的村民视线中，一旦脱离这个结界，就连大部分郴州本地人，都搞不清楚永兴县马田镇还有一条运输煤矿的小铁路。若非从浩瀚如烟的网海中觅得一丝前人留下的蛛丝马迹，我和老唐也断然不会觉察到这座隐秘世界的存在。

耳畔突然传来一阵隆隆巨响，那是柴油发动机的引擎声，绿皮怪兽浑身颤抖着，发出震耳欲聋的机械哀鸣声，仿佛一个犯了起床气的孩子，正为别人惊扰他的睡眠而怒火冲天。好戏就此上演，先是灯光亮起，高大空旷的厂房瞬间灯火通明，宛若一出华丽歌剧的开场。接着绿皮怪兽开始喷出白色烟柱，如直刺云端的寒冰剑，掀翻了三角结构的穹顶。这是一曲即时编排的冰与火之歌，它以柴油朋克为驱动力，煮沸钢铁，燃起命运，直至那头绿色的怪兽缓缓出笼——不能冒烟，怎叫火车？

我和老唐就像童年时代第一次看见火车的小屁孩那样，一边跟着火车跑，一

即将启动的绿皮怪兽

▲ 出笼的猛兽

边为它不断冒出的白烟而尖叫——那时的蒸汽火车和今日的绿皮怪兽，竟然在同一个层面重叠了技能，也让记忆和现实就此合二为一。我们气喘吁吁地跑到车站，看它在工作人员指引下挂车，昨天那些空空如也的矿车车厢，如今已经整整齐齐地挂在它屁股后面。等到一上路，它们就会集体发出哐当哐当的噪声，并且不断扭动着身姿，仿佛一条摇摇晃晃的机械蜈蚣。

拍火车

我们发动汽车，决定趁它出发之前，先行前往机修厂附近寻一处机位，进行一次守株待兔式的拍摄。和一年前相比，机修厂原本有些沧桑的砖红色外墙，被粉刷一新为米黄色，虽然降低了衰败指数，却显得和周遭环境格格不入，那股计划经济时代的老苏联味儿也遗失殆尽了。当然，这种念头仅限于一种理想主义式憧憬，实属个人一厢情愿，并没有任何对当地不敬的意思。我们在此接连等来了

015号和016号机车，它们各自拖着长长的货车，从老唐竖起的三脚架前缓缓驶过，迈向数十公里外的采石场。

继续前往下一个拍摄地——江家村，这里有一处迷人的铁路大弯道，刚好可以站在一座小山坡上拍到全貌。在这场和火车赛跑的游戏中，命运稍稍作弄了一下心急火燎的老唐。他驾驶汽车穿过一座高速公路涵洞后，发现前方只有一条断头路。掉头之时，我们都没注意到旁边有一根斜刺过来的电缆线，于是右侧车头就这样结结实实地怼了上去……汽车顿时剧烈震动了一下，伴随着咣当的声响。

"完了。"老唐叹了口气。

我们走下汽车，发现右侧车头有一处肉眼清晰可辨的剐蹭痕迹，车灯也给撞歪了。老唐赶紧拿出电话，联系保险公司，叽里呱啦说了一堆，这事儿就算是解决了。"这次我是不会上当了，之前有一次没能及时联系他们，赔了好多钱。"老唐如释重负地说。

然而这一撞，似乎把好运给撞没了。待我们再次停好车，找到大弯道时才发现，铁路旁荒草丛生，刚好遮挡住火车开来的视线。"去年有景没车，今年有车没景，也真够点背的。"我对老唐说。

但在这样一座工业味道浓烈的小山村，你永远不要惊讶柳暗花明的随时到访。火车拍摄失败，还有废墟等着你。我们很快找到一所废弃的学校，它在外观上有点像客家人的围屋，不过，它使用的是砖混结构，而非土石。穿梭在一间间教室里，我们发现很多墙壁异常洁白，显然刚刚粉刷过不久，办公桌看上去也都焕然一新，不晓得因何废弃，着实有些可惜。

我们来到走道尽头的那间教室，"为中华之崛起而读书"的标语还高挂在墙上，地上杂乱无序的废弃物中，有音乐课的录音带和"低年级教学演示器"的蓝色盒子。扫了一眼四周，果然找到了一台"红灯"牌双卡录音机，原本一对的音箱，只剩下右边那只。在80年代，这是一种很潮流的"组合式卡带音响"。而红灯这个牌子，也广受人民群众认可。它的生产单位，是曾经赫赫有名的上海无线电二厂。

返回机修厂，在2019年吃过牛三样的"夜总会大酒店"各自要了一碗米粉。移步镇上，老唐在写着"珍爱生命远离毒品"的废弃站台旁找到一个机位，竖起三脚架，准备守候机库方向过来的列车。我走到爱和山道口，2019年曾在这里邂逅一位老人，如今他家大门紧锁，老人不知跑哪儿溜达去了。沿着铁路道口对面的小路，走10分钟便能抵达山顶，上面有很多废弃的厂房和低矮的住宅楼。门口摆着破旧不堪的绿色沙发和天蓝色的木头凳子，窗台上的解放鞋似乎刚刚洗刷过，昭示着屋内有主。但唯一遇到的问候，是"爱和山机电队"铁门前的一只小白狗。它有气无力地冲我叫唤了几声，并不是很凶，等回程之际，却消失不见，满世界都找不到。以至于让我产生了一种怀疑：眼前的这一切，难道都是一场幻觉而已？

唯有火车的嘶吼声，能够打破这些不切实际的幻想。回到爱和山道口，一个大叔左手握着小红旗，右手握着小绿旗，一脸严肃地盯着我。JMY380 型柴油机车——那头绿色的小怪兽，已经从密林中探出脑袋，可以很明显地浮现于一个视力低于 0.5 的人眼眶中。道口没有栏杆，广播却不厌其烦地嘟囔着不能越线什么的，相当正规。可以理解矿区工作人员的紧张兮兮，因玩忽职守造成的人员伤亡，永远都是血淋淋的教训。

1986 年 8 月 20 日，一辆刚刚拉完煤的小火车，正朝 M 矿火车站缓缓驶去。由于严重超员，当班司机邝某某便让司炉工李某某和另外一人坐在火车头前的排障器上。火车驾驶的重任，交给了一名没有司机合格证的司炉工陈某某。毫无经验的陈某某，在经过一处弯道时先是超速，接着减速过猛，致使坐在排障器上的李某某突然跌落在前方的轨道中央，火车就这样残酷无情地从他身上碾压了过去……

事故的结果，以邝某某被判处有期徒刑 1 年而告终。然而，距离这次小火车压人事件还不到两年，一场更为恐怖的铁路灾难降临了……

1988 年 1 月 7 日晚，一趟广州开往西安的 272 次列车穿行在无尽的夜幕下。

▲ 钻入林中的绿皮怪兽

⚠ 废弃学校的一台双卡录音机，
也是年代久远的产物了

行至马田墟车站时，大多数乘客都已疲惫不堪。4 号车厢的几十名乘客做梦都料想不到，死神已悄悄举起了它的镰刀，一场突如其来的大火，瞬间吞噬了 34 条生命，烧伤了 30 人，造成中国铁路史上一次罕见的特大火灾。

第一个通知 272 次列车司机停车的，是马田墟站的一名女值班员。在车站和列车上的工作人员齐心协力下，他们很快将起火的 4 号硬座车厢和旁边车厢分离，从而避免了火势蔓延后的更大灾难性后果。尽管后续赶来的消防人员仅用了 30 分钟便彻底扑灭了大火，但 4 号车厢已被烧得体无完肤，形如一具钢铁骷髅。

几个小时前，一个叫郭中奇的湖南青年提着一袋防锈漆从韶关站上车时，他满脑子装着的全是第二天要在老家结婚时的喜悦。然而，命运就是这样爱捉弄人：如果不是一次行车震动，造成铁盒内的油漆溢出，郭中奇也不会将工具袋从行李架上拿下，并用好心乘客给的卫生纸擦拭油漆还把它们一起放在座位下面；如果不是当时的绿皮火车默许乘客在车厢内抽烟，郭中奇也不会把一根香烟叼在嘴上，并把那根肇事的火柴随手一丢；如果不是这随手一丢，偏偏把火柴丢到了卫生纸上；如果不是卫生纸上的这根火柴，还顽强地残留着最后一丝火星……

但一切都已不可逆转。大火点燃了油漆，很快向四周蔓延，闯下大祸的郭中奇，没有选择继续灭火，而是跳窗逃走……他当然逃不过法律的制裁，然而，几十条人命却再也回不来了。这座原本与世无争的马田墟站，也因为这场特大灾难，改变了命运轨道，背负上一个难以破解的魔咒。

假如你查阅一下中国铁路的灾难史，就会发现一件细思极恐的事情。自 1988 年 272 次列车大火之后，马田墟站几乎每隔十几年便会莫名其妙地发生一起铁路事故，其中不乏有人员伤亡的重大灾难。2006 年 7 月 15 日，京广铁路马田墟至栖凤渡区间遭遇水害导致下行铁路路基坍塌，造成大量列车晚点；2008 年 1 月 25 日，中国南方遭遇百年雪灾，白石渡附近的输电塔由于冰冻而倒塌，压垮了铁

△ 红与绿

路接触网，导致马田墟配电所跳闸断电，京广铁路南段彻底瘫痪，10 万多旅客滞留在车站和铁路线上……

　　而就在我们到访前的几个月，济南开往广州的 T179 次列车也在这里遭遇了一次特大事故。2020 年 3 月 30 日，T179 次列车在通过马田墟站大约两公里的地方，撞上了一处泥石流塌方，导致侧翻，事故造成 1 人死亡，4 人重伤，另有 123 人轻伤。据新闻报道，马田墟站的信号员曾在接到调度所电话后，紧急通知 T179 次列车停车，喊了很多次后才听到司机回了一句："脱轨了，已经掉道了。"

　　我们很难解释这到底是一种巧合，还是一种比超自然现象还难以捉摸的事件。总之，它本不该承受这么多不该承受的苦难。我们也不能忘记 1988 年那场特大火灾发生时，马田墟站的工作人员是如此果断和英勇，没有他们的奋不顾身，京广铁路绝不可能仅仅中断 46 分钟。

　　讲完这些恐怖的铁路灾难史，我也该和老唐碰头了。隔老远，就能看见那只硕大的三脚架，还有他雕像一般的身影。和他交流了一下拍火车的趣事，他有一肚子的槽往我这儿吐：

　　"天哪，我先是被一群小屁孩围观，后来是大叔大妈，他们问我是不是来搞测量和画地图的……我给他们解释了老半天。还有人开车过来，停我身边，拉下车窗问我是干啥的。"

　　当天收工前，我们在一座写着安定流芳字样的老房子前，拍摄完最后一趟返回机库的小火车。房子的左手边，刚好有一片竹林。当绿皮怪兽哼哧哼哧开过来时，那幅画面既让人感到违和，又有一种震撼人心的力量，再机灵古怪的脑洞，也很难将柴油朋克的粗糙，融入聂隐娘和卧虎藏龙式的古风之中。然而现实，偏偏创造出这样一种不可思议的美学呈现方式，令人啧啧称奇。

尾声

老唐临时有事，打算提前返回广州，于是翌日清晨，我们再次来到机库，准备和小火车说声再见。

开门的仍是昨天那位师傅。"你们还没走吗？"他有些惊讶，眼神中流露出一种"这东西难道看一天还看不够吗"的错愕感。"既然没走，可以去一下高泉塘，那边也有很多可以拍的东西。"他说。

时间所限，我们并没有前往高泉塘，所谓"可以拍的东西"究竟是什么，成为此行的一个谜团。也许，故意留一个小尾巴，反而是一种更好的处理方式。毕竟，如果还有下一次到访的话，那就必须保留一个值得跑腿的理由。

说到底，我们其实并不想离开，我们还想多看两眼小火车。就像这一刻，绿皮怪兽正拉一列空车，沿着机械厂的米黄色围墙缓缓驶来。快到厂门时，火车突然没有征兆地停了下来。司机师傅一个箭步跳下车，奔向马路对面……待他再度跳上火车时，手上多了两个热气腾腾的大包子。

你看，假如我们去了高泉塘，兴许就见不着这样好玩的小花絮了呢。

焦柳
铁路（一）

Jiaoliu
Tielu

内燃机时代的最后浪漫

搭上开往塘豹的 7269 次列车前，我在怀化火车站吃了 10 个包子。彼时广场上一片乌漆墨黑，已有不少小吃摊支棱了起来，零零星星散落在四处。随便挑了一家，要了包子和豆浆。结果不幸踩到地雷，吃了这辈子最难吃的一顿包子。可怕的是，尽管味道难以下咽，却还是咬咬牙一口气吃了个精光。究其原因，绝非出于一种"自己点的菜含泪也要吃完"的倔驴式逻辑，而是情势所迫。

火车还有 20 多分钟就要开车了，作为南焦柳铁路最慢的一趟列车，160 千米的行程，它要摇摇晃晃开行四个多小时。抵达通道的时候，差不多中午 12 点了，如果不能结结实实吃一顿早饭，在不挂餐车的绿皮慢车上，根本没办法获取方便面和火腿肠之外的补给，剩下的只有暗暗叫苦。不妨把自己想象成那些灾难电影里亡命天涯的倒霉蛋，这样的家伙哪里还有资格去和残酷的现实谈条件。再怎么说，包子还是热的，并且管饱，"难吃"就这样幸运地拥有了一份豁免权。

7 点 20 分一到，列车准点从怀化站驶出，开始沿着焦柳铁路南行。车厢里稀稀拉拉地上来十几号人，他们拖着睡眼惺忪的身躯，接连栽倒在小桌板和三人座席上。这个时候，如果你起身俯视前方，除了若干双款式和颜色不一的鞋子，几乎没有办法捕捉到一个完整的"人形"。而火车似乎也并未从沉默如谜的喘息中苏醒，在这幽蓝色的苍穹逐渐被晨曦一点一滴稀释的时刻，它显得有些跌跌撞撞，仿佛一个醉酒的侠客。

通道人嗜酒。这座小小的侗族县城，至今还保持着"世界第一高山流水"的纪录。这是一种碗叠碗、层连层的喝酒方式，需要由几百人协作完成，颇为壮观，也极具仪式感。7269 次列车要途经两个位于通道侗族自治县境内的车站，一个是终点站塘豹，另一个便是通道站。听闻我要去这里，一个热心网友忠告说："千万不要和通道人喝酒。"他曾在通道县某机关单位干过两年基层公务员，动不动就要和侗族老乡饮酒。"他们太凶了，个个都能喝两斤白酒，我们汉族人哪里招架得住。"一提起往事，他就自动上头了。"他们喜欢喝苦酒，是一种自酿的糯米酒，后劲特别大，脑袋里好像有一列火车在横冲直撞。这帮'疯子'，早上起来还要抿两口，连 80 多岁的老太太也这样做。"

7269 次列车使用了 25B 型客车车厢，因此可以打开车窗，当然，限位器不可避免。所幸黑卡这样小巧的相机，还是可以轻而易举地伸出去。我从变焦后的显示屏上，看到了牵引这些绿皮车厢的本务机车——橙色的东风 4B 客运型柴油机车。它和绿色的货运型机车一同成为中国铁路史上最经典的柴油机车之一，吸引了大量火车爱好者的目光。铁道迷根据两台机车的涂装颜色，将橙色的客运型机车称为"橘子"，将拥有红色排障器的绿色机车称为"西瓜"，这就是中国铁路机车的一对著名"水果组合"。

作为一名生于 20 世纪 80 年代的铁路爱好者，小时候每次坐火车出行，带我远走高飞的始终是东风 4B 型柴油机车。小孩子都不会忘记坐在父亲自行车后座的画面，那可能是他们第一次体会到移动的乐趣。"驾驶员"一边把握方向，一边使劲蹬着脚踏板，自行车扬起尘与土，而他为我挡风遮雨……这一瞬间，父亲的身躯总是格外伟岸。那时候几乎没有私家车，一辆 28 大杠自行车亦能成为无所不能的交通工具，更别提火车带来的巨大冲击力了。所以只要转弯的时候，我就忍不住歪出脑袋，每当看到那台东风 4B 型柴油火车头喘着粗气时，便会想起骑着自行车带我兜风的父亲，一样的敦厚，一样的稳重，并且都有一个赋予我足够安全感的背影。

不管是"橘子"，还是"西瓜"，DF4B 型柴油机车都是第一个带我离乡背井的家伙。它在我眼前绘制出一幅全景式地图，让长江黄河鱼米之乡不再抽象。它还塑造了我的地理观，让我第一次对"旅行"和"远方"有了懵懵懂懂的概念。它载着我跋山涉水，上演一次次漫长的"迁徙"；更带我一同穿过黑夜和白昼的交替，在时间和空间的不断演变中，体会到脚下的土地有多么壮阔，而这颗星球又有多么孤独……它既是我童年时代的超大型玩具，又是我地理意义上的启蒙老师。也许从那一刻起，就注定将来会有一天，我要继续沿着铁路，书写自己的人生。

所以，我毫不掩饰对东风 4B 型柴油机车的热爱，也许这种热爱注定只能一个人独自体会，而不能分享给别人，但还是要把它说出来。很多铁道迷都会收藏一些自己喜欢的火车模型，我也买了很多台东风 4B 型柴油机车的模型，尤其买了很多只"西瓜"。每天被工作折腾到身心俱疲的时候，只要盯着陈列盒中的它们看两眼，想象被它拉到远方时的那一幕幕，就会产生一种惊人的治愈效果。然而再怎么说，模型终归是模型。随着更多大功率的柴油机车和电气化铁路的全面铺开，现实中再遇到一台"西瓜"和"橘子"的几率，已然微乎其微。

2020 年 12 月 26 日，焦柳铁路怀化西站——柳州南站开通了电力机车，焦柳铁路实现了全线电气化。这些脑袋上没有接触网的内燃机车，将会被无情地从这条铁路上驱离。这是一个早已被剧透的结局，在搭乘这趟 7269 次列车前往通道的那一天，我就从铁路两旁高高竖起的接触网支柱上明白了这一切。彼时正值金秋十月，留给东风 4B 型柴油机车发挥余热的时间，已所剩无几，但在那个当下，和"大橘子"再度重逢的喜悦，完全冲淡了即将别离的哀愁。重要的是，我又可以像童年那样，坐在它身后的车厢里一边吹风，一边偷看它转弯时的背影了。

离开怀化大概一小时，列车驶入黔城站站台，却丝毫没有减速的迹象，一溜烟开走了。六年前，我曾和这座小站有一面之缘。当时，我从这里搭乘对向的7270 次列车返回怀化。小站并不办理售票业务，所以上车之后，我便找到一个空位，静候补票人员大驾。谁料都快进城了，这个人还是迟迟没有露面。如坐针毡之时，总算看见一个过路的女列车员，赶紧叫住她，告诉她我要补票。

"补票？别开玩笑了，一会儿出站又不查票！"她没好气地说。

我还记得那一刻空气中的尴尬，人群中依稀传来了些许笑声。我就像一个没坐过火车的乡巴佬，被扔到一个近乎荒蛮的年代中。那里有一套丛林般的游戏规则，就像那时的绿皮火车，总是充斥着无止境的脏乱差，和屡教不改的不文明现象那般。更何况，相比最低级的逃票人员，你还有可能遇上劫匪、盗贼和亡命天涯的通缉犯。但无论如何，我都想象不到还能遇上一件"被逃票"的事情，它的始作俑者，还是一个火车上的工作人员。

但这也正是绿皮火车不朽的魅力之一。在这些杂乱无序的车厢里，你不仅可以重逢一个过去光阴里的中国，还总能遇上一些稀奇古怪的事情。拿这趟 7269 次列车为例，通常这种不设空调的传统绿皮火车，票价只有新空调列车的一半，因此大都和当地的扶贫项目挂钩。你可能在大凉山的绿皮车上遇到卖烟斗的彝族大姐，在乌蒙山遇到卖昭通花椒的大叔，他们必须靠山吃山，才能换来更多接地气的商品。而在这趟车上，你可以品尝一番河鲜的滋味。如果早知道这些卖鱼大妈的存在，我是打死都不会吃下那 10 个包子的。

广铁集团怀化客运段的工作人员，显然早已对这些卖鱼大妈视若无睹，任其"卖鱼卖鱼"的叫喊声响彻车厢。相比其他的公益慢火车，他们似乎展现出一种更为强大的包容心。毕竟，鱼不像其他商品那般无辜，它可是像武器一样具有"攻击力"的。卖鱼大妈走到哪儿，周遭便会弥漫着一股强烈的鱼腥味，熏得很多把口罩拉到下巴上的人，又重新拉了上去。不过，这样的场面对我来说，倒也并不觉得陌生，毕竟早在4年前，我就在火车上领教过卖鱼大妈的威力了。

那是一群金发碧眼的卖鱼大妈，她们世世代代生活在贝加尔湖畔，以捕鱼或种地为生。火车穿过西伯利亚的泰加林，把世界各国的游客带到她们面前，让她们有机会把亲手制作的贝加尔湖白鲑鱼卖给他们品尝。然而 RZD（俄罗斯铁路）并不允许她们在火车上推销这些鱼类食品，短短几分钟的停车时间，也并不能促成一桩语言不通的国际食品交易。面对中国游客一哄而上的好奇心，这些俄国大妈也只能勉为其难地挤出一丝尴尬的微笑。

中国大妈可就没有这般拘谨了。一个小伙子只是随口问了一句"这鱼咋卖的"，便被卖鱼大妈盯上，像踩到地上的一块口香糖，再也无法摆脱。得知这鱼是从麻阳的河里捕捞，并且活鱼现杀后风干的，小伙子开始有些心动了。卖鱼大妈趁热打铁，一口一个兄弟叫得好亲，让他赶紧尝上一口。

⚠ 无论是橙色的东风 4B 还是蓝色的东风 8B，焦柳铁路的内燃机车都将谢幕

这是网友奔现的最佳车站了吧？让我们在"相见"相见吧

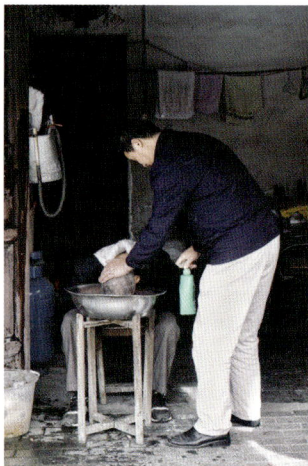
非常简易的理发店

小伙子抓起一条小鱼干，塞进嘴里。尽管隔着好几个座位，那一阵清脆的嘎嘣嘎嘣声，还是可以毫不失真地传到耳朵里，若不是空气中的鱼腥味，还真以为有人正在大快朵颐一包乐事薯片。

小伙子似乎很满意，但他们还必须就成交价格达成共识。大妈咬定25块不松口，小伙子只愿给20块，两个人你来我往，僵持不下。

"20块不行吗？现在是真的没钱呀，钱太难赚了，体谅一下打工仔啦。"眼见没有胜算，小伙子祭出了新招：哭穷。

"唉，可不是嘛。要不是这疫情，我以前都卖30块的呀……算了算了，看你也是个不错的小兄弟，24块一包拿着吧！"

最终，双方各让一步，小伙子得到了一包小鱼干，大妈得到了23块钱。若在前移动支付时代，这桩交易可能已经完结了。但在这个人们自诩更加快捷便利的时代，他俩还得各自打开微信，一个打开"扫一扫"，一个打开二维码……就在这一瞬间，火车不偏不倚地钻进了一座山洞。

"付不了款啦！"小伙子沮丧地说。

"你没开流量吗？"大妈问道。

"开了呀！可是山洞里没信号啊！"

没有人能从口袋里掏出五毛钱现金来，这才是我们这个时代最真实的一面。最后，只剩下小伙子和卖鱼大妈在黑漆漆的山洞里大眼瞪小眼，他们不知所措，像雕塑一样安静，像雕塑一样滑稽。但在如此弱光的条件下，我实在没有办法用相机记录下眼前这一幕，就像我没有办法记录下这个时代的种种。

卖鱼大妈一走，官方卖货的又来了。他们站在车厢一头大声嚷嚷，行使着铁路部门亲自授予的特权。但除了把一部分睡觉的人嚷嚷起来以外，似乎并没有卖掉什么商品，带货能力比起卖鱼大妈，相去甚远。车厢里开始反复出现喧嚣的人声，伴随着一些奇怪的音乐和特效声。显然，不是醒来的乘客正在窃窃私语，而是他们纷纷打开了手机里的短视频软件，一晃十多年过去了，人们在公共场合外放的这一习惯，也经历了升级换代，并且能够梳理出一部"外放简史"了。

起初是音频外放，通常是一些互联网上粗制滥造的口水歌曲，播放设备是一种被称为"山寨机"的过渡产品，它们绝大多数都来自于深圳的华强北。这些手机虽然廉价，却功能强大，有些甚至安装了好几个喇叭，可以制造出超大音量。后来随着智能手机的飞速发展，屏幕变大了，资源更多了，人们开始流行在交通工具上看电影或电视剧了，上下班乘公交地铁通勤的白领们，经常能一边眯着眼一边听到周围传来的宫斗剧对白。时光继续溜走，终于来到眼下这个时代，在抖音快手这类门槛更低、洗脑能力更强的短视频横空出世后，他们这才找到了一个火车上打发无聊的最好方法。

只要流量够用，火车不钻山洞，嬉笑怒骂随意，哪怕不戴耳机。反正，自己开心就好。他们一边看短视频，一边发出各种诡异的笑声：有哈哈大笑的，有捂嘴偷笑的；还有一种比较难形容，有点像拉肚子，先是噗嗤噗嗤两声，再变成一长串哈哈哈哈哈，最后用几个嘿嘿收尾。长此以往，我真的很担心隔壁那位大叔，会不会笑出肠痉挛。这时我才意识到，自己终究还是被这种"外放"影响了，只不过影响我的，不是外放本身，而是这些人将外放吸收之后排出来的"二次外放"，比如这些既魔性又有几分恐怖的怪异笑声。

列车驶出靖州站后，一条如教科书般清澈的江，开始浮现在车窗右侧，这便是渠水。和渠水一同出现的，还有岸边那些古朴的侗族村寨。这些乌黑的木头房子扛住了千百年来的风吹雨打，克服了各种火灾隐患，经过不断地修修补补，依然屹立不倒。如果将渠水视为一张宣纸，列车就像一支毛笔，边走边勾勒。反正裱在车窗这一画框中的，永远都是一幅苗侗风情的山水田园画卷。

太阳当空，气温骤升，人们开始打开车窗，享受微风拂面这一绿皮火车最大的福利。和风一起偷偷溜进来的，还有懒洋洋的光线。还不到中午，湘西南的天空就已经犯困了。列车摇摇晃晃之中，离开靖州苗族侗族自治县，驶入通道侗族自治县境内。打头阵的是江口，一座美丽的江边小乡村，渠水在这里接连掉了两个 180 度的头，仿佛在向靖州告别。至此，列车距离通道站所处的县溪镇，仅一步之遥。

在县溪下车的人比预想中多了不少。令人意外的是，通道站似乎仍保留着1978 年建站时的模样，干净敞亮。就连门头挂着的"通道车站"四个大字，也没有被统一改造成"通道站"，而是像早先的大陆铁路和如今的中国台湾铁道那样，使用"车站"的称呼。相比人群一窝蜂往出站口涌，站外显得有些清静，除了绿色的旅游专线公交车整装待发，没有一个拉客的黑车司机，也没有问你要不要住宿的大妈。原因并不难猜测，县溪镇太小了，西侧的渠水，和东侧的焦柳铁路，刚好把它夹在当中，最宽的地方，还不到 500 米。小镇因此呈现出一种长条形的分布，但所谓的狭长也仅仅相对宽度而言，就算你沿着唯一一条大街从南走到北，也不过区区 3 公里左右的距离。

所以，尽管火车站高挂"通道车站"的牌匾，真正的通道县城却不在县溪镇。出站口那辆绿色的公交车，就是接驳火车站和通道县城的。一会儿在它上面还会发生一个令人啼笑皆非的故事，这里先卖个关子。此时不妨跟我先去这里最著名的"景点"——恭城书院瞄一眼。

恭城书院始建于北宋时期，原名为"罗蒙书院"，是中国现存最完整的一座侗族古书院。清朝乾隆年间，侗族工匠在原址重建了这座被大火烧毁的木制建筑，更名为"恭城书院"。书院占地面积不大，五分钟不到，便可转上一圈。你会发现书院只保留了一副躯壳，内部没有任何古书之类的复原，把毛泽东、周恩来和朱德等人住过的房间收拾了出来，变成一座爱国主义教育基地。这究竟是怎么一回事呢？

你也许已经猜到了答案。没错，此处正是中国工农红军长征史上生死攸关的"通道转兵"发生地，而制定这一决策的"通道会议"地点，就在这座恭城书院。在这次会议召开前，我们先来捋一捋当时的形势：由于第五次反"围剿"斗争的失败，1934 年 10 月，中央红军决定放弃中央苏区，从江西瑞金、于都等地开始迈出了长征的第一步。在接连突破国民党军队布下的四道封锁线后，红军已由出发前的 8.6 万人，锐减到 3 万余人。他们翻越老山界，来到湖南通道，一个现实问题就此摆在眼前：面对蒋介石在湘西地区布下的"天罗地网"，还要不要按照既定计划与红二、红六军团会合呢？

对当时中央政治局来说，这是一个生死存亡的时刻，一旦走错这步棋，全盘皆输。他们在通道召开了一次临时会议，由于事发突然，这次会议都没有留下任何原始记录。毛泽东主张放弃北上湘西与红二、红六军团会合的原计划，转而西进敌人防守力量相对薄弱的贵州，该建议得到了大多数同志的认可，于是便有了"通道转兵"。红军很快攻下今天贵州黔东南苗族侗族自治州的黎平县城，在这里，他们准备召开一次决定未来的重要会议。

2010 年 1 月，我在黎平县城的翘街漫步时，误打误撞地走进了黎平会议旧址。那是一幢古色古香的清代建筑，原为胡荣顺商号。它所处的翘街，因为两头高、中间低的特殊地形，仿佛一只大号扁担，故此得名。1934 年 12 月 18 日，中共中央军委负责人正是在这样一座美丽的宅院，作出了一个拯救命运的选择：黎平会议不但首次否定了博古、李德的错误战略方针，还真正确定了中央红军未来的战略部署，即前往川黔边地区建立新的根据地。

⚠ 让我再看看你一眼，"大橘子"

和更为正式的"黎平会议"相比，"通道会议"因为没有留下太多史料，所以存在一定争议。然而，没有通道转兵，接下来的黎平会议和挽救中国革命的遵义会议，也就不会发生了。

在原来的旅行计划中，我打算搭乘反方向的7270次列车返回怀化。未曾料到，在"通道转兵"的地方一耽搁，没赶上火车。看来我也要上演一次"通道转兵"了。

由于县溪镇没有直达怀化的班车，我只能搭乘绿色的旅游专线车前往通道县城，转车去怀化。还记得开头我说，通道人爱喝酒吗？我一上车，就闻到一股刺鼻的酒味儿。一个看不清年龄的男性乘客，正以一种弯曲的姿势，趴在二人座上，一动不动。说老实话，如果他后背上插着一把匕首，我也一点都不意外。

或许大家不忍心打扰他休息，车厢里一片寂静，静得仿佛都能听到彼此的鼻息声……直到司机一声大吼：

"睡着的这位乘客，起来买票了！我要开车了！"

五秒钟过去了，依然是能听到彼此鼻息声的一种寂静。司机不得不再次开吼："你别装睡啊！要么付钱，要么下车！听到没有！"

醉汉的身体突然抽搐一般抖了几下……他努力调整了下睡姿，丢出一句"过会儿再给钱啊"。

"过会儿怎么给啊？你现在必须给！不给的话，就下车睡觉去！"司机急了。

醉汉不理，继续睡大觉。惊人的一幕就此发生，司机突然冲出驾驶室，来到醉汉面前，把他噌地一下提溜了起来。这时我才发现，和人高马大的司机比起来，这位醉汉身材异常矮小，目测年龄三四十岁。所以，司机几乎是卡着他的脖子把他拎起来的，其动作让人想起一种小时候玩过的游戏：老鹰捉小鸡。

此时此刻，我注意到先后有两位女性乘客，一老一少，由于受到过度惊吓，竟然跳车逃跑了。

被司机这么一搞，醉汉也慌了。这一慌，瞬间回了魂。眼见对方变得"正常"，司机慢慢松开了手，转而怒视着这张煞红的脸。几秒钟后，司机突然在他耳畔悄悄说了一句话：

"你是不是没钱了？如果没钱的话，就老老实实和我说一声好了。"

"是。"醉汉轻轻哼了一声。

至此，大家可能认为这个故事的走向，将以司机默许醉汉继续乘车收尾，谁也无法料到，这只是司机设下的一个圈套。

"没钱怎么可以乘车？没钱想办法赚钱啊？你赶紧下车吧，别耽误了其他乘客啊！"司机冷酷无情地说。

"你凭什么让我下车？凭什么？你以为我真的没钱吗？"伤及自尊的醉汉，一边气得大叫，一边冲到驾驶室旁。就在大家以为一场战斗不可避免的时候，他却迅速扫码支付了8块钱的车费。众人这才恍然大悟，原来司机使出了一记激将法。这个抵挡住对方一波

渠水边的侗族村落

又一波攻势的醉汉，只差一步就可以赖掉8块钱车费了，却在最后一刻功败垂成，太可惜了。

在司机如释重负的油门下，绿色的旅游专线车开始绕着盘山公路转圈了。它还要跑上20多千米的山路，才能抵达通道县城。我在车上打了一个盹，醒来之时，发现汽车已被明晃晃的城市街景所包围。仅从崭新的建筑上看，这座县城要比预想中现代化不少，就连路上跑着的出租车，也和这辆专线车一样统一刷成绿色。规范的同时，极易辨识。

汽车熄火之后，醉汉还像一摊烂泥似的躺在座位上。即便到了终点站，这位倒霉的司机也不能休息，他还剩下一项艰巨的任务——"收尸"。看来，两人之

▲ 通道车站

间的恩怨还没彻底了解。但我已没有继续偷看的兴致了，这座颇有人间烟火气息的通道县城，显然更吸引我。你看，我只是凑巧经过了一座特卖商场，就被与时俱进的录音广告吸引。

"一场突如其来的新冠肺炎疫情牵动了全中国人民的心……为了响应号召，开展企业自救，现全场清仓亏本处理，全场特价 10 元起，全部新款 5 折，全场特价 10 元起，全部新款 5 折！"

"亲爱的顾客朋友，抓住机会，抓住机会。"

麻阳往事、北野武和芙蓉镇

车票是从 12306 的 app 上买的，显示车次为：7266 次，由怀化站开往张家界站。座位号：8 车 003 号。不少人都买了这节车厢的车票，他们不断往前蜂拥。直到发现 8 号车厢是一节仅供列车员内部使用宿营车，大门紧锁着，才纷纷停下脚步，用一副呆若木鸡的表情，来印证这一刻的不安。"从旁边车厢上去啊，不用对号入座的。"一名列车员使出大嗓门，让他们瞬间又恢复了元气。我屁颠屁颠跟在后面。反正就这么几十来个散兵游勇，总不见得把全车的好位子都霸占了。

在怀化站数十趟始发而出的列车中，7266 次是当仁不让的抢跑者。每天清晨的 6 点 57 分，当发令枪一响，它便第一个冲出车站，朝湘西土家族苗族自治州奔去。作为一趟普慢列车，它一路走走停停，无论大站小站，皆要上前凑个热闹。铁道迷将该类型的慢车，称为"站站乐"。7266 次列车，要一直"乐"到下午四点多，才能抵达终点站澧县。

澧县站是一座焦柳铁路上的四等车站，无人问津。虽冠名澧县，但距离澧水河畔的那座繁华县城，相去甚远。澧县

晨光中的 7266 次列车

站位于湖南澧县的金罗镇，由于澧县城区没有铁路通过，所以 1978 年焦柳铁路修到金罗时，这座小站便坐收渔利，拥有了一个"澧县"名头。这里也是两湖交界处，铁路再往北延伸一点，便是湖北省荆州地区松滋市的地盘了。

我要去的张家界，刚好在湘西州旁边一点点，而起点怀化站又紧邻这个地区。所以对我而言，只要老老实实趴在车窗前，便可借助这趟列车，好生欣赏一番这幅在眼前徐徐铺开的铁路风情画。焦柳铁路由北向南，如一根麻绳般穿过湘西大地，沿途经过的麻阳、吉首、古丈和猛洞河等地，皆有令人赏心悦目的自然景观，和闻名全国的苗乡少数民族风情。尽管这回并不打算在沿途车站停留，但跟随列车走马观花一般掠过这片土地，也算触及到一点皮毛，不能将它的灵韵带走，至少也要感受一下余温吧。

既是"站站乐"，这趟车就没什么性子了，反正摇摇晃晃，总能抵达终点。作为一只"笨鸟"，它自然懂得先飞的道理，但同时必须背负着全车乘客无精打采的倦意。工务人员终日操劳，是最容易睡着的群体，只要往硬座椅背上一靠，

▲ 略显夸张的张家界站

▲ 古丈车站

不出三分钟准能传出轻微的鼾声。中年人不分男女，统统将疲惫写在脸上，他们的睡姿最为奇特：有躺在三人座上的，有趴在小桌板上的，也有脱了鞋把脚搁对面的……

精力相对旺盛的，永远是年轻人。坐我对面的两位少年，从一上车起就在激烈地讨论某款手游，直到在麻阳站下车。虽然他们衣着时髦，讲的却是麻阳地区的方言，我有些听不太懂。说来也怪，在怀化待了整整三天，基本没听见当地人讲什么方言。可一到这趟 7266 次绿皮车上，走哪儿都是听不懂的言语。在方言大幅度流失的今天，年轻人依然能讲一口流利的家乡话，未尝不是一件好事。然而这群年轻的麻阳少年，却在五寸的手机屏幕中迷失了方向，甚至都不能明辨乡关何处。

彼时，列车正停在一座小站里。年轻人放下手机，茫然四顾。"这里是麻阳吗？"他问身边一个老人。"还没到呢，会车啦。"老人轻描淡写的回答中，隐约夹杂着几分不屑。年轻人顿时松了口气，继续埋首于氪金的世界。为其解惑的老人，也和另一个戴皮帽子的同伴，恢复了先前的畅谈。他们显然是这条铁道线上的常客，无论身处什么位置，都有一种近乎生物钟般敏锐的洞察力。

焦柳铁路由北向南，自焦作至石门为双线铁路；而石门到柳州，依然还是单线铁路。7266 次列车的全程线路，均处于单线铁路的范围内。因此，它确实要面临一个"会车"问题。单线铁路的"会车"，并不仅仅意味着给对向列车让道，除了防止迎头相撞，还要避免屁股追尾。尽管 7266 次列车一大清早便迫不及待地冲出了怀化站，它也不过是一只"乌龟速度的兔子"，那些 K 字头和 T 字头的快车，总是瞅准它在小站休憩之时，轻而易举地完成一次超车。

之前介绍川黔线、成昆线等铁路时，提到了以备战备荒为目的的三线建设，以及当时中国所处的国际环境。基于这样一种需求，焦柳铁路破土动工。1970年，河南焦作到湖北枝城的焦枝铁路建成；8年以后，湖北枝城到广西柳州的枝柳铁路也通车了。这两条铁路于1988年合并，更名为"焦柳铁路"。如果再把太原至焦作的太焦铁路，和这条长度为1639公里的铁路连接起来，中国中西部地区便又有了一条超过2000公里的铁路纵贯线了。

8点不到，列车驶入麻阳。车厢里一阵骚动，超过半数的人匆忙中拎起行李，涌向车厢两头。讨论游戏的年轻人不见了，取而代之的是一位饱经风霜的老人。他的脸上爬满形形色色的斑点和皱纹，让人想起一个很俗套的词——沟壑纵横。然而，在他目光如炬的眼神中，又流露出一种不为人知的倔强。再经晨光这一纯天然的氛围调和剂稍加渲染，一位湘西农村版的"北野武"便在眼前活灵活现了。

经常扮演黑帮老大的北野武，和曾经以悍匪著称的湘西，两者在一趟古老的绿皮火车上重叠了形象。但说老实话，即便北野武穿越时光，来到1949年前的湘西山沟沟里，恐怕都很难混出个头脸。自古以来，湘西大地便民风彪悍，尚武好斗。一个男人的出路，往往不是从军，就是做匪。小时候在经典电视连续剧《乌龙山剿匪记》中，早已领略了解放军剿匪时的惊心动魄。记得有一对兄弟，一个跟了解放军，一个做了土匪，当兄弟阋墙真实地发生在战场上，事情就不仅仅一个残酷那么简单了。

20世纪90年代，整个广东省都为两个绰号叫"华仔"的人夜不能寐：一个是香港人刘德华，彼时他刚刚获封"四大天王"，事业进入全盛期；另一个是湖南麻阳人张治成，他和他的麻阳同乡犯罪团伙，将整个广东搅得鸡犬不宁，让当

▲ 湘西"北野武"

地人在提心吊胆中度过了好些年。

1995年7月25日，一名新西兰商人带着刚刚谈好一桩生意的喜悦，坐上了183路公交车。未曾料到，在车厢某个阴暗的角落中，四条穷凶极恶的"野狼"，正对着这只肥美的"进口羔羊"垂涎三尺。在实施抢劫的过程中，张治成连开三枪，将新西兰人当场击毙，其余三人也击伤多名乘客。他们把全车乘客的财物洗劫一空，强迫司机路边停车后仓皇逃窜。

作为"7.25"大案的头号嫌疑人，张治成已被列入全国通缉对象。然而狡猾的他，通过易容等手段，又在各地行凶杀人。当时铁路还没施行实名制购票，张治成通过焦柳铁路，来往于麻阳、怀化和广州之间，屡次逃脱。

列车从麻阳站缓缓驶出时，"北野武"点起了一根香烟。在这种连接山区小站的绿皮火车上，铁路部门不仅仅默许小商小贩的存在，通常也不会对这些吞云吐雾的有害气体制造者横加干涉。他和另一个麻阳老头先是大声用方言聊天，接着不知为何吵了起来。两个人都很激动，不时啐一口痰，狠狠吐在车厢的地板上，就像吐在自家种菜的院子里那样。在讲述他们的老乡张治成落网之前，我想先来讲讲多年以前我在火车上遇到另一名"张治成"的故事。

彼时大概是2010年1月的某天，我从怀化站搭上一趟开往凯里的1257次绿皮车，这趟车从襄樊站始发，终点站为昆明。在那个时候，襄樊还没有更名为襄阳，列车也还是没有空调的传统绿皮火车。尽管并不需要查验身份，车厢还是需要对号入座，于是当我手持车票找到座位号时，发现早已被两个皮肤黝黑一脸凶相的男人"霸占"了。

我向他们说明来意，示意他们坐了我的位子。没想到其中一人态度恶劣，拒不换位。时至今日，我已忘记他们具体说了些什么，不外乎"你去隔壁车厢找个位子坐不就行了"这样的话。但我却永远忘不了他们眼神中流露出的不友好，以及由此带给我的一种强烈不适感。说来也怪，若放在平时，也许我会据理力争，绝不退让，但在那个当下，我竟有几分头皮发麻，脑海里被一种"你必须认个怂"的念头控制住了。冷静了几秒钟，我决定跟随那一刻的内心，选择悄悄离开。

去到隔壁车厢，找了一个靠窗的位子。这一不愉快的小插曲，很快便被贵州山区的美景冲淡了。车到玉屏还是哪里，前方车厢突然出现一阵骚动。刚刚起身，就看到四名便衣警察正羁押着先前霸占我座位的两个男人。事后一问，方知这两人是被公安部门通缉的逃犯，身背命案，属于那种在电影和电视新闻里看到的亡命之徒。听旁边一位苗族大妈说，他们从麻阳站上车时，就一脸贼头贼脑。不过，选择一趟可以开窗的绿皮车，想必二人也是作了一番周全考量，至少穷途末路之时，还可以狗急跳墙。他们认为反正只要一到昆明，再往云南边境逃亡，就不是一件难事了。可是，天网恢恢。

张治成是在深圳市宝安区盐田村的一间出租房里落网的。在此之前，"麻阳帮"

的众位弟兄已分别在不同地点被一一抓获。张治成归案，意味着轰动全国的"广州第一大案"宣告破获。

从龙飞天到张治成，"麻阳制造"的悍匪臭名昭著。然而，倒也大可不必对这座县城产生刻板印象。毕竟，麻阳还是我国第一任铁道部部长——滕代远的家乡。他在任期内主持修建了多条铁路干线，其中不乏成渝铁路、宝成铁路、包兰铁路、鹰厦铁路和丰沙铁路这样的著名铁路，他还把民国时期开工修建的陇海铁路最西段——天水至兰州连接起来，使得中国终于有了一条横跨东西的铁路大干线。今天我们可以坐上火车穿越中国，还真得感谢一下这位来自麻阳农村的苗族男人。

"男人帅不帅，首先看皮带。"伴随着一句嘹亮的口号，那些麻阳往事，被渐行渐远的列车重新封印在 90 年代，画风开始朝着一个诙谐荒诞的方向前进。一个身穿铁路制服的男人，先前还在不厌其烦地推销充电宝，这回又摇身一变为皮带大王。有人问他这皮带哪里好，他草稿都不打一个说："我这皮带呀，可是比牛皮还要牛哦！""我看是比吹牛还要牛吧？"老乡一点都不给他面子。"话可不能乱说哦！"他面不改色心不跳，"您用了我这皮带，腰不会痛，腿脚也更利索。拿一根不？"他把皮带往那人身前的小桌板上随手一扔，扬长而去，换来了对方一记轻蔑的眼神。

和怀化到塘豹的 7269 次列车一样，这趟车也有很多来自民间的小商贩，有卖橘子的，有卖柿子的，有卖西瓜的，还有空手套白狼的。那不是骗子，而是两手一摊的乞讨者，他从车厢一头走到另一头，逢人就伸手。自打来到这个世界，少说也坐过几百趟火车了，但在车厢里遇上乞讨者（不包括地铁的话），还是头一遭。与那些脖子上挂着微信收款二维码的职业乞丐相比，这名上了年纪的乞讨者，似乎还停留在那个使用纸币的时代，他在摇摇晃晃的车厢中步履蹒跚，游走在一张张冷漠的脸孔之间。不知道他是真的不知道还是不愿接受，人类已经进入了一个要靠人工智能来操控他们吃喝拉撒的伟大时代。

没过多久，卖皮带的男人再次出现在车厢一头。这次他怀揣着一堆来自新疆的蓝莓果，开始了新一轮煽动性营销。他以免费品尝为借口，穿梭在人群中，不断地将一包包蓝莓果放在旅客身旁。这一多少带有滋扰性质的推销行径，令我感到些许不适，一种突如其来的尴尬症就此发作。他越是在身旁踱步，越是让我想起令人窒息的高中生涯。我就像一个害怕被老师点名的学生那样，赶紧把脑袋扭向窗外，生怕他突然停在身边找我搭话。待到他稍稍走远，我再把头扭回车厢，只要小桌板上没有出现一袋蓝莓果的身影，我便如释重负……

快到新凤凰时，一个女人突然大叫一声："啊我是不是坐过站了！""你去哪里啊？"长得像北野武的老头问她。"我去大农村啊！"她说。"过了，下车换公交去吧。""北野武"淡淡地回答道。女人哎哟一声抱怨起来，隐约带着一丝哭腔，骂骂咧咧下车了。而我则好奇她错过的地方，居然有一个如此耿直的名

字？翻开地图才发现，小站其实叫"大龙村"，而"新凤凰"的所在地为木江坪镇，沱江流经此处，如果你逆流而上，不出多久便能抵达沈从文的边城——凤凰古镇了。

卖皮带的男人第四次出现时，我终于忍不住和他搭话了。早上在怀化站刷身份证乘车时，就发现磁性有衰退的征兆。而这一次，对方身份恰好换成了"身份证保护套"的推销员。反正仅需一块钱，买不了吃亏，买不了上当。况且，如果这样一种服务还不能被冠以"雪中送炭"的话，那我真搞不懂这四个字还能用于何处了。

9点30分刚过，列车抵达湘西土家族苗族自治州州府吉首。那些卖东西的小商贩，全都消失得无影无踪，乘客也所剩无几。人文已逝，自然接替。从古丈到猛洞河这一区段，山一座比一座险峻，绿如地毯的植被间，隐匿着无数苗族古村寨。隧道陡然增多，很多车站干脆设在洞口，以至于列车到站，我所在的车厢还被无边的黑暗笼罩着。至猛洞河，"北野武"大喝一声，和同伴扛起行李，走下车厢。他们在月台上站立许久，才将扁担扛在肩头，一步一晃，涌向出站口。

⚠ 去首站的东风 48

▲ 一座洞中车站——古丈

　　自此，列车便已进入猛洞河风景名胜区的重重包围之中。第一个叫阵的是栖凤湖景区，它距猛洞河火车站咫尺之遥，一个游客若在水上泛舟，可以很轻易地看见焦柳铁路上的火车跨过酉水，就像火车上的人们可以很轻易地被眼前"国画配色"的青山碧水征服那般。酉水弯弯曲曲，从芙蓉镇前缓缓流过。这座因为一部同名电影而声名鹊起的湘西古镇，毫无疑问是猛洞河景区最最亮眼的一块招牌。对一个既不自驾也不跟团的游客来说，搭乘 7266 次绿皮火车到此转车，可以说是前往芙蓉镇最方便也最经济实惠的办法了，因为猛洞河火车站距离芙蓉镇，不过20 分钟左右的车程。

　　1985 年 12 月底，谢晋带着摄影师前往湖南，依次去了怀化的黔阳古城、湘西州的吉首和永顺县的王村镇，他要从这三个地方选择出一座真正符合他内心构想的"芙蓉镇"。火车迷一看就乐了，这三个地方就像三颗糖葫芦，被焦柳铁路这根小木棍串联在一起。谢晋团队为了找寻这座小说中虚构的古镇，可谓煞费苦心。倘若把这个过程比作一场大型选秀节目，副导演他们早已在湖南、四川、贵州等地踏破铁鞋，经历数月的漫长海选，才从 100 多个古镇中选出了这三座"终极名单"，不管哪个当选，都是真正意义上的"百里挑一"。巧合的是，这三座古镇全部位于焦柳铁路沿线，直接证明了这条铁路拥有数之不尽的风景和人文旅游资源。

湖

南

▲ 沿途的吊车

　　幸运儿最终落到了王村镇的头上。据说谢晋是被它的吊脚楼征服的，站在那里久久不愿离开，赞叹道"再也没有比这更好的芙蓉镇了"。电影无论从口碑还是票房上都取得了惊人的成功，它甚至还创造了一项纪录，让王村镇就此更名为"芙蓉镇"，虚拟取代了现实。如今的芙蓉镇到处都是修缮一新的精品民宿，年轻人身着汉服唐装挤在"刘晓庆米豆腐店"前打卡。不知他们发朋友圈的时候可曾记得，正是在这样一条湿答答的青石板路上，姜文绝望地对刘晓庆高喊着："活下去，像牲口一样地活下去。"

　　这是一句令人头皮发麻的经典台词……单凭这句台词，《芙蓉镇》就可以永垂青史了。它把一个黑暗恐怖的时代，用一句话总结了出来。好在就铁路层面来说，再也不会有亡命之徒胆敢利用火车来纵横四海了。

　　在恍恍惚惚中，列车就这样挣脱历史的涡旋，迈向澧水河畔的张家界。在驶入站台前，你会看见头顶上方赫然出现了一堆五颜六色的缆车，它们高挂在天门山索道两根长长的缆线上，仿佛通往浩瀚苍穹。何必坐高铁去所谓的"张家界西站"呢。毕竟，你只要从老站的出站口北行一公里，就能拿到一张银河漫游的入场券了。

襄渝铁路：

80 万铁道兵修建的一条铁路

陕西

shan
xi

襄渝
铁路

80 万铁道兵修建的一条铁路

打车来到安康站时，已有不少年轻的面孔，三三两两围拢在广场前。他们骑在箱子上的样子，让我想起自己的学生时代。那会儿基本买不到物美价廉的拉杆箱，从小商贩那里买来的假货，经常拉着拉着轮子就咻溜一下飞了出去，像挣脱束缚的鸟儿那般一边哼着歌一边越滚越远，尽情宣泄着重获自由的喜悦。看着这些大学生骑着箱子嬉闹，不知不觉便脑洞大开：假如有人开发一款像电动滑板车那样行走并且具备自动巡航功能的拉杆箱，岂不是一劳永逸地解决了很多问题？

安康是一座被秦岭和大巴山夹在中间的山城，306 多万人（2017 年）世世代代生活于此。很长一段时间以来，这里交通闭塞，发展缓慢，老百姓出行非常不便。直到 1975 年襄渝铁路开通运营，当地人才第一次听到火车的轰鸣声，差不多同一时间，通往阳平关的阳安铁路也投入运营。这是一条秘密的战备铁路，负责将宝成铁路和襄渝铁路这两条重要的铁路干线连接起来，以方便沿线军工厂的物资转移和运输。

尽管有了火车，但安康人依然笑不出来。他们惊讶地发现，火车这种神奇的交通工具，可以在十几个小时内把他们拉到四川重庆（当时重庆行政上还属于四川管辖）或湖北十堰，却不能在十几个小时内送他们到直线距离只有200多公里的省城西安。"罪魁祸首"正是横亘在两座城市之间的秦岭主脉，自古以来，能够穿越这些崇山峻岭的，只有一条汉代开辟的"子午道"。

这条古栈道不仅仅起着交通运输的作用，更是兵家必争的重要通道。第一次听说它的名字，是在罗贯中的小说《三国演义》中。当时诸葛亮正在准备第一次北伐，魏延兴冲冲地找到他，提出了一个"奇袭子午谷"的大胆设想：主张率精兵万人，由子午谷直取长安，再和斜谷北上的孔明会师。行事素来谨慎的诸葛丞相，最终没有采纳这一过于冒险的计划。多年以后，在那场导致蜀国灭亡的战争中，钟会却因此尝到了甜头。他率领的十万大军，兵分三路，其中一路，正是沿着子午谷直扑汉中。

子午道的北口，位于西安市的长安区；南口，位于安康市的石泉县。今天的G210国道，差不多就是沿着这条古栈道修建的。而连接两座城市的铁路，却最终拖到了21世纪。2001年1月8日，随着西康铁路的开通运营，安康人去一趟省城，再也不必兜圈子了。但这一次，火车没有爬上弯弯曲曲的展线，不断迂回翻过秦岭，而是从一座长达18公里的隧道里钻了过去。

在终南山下挖隧道，可是一个比"奇袭子午谷"还要疯狂的想法。毕竟，以当时的施工技术来看，能不能挖出这种长度的隧道都是未知数。为此，中国不惜花费重金，从德国引进了两台全断面隧道掘进机。你可以把这种圆柱形的大怪物想象成一只"基因突变"了几百倍的超级穿山甲，它们很快展现出令人震惊的挖掘速度，一个由南向北，一个由北向南，势如破竹。沉睡了亿万年的巍巍秦岭，就这样被两只"德国穿山甲"搅了一个鸡犬不宁。

一旦攻克了秦岭隧道，西康铁路的通车就只剩时间问题。如今，这条铁路不仅修好了复线，旅客还可以搭乘CR200J型动车组列车去西安了。在安康火车站的售票大厅，我前面的大叔就买了一张去西安的D字头车票，心满意足地离开了。

排了20多分钟的队，轮也该轮到我了。若不是为了一张不会褪色的"红票"，何必挤在人工窗口前呢？最要命的，安康站仅有的两台自动售票机，竟然商量好似的集体选择"罢工"，这就让人工窗口前的人流量突然大增，而坐在里面的只有两名年轻的女性工作人员。

"您好，我需要一张今天去达州的6065次车票。"我把身份证递给了眼前这位戴眼镜的女孩。

"17块5，请问微信还是支付宝呢？"

"支付宝吧。"

打开付款码，往机器上一照，换来了一张油墨未干的纸质车票。尽管印着"仅供报销使用"这六个字，颜色却还是十几年前的粉红色，而不是蓝色。根据这两种的车票的过往表现看，红票基本不会褪色，蓝票则捉摸不定，有些个把月就隐身不见了。这对于收藏车票的玩家而言，实在是太糟心了。

在一张身份证走遍天下的时代，还能找到一座可以打印红票的车站，就算达不到哥伦布发现新大陆的稀缺程度，也近似于迪亚士发现好望角了。而列车使用的 25B 型客车车厢，也仍然是可以开窗的传统绿皮火车。一切都在按部就班地重返 20 世纪，除了"微信还是支付宝"的问候，取代它的本该是一句"现金还是刷卡"。

从安康到达州，绿皮火车将要行驶在襄渝铁路上。就在一天前，我搭乘上海南—成都的 K351 次列车，沿着襄渝铁路来到了安康。按照原定计划，我将于今日搭乘 6065 次列车前往达州，稍事停留后，再换乘巴中—深圳西的 K835 次列车去重庆北。如果一切顺利的话，晚上 9 点 30 左右我就能在龙头寺附近吃碗小面了。同时这也意味着，我将在一天之内通过两趟不同的列车，体验完襄渝铁路的剩余部分。

襄渝铁路曾是一条不对外公开的秘密战备铁路，很长一段时间以来，你都无法在我国出版的任何地图上找到这条铁路。和成昆铁路一样，襄渝铁路也是三线建设时期的产物。考虑到当时的国际形势，两条铁路在修建过程中都不约而同地强调了一个"快"字，并且都征用了数十万名铁道兵开赴前线。

20 世纪 60 年代中国周边的国际形势开始紧张了起来，后来古巴导弹危机和东京湾事件先后爆发，在这般迫切的形势下，30 多万筑路大军涌入大小凉山、金沙江畔和大渡河峡谷的不毛之地，他们付出了巨大的牺牲，才在这片"筑路禁区"中修建出一条不可思议的山岳铁路，震惊了联合国。

成昆铁路修了 12 年，比它短 100 多公里的襄渝铁路，却仅仅耗时 5 年多，便开始了临时运营。这是因为：一，成昆铁路的施工难度确实太大，要不断地炸山和架桥，铁道兵们几乎是在和恶劣的自然环境搏命；二，襄渝铁路 1968 年开工之时，附近的贵昆铁路和川黔铁路都已竣工，成昆铁路也进入最后的冲刺阶段。因此这个时期的襄渝铁路，不但投入了庞大的人力，还获得了更多的物资供应。

解放卡车拉来了一车车稚嫩的面孔。他们中有刚刚从贵昆、成昆下来的铁道兵，也有很多民兵以及参与三线建设的年轻人。在铁路建设的最高潮时段，一度有超过 83 万人置身于筑路前线。在那个物质贫瘠技术落后的年代，投身于如此艰巨的铁路工程，牺牲自然在所难免，很多人从此再也没有走出大山，永远长眠于襄渝铁路沿线的烈士陵园中。

今日搭乘的 6065 次列车，刚好要穿过襄渝铁路施工难度最大的一段山区地带，其中的重头戏，便是翻越大巴山。按照这条铁路的行车规律，所有安康—达州方向的下行列车，将会沿着襄渝铁路的老线过巴山。也就是说，尽管绕不开长

⚠ 6065 次列车上的母子二人

达 5000 多米的大巴山隧道，但却完美避开了上行线——襄渝铁路二线 10000 多米的新大巴山隧道，这就意味着有更长的盘山铁路远离黑暗隧道的吞噬，沐浴在朝露与云海之中。从观赏风景的角度讲，选择下行方向的 6065 次列车，显然完胜上行方向的 6066 次列车。

有阵日子没坐绿皮车了。一上去，我就把两边的窗户都打开了，翻出相机，对着周围一阵瞎拍，甭管是头顶上的电风扇，还是那些美式咖啡配色的硬座。但这样的一番举动，似乎引发了一位中年男人的"不适"，我和他一不小心打了个照面，撞见的是一副怒目而视的表情。

"你这有啥好照的呢？"他将怒容转换为疑惑。

"是没啥好照的，随便拍拍吧。"我也不知道该怎么回答。

"手机不是也能照吗？"他继续发问道。

"但照相机就是照相机。"我笑了笑说。

他没有接我的话，开始焦躁不安地在车厢里踱步，看上去有几分心事重重。6 月的秦巴地区，待在一节没有空调的车厢里，很容易大汗淋漓，更何况，这还是一节静止的车厢。距离发车时间越来越近了，这位中年人的耐心也跟着消耗殆尽了。

"这球车咋还不开呢？"他对着空气怒斥道，"这二球车！"

可是我再也没有机会和这位脾气不太好的大叔套近乎了。在列车停靠的第一座车站——大竹园，他就一个箭步下车了。至于他为何挂着一张不开心的脸孔，又为何看上去急吼吼的样子，这都已成为一个永远无法破解的谜团。

好在我为此并不懊恼，当列车从安康站缓缓驶出后，我便迷失在窗外的山区景观中。在这种门户大开的绿皮火车上，光是呼啸而来的风，就足够让喜欢火车的人喝一壶了。有时候甚至觉得，不是人在观赏风景，而是风景不请自来，就像风不停地往身上钻那般。因为火车的疾行，这些沉默的山峦，也仿佛有了生命似的，

▲ 电风扇是传统绿皮火车的标配

风是它们派来的使者，专为与人类交换秘密而存在。

"这位先生，麻烦您把口罩戴好！"

一个雄浑的声音，盖过了窗外的山间吹来风。抬头望去，是位穿铁路制服的家伙，来者大概50多岁，圆平头，慈眉善目，乍一看有点像中国著名电影导演张艺谋。我赶紧把口罩拉了上去，并朝他微微一笑。

"不好意思，请问打热水的地方在哪里？"他对我使用了敬语，我也必须"还以颜色"。

"3号和5号车厢都有。"他指了指隔壁的5号车厢说，"那边最近了。"

我谢过他，正欲离开，耳畔突然传来一句，"你是哪个单位的？"我一时语塞，没有作答。上次被陌生人这样问住，还是在重庆开往内江的5612次列车上，当时一个九龙坡的工人问我"你是哪个厂的？"

"目前暂时没有单位呢。"我只能以一种尽可能诚实但也许在他眼里有些莫名其妙的话语来回答。

"来我们这儿玩吗？"他的表情看上去波澜不惊。

"是啊，我要说我就是专程来坐这趟绿皮火车的，您信吗？"

"为啥不信啊，之前也有一些搞摄影的来过。我们这边山清水秀的，空气特别好。"

这位长得像张艺谋的列车员，是安康市紫阳县人。每天他都要在列车经过家乡的时候，对着一整节车厢大喊"紫阳到了"，然后打开车门，第一个走到站台上，目送一堆旅客回家，再目送一堆旅客离家，最后关上车门，跟随列车马不停蹄地奔向远方。如此周而复始，如太阳东升西落。

对一个铁路基层员工而言，这种"三过家门而不入"的事情，算是屡见不鲜了。"张艺谋"说他已经连续跑车20多天，再也不想和同事睡在二人一间的行车公寓里了，尽管那里的条件并不算差。

"我不放心家里的鱼，我老婆总是忘记换水。""张艺谋"轻叹一声，"我还想去看电影，《中国医生》过两天就要上映了。"

"去紫阳的电影院看吗？"

▲ 高滩站附近的景观

"不一定，也可能去安康看。我们小县城只有一家电影院，票价太贵了，不是很想去那里看。"

脑补了一下这位列车员的业余生活：养鱼，也许还养很多花花草草；爱看电影，知道最近上映了一些什么片子。或许，他不是那种收藏了上千张 The Criterion Collection 公司 DVD 光盘的狂热影迷，也并不关心上海国际电影节的抢票问题，然而中国电影动辄十几亿元的票房神话，正是由这些默默无闻的个体创造的。

列车依旧沿着襄渝铁路往前跑，一如这程序化的生活，还是要继续折腾下去。驶入紫阳站的弯道时，"张艺谋"又一次对着全车厢大喊"紫阳到了"。这句话他已经喊了成百上千次，就像一部播放了成百上千次的电影，那山那人那火车，永远俗套的剧情。但好玩的事情在于，只要将视角由他转换成我，就变成了一部正在上映的新片。对我这样的闯入者来说，即便是一句平淡无奇的"紫阳到了"，也能在陌生的环境下产生奇效，更何况，隔老远就看见一尊金光闪闪的巨型雕像，站在足以俯瞰全城的半山腰上，像一个突如其来的谜题，使异乡客困惑。

这是一座屹立在汉江畔的小山城，也是中国唯一以道教名号命名的县城。汉江当然不是穿过朝鲜半岛的汉江，紫阳却是货真价实的紫阳真人。1075 年，北宋道士张伯端在紫阳县翁儿山的仙人洞里，写下了论述内丹修炼的名著——《悟真篇》。内丹术是道教的一种修炼方法，通俗说来就是"气功"。张伯端将老子的《道德经》和黄帝的《阴符经》作为内丹祖书，以诗歌词曲等体裁论述内丹修炼，指出修炼内丹才是得道成仙的唯一途径。《悟真篇》后来成为道教南宗内丹修炼的经典著作之一。

2021 年年初，我在浙江台州的临海古城误打误撞去了张伯端故里。由灵江北岸的兴善门入，在千年古刹龙兴寺的注目下，突破星巴克和瑞幸的包围圈，沿着生机勃勃的紫阳街，悠哉悠哉往北走。到处是大红灯笼高高挂的寻常人家，上面贴着"在混日子"的春联，止不住的写意。喝一杯蛋清羊尾拿铁，看两眼国营的红星理发店，老人和猫不经意间多了起来，再也难觅红花绿毛的游客。最后在古街尽头的广文路，止步于一座写着"紫阳故里"四个大字的宅邸。

尽管张伯端在陕西安康修炼内丹并创作了《悟真篇》，但他却是一个不折不扣的浙江临海人。由于装修，我们未能对这座宅邸一探究竟。不过从外观猜测，它的体量应该不小。这无疑符合紫阳真人的"修行价值观"：他一向反对形式上的出家，也不刻意选择归隐山林，而是秉持"小隐于野大隐于市"的哲学思想。

然而，临海人不过为张伯端申请了一条"紫阳街"，安康人却将其中一个县命名为"紫阳县"。不仅如此，他们还斥资 5000 万元打造了一座文笔山公园。火车上看到的巨型雕像，正是紫阳真人张伯端，6.6 米的身躯，纯铜制作，加上底座，10 米有余。

麻柳站是襄渝铁路老线上的一座小站。列车离开紫阳后，差不多要行驶 45 分钟才能抵达这里。我被这座车站独特的构造吓了一跳：火车停在两座隧道当中。这并不稀奇，我国铁路有太多这样的"洞中车站"了。稀奇的是，所谓的"站台"并不存在，绝大多数车厢停靠的地方，只有大桥的钢铁围栏。也就是说，这实际上是一座"桥上车站"。乘客下车以后，必须小心翼翼地沿着这些钢铁围栏，从万丈绝壁中穿过，还不能过于紧贴列车，以免发生危险。

此刻，一位拎绿色购物袋的大叔，正手扶钢铁围栏，侧身缓行着。不知不觉，我竟产生了一种奇怪的"幻痛"：明明迈腿的是他，可腿软的却是我。他越稳当，我越腿软。没辙，只好将目光对准一块写着"青春无悔"的石碑，才慢慢缓过神来。石碑竖立的年代不详，不晓得是为纪念长眠于此的 18 名铁道兵，还是扎根于大巴山深处的三线学兵。

⚠ 翻越大巴山

将麻柳站夹在当中的两座隧道，分别是北侧的何家湾隧道和南侧的邬家湾隧道。两座隧道口均刻有毛主席诗词，但由于何家湾隧道刚好位于下行列车的尾部方向，终究未能一见。邬家湾隧道很短，目测只有百米出头，上面刻着"团结起来争取更大的胜利"字样，这是毛泽东主席在1969年4月召开的中国共产党第九次全国代表大会上的发出的号召。

能够检验它的成色的，唯有这趟6065次绿皮火车。一出麻柳，它便开始了翻越大巴山的征程，再也无法回头。吊诡的是，你绝不能以字面意思去理解这里的回头。毕竟前方是接二连三的180度马蹄弯，列车反而要在襄渝铁路上不断"回头"，才能完成这一翻山越岭的壮举。最使人叹服的一段旅程，当属列车缓缓驶入松树坡展线岔河大桥的那一刻，如果你有幸倚靠窗前，会发现河谷中的溪流，早已扭

▲ 万源站

成一根银色的绳子，房屋像积木一样渺小，群山在忽然之间，集体矮了你一截。这种感觉让你得意忘形，开始以一种居高临下的视角俯瞰它，看山坡的阴阳面，在你的眼中，茂密的森林和植被，仿佛一只轻盈的鸟儿。

如果说这是一场美妙的幻觉，那么就让巴山站负责清醒。当你看到站房上那些艰苦奋斗的标语时，就会明白这里从来与浪漫二字绝缘。游客可以坐着绿皮火车，在惊鸿一瞥的邂逅中感慨大自然的壮美，可对于扎根于此的铁路职工来说这里短短 12 千米的线路设备集中了襄渝线最高的桥梁、最长的隧道、最小的曲线半径和最大的坡度区段。"巴山精神"是坚韧与坚守的代名词。在这座小站，任何一个和你擦肩而过的普通养路工，都有可能是个受过表彰的劳动模范。

巴山一过，便是蜀水，一条碧绿色的溪流，很快开始围着襄渝铁路打转，像一个顽皮的小跟班，这是后河，自打从车窗看到它的那一刻起，列车便已驶入四川省达州市地界了。第一个站点叫官渡，和《三国演义》里曹操袁绍之间奠定北方霸权的战役重名。但这并不是一个巧合，随便打开某个地图类软件，你都可以找到一堆"官渡"。这些"官渡"天南地北，却有一个共同的交集：傍水。显而易见，这些地方过去之所以叫官渡，纯属其行政职能所赐：由官府成立经营的渡口。

后河会一直缠绕着襄渝铁路，在万源市境内延伸。地势陡然放缓，那些随时会滚落巨石的山崖，早已敛起狰狞，退守至云雾缭绕的地平线尽头。不过列车仍在夹缝中扭曲前行，这回蒙蔽视野的不是黑暗的隧道，而是钢筋水泥。抬头便是摇曳在风中的标语，上面写着每平方米 XXXX 元的价格。列车已在不知不觉中，被城市一个囫囵吞下了。

火车站建在一处铁路弯道上。从遮雨棚的壮观程度上判断，这显然是一座等级较高的车站。放眼窗外，到处是整洁的街道和拔地而起的山景房，就连站台上踱步的年轻人，也都一脸神清气爽。万源，一座令人激动的城市！当列车擦着建筑物，在有弧度的铁轨上慢慢勾勒出城市的形状时，不禁使人想起纳博科夫[1]在《初恋》中的那段话：

"当我们穿过德国一些大城镇时，火车放慢车速，庄严地缓行，几乎就要蹭到房屋的正面和商店招牌。火车与城市这种随性的交会正是令人兴奋之处。"

从现在开始，你再也听不到自带喜剧色彩的陕西方言了，取而代之的是洗脑效果更强的四川话。6065 次列车由陕入川，仿佛穿越的不只是时空，还有平行宇宙。人还是那么些人，尽管有上有下，但就像能量守恒定律那样，基本维持在一个不变的水准上。奇怪的是，明明我隔壁座位的老头，刚才还和同伴"额滴神呀"个

---

①弗拉基米尔·纳博科夫（1899—1977），俄裔美国小说家、诗人、翻译家和鳞翅目昆虫学家，在国际象棋残局方面也颇有建树。其作品有《洛丽塔》《微暗的火》《阿达》《普宁》等。

不停，现在只顾蒙头大睡。隆隆前行的火车，带来了地缘上的转变，对一个陕西人来说，也许当主场不复存在了，就必须小心翼翼地应对客场。这是一种古老的中国式生存哲学，即便在火车这样相对开放的场合，人们也依然心照不宣地遵循着。

离开万源，一条铁路支线会岔出襄渝铁路，朝大山深处的白沙镇延伸，这是通往 7102 厂的专用线。7102 厂是隶属于航天工业部的一座三线军工厂，对外联络名为"长征机械厂"。这座神秘的三线工厂不仅仅养活了单位职工，还让白沙逐渐兴旺起来。1978 年 4 月，白沙工农示范区建立，一年后更名为"白沙工农区"，它和金口河工农区、华云工农区一起，成为"四川省三大工农区"。

也许你已经窥出了些许端倪……没错，这三大工农区均为三线建设时期的重镇。白沙有造火箭的 7102 厂，金口河有中核工业的 814 厂，而作为后来成立的华蓥市前身，华云则拥有一系列生产常规兵器的军工厂……工农区也成为特定历史条件下一种特殊的县级行政单位，只在多山且便于隐藏的四川地区出现过。1993 年 10 月，白沙工农区撤销，白沙变成万源市下辖的一个镇。

天空没由来地阴沉起来，后河水呈现出一种略带寒意的翡翠色。列车依旧马不停蹄地奔跑着，废弃建筑接二连三地出现在窗外。它们拖着红砖砌成的老迈身躯，沉默地矗立在铁路边，像一具掏空内脏的尸体。时代残酷地抛弃了它们，就连流浪汉都懒得进去撒泡尿，也许只有预算有限的导演才会欣喜若狂，毕竟随便一间屋子都可以拿来拍摄恐怖电影。

列车行驶至青花镇时，我被一只突如其来的庞然大物吓了一跳，它几乎把远山和铁路之间的全部空当都塞满了。到处都是废弃厂房，三根大烟囱有气无力地耷拉着，再也不会吞云吐雾了。毫无疑问，这曾是一座气势恢宏的大型工厂，也许整个青花镇的温饱问题，都要靠它来解决。这样的巨无霸企业，竟然说死就死了，还偏偏死在铁路旁，以至于每当有火车经过时，所有乘客都会齐刷刷地将目光对准它，仿佛打量一头曝尸荒野的史前巨兽……多么残忍的一个玩笑啊！

从网上搜索了一下得知，这座死去的工厂，正是三线建设时期的青花钢铁厂。它于 2000 年关停。时至今日，那些曾在高炉车间里挥汗如雨的小年轻，头发都差不多掉光了，每天的话题离不开快手、麻将桌、中美贸易战和孩子的终身大事……我本不想提这些柴米油盐，全赖后河畔一座三层楼高的民宅所赐。火车把我拉到距离它不到 100 米的地方，让我一眼就能看到墙上的那块广告牌：

房子买得好，媳妇娶得早

这是万源火车站附近的一处楼盘广告，它莫名其妙地出现在青花镇和花楼坝之间的某个鸟不拉屎之处。但"媳妇娶得早"就真是一件好事吗？我很想问问花

⚠ 已成废墟的青花电厂

楼坝上车的四位年轻妈妈。她们人手一个娃娃，有男娃有女娃，目测年龄都是个位数，却一个比一个乖。此时莫要天真，千万不要以为还能安享一段宁静的火车旅行，四川妈妈会用她们堪比火车喇叭的大嗓门，给你上一节生动的达州方言培训课。

她们的嗓门有多大呢？请恕我无法提供 XX 分贝这样的具体数据，我的想象力早已在此起彼伏的"哇啦哇啦"中落荒而逃。不过，我倒是可以提供一个亲身经历的例子。大家都知道这趟列车是可以开窗的，所以每当火车钻进一座黑漆漆的隧洞时，那风就会憋足了劲儿往车厢里倒灌，就像达里奥·阿基多[1]的经典恐怖片《阴风阵阵》里诡异的背景音乐，而车轮摩擦铁轨时发出的哐当哐当声，又会和恐怖风声一起形成双重噪音。这时候就算有人和你讲话，也必须贴在你的耳边大声嚷嚷……但是，这四位妈妈争辩的声音，却能以微弱的优势压倒车窗外的噪声，让我甚至可以听见她们在聊什么。

"武昌是武昌，武汉是武汉。不是一个地方！"黄头发妈妈说。

"就是一个地方嘛，不是一个车站。"黑头发一号妈妈说。

"那汉口又是哪个？"黑头发二号妈妈说。

"你个哈儿，汉口和武昌都是武汉的一个区。"黑头发三号妈妈说。

---

[1]意大利著名的电影导演、编剧和制片人，他以其在恐怖和犯罪类型电影中的作品而闻名。

⚠ 宣汉一带的景观

　　她们就这样你来我往，从花楼坝一路吵到宣汉，又从宣汉一路吵到终点站达州。话题千变万化，可以从武汉热干面的麻酱种类一下跳跃到绿皮火车为什么不安空调，反正总能掏出一个值得反复争辩的话题。我想，这大概就是她们能一直维系友谊的原因。

　　除了襄渝铁路，达州站还有连接成都的达成铁路，和通往重庆万州的达万铁路，可谓四方通达。出站时，我看到了那台刚刚解挂的本务车头——韶山 7C 型电力机

车，此刻它一身轻松地从 4 站台旁边驶离，"嘴巴"上写着 SS7C 0167 的编号。走在我前面的，是那四位年轻的妈妈。黑头发的一、二、三号分别牵着自己的娃，黄头发的背着笭筸，里面坐着一个更小的崽儿，一双大眼儿使劲瞪着，写满了对全世界的好奇。

如果你在这种笭筸里发现了人类幼崽的身影，就表明你已经来到了云、贵、川、渝的地界。她们身上的笭筸，也已不再是菜篮子，而是婴儿的"驾驶舱"。80 后和 90 后也许还记得小时候玩过的一款街机游戏——《名将》，四个可以选择的角色中，就有一台绿色的机甲，而驾驶员正是一名可爱的小宝宝。此时此刻，这些背着笭筸的妈妈，仿佛一台台勇往直前的"人肉机甲"。如果我是综艺节目的导演，就把她们请到演播室，拍一部《披荆斩棘的妈妈》。

然而无论如何，这些"机甲妈妈"最擅长的进攻方式，永远都是噪音武器。当我在达州站前的"乡村基"休息时，就很不幸地再次吃到一记暴击。

这次惹事的换成了"熊孩子"：一个三四岁的小男孩，不知何故赖在地上，可怜的妈妈耐着性子，连哄带骗，依然无法令其起身。无可奈何之下，年轻妈妈气沉丹田，释放出了终极大招——吼。

"走嘛！！！"

餐厅里所有的客人，全都不约而同地抬起了头，放下手中的筷子，露出惊恐的神色。空气死一般凝重，连手机外放视频的声音都听不见了。这一瞬间，我脑海里浮现出的是昔日长坂坡张三爷喝死夏侯杰的那一声吼。

很抱歉，我不是故意提起张三爷的。大家可能都还记得，三国时期的蜀汉名将张飞，曾经担任过一个"巴西太守"的职务，这个巴西就是"巴西郡"，大概位置就是今天四川省的南充和达州一些区县。襄渝铁路穿过的宣汉和渠县，都是当年张三爷的地盘。我已搭乘 6065 次列车路过了宣汉，稍晚一点，我还要搭乘 K835 次列车路过渠县。

渠县可是一个好地方。当年张飞大败张郃的"宕渠之战"，就发生在渠县。这或许是张翼德人生中最高光的一刻，毕竟对手可是曹魏"五子良将"之一的张郃。而张飞在战前故意饮酒麻痹对方，大获全胜后的"立马勒铭"，都为这场战役增添了些许传奇色彩。

一切都在按照既定计划顺利进行：K835 次列车正点抵达，我也完成了刷身份证进站上车的一系列过程。襄渝铁路的最后一段行程，看上去就要在三个多小时后彻底终结，谁也没有料到，一出悲剧正在悄悄上演……

K835 次列车像钉子一样嵌在达州站，纹丝不动。一开始，大家都以为这不过是晚点或让车，半个多小时后，终于意识到出事情了……"前方铁路好像塌方，所有火车都停了！"不知道从何处传来这样一句话，车厢里顿时骚动起来。"重庆那边一直在下雨啊，有车已经停了 8 个多小时了！"一个操广东普通话的小伙子哭丧着说。

列车员正被一群愤怒的乘客穷追不舍，他不断地摇头，摆出一副讳莫如深的样子。没有任何工作人员出面安抚，也没有任何广播作出一句解释。所有乘客唯

⚠ 6065 次本务车头，韶山 7C 型电力机车

云贵川渝地区常见的"人形机甲"

一能做的事情，就是干等。一小时过去了，有乘客开始忍无可忍，拖着拉杆箱，骂骂咧咧下车了。旁边一个四川大妈，用干瘪的普通话对广东仔说："早知如此，为什么还要骗我们上车呀！"

和他们相比，我的忍耐力多了半小时。这要感谢那个卖盒饭的人，他不但为我解决了温饱问题，还为我消除了一段原本焦虑的时光。而就在我刚刚吃完的一瞬间，我看见一趟 CR200J 型"复兴号"动车组列车悄无声息地出现在隔壁站台。罢了，那就让我做一件致敬"杰克·伦敦"的事情吧。

一口气走到 8 号车厢，全列仅有的一扇门正敞开着。不愿等待的旅客，将要穿过这扇门，开启一段全新的旅途，抑或一段全新的人生。

"出站后别忘记去窗口退票哈，全额退款呢！"杵在门口的列车长，一看我要下车，连忙笑嘻嘻地对我说。

"谢谢啊，但我不需要了。"我指了指站台对面的绿色动车说，"我要上那趟车。"

"那趟车到成都啊！"列车长惊讶地说。

"我管它去哪儿呢！"我朝他做了个拜拜的手势。

这便是故事的结尾，像一部被篡改了结局的小说：起了一个大早，坐了一天的火车，然而在子夜的钟声敲响前，抵达的却不是重庆，而是成都。这样莫名其妙的事情，多做几次就习惯了。成都也好，重庆也罢，都只是一个目的地罢了。重要的是那趟列车，而不是目的地。反正只要能带我走，火车旅行就永远不会结束。天大地大，我管它去哪儿呢。

京九铁路：一块钱的铁道旅行

江西

Jiang
xi

京九
铁路
Jingjiu
Tielu

一块钱的铁道旅行

"打车过江吗？五块钱一个人哦。"

我们被这位身穿红色圆领 T 恤衫的大姐盯上，是从走下一辆破破烂烂的农村中巴开始的。她紧紧跟在我们屁股后面，保持两米左右的距离，从兰州牛肉拉面店，一直跟到小池福田五星专卖店。眼前便是大桥北公交站，绿色的新能源 17 路巴士早已等得不耐烦了，而就在我的一条腿刚刚迈上去时，大姐突然说出开头这句话。

整整两秒钟，我都保持僵直不动，像一部正在播放的视频，突然按下了暂停键。继而，我把这条刚刚迈上去的腿收了回来。

"车在哪里？"我转过身，面朝这位穿红色圆领 T 恤衫的大姐。

"就在这儿！"她伸手指了指路边。

顺着她手指着的方向，我们看到一辆白色微型汽车。它生得一脸憋屈，倘若有乘客坐进去，估计会更加憋屈。不客

▲ 一列火车驶入九江长江大桥

气地说，其实就是往一"三蹦子"身上，加盖了一块白色铁皮。当然，这东西有四个轮子，显得要比"三蹦子"更加高级一点。

毫无疑问，这就是一辆传说中的"老年代步车"。无需驾照、无需牌子、无需保险、无需年检，不摇号、不限行，只需一个手脚健全、头脑清醒的智人钻进驾驶室，油门一踩，它就跳溜一下往前蹿，如同在儿童乐园驾驶一辆碰碰车。

正因为如此简单，它在马路上也变成了一辆"碰碰车"。打开搜索引擎，你能找到无数条老年代步车酿成的车祸和惨案，至于它们像碰碰车一样剐蹭机动车和行人的新闻，更是不胜枚举。为此，很多城市都出台了严禁老年代步车"上路"的管理条例。然而遗憾的是，至少在这座车来车往的九江长江大桥上，还有它连接的江西省九江市和湖北省黄冈市，我们仍然能够看见它在大街上横冲直撞的身影。

不然的话，就不会有穿红色圆领 T 恤衫的大姐问我们要不要打车过江的事情了。

只不过，她从兰州拉面店盯上我们的时候，嘴里喊的是"十块钱"，等我一条腿迈上公交车的时候，就变成五块钱了。这也是我为什么没有把另一条腿迈上

▲ 临时的跌打摊

▲ 小池口站外的农民

去的原因。

"我觉得，我们还是坐公交车吧？"我对身边的Y说。

"完全同意。"她说。

Y是长江以南的九江本地人，而我们现在却在长江以北，更精确一点的位置，是湖北省黄冈市黄梅县小池镇的大桥北公交站。我们俩是怎么跑这边来的呢？这就要从一条跨越长江的京九铁路和一趟九江开往麻城的6026次绿皮火车说起了。

第一次听到京九铁路的名字时，我还在念初中。班里的政治课代表，某天突然在黑板上抄下了一条"庆祝香港回归京九铁路即将通车"的要闻。但不知资讯错误还是什么，他把这条铁路写成了"北京—广州—九龙"，以至于很长一段时间，我都以为京九铁路只是京广线的一种延伸。倘若如此的话，就没有九江这座城市什么事了。

而事实上，京九铁路的"九"，在成为九龙的"九"之前，的的确确是九江的"九"。甚至直到今天，你随便抓住一个九江人，问他京九铁路从哪到哪，你依然有很大几率听到一句北京到九江的回答。这是因为早在 1958 年，滕代远便萌生出一个在京广铁路和津浦铁路中间修建铁路的想法。铁道部把这条连接北京和九江的第三条南北纵贯大动脉，初命名为"京九铁路"，但由于当时的国力不足，以及后来接连发生的"大跃进""文革"等事情，让京九铁路始终停留在一个构想的层面上。

这一耽搁，让京九铁路没有成为京广铁路和津浦铁路后的"老三"，而被连接河南焦作和广西柳州的焦柳铁路捷足先登。焦柳铁路位于京广线以西，连接了陇海线、襄渝线和湘黔线等铁路干线，是一条打通中西部的纵贯铁路，具有重要的战备意义，更何况，在当时中国备战备荒为指导的三线建设背景下，修建焦柳铁路显然要比在京广以东的中部地区修铁路更为迫切。

在我国改革开放后，我国在针对西方国家的外交政策上，也逐渐由对立转化为合作。1984 年，我国从美国通用公司采购了一批大功率的火车机车，将其命名为 ND5 型柴油机车，于是在我国土地上破天荒地出现了美国血统的火车头。小时候在京沪铁路沿线坐火车时，常常被这家伙哗众取宠般的风笛声逗乐——那声音听上去有几分暗哑，像公鸭嗓子，可偏偏还要拖上一阵好长好长的尾音。彼时并不知道它是美国来的，不然定会好生嘲笑一下它那诡异的美国口音。

正是在这样和平与发展的大环境下，京九铁路迎来了全新的命运。1983 年，国家计委将北京—九江的"京九铁路"正式纳入建设计划。1984 年，随着《中英联合声明》的签署，香港回归已成为既定事实。时任铁道部副部长邓存伦提出了一个方案：可不可以在京九铁路原有的基础上，向南延伸至香港九龙，把"小京九"变成一个"大京九"呢？

铁道部认可了这个想法。1993 年 5 月 2 日，京九铁路破土动工。仅仅用时三年多，便宣告全线贯通。在政治层面上，它抢在 1997 年 7 月 1 日前建成，作为对香港回归的一种献礼。在现实层面上，京九铁路缓解了三大南北纵贯铁路日趋饱和的运能，使得中国境内拥有了第四条同时跨越长江和黄河的铁路干线。

九江的九，就这样变成了九龙的九。然而对大江南岸的这座历史文化名城来说，这点小插曲都不能算作一个委屈，和那些风流之人在此留下的风流之事相比，更是连化为一丝云烟的资格都没有。这就是我为什么一来这座城市，便直奔甘棠湖边。在白居易修"浸月亭"和周敦颐建"烟水亭"之前，这里也曾旌旗万千，锣鼓震天，波光粼粼的湖面上，停泊着威武雄壮的战舰。

高高的点将台上，向东吴水师发号施令的，正是英姿飒爽的美周郎。彼时，九江被称为柴桑，它不仅仅是东吴水师的大本营，也是赤壁之战前孙权驻扎的地方。简单地说，差不多相当于今天的中央军委联合作战指挥中心所在地，是最高领导层进行战争决策的地方。诸葛亮也是在柴桑见的孙权，还用激将法让他狠狠剁下了一块桌角。当然，这只是罗贯中小说《三国演义》里的艺术加工。

我本想在周瑜点将的地方好好怀个古，却差点迷失在浔阳路的凡间奇景中。

这里的树都生长得枝繁叶茂，为耄耋老人们撑出一座生态敬老院。他们围坐在一起，搓麻的搓麻，打牌的打牌，更多的人无所事事，大眼瞪小眼，光唠嗑就能打发半晌光阴。我在旁边站了一会儿，想听听这帮人在聊些什么，奈何口音个个重得像江西炒粉，只能一走了之。

真正"身怀绝技"的，是比他们年轻一些的大叔大妈们。拿着拖把一般大小的水笔，在大理石地面上写楷体字的家伙，已经不会引来羡慕的目光了。那穿连衣裙的大姐只需要一把椅子和一块牌子，牌子上写着"掏耳"。身前的客人岔开腿，歪着脑袋，伴随着鹅毛棒一阵阵飘忽的走位，脸上的表情像乘坐过山车那般千变万化，仿佛在天堂和地狱的交叉口不断摇曳。牌子上写着"理发"的，要看身手利落的中年男人了。客户同样是一个年龄相仿的大叔，鲜红的雨披裹在身上，电推子沿着他空荡荡的脑壳嗞嗞前行，像一匹绝望的野马奔跑在寸草不生的草原上。

由烟水亭南行，在树荫的遮挡下，你还能找到只有一把椅子而没有牌子的"交易场所"。穿绿裙子的中年妇女，正把一条黝黑的小腿放在她的膝盖上，双手反复揉捏和拍打。之所以没有"挂牌"，大概觉得"按摩"两个字不太中看，反正只要有一张嘴，就会有客人止步。与之相比，那些神通广大的"天师"们，就得像王婆一样想尽各种办法吆喝了。他们身前摆放的牌子，也比别人大上一号。有位戴黑色蛤蟆镜的算命师傅，他的纸牌正中写着八个方方正正的大字，简单而又直白："正规算命 从不骗人。"

倘若周郎再世，看到甘棠湖畔这幅光景，他一定做梦都想不到，竟然去了一个连算命都要内卷的时代。他同样很难理解，今天人们打着"周瑜点将台"的幌子招揽游客，里面却只有后人修建的一座亭子。而更让他伤心的，恐怕是这座甘棠湖，早已演变成一座80公顷的城市内湖，曾经和长江、鄱阳湖连为一体，碧波万顷的东吴水师训练营，只能去陈列馆的文史资料里寻觅了。

游客需要花20块钱，才能从墙上的文字中简单了解它的过往。第一个在此建亭子的，是大诗人白居易。当年他被贬为江州司马，郁郁寡欢，常常来周瑜点将的地方，对着甘棠湖的月色发呆，由于来得太过频繁，索性建了一座亭子。后人为纪念他在《琵琶行》中的诗句"别时茫茫江浸月"，便将这座亭子命名为"浸月亭"。

北宋时期，著名理学家周敦颐亦深深恋上了甘棠夜色，打算如法炮制，再建一座亭子。可惜这个想法尚未实现，他便因病去世。好在长子周寿，是个出了名的孝子，他以唐代诗人徐凝的"山头水色薄笼烟"为寓意，建了一座烟水亭，替父亲完成了未了心愿。

然而好景不长，甘棠湖中的两座亭子，先后遭到了损毁。直到明朝万历年间，九江关督黄腾春在浸月亭的旧址上，新建了一座烟水亭，两座亭从此"合二为一"，也让更多不明就里的人"傻傻分不清楚"。如今你能看到的烟水亭，和周围配套的一系列园林式建筑，都已是清朝末年重建的了。

从烟水亭北走两三百米就到了江边。浔阳江码头经过一番整治，倒是干净多了，却再也难觅往昔繁华的市井气了。沿滨江路朝东北方向继续前行，不出两公里就能走到浔阳楼，我想看一眼宋江题的反诗，尽管那句"他时若遂凌云志，敢笑黄巢不丈夫"的作者其实是施耐庵本人，但精明的现代人是绝对不会忘记把它移花接木到浔阳楼上的。不管怎么说，《水浒传》那个大闹江州的宋公明，要远比真正为这座楼写过诗的韦应物更家喻户晓，也更有利于拍短视频的大 V 们抒发他们的豪情壮志。

我来到浔阳楼跟前，想买一张 20 块的门票，却被售票处的女工作人员告知，只能购买 35 块钱的多景点联票。

"我在高德地图上看到，可以购买单独的浔阳楼门票啊？我又不想去锁江楼什么的。"我把购票页面给她看了一眼，上面显示 20 元的门票仅售 17 元，打 8.5 折。

"那你网上买吧，我这里只能购买 35 元的联票。"她一脸不情愿地回答道。

行吧，不跟你废话了，网上买还便宜 3 块钱呢，当即购买，展示给她。她很不情愿地招呼保安，示意让我进去。

"你不该买这个票，套票可以玩三个景点。"保安的言语里有几分幸灾乐祸。

"可我只想看一眼宋江题诗啊。"我已经懒得解释了。

只要一跨进浔阳楼大厅，任何游客都会瞬间精神起来，一个雄浑高亢的男声，会毫无防备地钻进他们的耳朵。我走进去的那一刻，他刚好唱到"该出手时就出手"。不管入戏还是出戏，此时的你已毫无退路，因为这个歌声是无限循环的，像笼罩在楼里的声音结界。假如一楼卖旅游纪念品的商店有心，应该在招聘店员时特意加上一条："刘欢老师歌迷优先。"

诗题在二楼的墙上。虽然这只是根据著名 IP 作品推出的一道"周边"，但还是布置得有模有样。在整座浔阳楼中，这样"装点门面"的东西比比皆是。毕竟，就连现实中真正存在过的浔阳楼，也早已消逝在无尽的历史长河中，除了穿越，没有人知道它原来的样子。

1987 年，九江市政府决定重建浔阳楼，担任该项目的总建筑师，是主持黄鹤楼重建工作的著名建筑师向欣然。由于摆在他手头的参考资料，只有一张《清明上河图》和《水浒传》里的插图，尴尬可想而知。主创人员只能在尽量尊重历史的前提下，凭空建造一座北宋时期的江边酒楼。不晓得这幢楼的选址是否完全遵循了历史，不过就体量而言，确实足够气派。假如它有当年浔阳楼的七分模样，我想就足以吸引一个郁郁不得志的宋押司上来喝两杯了。

站在四楼茶室外，凭栏望去，曾经一派热闹的浔阳江畔，空空如也，再不会有浪里白条张顺，也不会有让宋江拉肚子的浔阳鱼了。采砂船拖着长长的身子板，掠过浔阳楼、锁江楼，最后在九江长江大桥的肚子底下，慢慢逝去。大江对岸，高楼像积木似的挤在一起，强扭出一种装模作样的繁华，它们所在的地方，便是开头提到的小池镇。再过一会儿，我就要搭乘 6026 次绿皮火车，穿过眼前流淌的长江，前往镇上的火车站。

多年以前，我在一次意外中发现，九江有一趟开往麻城的绿皮火车。这趟车全程不过 3 个多小时，沿途经过的鄂东地区，也鲜有令人叫绝的自然景观。然而一个不为人知的秘密，却隐藏在这段平淡无奇的旅程中：如果你从九江上车，在第一个车站——小池口下车，你会发现这段区区 12 分钟的行程，票价只需一块钱。有趣的是，这一块钱刚好可以把你从江西省的九江市，带到湖北省的小池镇。也就是说，只需花费一块钱，你就可以完成一次"跨省"之旅了。

在我看来，这是一趟多多少少带点"实验"性质的火车旅行。我总是喜欢尝试一些外人眼中毫无意义的玩法，而这种"一块钱的铁道旅行"，对我来说亦不是第一次了。几年前，我从大兴安岭地区的漠河市，花 7 块钱坐中巴去了古莲林场，然后上了一趟还没安装空调的 6246 次列车，花一块钱坐火车又回到漠河。我把这张 1 块钱的红票视为珍宝，它已经成为真正意义上的绝版，颇具收藏价值。更何况，这张车票上的两座小站，分别是中国铁路版图上最北和第二北的客运车站。

总而言之，当我知道这趟绿皮火车的存在后，九江就成为一个非去不可的地方了，然而阴差阳错，这一拖便拖了好些年。此番终于觅得良机，可以好好体验下一块钱的绿皮车了。千年媳妇还能熬成婆呢，我怕再拖下去，把它拖成空调车，那就得不偿失了。

Y 是相识多年的一位网友。四年前，我们在景德镇有过一面之缘。得知我要来九江体验这趟绿皮火车，她也表示出强烈的兴趣。我俩当即决定，开车前在九江火车站碰头。

"我得带上吸奶器，上次去长沙玩也是这样。"Y 对我说。

"哈，不麻烦吧？"我一边回复她，一边把"吸奶器"三个字键入搜索引擎。

四年前见 Y 时，她还没有男朋友，如今娃都快一岁了。好在有外婆帮忙，所以还能抽出半天时间和我坐火车。Y 的老公也是网友奔现，结婚前曾是九江当地一支摇滚乐队的贝斯手，结婚后却爱上了钓鱼，但凡休息，他不是在钓鱼，就是在去钓鱼的路上。Y 之所以没和他离婚，是因为他每次都能钓上来好多鱼，还会把这些鱼做成鲜美的鱼汤给 Y 喝。

从浔阳楼搭公交车来到九江站时，Y 已经买好票在候车厅等我了，依然是那副记忆中的模样，未见任何衰老迹象，仿佛我们阔别的不是四年，而是四天。我们手里各握着一张 1 块钱的蓝色车票，票面上写着九江站—小池口站的字样。可惜的是，九江站的人工窗口也打不出红票了。所以这些字样都将随着时间的不断推移，渐渐湮灭。

检票的提示音响起，人们呼啦一下涌入检票口。我和一个包里装着吸奶器的

▲ 6026 次列车驶入九江长江大桥

女人，就这样踏上了"1块钱的铁道旅行"征途。6026次列车只挂了四节车厢，其中1号车厢还是留给工作人员的宿营车。尴尬的是，12306系统里似乎自动售出了不少1号车厢的车票。好多人围在这节车厢前，却发现大门紧锁。一个男列车员赶紧跑过来，让这些乘客从2号车厢上去。"大家随便坐，不用对号啊！"

Ｙ显然对这种没有空调的绿皮车好奇不已。光头顶上的电风扇，她就用手机咔嚓了不下10张，当我把车窗打开的时候，她更是发出呜哇的声音。这趟列车由武汉铁路局武汉客运段负责客运任务，他们并没有在车窗上安装限位器，所以整个脑袋都可以肆无忌惮地探出去。我们俩就像第一次坐火车的小孩那样，化为两只伸长脖子的鸭子，隔着呼啸而过的风，追寻逝去的童年。

当然，也只有我和Ｙ的童年时代，火车才可以打开窗户，等现在的这些孩子长大，记忆恐怕只剩下跑得比风还要快的复兴号列车了。无从评价这到底是好事还是坏事，情怀这东西永远都只属于拥有共同成长经历的一代人，不管你生于哪个时代，都会经历一些这个时代独有的喜怒哀乐，也会被这个时代刻上一些难以抹去的印记。

6026次列车沿着京九铁路，在九江城区徐徐穿行着。右手边突然浮现出三根长长的烟囱和一座巨大的冷却塔，这是江西省最大的火电厂——九江发电厂，正在用一团团喷薄而出的白雾，向全车乘客问好。在它身旁百十米的地方，"九江市精神卫生中心"九个醒目的红字，像弹幕一般从车窗前划过。在令人压抑的大型工厂咫尺之隔的地方开设一座精神病院，这里的病人真能如愿以偿地好起来吗？一个大写的问号。

火电厂的出现，对这趟"1块钱的铁道旅行"来说，还能起到一个提醒的作用，说明列车很快就要跨越长江了。这也是这趟12分钟的行程中最重要的一个环节。与其说花一块钱坐火车，不如说花一块钱过长江。而擎起这只钢铁巨兽的钢架桥，便是中国曾经最长的一座公铁两用桥——九江长江大桥了。

这是中国第八座横跨长江的大桥，也是迄今为止工期最长的一座大桥。早在1973年，它就开工建设了。但在"文革"的影响下，才刚造好几个桥墩，就被紧急叫停了。直到1987年，在中央政治局委员、铁道部原部长万里同志的牵头下，大桥终于盼来了再次开工的那一天。1993年1月，九江长江大桥公路桥开通；1995年6月，铁路桥也正式开始了运营。

我曾在先前的文章中，将这种横亘在大江之上的长桥，比喻成一条卧倒的钢铁巨龙。此时此刻，6026次列车正沿着它的钢筋铁骨，缓缓钻入这副庞大的躯体中。与大多数铁路桥偏向暗黑的"骨色"不同，九江铁路大桥的钢骨近乎淡蓝色，这让它在午后刺眼的阳光下，显得一尘不染。来自旷野的风，拂过浔阳江上的采砂船，悄无声息地透过车窗，轻轻撩起Ｙ的卷曲长发。隔壁的两位阿嬷，一边织毛衣一边聊天。这是一幅被时光雕刻后的定格画面，比我想象中的坐火车穿过九江长江大桥，还要美好一点。

在准备这趟行程的时候，我特意上网搜索了一下九江长江大桥，我想知道一个游客能否在上面行走，就像南京长江大桥和武汉长江大桥那样。这一搜索不要紧，却意外打开了一个神秘世界的入口。在这个不为人知的神秘世界里，全都是湖北黄冈人的委屈。

2020 年初，新冠病毒在武汉暴发，又很快波及周边的黄冈等城市。由于黄冈境内的黄梅县小池镇，与九江只有一座大桥的距离，不少黄冈人便抢在封城之前，连夜赶往长江南岸。愿望是美好的，现实却是冰冷的——九江人封控了这座大桥。桥上的鄂 J 牌照汽车像一块块魔术贴似的，紧紧粘在柏油马路上。到处是躁动不安的湖北人，他们的眼神中写满了愤怒、怨恨和不解……这种场景几乎就是好莱坞灾难片的截图，这时候男主角通常会挂一记倒挡猛踩油门，从应急车道上"倒"出一条血路，接连别蹭几辆汽车后迎着咒骂声仓皇逃窜。

"这是我们黄梅人去九江的唯一道路，也是我们黄梅人坐火车最主要的道路，终于疫情让我们知道了长江大桥有多长，也让我们知道谁是真正的朋友，表面上很好，背地里捅刀，我们终究需要成长，不再因为这种事看别人脸色，真的。"

你可以感同身受这位黄梅网友打这些字时内心究竟有多冰凉，但你绝对猜不到它的出处，那是一个专门提供吃喝玩乐资讯的 app，我在"九江长江大桥"的评论下找到了这段话。它就像一个黑色的玩笑，让黄冈人终于明白，他们走了千百次的那座大桥，终归是属于另一头的。即便和他们的土地骨肉相连，那也依然是一座"遥远的桥"，就像 1944 年的英国伞兵，永远拿不下莱茵河上的阿纳姆大桥那样。

"我的生活和希望总是相违背，我和你是河两岸，永隔一江水。"

没有什么比王洛宾这首《永隔一江水》，更能表达黄冈人的切肤之痛，仿佛他们不再是黄冈人，而是永远在流浪的茨冈人，但不管经历了怎样的悲伤，那段委屈的日子终将会过去。如今的九江长江大桥上车水马龙，挂着赣 G 和鄂 J 铁牌的汽车来去如风，在他们的底盘之下，6026 次列车正哐当哐当地驶向大江北岸。

"这就到了吗？"Y 很不情愿地站起身来，一副没玩够的样子。列车缓缓地停了下来，除了我和 Y，没有第三个人在此下车。这是一座孤独的站台，终日与它相伴的，只有刺眼的阳光和闷热的空气。

"小池口站"四个大字镶嵌在一座方方正正的白色建筑顶层中央，墙壁上爬满了马赛克。白色的马赛克数量最多，因此决定了整幢楼的颜色，其余为蓝色，它们像繁星一样密密麻麻，随机分布着。走进去一瞧，里面空空荡荡，天花板高不可攀，像闯入了一座巨大的工厂车间。没有给乘客候车用的座椅，只有一张破旧的乒乓球台，和挂满灰尘的羽毛球网。

原本应该作为"候车室"使用的车站主楼，就这样变成了一座死气沉沉的体

△ 列车驶入九江长江大桥

育馆，这对一座京九铁路沿线的四等小站来说，不善于一种浪费。既然只有一趟6026次列车停靠，且鲜有人上下车，那为什么在规划初期，还要建造一座如此"宏大"的候车厅呢？

"忘了告诉你，我根本没做怎么回九江的功课。现在看来，这座小站比想象中还要凄凉啊！"我看了一眼丫，有些无奈地说。

按照以往的经验，坐这种慢悠悠的"公益慢火车"，无论经过的车站多么偏僻，也总能捕捉到当地乡亲们稀稀拉拉的背影，只要跟着他们，就能走到城镇或者有公路的地方。但种种迹象表明，这一次一切都要"自力更生"了。

"真不好意思，我们就当是在玩一次生存游戏吧！任务很简单，我们要从这座火车站，想办法找到一辆回九江的汽车。不管它是出租车也好，还是公交车也罢。"我有点尴尬，略带歉意地对丫解释说。

还没等她表态，招呼的声音由远及近，回头一看，是小池口站的工作人员。这个小伙子一脸腼腆，像个刚刚找到工作的大学毕业生。好吧，游戏中第一个联

络人就这样现身了，真是求仁得仁。

我们说明来意，问他怎样才能回九江。他思考了一会儿说："稍微有点麻烦，你们得穿过后面的村子，然后沿小路过铁路，就能看到一条大点的公路，那里就有中巴到小池镇了。你们坐到大桥北下车，再换乘 17 路就能回九江了。"

听上去是有几分麻烦，但他讲得清晰明了，显示出良好的逻辑能力，如果有时间，还真想和他聊聊关于这座小站的故事。他拿出钥匙，帮我们打开出站口紧锁的大门。显然他事先并没有料到，还有两个"疯子"会在这个鸟不拉屎的地方下车。我们和他匆匆作别，转身钻进车站后面的村子，正式启动了这场生存游戏。

根据地图显示，我们现在正位于湖北省黄梅县小池镇的廖玗村。放眼望去，这里的房子横七竖八，在烈日下挤成一团，显得杂乱无章。有老人躺在门户大开的房间里午睡，院子里停着不知什么品牌的国产 SUV，以及货拉拉的面包车。房顶上没有猫，也听不到狗吠声。我们不敢久留，决定快速掠过。在途经一座长条形的仓库时，还瞄了一眼里面堆积如山的汽车轮胎。

连接"大路"的小路就在前方。我们依稀看到了京九铁路的路基，和那座汽车无法通行的小型涵洞。两位头戴遮阳斗笠的大姐，弯腰在地里干农活。小池口站那座工厂一般宽敞的白色建筑，已经在视线中变得比手指头还要渺小。直到步入沿江平原空旷无垠的田埂上，我和丫才意识到 9 月的天空竟是如此高远。

在穿越那座小型涵洞时，我们迈着凌乱的步伐，潜行在幽长的黑暗中。猝不及防的穿堂风，像迅猛龙一般疾驰而过，我和丫被一阵阵舒爽的凉意包围了。忘记空调对大自然的摧残吧，此时的风早已化为实打实的有形之物。

所谓的"大路"，不过是一条 011 乡道。我和丫在路口看到了超市，看到了一家疑似理发店的肉铺，当然，还有快速移动的汽车。这瞬间提醒了我，让我在不抱任何期望的情况下打开了某叫车软件……结果如预料的那般，无人应答。

"咱们去前面那家超市问问看吧？"丫说出了我心里想的。

无所事事的超市老板，正在躺椅上打鼾，完全不知道我和丫各自拿了一瓶水，站在收银台前。假如我们旁若无人地离开，他究竟能不能发现冰箱里少了两瓶农夫山泉呢？我也想知道这个问题的答案。

但我们还是要毫不留情地将他唤醒，一来我们不知道这两瓶水的价格，二来还要有求于他。经过一番交涉，我和丫终于吃下了一颗定心丸。好消息是，在超市门前的这条 011 乡道上，确实有前往小池镇的班车经过；坏消息是，没人知道它们多久才会出现。

那就等吧！我俩往阴凉的地方一坐，还没把屁股捂热，就看到一辆蓝色中巴远远地探出了脑袋。赶紧起身，把它拦了下来。一问司机，果然是去小池的，这简直得来全不费工夫啊。

到此为止，这场抽盲盒一般的"生存游戏"，似乎为我们安排了一个"very

如今的公益慢车越来越多了

能仁寺庙门

easy"的难度。然而，正当我们得意忘形的时候，"麻烦"开始找上门了。

这辆看上去破旧不堪，并且脏兮兮的中巴，竟是一辆"无人售票车"。想要坐车，就必须"投币二元"。而车上除了司机，没有第二个工作人员。这就有点尴尬了，因为我和Y的口袋里只有手机，没有携带任何现金。

"不好意思。师傅，请问可以扫码吗？"

"不行，只能投币！"司机一脸严肃地回答说。

我和Y面面相觑，不知如何是好。车厢里死一般的沉寂，就连空气都在替我们尴尬。无奈之下，只能再次碰碰运气了。

"那能不能往您手机上转四块钱啊？我们身上实在没有现金了。"

"不行啊，公司规定，私人账户不能收款。"我们又吃了沉重一击。

这一瞬间，我脑海里浮现出电影《人在囧途》里的剧情：由于绿皮火车中断，徐峥和王宝强被迫上了一辆如出一辙的中巴。同样是在湖北还是哪里遇到了麻烦，徐峥要求司机换一条路开，结果司机一板一眼地回答说，"公司规定，驾驶员不能随意更改路线"……

难道这场游戏，要以这种方式GAME OVER 了吗？

幸运的是，车上还有三名乘客：一位大叔，一位大妈，还有一位年轻的女孩。在我们眼里，他们就是最后的三根救命稻草。大叔刚好只剩两张一元纸币，年轻女孩也勉为其难地掏出了两块钱，我和丫就这样在两名陌生人的帮助下，将游戏继续玩了下去。直到熙熙攘攘的街景浮现在窗外，我俩才幡然醒悟：再不会有不通公路的荒凉小站了，我们已重返灯红酒绿的繁华人间。

"打车过江吗？十块钱一个人哦。"

走下这辆破破烂烂的农村中巴，一位身穿红色圆领 T 恤衫的大姐，正笑盈盈地望着我们。到这一刻，故事该拉回到这篇文章的开头了。

我和丫上了那辆绿色的新能源 17 路巴士，不一会儿工夫，它就穿过收费站，驶入九江长江大桥。奔流不息的江水，再次映入眼帘。但这一回，带我们乘风破浪的是三块钱的新能源巴士，不是一块钱的绿皮火车了。之所以放弃了五块钱的老年代步车，也绝非贪图便宜，而是一个你选择相信谁的问题。显而易见，和身穿红色圆领 T 恤衫的大姐相比，我们更愿意把命交给这位新能源巴士的司机师傅暂时保管。

但这并不是我和这座大桥的"诀别时刻"。黄昏时分，我告别丫，独自一人沿着步道，缓缓爬上九江长江大桥。这是一个令人激动的黄昏，我在桥上目睹了悲壮的落日和杀红了眼的火烧云。庐山从密不透风的天际线上升起来，露出一副海市蜃楼般的假面。这毕竟是一座历史悠久的城市，它有古韵的一面，更有世俗的一面。如同此刻，你会看到电瓶车像野马一样肆无忌惮，比它们更加荒蛮的，

⚠ 一座涵洞，上面就是京九铁路

▲ 九江的黄昏

▲ 血红残阳

是载满乘客的老年代步车，对这些不断穿行于长江两岸的"新时代渡船"来说，时间就是生命，是五块钱一个人的轮回。我必须把手里的相机握得更紧一点，你永远不知道桥上的风有多猛烈，就像你不知道明天和意外哪一个会先来临那般。